小説と映画の修辞学

シーモア・チャットマン

小説と映画の修辞学

［改訳決定版］

田中秀人訳

水声社

本書は、
記号学的実践叢書の一冊として
刊行された。

バーバラとマリエルに
そこにいてくれることに対して

日本の読者へのメッセージ

本書の日本語訳をとても嬉しく思う。これはひとえに田中秀人氏の優れた翻訳のおかげである。おまけに氏は、原著アメリカ版の誤りを数多く指摘してくれた。田中氏のおかげで日本版はアメリカ版より正確である（少なくともコーネル大学によって再版されるまでは）。田中氏がカリフォルニア大学バークレー校で私たちと一年間を過ごしている時、私の本の日本語訳を出版したいと申し出られ光栄に思った。小説と映画における物語構造に関する私の意見が、文学や映画の研究に携わっている日本の方々のお役に立つことを願っている。私の一般的な意見が日本の物語の伝統に当てはまらなくなるような文化的相違はないものと確信している。私の定式で説明できないような日本の小説、短編小説、映画の反例をご存じの読者からお便りを頂戴できれば幸甚である。

S・C

謝辞

一九八九年のNEH（全米人文科学援助基金）「フィクションと映画における物語に関する夏季セミナー」の参加者の皆さん（とりわけマーシア・トンプソン）が原稿の段階だった本書にコメントをしてくれたことに対して謝意を表する。また、親友のロバート・オールターとアーネスト・カレンバックのインプットにも感謝している。なかんずく、ウォレス・マーティンに、本書の全体計画および幾つかの章についての惜しみない提案をしてくれたことに対して感謝する。

第一章はもともと『テクスチュアル・プラクティス』誌第二巻（一九八八年）、二二一―二九ページに「テクスト・タイプの再現／表象」として短縮された形で発表された。第三章の一部は『シネマ・ジャーナル』誌第二十三巻（一九八四年夏号）、四―一一ページに「映画における描写とは何か」として公表された。第六章の一部はレナード・マイクルズ、クリストファー・リクス編『言語の現状II』（カリフォルニア大学出版局、一九八九年）に「パジャマ・マン」と題して発表された。第十一章はジェイムズ・フェラン編『物語を読む』（オハイオ州立大学、一九八九年)、四〇—五二ページに同じタイトルの旧版として発表された。これらを本書に収めるにあたって許可を下さった関係者の方々に謝意を表する次第である。

S・C

目次

凡例

原著におけるイタリック体は、本訳書では傍点であらわした。

原著において大文字で強調されている語は、ゴシック体であらわした。

原著における“ ”は、「 」であらわした。

原著における‘ ’は、〈 〉であらわした。

原著における著者の補足は、［ ］内に入れた。

訳者による補足は、［ ］内に入れた。

序文

「物語学《ナラトロジー》」とはヘンリー・ジェイムズが嘆いたであろう言葉である。もっともジェイムズはその関心の対象には価値を見出したであろうが。二十年経っても、いまだに私はそれが印刷されたのを目にすると、皮肉なことに心が痛む。物語の《ナラティヴ》「学」など成立しがたい、さらには少々いかがわしい研究にさえみえる。しかし、無論、「――学《オロジー》」とは「――の理論」の意味でもあり、また今日、誰が間違った理論に挑むだろうか。いずれにせよ、近年出版された物語理論と、文学と映画へのその応用に関するすぐれた著作に私たちは鼓舞される[1]。

本書が関わるのは物語学とテクスト理論一般の用語である。本書が仮定しているのは、いかなる学問分野もその用語を定期的に点検する必要があるということである。というのは、用語は単なる決まり文句ではないからである。それは理論を再現《レプリゼント》／表象する――ある意味で理論を形成してさえいる――のである。用語を吟味することによって、理論が提起している概念を試し、解明することができる。そのような解明を通して、それらの用語が私たちの作業を助けるものなのか、妨げるものなのか、よりよい決定を下すことができる。

本書は様々なテーマを扱うが、それらを結び合わせて、二つのパースペクティブから物語の用語法《ターミノロジー》に関する統一のとれた注釈《コメンタリー》にしたいと考えている。第一のパースペクティブ（最初の四章を特徴づける）は外的で、**物語**（とりわけ虚構の**物語**）と他種類の言説《ディスコース》、すなわち「テクスト・タイプ」との関係を論じる。これはテクストの一般理論というよりも、一連の区別であって、テクスト・タイプ内の**物語**の位置を解明するものである。さらに**議論**《アーギュメント》とか**描写**《ディスクリプション》といった他のテクスト・タイプが、いかに物語の枠組みに適合するか——そしてその逆——を説明するために、私はテクストの「サービス〔奉仕〕」という概念を提案する。

本書の次の六章は内的なパースペクティブから物語学にアプローチする。私の『ストーリーとディスコース』[2]（並びに近年の他の物語研究）の流儀に従って、それらの章ではいまだ議論の余地のある概念や定式が検討される。すなわち、内包された作者、（文学的語り手と映画的語り手の違いも含め）語り手の本質、登場人物の「視点」すなわち「焦点化」（私の考えではもっとよい名前があってもよい——「フィルター」を提案する）という概念、「信頼できない語り」と「誤りやすいフィルター作用〔濾過《ろか》〕」と私が呼ぶもののちがいである。全体を通して私は文学と映画の双方から例を引用する。とりわけ映画物語を『ストーリーとディスコース』よりもより詳しく論じる責任を痛感している。批評家たちが副題の「小説《フィクション》と映画《フィルム》における物語構造」に疑問を持ったのは正しかった。あの本ではあまりにも映画をお粗末に扱いすぎたからだ。**物語**ならびに様々なメディアにおけるその現実化の一般原理を定式化しようというのであれば、映画は重大な岐路に立つ物語学にとってとりわけ重要に思われる。一般物語学のみが（物語的に言って）文学と映画の共通点を説明する助けとなる。そしてまた、その共通性を正しく認識することによってのみ、映画の独自性あるいは文学の独自性を理解することが可能になるのである。

最後に外的および内的パースペクティブ相まって、私を総合の試みへと向かわせる。ウェイン・ブースの「小説《フィクション》の修辞学《レトリック》」という考えを定式化し直すことによって。

第一章は三種類の言説すなわちテクスト・タイプ——**物語**、**描写**、**議論**の区別を試み（伝統的に「**解説**《エクスポジション》」と呼ばれているテクスト・タイプについでに触れる）、これらが互いにどのように他に奉仕するかを例証する。どういうわけか**物語**が**描写**を支配するという偏見が何世紀にもわたって抱かれてきたが、これを正すためにいかなるテクスト・タイプも本来特権を持たないことを私は主張する。大部分のテクストは一つの支配的なテクスト・タイプを利用するが、一般に他のテクスト・タイプの助けを借りるものである。**物語**は**描写**の助けを借りてこそ容易に機能するが、そのまた逆もしかりである。第二章は**描写**をそれ自体一つのテクスト・タイプとして、また**物語**との相互関係の中でより詳しく論じる。

第三章・第四章で、私は映画における非・物語的テクスト・タイプの問題を取り上げる。（技法としての、そしてまた制度としての）映画の大部分の理論的な論議が前提としているのは、映画が**物語**に全面的に関わり合っているということであり、大多数の映画（少なくとも商業映画）が話を語ること《ストーリー・テリング》に全面的に専念していることも事実である。しかし文学から映画へとテクスト分析の能力を拡大したければ、映画における他のテクスト・タイプという分脈もながめる必要がある。第三章は映画における**描写**（メディア自体の性質上、明らかに困難な問題）を論じる。ある人たちは映画に描写など全く不可能だと考えている。彼らは主張する、描写の行為自体——事物の特性それ自体を喚起すること——が映画では不可能だと、まさにいかなる細部もすでに完全に目に見えているのだから、と。その主張にいくつかの方法で応える。

第四章は映画《シネマ》における**議論**と**物語**のあり得る関係を例示する。まず、映画《ムービー》における**物語**の道徳的効用なる伝統を検討する。フランク・キャプラの映画作品《フィルム》がすぐに念頭に浮かんでくる。それらの映画の命題はしばしばまさにそのタイトルに告げられている。『我が家の楽園』〔原題『お金は天国へ持っていけない』〕とか『素晴らしき哉、人生！』とか。これらの映画作品は映画の**モダニズム**に対して考古学的関係を有している。ちょうど寓話や十八世紀小説がモダニズム小説やポスト・モダン小説に対して持っているそれのように。しかし、ヨーロッパの芸術映画という全く異なるコンテクストにおいては、現代小説に劣らず複雑なテクストの混合が映画に見られる。私は一本の映画の分析によって例証するが、その映画のテクスト構造は実に奇抜である。アラン・レネの『アメリカの伯父さん』（一九八二年）である。

内的なパースペクティブに移ると、厳密な意味での物語学の枠内でいまだに発生しつつある諸問題へと目を転じる。きちんと解決したと思われる点（たとえば物語内容の時間《ストーリー・タイム》と物語言説の時間《ディスコース・タイム》の関係とか、文学的物語の方が登場人物の精神生活を描きやすいという点とか）は省略する。興味をお持ちの読者には、註に（マーティンやプリンスの著作同様）十分な引用が掲げてあるので、お気に召すままこれらのトピックを探求していただきたい。第五章・第六章は様々な攻撃から「内包された作者」を擁護する試みである。第五章は理論的擁護。第六章はその概念の説明能力の例を挙げる。意図的に可能な限り多様な例を集め、雑誌広告という知的な薄暗がりの世界へさえも探りの手を入れる。

次に、かつてストーリーの「伝達」と私が呼んだものを取り扱う。第七章・第八章ではそれぞれ文学的語り手、映画的語り手について模倣による物語言説《ミメーシス》と純粋な物語言説《ディエゲーシス》のちがいを検討し直し、**物語**の定義を、それが演劇と映画と小説が共有しているものと言えるくらい、幅広いものにしたい。これらの章が試みるのは、プロット（時間＝論理《クロノ・ロジック》という二重性）、登場人物、背景がさまざまなテクスト・タイプのなかでも**物語**独自の特徴であるということ、これらが「語られる」テクスト同様、「示される」テクストにも存在するということ、しがってテクストの階層のあるレベルでは演じられる物語と言説による物語の間の類似が、その差異よりも重要なことを証明することである。私の主張は、舞台あるいはスクリーンで演じられるストーリーが、文学的語り手によって語られるストーリーと同様「物語」だということである。最も抽象的なテクストのレベルでは、それらは議論や描写よりも叙事詩や小説や短編小説に似ている。演劇はまず第一に物語であって、その次にはじめて純粋な物語言説のテクストというよりも模倣による物語言説のテクストだという言い方ができるのである。この点について、

「映画的語り手」などの概念を解決する一助となるように、詳しく論じる。映画が一般に「語られる」という言い方はできないと主張する理論家に私は同意するが、しかしそのことはそれが物語られるものではないということを意味しない、と私は言いたい。そして、映画が物語られるとしたら、そこには語り手が存在する。（この主張は「物語られない」物語が存在するという『ストーリーとディスコース』における私の主張の撤回を意味することが明らかになるだろう。）

第九章はヘンリー・ジェイムズが始め、ウェイン・ブースとジェラール・ジュネットが現代に甦らせた議論、すなわち「視点」という名前とその性質についての議論を続行する。「誰が語るのか」と「誰が見るのか」との間のジュネットの決定的な区別をさらに細分化するために、語り手の「視点」と登場人物の「視点」に別々の用語を考案することを提案する。私は前者を「視座《スラント》」と呼び、後者を「フィルター」と呼ぶ。ここでもまた、名前以上のことが危機に瀕している。私は、たとえば「焦点化」という用語が、問題を解決することなく、ただ問題領域を変えたにすぎないことを論じる。語り手は物語世界の事柄を登場人物と同じように「見る」のではない。したがって、一方で物語言説《ディスコース》の提供者に、他方で物語内容《ストーリー》の住人に無差別に適用される用語は「誰が語り」、「誰が見る」のかという苦労して手にした区別をぼかしてしまう。さらに、「信頼できない」という用語は語り手だけに当てはめられるものであって、登場人物にみられる類似した現象には別の用語が必要だと私は思う。「誤りやすさ《ファリビリティ》」という用語を提案する。

第十章は一般物語学を離れて、メディア特有の問題を取り上げる。小説の映画化という問題である。私がとりわけ関心を持つのは、想像力豊かな脚色で、語り手の注釈などの文学的特徴（それは映画というメディアにたやすく適合するものではない）をなんとか移し替えようとする類のものである。『フランス軍中尉の女』の驚くべき映画化作品を例として取り上げる。この章が関心を払うのは悪名高い、そして私には空虚にしか思えない、原作に対する「忠実度」ではなく、二つのメディアが物語の特徴を肉付けする独特の手段である。

物語学上の幾らかの火急の問題を（少なくとも私自身の満足のいく程度に）解決したので、第十一章ではブースの有名な本の用語一つひとつを検討し、次の問いに答えようと思う。「フィクションの〈修辞学〉とは純粋にいなかる意味なのか、すなわち、フィクションの理論家たちが他のものではなく、〈修辞学〉と呼ぶものを何故私たちはそう呼ばなければならないのか」である。「修辞学」という用語は、物語の内容のみならず形式にも取り組むということを理解するならば、それは「説得《スエイジョン》」という伝統的な意味合いにおいて、最も意味深いものだ、と私は考える。

物語学などという高度に洗練され、広範囲に及ぶ分野の用語法を明確化し、合理化しようとするのは容易ではないし、私の肩にかかった責任の重さは決して軽くはない。同学の士と意見を異にしたとしても、それは彼らの努力と結論への敬意からそうしたまでのこと。自分の見解を主張している最中に彼らの見解を軽んじているように見えるとしたら、ここで前もってお詫び申し上げる。明らかに、物語学の家には、小説の家〔ヘンリー・ジェイムズの言葉〕同様、数多くの大邸宅がある。異なる定式には異なる強みがあって、ある党派の偏向した説明はある種の定式を無視したり、誤って伝えたりする危険を常に負っている。私は自分の定式を論争続行のために提示する。論争こそ物語学を学問の場で活きのいい話題にし続けているものだからである。

映画を論じるにあたって最後に一言。私は議論を例証するために製作スチール《プロダクション・スティル》や画面の再生《フレーム・リプロダクション》を使わなかった。それらが映画芸術を静的にしてしまうように思うからだ。結局のところ、それはいまだに適切にも「活動《ムービー》」と呼ばれているのだから。その代わり、ビデオですぐに入手できる例を選んだ。私の理想的な読者は、すぐれた静止装置についたＶＣＲ〔ビデオ・カセット・レコーダー〕を持っている上に、品揃え豊かなレンタル・ビデオ店の会員証を持っている人である。

第一章　物語と他の二つのテクスト・タイプ

「**物語**とは何か」というのは、「ある物語が何か」と同じ問題ではない。数年来私が関心を抱いてきたのは、私たちが**物語**と呼んでいる言説のタイプ、すなわち「テクスト・タイプ」である。**物語**が、他の大部分のものと同様、そうではないものと対比することによって最もよく理解されることが私には分かってきた。**物語**を位置づける一つの場所は、他種類のテクストから区切る境界領域である[1]。小説と映画における**物語**の理解を深めるために、私たちはこれら他種類のテクストの特性を考慮する必要がある[2]。その過程で文学と映画がテクスト・タイプ一般を利用する異なる方法を私たちはよりよく理解するだろう。

物語を他の三つのテクスト・タイプ——**議論**、**描写**、**解説**——と区別することが慣例となっている。けれども**解説**と他のものとの区別には多少問題がある。**解説**とは通常「詳しく解き、述べ、あるいは説明する行為」(『アメリカン・カレッジ・ディクショナリー』)とか「批評、議論、展開はさておき、情報を伝え、理解しづらいことを説明することを目論む言説」(『ウェブスター第三版』)と定義されている。しかし、一部の修辞学者の信ずるところでは、ある程度の描写や議論を伴わない解説あるいは説明というものはあり得ない。解説は解説される主題の特性を一つひとつ調べあげるかぎりは描写で、解説される状況なり事物が提示される通りであると暗に主張するかぎりは議論である。にもかかわらず、私たちは弁論と呼ぶには何か物足りない議論や論理的構成をもった（特に抽象的な問題についての）描写を「解説」と言う傾向がある。[3]

幸い、私の目的は**物語**、**描写**、**議論**という三つの用語で十分適えられる。これらの用語はまた異なる、時には相矛盾する意味を帯びるので、テクスト・タイプの種類《クラス》を指すときは大文字〔訳文ゴシック体〕にし、これらのタイプの個々の例を表すときには小文字を用いる。

私が念頭に置いている「テクスト」の意味を定義させていただきたい。私はそれを、コミュニケーションを図る二種類の事物の一つとして分類したい。レッシングにすでに空間的メディアと時間的メディアのコミュニケーションの区別が見られる。[4]「テクスト」によって私が意味するのは、観客／読者《オーディエンス》の受容を時間的にコントロールするありとあらゆるコミュニケーションのことである。したがってテクストは（非・物語的）絵画や彫刻のようなコミュニケーションを図る事物とは異なる。それらは観客の知覚の時間的流れや空間的方向を規制しないのである。絵画や彫像をながめるのに「時間がかかる」のは事実だけれども、そのような時間は芸術作品に左右されない。（非・物語的）絵画はいわば一瞬のうちに現れるのであって、私たちは自由に好きな順序で（左から右、上から下、中心から周縁、細部から全体へと）それを調べる《スキャンする》、すなわち「読む」ことができる。その上、絵画や彫刻には読みのプロセスをいつ始め、いつ終わらせればいいのかを知らせるものが何もない。一方、私のいう意味のテクストはそれが選んだはじまり（一ページ目、映画作品のオープニング・ショット、序曲、幕開き）で始め、それが規定する結末まで時間に沿った展開を辿ることを要求する。無論、私がここで言っているのは、文字通りの生理的な過程のことではなく、作品に書き込まれている時間的な「プログラム」のことである。最近の心理学の実験が示すところでは、絵を読むのに伴う実際の目の動きは、印刷されたページを読む時のそれと根本的には異ならないということである。マリアナ・トーゴヴニックが指摘するように、心理学者たちは「目は実際には絵を全体として知覚するのでもなければ、言葉を連続的に知覚するわけでもないことを明らかにしてきた。[5]」

明白なことだが、絵を見る時に自分の位置を確かめるには時間がかかる。ルドルフ・アルンハイムはこう説明している。「芸術作品の知覚は一挙に達成されるものではない。一般に観察者はある所から始め、作品の主要な骨組みに従って自分の位置を見定めようとし、仮の枠組みが全体の内容にふさわしいかどうか確かめるために、その強調点《アクセント》と実験を探し求める、などのことをする。探求がうまくいった場合、その作品はそれに適した構成の中で心地よく安らいでいるとみなされ、作品の意味を観察者に明らかにするのである。[6]」

しかしながら、テクスト理論は視覚生理学とか視覚心理学ではなく、言説の構造に関わる。絵画はあたかも全体的であるかのように姿を現す、言語的物語は線的であるかのように。特定の観客あるいは読者が特定の作品をどのように知覚するかに関わりなく、そうするのである。構造と知覚は別なのだ。時間性が物語テクストの特徴をなすが、絵画（あるいはこの問題に関しては非・物語的な言語テクスト）の場合はそうではない[7]。時間性は絵画の知覚という観客の行為にのみ関係していて、絵それ自体とは全く関係がない。しかし、時間性こそが物語的テクストに内在し、それを構成しているのである。言語的（あるいは他の）物語によるコントロールに相当するものは、（非・物語的な）絵画や彫刻の経験にはみられない。飛ばし読みをしたり、ビデオテープを早送りしたり、二幕目にタバコを吸いに外に出た読者や観客はどうにかして——人に尋ねたり、推測することによって——その間に起こったことを知らなければならない。

音楽もまた時間に規制された構成物で、したがって私の意味する「テクスト」である。たとえば、西洋古典音楽では末尾第二楽節の属和音が一般に解決の主音を引き出し、聞き手の期待をそこまでコントロールする。しかし、音楽のテクスト性《テクスチュアリティ》は言語のテクスト性とは異なる類のものである。大部分の美学者は音楽が記号論的（あるいは少なくとも「微小《ミクロ》・記号論的」）ではないと主張する。音楽は各々の要素——音符、楽節、楽章——と現実世界あるいは想像の世界の何か他のものとの間の（私たちが前者を記号表現《シニフィアン》、後者を記号内容《シニフィエ》と考えるような）恒久的な参照関係を持たない。しかしながら、大部分の他のテクストはそのような参照を行う。それらは参照記号が鎖状につながった連続体なのである。「猫《キャット》」が一つの指示物を表わし、「座った《サット》」がもう一つの、「マット」が三つ目を表わし、「猫がマットに座った」はその三つの意味論的合成物を形づくるという具合である。

二つの異なる種類のコミュニケーション、テクスト的なものと非・テクスト的なものが互いに奉仕するように働く。（ちょうど様々なテクスト・タイプが互いに奉仕するように働くように——これについては後ほど論じる。）したがって、舞台の背景幕に掛けられた有名な絵の複製は、言葉やしぐさや動きといった劇のテクストに奉仕している。あるいは、よく知られた音楽のクレッシェンドは映画の視覚的、聴覚的イメージを助けて、プロットが山場を迎えつつあるという感じを強める。もちろん、この「従属的な」機能のもとでは、その絵や音楽の一節は自律性を多少失ってしまう。モーツァルトの『フィガロの結婚』の序曲とか「美しく青きドナウ」といった純粋に音楽的な構造物が映画物語の伴奏として使われたら、その音楽に集中することは困難である。例えば前者は『大逆転』で若い商品ブローカーの愉快な生活を状況設定《エスタブリシュ》するショットに「かぶせて」使われ、後者は『2001年宇宙の旅』で宇宙船が月面着陸の発着所に着陸する際の優美さを示すために使われた。映画音楽はとてもよく取り込まれている。実際、スコアを聞き始めたら、おそらく物語に興味をなくしたことを意味するだろう。

だが、私の主題はテクスト的コミュニケーションと非・テクスト的コミュニケーションの関係ではなく、**物語**と他のテクスト・タイプの関係である。近年の物語学ではっきりと立証された通り、テクスト・タイプのなかで**物語**を際立たせているのは、その「時間＝論理」、時間と論理という二重性である。**物語**は時間の進展を伴う——「外的」（小説、映画、演劇の提示の持続時間）にも、「内的」（プロットを構成する一連の出来事の持続時間）にも。前者は**物語言説**《ディスコース》（あるいはレシないしシュジェート）と呼ばれる物語の次元で作用し、後者は**物語内容**《ストーリー》（イストワールないしファーブラ）と呼ばれる次元で作用する。[8] 伝統的な物語では、内的すなわち物語内容の論理が因果関係という付加的な原理を生み出す（aという出来事がbを引き起こし、bがcを引き起こし、等々）か、もしくはより弱々しく、「偶然性」とでも呼べるもの（aはbを直接引き起こしたのではないし、bもcを引き起こしたわけでもないのに、それらが相まって作用し、xという状況なり事態を引き起こす）を生み出すのである。

非・物語的テクスト・タイプには内的な時間の連続はないが、しかし、明らかにそれらを読んだり、観たり、聞いたりするのには時間がかかる。それらの基本的な構造は静的ないし非時間的、つまり、通時的ではなく共時的なのである。たとえば、**議論**は観客《オーディエンス》／読者にある命題の妥当性を（通常、演繹的あるいは帰納的な道筋を辿って）説得しようとするテクストである。**描写**は「描写し《ポートレイ》」、「描き《デイピクト》」、「描き出す《レプリゼント》」。抽象的な概念や他の目に見えない実体に応用することはできるが、**描写**という用語は絵画やデッサンの言葉による相似物としばしば見なされている。しかしながら、ミシェル・ボジュールが述べているように、「描写する」はしばしば英語では非常に曖昧な意味で使われ、私が今行おうとしているような可能なはずの区別をすべてぼかしてしまう。辞書には、とボジュールは述べている。「いくつかの人をまごつかせるような同義語が出ている。それらは次のリストではイタリック体〔傍点〕にしてある。描き出す（represent）、輪郭を描く（delineate）、話す（*relate*）、詳述する／物語る（*recount*）、物語る（*narrate*）、言い表す（*express*）、説明する（*explain*）、描く（depict）、描写する（portray）。」[9]

描写が**物語**（あるいは**解説**）の同義語とみなされるのなら、それならば、明らかにもうこれ以上何も言うことはない。だが私たちは、用語の袋小路に陥るよう運命づけられているわけではないのだ。規範的な、規制の精神からではなく、ただコミュニケーションを促進しようと努力して、新しい用語を造り出し、古い用語を整理することがまさに理論づくりの務めである。私たちは（いくらかの今日の理論家が陰鬱にも満足しているように）言語の奴隷ではなく主人なのであって、自分が何について話しているのか、どうすればそれを最もうまく話すのかを決定できるのである。

描写は時として無頓着な隣接《コンティギュイティ》の一種と考えられている。たとえば、「私たちの考えを述べる／描写する」という表現に含意されているのは、幾分手当たり次第に並べられたもの、認知や概念化に非常に似通った気まぐれ《ファンタジー》である。けれども、あとで見るように、**描写**はただ単なる「手当たり次第の」テクスト・タイプなのではない。そこには一般にそれ自身の論理が存在している。(10)

議論は「論理」に依存するテクスト・タイプである。少なくとも非公式な意味合いにおいては。それは三段論法の厳密な「論証的な」論理というよりも、より穏やかな修辞的省略三段論法のそれを用いる。あるいはその論理は帰納法的と言えるだろうか、あるいはおそらく類推的と。(11) しかし**物語**の時間＝論理と異なり、**議論**の論理は時間的ではない。また、**描写**と異なり、**議論**は隣接ではなく、論理的必然性のように何か知的により堅固な、通常、より抽象的な基盤に基づいている。(12)

これらのテクスト・タイプは虚構《フィクション》とノン・フィクションの双方に通用する。つまり、この三つのテクスト・タイプはみなノン・フィクション的なテクストと虚構のテクスト双方の特徴になり得るのだ。例えば〔リンカーンの〕「ゲティスバーグ演説」やペア・ロレンツのドキュメンタリー映画『河《ザ・リヴァー》』はノン・フィクションの議論で、〔マーヴェルの〕「はにかみがちの乙女に」や〔スウィフトの〕「慎ましき提案」や第二次世界大戦を描いた大部分のハリウッド長編《フィーチャー》映画は虚構の議論である。(13)

さらに、「テクスト・タイプ」によって私はジャンル以外のあるものを意味している。ジャンルとは——少なくともその言葉の一つの意味合いでは——テクスト・タイプの特殊な亜綱《サブクラス》ないし組み合わせである。どのように定義しようと、長編小説、中編小説、短編小説、推理《ミステリー》小説、西部劇《ウエスタン》は**物語**的テクスト・タイプのジャンルの亜綱なのである。テオフラストス〔BC三七一？—二八七？、ギリシアの哲学者〕的性格は**描写**の一つの亜綱である。説教は**議論**の一つの亜綱である、などなど。

テクスト・タイプは決まって互いに奉仕するように作用する。〔シェリーの〕「オズィマンディアス」は、表向きは描写——「古《いにしえ》の国からやって来た旅人」が見たこと——であるが、支配的な構造は議論で、その命題はかく浮世の名誉は移り行くといったところである。『ユリシーズ』の教義問答のような「イタケ」の挿話は、支配的な物語に仕える議論である。小説の語り手たちは決まって脱線して描写し、議論をするし、描写を司る者は物語り、議論し、そして論者は物語り、描写する。（それぞれのプロセスを後ほど例証する。）

テクスト研究はサービスという概念によって単純化すると同時に豊かになる。テクスト・タイプは異なる表層の形式によって現実化される根本的な（あるいは支配的な）構造である。この概念は、テクストの複雑さをすべてのものはちょうどそこに、表層に存在するという仮定よりも、満足のいくように説明してくれる。たとえば、イソップのある寓話が「あるストーリーを語っている」というただそれだけの理由で物語《ナラティヴ》だと言うことは、明らかにその最も重要な特性を見逃している。表層の形式において寓話は物語であるが、明らかに語りはある「教訓」、すなわち議論に奉仕しているのである。スーザン・スレイマンが述べているように、そのようなテクストは「論証［という］発語内的動詞に基づいている。[14]」明らかに、すべての物語——いやそれどころか、すべてのテクスト——はイデオロギーにどっぷりつかっている。もっともそれを隠そうとしたり、否定しようとするものもある。しかし、テクスト的観点から言えば、あるイデオロギーを含意することと、ある命題を主張することを区別することが重要である。明らかに『ユリシーズ』や『魔の山』や『8 1/2』はイデオロギーを「論じて」はいない。[15]

各々のテクスト・タイプの広い言説機能（**物語**的であろうが、**描写**的であろうが、**議論**的であろうが、その支配的なテクストの意図）とテクストの現実化ないし表明（言語テクストの一つの文章であれ、漫画の描線の形状であれ、映画の一ショットであれ）との違いをはっきり理解する必要がある。以下は互いに奉仕し合うテクスト・タイプの例である。

議論

ラ・フォンテーヌの寓話「太陽と北風」は、どちらが早く旅人の外套を脱がすことができるかをめぐる北風と太陽の戦いを物語っている。

［北風は］ピューピュー、ごうごう、荒れ狂い、そこらにある
なんの罪もない家をぶちこわし、たくさんの船を沈めたが、
それというのもただあの外套のため。
馬上の男は、はげしい風が
なかに吹きこまないように十分に気をつけた。
それでかれは無事だった。風は時間をむだにした。
どたばたすればするほどに、むこうは毅然とかまえていて、
ただいたずらに襟や袖口を揺さぶるばかり。
賭けに決めた
時間が切れるとすぐに
太陽は雲を追いちらし
馬上の男を落ちつかせ、やがてなかに浸透して、
雨外套の下で汗をかかせ、
それを脱がずにはいられなくする。

それでも全力をつくしてやったわけではなかった。
徳は力にまさる[16]。

ラ・フォンテーヌの寓話は**議論**に奉仕するように**物語**を利用している。その議論とは飴と鞭のそれで、誘惑が攻撃よりも効果的だということである。他者を自分の意のままに従わせるには、相手が必要とするものに自分の要求を合わせることである。(ポイントは二つの自然力のちがいにはない。風はやさしく吹くこともできただろうし、全く吹かずに暑さに任せて旅人の外套を脱がせることもできただろう。一方、太陽ははじめから暑くしすぎたら、負けていただろう。その場合、旅人は外套のことなど考えもしないで、すぐに避難所を探しただろうから。)

次の例は逆の状況で、**物語**に仕える**議論**の場合である。フィールディングの『ジョウゼフ・アンドルーズ』は次の議論ではじまる。

百の教訓よりも一つの実例が心に深い感銘を与えるということは、陳腐ながらも真理である。憎むべく咎むべき事柄についてもそうであるが、愛すべく褒むべき事柄についてはいっそうしかりである。後の場合にあっては、競争心というものがすこぶる巧妙にわれわれに作用して、抵抗しがたいまでにわれわれの模倣心を刺激する。されば一人の善人の存在はその知友全部にとって不断の教訓となり、その狭い一団の中では良書などよりはるかに大きな効果を発揮するのである。

ところが往々にして最良の人物は人に知られることが少なく、したがって実例としての効果を遠く及ぼすことができない。ここに文筆の士の力を借りてその伝記を広め、敬愛すべきその人たちの姿を、原物を知る幸せに恵まれない人々にまで髣髴させることが考えられてくる。こうなると、このような貴重な典型を世に伝えることによって、これら文筆の士が人類に寄与するところは、最初にその典型を提供した当の人物のそれよりも、一層宏遠ともなりうるであろう(17)。

この議論はそのすぐ後に続く物語の存在理由を提供している。その修辞的構造は十八世紀の法律家に私たちが期待するものである。議論は、日常生活の経験よりも小説が上手に美徳を説く、なぜなら出版物は人間行動を直に観察するよりもより広い読者に教訓的な例を納得させるから、というものである。それは古典的な方法で、一連の省略三段論法に基づいている。大前提は一つの格言で、「陳腐ながらも真実の」という自己弁明によって口当たりのよいものになっている。それから（『ジョウゼフ・アンドルーズ』は『ジョナサン・ワイルド』とちがって、不道徳な問題ではなく道徳的な問題に関わっているので）小前提がさらに有力な根拠のもとに提示される。よい例が悪い例よりもより大きな影響を及ぼすことを誰が疑い得るだろうか。前者を私たちはただ模倣するだけだが、後者は模倣しないように注意しなければならないのだから。第一の省略三段論法の結論は善人の例の持つ力をすみやかに認める。第二の省略三段論法は再び一つの自明の大前提を利用する。すなわち、善人などめったにいるものではなく、人が彼らの例から学ぶ機会は限られている、である。小前提も容易に認められる。なるほど、当然のことながら出版されたり、放送されたりするものが、そうではないものよりも多くの人々に享受されるというのは事実である。結論（当然そうあってしかるべきなのだが、第一の省略三段論法の結論よりも限定的で、疑わしい）は、小説家は自分がその人生を模造している善人よりも「その寄与するところはいっそう宏遠となる」というものである。（小説家が一般に善人よりも優れているとは暗示されていない。そうすると行き過ぎてしまって議論を台無しにしてしまうことになるだろう。）

無論、議論は物語の言説よりも物語の内容を支持するかもしれない。次の例もまた『ジョウゼフ・アンドルーズ』から採られたものだが、これはプロットのある出来事の衝撃を劇化するために推測と類推と誇張を混ぜ合わせた、一層有力な証拠となる議論を用いている。

仮に想像してみたまえ。見知らぬ男が弁護士の事務所に入ってくる、依頼人だと思って弁護士が料金をと掌を出しかけた瞬間に、その男が逮捕令状を引っぱりだした光景を。あるいは、技術卓抜な医者を乗せた馬車の扉に、薬屋が寄り添って、患者の処方をわたすかわりに、医者自身の薬を一服さしだした光景を。あるいはまた、某大臣が、何々閣下、何々卿あるいは何々殿に、大枚の金ではなく、いやというほどの箒《ほうき》の柄《え》をお見舞い申したところを想像してみたまえ。あるいは何かの役人が、または麾下《きか》の将校が、その庇護者の耳に、徳、名誉、美、才能の賛辞の代わりに、悪徳、不名誉、醜、愚の侮辱を大音声《だいおんじょう》にわめいたとしたらどうか。あるいは商人がはじめて持ち込んだ勘定書きに、流行児が即座に金を払ったところを想像し、またその際商人のほうが、どうせ待たされるだろうと思って高くつけておいたからそれだけ差し引きますと申し出たところを想像してみたまえ。要するに――何をしようとも、アダムズが上のようにいい終えたときにトラリバー師の襲われた驚愕に匹敵するものを想像することは到底できないのである[18]。

当然のことながら、フィールディングの時代以降、物語内容という構成要素あるいは物語言説という構成要素を正当化するためにこれほど徹底的に議論する小説はほとんどない。十九世紀には**議論**はたとえ見出されるとしても、格言に圧縮されがちで、その前提は自明なので（と論者は期待する）論理的な論証の必要はないくらいだ。たとえば、『赤と黒』において語り手は神学校でのジュリアンの生活を詳細に述べないことを弁明するが、その根拠は「ある種の事柄に関しては、現代人はそれで非常に苦しんでいるために、思い出すたびに激しい嫌悪を感ずるばかりか、その嫌悪の情がほかの楽しみまで、たとえば物語を読む楽しみまですっかり台無しにしてしまう[19]」というものである。その簡潔さにもかかわらず、この格言は次の順序で内包されている議論の結論と見なすことができる。

大前提　嫌悪を催させる経験がすべての楽しみを台無しにする。
小前提　物語を読むことは楽しい経験である。
結　論　嫌悪を催させる経験を思い出させるような物語を読むことは、楽しみをすっかり台無しにする。

議論は現実の世界についての一般化ではじまる。しかし、結論、すなわち格言は省略三段論法の大前提の役を果たし、それが虚構の世界、あるいはこの場合メタ・フィクションの世界――というのは、議論は物語内容に関してではなく、物語言説に関わっているからである――へと越境してきている。

大前提　嫌悪を催させる経験を思い出させるような物語を読むことは、楽しみをすっかり台無しにする。
小前提　神学校でのジュリアンの生活の詳細は嫌悪を催させるようなものである。
結　論　読者がこの物語の楽しみを奪われないようにその詳細を省略してもよかろう。

これまで私が選んできた例は、話の運び《アクション》や登場人物についての語り手たちの注釈から採られた。議論は無論、登場人物が口で発したり、心に思い浮かべたりする形でまことに容易に存在し得る。実際、登場人物が議論に没頭すればするほど、その特徴が雄弁に語られることになる。『アンナ・カレーニナ』においてレーヴィンの異母兄、過度に理知的な［セルゲイ・］コズヌイシェフはキティの友だちのワーレンカの魅力に独身生活を捨てそうになる。しかし、彼は自分がその女性に恋をするだけでは許せない。自分が恋におちたその経緯を論じなければならないのだ。あたかも感情を有することの許可を自分自身に与えるかのように。

しかし、なぜいけないのだろう？　と彼は考えた。――もしもこれが発作的な出来事とか欲情とかいうものだったら、もしおれの味わっているものがこの愛着、この相互の愛着（おれはこの相互の、と言える）だけだとしたら、それはおれの生き方には反するものだと感じるだろうし、そんな愛着に溺れたらおれは自分の使命や義務を裏切ることになる、と感じるはずだ……だが、そんなことはない。ただ、おれがこのことにあえて反対を唱えられるとすればそれは、前にマリイを失ったとき、おれはいつまでも彼女の思い出を守ろうと自分に言い聞かせてきた、という点だけだ。……彼は自分の知っている婦人や令嬢たちを幾人思い浮かべてみても、冷静に判断して、自分の妻に望ましい資質を残らず、本当に残らずあの程度に備えている娘を思い浮かべることはできなかった。というのも［ワーレンカは］若さのあらゆる魅力とみずみずしさを備えていて、しかももう子供ではなかったから、もし彼を愛しているとすれば意識して愛していたはずで、これは女性としては当然なことだった。これが第一。第二は――彼女は社交性というものから遠いばかりか、明らかに社交界に対して嫌悪の情をすら抱いていた。が同時にまた、社交界というものを知っていて、上流社会の婦人としての礼儀作法をすべて心得ていた（セルゲイとしてもその心得のない婦人では生涯の伴侶としては考えられなかった）。第三に――彼女は宗教的だった。それも子供っぽく無分別に宗教的で善良だというのではなく（キティなどはその例だが）、彼女の生活そのものが宗教的な信条の上に築かれていた。[20]

プロットがやがて証明するように、心の問題についてそのような入り組んだ議論を組み立てる必要がある人間は、刺激に反応しないような強い理性を備えている。

描写

物語学にとって**描写**は他種のテクスト・タイプとしては最も興味深い。なぜならば**物語**との関係が最も微妙で複雑だからだ。**描写**は議論と比べてより控え目に支配的な**物語**に同化する。語り手が口にすると**議論**ははっきり注釈として突出してしまうが、それはたいてい多くの現代の小説家が排除しようとしてきた類の「介入」と解釈される。たとえば、『ダロウェイ夫人』のような小説の、描写は豊富だが、乏しい注釈を考えてみればよい。注釈が本質的に非・小説的だというのではない。（ウェイン・ブースが予言した通り）最近の数多くの小説の実り豊かな復活にその立派な証拠がある。[21]

描写を物語のテクストに導入する伝統的な方法は最初に一まとめにして提示することである。ディケンズが『リトル・ドリット』でやっているように。「三十年前のある日、マルセイユは陽射しを受けて焼けつくような暑さだった。猛烈な八月の日の焼けつくような太陽は南フランスでは当時、少しも珍しいものではなかったが、それはいかなる時でも、それ以前でもそれ以降も変わらない。[22]」より新しい小説《フィクション》は苦労して**描写**を話の運び《アクション》と混ぜ合わせようとする。ジュネットの鋭い言い回しによると、スタンダールとフローベール、そしてプルーストは描写を「粉砕して」、出来事の進展に沿ってそれを撒き散らしたのである。ジョゼフ・コンラッドとフォード・マドックス・フォードの「分配」もこの効果の別名である。好例はエンマ・ボヴァリーがトストの新居を見回している場面で、そこでは「テクストの全体の動きは一人（あるいは数人）の登場人物の歩み、もしくはまなざしに支配されていて、その展開は行程の持続と正確に一致する。[23]」

小説の「劇化」を主唱する批評家は**描写**を介入的であるとはそれほど思わないようだ。**議論**とちがって**描写**は注意を引きつけることなく**物語**と共存するように思われる。事実、理論家の中には**描写**がそれ自体は本質的に物語世界的であると（後で論証するように誤って）主張するものがいる。

けれども私たちは一方でテクスト・タイプとしての**物語**および**描写**と、かたや「物語的」とか「描写的」と漠然と呼ばれるテクストの表層の文章とを注意深く区別しなければならない。人物や事物を名付けるという社会言語学上の強い責務があるが、命名は常に最小限の描写である。その上、名詞は通常、名詞句として使われ、そこには形容詞などの修飾語がさらに描写をつけ加える。だが、テクスト的観点から言えば、これは付随的な――協調一致したものではない――描写で、テクスト・タイプとしての**描写**ではない。

とりわけ疑わしいのが、ジュネットの次の言葉である。「出来事を物語る《リカウントする》ことと事物を描写することは二つの似通った作業で、言語という同じ手段を活用する。[24]」それが意味すること――言語によって現実化されたすべてのテクスト・タイプは「同じ手段」を用いる、言語の手段とは詰まるところことばなのだから――を理解するのは難しい。（同じく線描や映画の撮影、あるいはそれに類したものによって現実化されるすべてのテクスト・タイプはその媒介《メディア》によって束縛される。）しかし、「描写する」ことは「物語る《ナレイトする》」こととは確実に異なるし、**描写**を表わす典型的な動詞を求められたら、より能動的な動詞よりも繫辞（あるいはその相当語句）を挙げるだろう。主語が何々だったと言うのであって、何々したとは言わないのである。

表層のレベルでは一つの文章には夥《おびただ》しい描写があるかもしれない、たとえ主眼が物語にあるとしても。たとえば『罪と罰』から。「息苦しさ、雑踏、いたるところにある石炭、材木、煉瓦、塵埃、別荘を借りる工面のつかぬペテルブルグ人の誰もがよく知っている一種特別な夏の悪臭――こういったものがみな一つになって、それでなくても調子の狂っている青年の神経を、いやが上にも不愉快に刺激するのだった。[25]」この文章には多くの描写的な表現が押し寄せている。たとえ、述語の作用、「コメント」あるいは（「トピック」と反対の）統語上の焦点が、一つの「行為」、すなわち環境によるラスコーリニコフの神経の麻痺にとどまるとしても。

物語的文章が描写に仕えるのは、ちょうど描写的な言い回しが物語の余白を満たすのと同じくらい容易である。

ピーター・クェネルの『イタリアのバイロン』からの抜粋を考えてみよう。この作品はブルックスとウォレンの『小説の理解』に「人物スケッチ」の一例として収録されている。ということは描写であって物語ではないということだ。

マーガレット・ブレシントンは冒険好きで愉快な人物だった。ウォーターフォード郡のけちな地主の娘で、十五歳にして第四十七連隊のセント・レジェー・ファーマー大佐とかいう人物との、みじめな結婚を無理強いされた。三カ月後、ファーマー夫人は夫のもとを去った。ロレンスが一八〇七年に彼女の肖像画を描いた。そして彼女は次にジェンキンズ大尉の愛人として再登場するが、その大尉と数カ月間、人目を避けて落ち着いた家庭生活を送った。ジェンキンズ大尉の腕からマーガレット・ファーマーは、富裕で金遣いが荒く、流行に敏感なマウントジョイ卿の腕に移った。ハンプシャーのステッドマントンからマンチェスター・スクウエアの家へと。債務者が入っている拘置所の窓から落ちたファーマー大佐は妻の幸運に対する最後の障害を取り除いた。そして、その瞬間から彼女は無類の確信を抱いて颯爽と歩を進めた。ブレシントン卿は凡庸だが思いやりのある人物で、金持ちな上に気前がよく、愛想がよく、不信を抱かないだけでなく、献身的だった。ブレシントン夫婦と旅を同行したのは、あのまぶしいくらいの青年、優雅さの典型、男性的な気品の雛型、アルフレッド・ドーシー伯爵だったが、世間は彼を（疑いの余地なく正しいのだが）ブレシントン夫人の愛人とみなしていた。三十五にして、頭の真ん中できちんと分けられ、なめらかな白い額から後ろに撫でつけられた、輝くばかりの黒髪と細やかな肌と気品ある額と表情豊かな輝く目をしたマーガレット・ブレシントンは人を喜ばせる能力をすべて保持していた。美貌には鋭い知性をつけ加え、快活さと好奇心にはちょっとした文学的才能をつけ加えた。当然のことながら、彼女はバイロンのもとを訪れることを熱望した。(26)

最初の文章の繋辞がそのあとに描写が続くことを暗示するが、次の四つの文章は物語を提示しており、その特徴は一連の出来事を意味する動詞である。すなわち、「無理強いされた」「夫のもとを去った」「人目を避けて……生活を送った」「移った」である。しかし、明らかに、物語こそが描写に奉仕するように作用しており、とりわけブレシントン夫人がいかに「冒険好きで」「愉快」であるかを例証している。このように、能動形の動詞が支配的な描写の目的に奉仕している。「彼女は次に再登場する」という動詞にも注意していただきたい。文法的な額面価値では能動であるが、「再登場する」は物語的な力というよりも描写的な力を帯びていて、彼女の「再登場」という話ではなく、時間に沿ったいろいろな段階でのブレシントン夫人の人柄を示す一連の絵画的描写《タブロー》を暗示している。他の箇所でも描写の多くが能動的すなわち「出来事に満ちた」文章によって伝えられるが、それは表面上のことにすぎない。描写はまた表面的には出来事を示す文章の中で名詞を修飾する形容詞によっても伝えられる。「マーガレット・ファーマーは富裕で、金遣いが荒く、流行に敏感なマウントジョイ卿［の腕に］移った」とか「ブレシントン夫婦と旅を同行したのは、あのまぶしいくらいの青年、アルフレッド・ドーシー伯爵だった」とか。能動ではあっても、これらの文章には支配的な物語的な力はない。「美貌には鋭い知性をつけ加え、快活さと好奇心にはちょっとした文学的才能をつけ加えた」の「つけ加えた」という動詞によって喚起される物語的な出来事は一つもない。これは「彼女は器量がよく、聡明で、快活で、好奇心が強く、適度な文学的才能の持ち主だった」という言い方を、よりエレガントにしたまでのことである。

　もちろん、ちょうど**描写**がここでの支配的なテクスト・タイプであるように、この抜粋自体はより大きな物語、バイロンの伝記に支配されている。だが、（ブルックスとウォレン同様）私も抜粋だけを論じている。**描写**が常に**物語**に対して補助的なもので、自律して存在することはできないと主張すること、ジュネットに同調して「描写は語りから独立したものとして考えるべきものだが、実際にはいわば自由な状態にあることは決してない——描写はきわめて当然ながら、物語の端女、いつでも必要とされるが常に物語に従属し、決して自由の身になることのない奴隷なのだ[27]」と言うことは、理論という池の水を濁らせることである。そのような主張は「人物〔スケッチ〕」のように定着し、自己充足した描写的ジャンルを無視することである。トマス・オウヴァベリ卿の労作（以下に完全に引用）を考えてみよう。

衒学者

彼は法則の中を歩む。片手は詩の韻律を調べ、もう片方が笏を持っている。彼は主格が動詞を支配しないなどとは到底考えない。また、彼は自分の人生に意味を見出したことが一度もない。というのも、彼が旅したのは、ただ言葉を求めてのことだったから。彼が野心を抱いているのは批評、彼の手本はキケロ。彼は成句を高く評価し、音で遊ぶ。そして、話の八つの部分が彼の僕《しもべ》。手短に言って、彼は例外的な人間なのである。というのは、彼は言葉の単数しか知らず、複数を欲しているから[28]。

確かにこれは衒学者についての物語ではなく、その描写である。ここでもまた「歩む」とか「韻律を調べる」といった出来事を特徴づける能動的な動詞はただ単なる表面的な現象にすぎない。テクストは基本的に描写的である。強調されているのは、ある人物の存在と特徴なのであって、その人物の行動の歴史ではない。ブレシントン夫人の描写と異なり、「衒学者」の描写的機能は（過去形あるいは現在進行形ではなく）単純直接法現在である。しかし、時制は表面的な特徴で、テクスト的な必要性の点では些細なものである。テクスト・タイプという目的のために、これらの動詞は構造的に「〜である」の等価物となっている。それらは衒学者を描写するもう一つ別の道具にすぎないのである。

表面的な表現／再現全体が物語に見える場合も、全体としてのテクストは描写として機能し得る。たとえば、

『ブルーガイド』からの次の一節を考えていただきたい。

人はルーアンの旅を河岸から始めるが、そこ、つまりボワエルデュー橋からは街と港全体の美しい眺めが得られる。マティルド橋（現在のボワエルデュー橋の場所にあった）からジャンヌ・ダルクの灰がセーヌ川に撒き散らされた。上流ではラクロワ島がこの都市とつながり、郊外のサン＝スヴェールとは新コルネイユ橋でつながっている。下流ではブルス河岸一帯が再建され、広大な四辺形をなして、大聖堂まで広がっている。……ブルス河岸の川下右側にジャンヌ・ダルク通りがあるが、この通りは河岸と右岸駅をつなぐ広い現代的な街路である。この道路の突き当たりに新しい劇場（一九六二年）があり、それから、駅に向かって歩いていくと左側に十五、六世紀のサン・ヴァンサン教会の跡があって、袖廊と入口だけが残っている。その少し先、同じ側にトゥ・サン・アンドレ・オ・フェベル教会が位置している。(29)

明らかに、この種の文章の任務は、そこにあるものと旅行者が見るべきものの双方を描写することである。この「すべき」にはもちろん、いささか**議論**じみたものが含意されている。旅行のガイドブックはただ描写するだけでなく、Xを見るべきこと、時間に余裕があったらYを見るべきこと、Zは全く見る必要がないということを説得することにも関わっているのである。さて、*Sehenswürdigkeiten*（「見るに値するもの」）の提示の順序は時間的である。時間性は（「ルーアンへの旅」といったタイトルの本と同じ）小さな物語を暗示することもできるが、時間性の動機は明らかにかなり異なる。物語の時間の配列が典型的な効果――サスペンスと驚き、ある時代の完結した世界の感覚など――を作り出すのに対して、旅行ガイドの時間の配列の原理は、旅行者の便宜のためだけのものである。読者はボワエルデュー橋から旅を始めるよう指示される。なぜなら、そこから都市の見事な外観が得られるからだが、それは近くから景色を詳しく調べる前にはいい経験である。見るに値するものが見られるべき順序は、隣接の結果にすぎない。したがって、時間的な配列は便宜、旅行者の時間とエネルギーへの配慮に関連している。要するに、ウォレス・マーティンが述べているように、「提示の順序を決定する書き手とそれを決定する出来事との間には明らかな相違が存在する」のである。[30]

映画、少なくともドキュメンタリー映画もまた主として描写的であり得る。もっとも、補助的な瞬間は物語の流れに沿っているかもしれない。デイヴィッド・ボードウェルとクリスティン・トンプソンが論証するように、レニ・リーフェンシュタールの一九三六年のオリンピックの記録映画の第二部〔『美の祭典』〕は主に描写的（彼らの用語では「カテゴリー的」[31]）である。個々の種目の進展が物語られるが、映画全体は次のようなカテゴリーによってオリンピックを描写している。

1　自然とオリンピック選手たち（朝の練習と水泳）
2　体操
3　ヨットレース
4　五種競技
5　女性たちの練習
6　十種競技
7　フィールド種目（フィールドホッケー、ポロ、サッカー）
8　自転車競技
9　馬術（クロスカントリー）
10　ボート
11　飛び込み及び水泳

このように、それぞれの種目の物語が映画全体の描写の目的に仕えているのである。

支配的なテクスト・タイプを識別することがかくのごとく抑えがたいので、全く異なるテクスト・タイプに「よりふさわしい」文章の山に私たちはそれを見出すかもしれない。例えば、物語の表層に夥しい「描写的な」文章が書かれている場合があるかもしれない。アラン・ロブ＝グリエの『嫉妬』は、ほとんどの批評家が認める通り、一つの物語（あるいは反・物語）である。たとえ、ほとんどすべての文章が形の上で描写的であっても。

> 正面の壁には、むかでがいる。羽目板の中央に、はっきりと姿を現わしているのだ。
> 十センチ足らずの曲った矢のようなむかでは、（廊下の敷居の）柱脚の稜と天井の隅との中間あたりの、ちょうど目の高さに止っている。それは動かない。ただ触角だけが、ゆるやかなしかし連続的な動きをしつつ、かわるがわる上ったり下ったりする。
> 後部の先端における[32]……

ジュネットはこの事実を認めているが、不十分な結論しか引き出していない。「ロブ＝グリエの作品はページを追うごとに気がつかないくらいに修正された描写のみによって一つの物語（一つのストーリー）を作り上げようとする努力であるように……思われるが、それは描写的機能のめざましい昇格であると同時に、その還元不可能な物語的合目的性の明白な確認でもあるのだ。[33]」その反対に表明されているのは、描写の「還元不可能な合目的性」ではなく、テクストの一機能、すなわち（別種のテクストに典型的にみられる文書による）物語の現実化である。

「ただ単に必要に迫られて、それがテクスト的に継起的であるという理由で[34]」還元不可能なほど物語的であることが、**描写**の運命なのではない、とマーティンは述べている。**描写**が**物語**に奉仕すると、テクストはより全体的な意味をなし、描写としてよりも物語として豊かに報いてくれる、ということが分かる。いかなるテクスト・タイプもテクスト性の宇宙ではいかなる特権も持っていない。支配的な構造は必ずしも個々の文章（あるいは他の記号表現）の表層に反映されないのだ。テクストは階層的であって、私たちは「支配的な」とか「〜に奉仕する／仕える」といった言葉に階層の違いを認めねばならないのだ。

第二章　描写はテクストの侍女にあらず

物語学の第一人者ジェラール・ジュネットは書いている。

次のように思われてくる——すなわち、文学的再現の様式としては、描写はその目的の自律性という点でも、またその手段の独自性という点でも、それほど明快には語りと区別されないのであって、だとすれば、プラトンとアリストテレスが物語と呼んだところの物語＝描写の統一体（力点は物語の方にあるが）を崩すには及ばない、と。かりに描写が物語の境界をしるすとしても、それはまさに内部的な、しかも結局はかなり曖昧な境界にすぎない。それならば、あらゆる形式の文学的再現を、物語という概念の中に包括したとしても、何ら不都合はないわけだ。そして描写は、物語の様式の一つとしてではなく（そうなると、言語の一特殊性が含意されることになろう）、もっと控え目に、そのさまざまな相の一つ——ある観点からすれば、たとえそれがもっとも魅力的な相であったとしても——というふうにみなされることになるだろう。(1)

ジュネットはこの見解を『物語のディスクール』で繰り返している。「これら［語り手の注釈や介入］の本質は、厳密にいって物語ではないということである。一方、描写は物語内容の空間的＝時間的な宇宙を構成するものである以上、物語世界的なのである。(2)」

ジュネットの**描写**と**物語**の同化は歴史的に久しく抱かれてきた偏見を反映している。古代修辞学（年代記《クロノグラフィ》、地誌学、人物研究、人物描写《エソポエイア》、擬人法、肖像画、対比、絵画的描写《タブロー》などの特殊型《サブタイプ》の入念な分類法を有している）からヌーヴォー・ロマンにいたる、その歴史を見事に解説してくれるのはフィリップ・アモンである(3)。

その伝統は**描写**を二次的ないし派生的とみなしている。すなわち、ただ単に**物語**（通常、論じているうちに「叙事詩」に格上げされる）に奉仕するだけでなく、絶対的にそれに劣るとされているのだ。この偏見は、とアモンは推測している、おそらく**描写**が退屈で、実用的な仕事——在庫品調べや旅行ガイドや取扱説明書など——を連想させることから生じたのだ、と。アモンは書いている、「描写する」ことは常に「〜のために描写する」ことであった、と。修辞学者や批評家はおそらく（私がその用語を使う際の専門的な意味での）「サービス」とはそれ自体皮相性のしるしなのだということを感じてきたにちがいない。あるいは**描写**は（叙事詩よりも「より純粋な」詩形とみなされている）抒情詩に最も好まれるテクスト・タイプなので、おそらく**物語**でそれを用いることは反対されるのである。なぜなら、**描写**は作者をそそのかして、それ自体を目的とした、長々と引き伸ばされた華麗な文章で物語の流れを中断させるからである。いかなる理由であれ、**描写**はその伝統にとって「言説の装飾のそのまた装飾、いくぶん大袈裟なプロセスで、その行き過ぎは注意深く抑制しなければならない(4)」のである。

アモンは**描写**を信用しなかった修辞学者や批評家の長い、名高い一覧表を提出してくれる。『百科全書』の**描写**の項の著者マルモンテル、ブレア、ラルース、ボアロー、そしてヴァレリーまでも。ヴァレリーはこう書いた。

「もし［描写の］そういう自由さおよびそれが常習的にする安易さが作家の間に蔓延すれば、作家はそのために、彼らの抽象的な諸能力を使用することがだんだん稀になり、読者においては、注意して読む必要がなくなる」[5]と。アモンはこう書き留めている。「古代の理論家たちは**描写**の中に細部から細部へと漂う危険な〈流れ〉だけを見ていたようだ。それは何よりも［物語］作品の同質性、結合力及び品位を脅かす過程である。[6]」

伝統主義者にとって、とアモンは続けている。**描写**は「三重の危険」をもたらす。描写は「外来語」やその由来である専門分野［メティエ］の通用語《ジャーゴン》を好む。それは「一つの目的となってもはや手段ではなく」なってしまい、そのためにそれが仕えるはずのテクストに取って代わる。そしてついにはその「制御不可能な自由」によって、「読者の反応」に対するテクストのコントロールをゆるめる。それゆえに（と伝統は宣言する）、

> 描写は……決して言説の目的であってはならず、「従属的な手段」（ルカーチの［「物語るかそれとも描写するか？」における］表現。多くの点でマルモンテルのそれに驚くほど近いテクスト）にとどまらなければならない。この従属を言説の外にある例（ありとあらゆる実際的目的、会計検査官を納得させるためとか学問的なテクストを制定するためとか）に仕えさせよ、もしくは言説の中にある例（一貫性、階層、前方照応的つながり、「論理」、物語の読み易さを保証するため）に仕えさせよ。要するに、描写は脱線、「オードブル」であってはならないのだ。……描写は言説の最高位の階層にある例に、すなわち一方においては物語り［レシ］に、もう一方においては最高位の、生存する実体、すなわち主体、人間に従属しなければならないのである。[7]

多くの批評的全面禁止同様、この禁止も言説状況の複雑さを無視している。それはテクストの「サービス」が一方向に——下位の**描写**から高位の**物語**へ——のみ可能だと仮定している。しかし前章で見たように、その文

配的なテクスト・タイプが**描写**である多くの作品では「サービス」が控え目な**物語**によってなされるのであって、その反対の方向ではない。

細部から細部への**描写**の「流れ」と推定されるものも無目的なのではない。**描写**にはそれ独自の論理があり、**語り**の時間＝論理に似ていないからといって、それを軽視するのは不当である。アモンはこの論理の特徴を換喩的《メトニミック》としている。たとえば、庭園の描写は「必ずと言っていいくらいその庭を構成する様々な花や通路や花壇や木や道具などの列挙」(8)を前提としている。換喩的な構造は〔現実〕世界における、あるいは想像のなかでの事物の相互関係のみならず、事物それ自体の性質との関係（この場合「性質」は最も広い意味で理解されなければならない）をも必要とするだろう。

換喩《メトニミー》は、もちろん、（隠喩《メタファー》が類似の原理に基づいているように）隣接《コンティギュイティ》の原理に基づいている。そして隣接は**描写**においてはあらゆる次元で——空間的次元のみならず抽象的、知的、道徳的次元などでも——作用する。メイア・スターンバーグは隣接とそれを援助したり、修正したり、転覆したりする他の配列の原理の複雑な関係についてすぐれた論考を残している。(9)これらの関係の複雑さはきわめて多岐にわたっていて、「位階」（たとえば『虚栄の市』の一場面における座席の順）から脚韻や頭韻のような「純粋な形式面における」連結装置（「靴《シューズ》に、船《シップ》に、封蠟《シーリングワクス》／キャベツに、キング」〔『鏡の国のアリス』の「セイウチと大工」〕）にまで及んでいる。（アモンの庭のような）標準的な描写では隣接は「普通の経験」と一致する。庭園には一般にこれこれのものがあって、入れ物とその中に入っているものとの関係は換喩の配列の亜綱の一つなのである。そのような場合、強力な配列の原理が描写されるものの内容を決定するとスターンバーグは言うだろう。

他方、隣接が弱い場合——すなわち、かろうじて関係を保っている、あるいはさらに無関係の（「隣接しない」）事柄を描写が結びつける時——私たちは他の約束事に一貫性を求める。たとえば、スティーヴン・ディーダラスが大学へと歩いていく箇所で、スティーヴン緑地《グリーン》の描写はこうなっている。

スティーヴン緑地《グリーン》の樹々は雨に濡れてかぐわしく大地は死のような匂いを、沃土を通しておびただしい数の心臓から立ちのぼるかすかな香の薫りを放つ。年長者たちが教えてくれたのだが、この伊達ごのみで金銭ずくめの街の死者たちの魂は、時がたつにつれて小さくなり、大地から立ちのぼるかすかな死の匂いへと縮んでしまうのだ。(10)

「伊達ごのみ」と「金銭ずくめ」はほとんど隣接しないが、私たちはそれが並置されていることを別の約束事のもとに受け入れる。すなわち、ここでは「現代の大都市の異種混交性」とか「詩人の心の複雑さ」といったトポスに基づくリアリズム、つまり本当らしさという約束事である。他の小説家(ヘミングウェイがその一人)も隣接しない要素をつなぎ合わせるが、それとは別のテーマのためである。バルトの現実効果がこの現象を理論的に説明する。何か不調和な存在物とか性質が、これといった動機はないが断固として存在するということが、まさしくそれが存在することの「リアリズム」を保証するのである。(11)

支えとなる約束事への同様の訴えかけは登場人物たちの複雑な描写にも内在する。次に掲げるのは『悪霊』においてピョートル・ヴェルホーヴェンスキーが最初に登場する際のドストエフスキーの語り手の描写である。

それは年の頃二十七、ないしそれ前後の、中背というにはやや背が高く、白っぽい感じの薄い髪を長めにのばし、口もとと顎にはほとんど目にたたぬほどのちぢれたひげを生やした青年であった。

服装はこざっぱりして、流行にもかなっているが、瀟洒な趣はなかった。ちょっと見たところ猫背でずんぐりした感じだったが、実際には猫背の気むずかし屋どころか、むしろさばけた男だった。人づきの悪い男のように見えながら、その実、後になって町の人たちみなが認めたように、彼の物腰はたいへん作法にかなっていたし、話にもむだがなかった。

彼は醜男というのではけっしてなかったが、その顔はだれにも好かれなかった。彼の顔は後頭部のほうに長く伸びていて、両側から押しつぶしたような格好になっているので、そのために顔がとがって見えた。額は突き出ていて狭かったが、顔の造作はちまちましていた。目は鋭く、鼻は小さくとがっていて、唇は長く薄かった。顔の表情にはどこか病的なところがあったが、それはそう見えるだけのことだった。[12]

これに一連の矛盾が続く。ピョートルはうぬぼれ屋だが、それに気づいていない。彼は早口に、急きこんだ調子で話をするが、そのくせ自信たっぷりで、立て板に水の話しぶりである。これは明らかに曖昧な肖像であるが、私たちは矛盾を受け入れる——いや、それどころか見事な手際と称賛する——私たちが熟知している二つの約束事のために。すなわち、「丸みのある」登場人物という約束事と不確かな、あるいは両面価値的な報告者という約束事である。ピョートルはただ単なる悪党ではない。興味深い悪党なのだ。複雑な自己矛盾は、「丸み」および語りの不確かさの、したがって現代における「心理学に対する」関心の源として「回復可能」である。

要するに、**描写**はそれ独自の論理を持っていて、その論理というのは**物語**や**議論**の論理に劣らず、効力のある約束事によって説明できるものである。その上、修辞的に反対の概念を保持しているにもかかわらず、他のテクスト・タイプに関しては描写の「価値」を決定する必要はない。価値というものは特定の作品が相対的に成功しているかどうかということに関心を持っている批評家だけが気にする問題なのである。

ジュネットが、どういうわけか**描写**が従属的なもので、したがって**物語**に劣るものであると暗に考えている唯一の理論家、あるいは批評家というわけではない。ジェルジ・ルカーチの意見（それはイデオロギー的に異質な世界のものである）もまた検討する価値がある。ルカーチはふたつの小説、ゾラの『ナナ』とトルストイの『アンナ・カレーニナ』のよく似たエピソードを比較することで議論を組み立てている。主題は競馬である。ゾラにおいては、「競馬は観察者の見地から描写されており、一方、トルストイにおいては関係者の見地から物語られる。」前者は「ただ単に描写的」であるのに対し、後者は「叙事詩」である。何故か？　前者は「ただ単なる偶然」の出来事であるのに対して、後者は「必然的」だからである。必然性は「事物や人物に対する登場人物の関係、すなわち登場人物が行動し、苦悩するダイナミックな相互作用から[13]」のみ生じるものだからである。

　このような論法を問い質すためにゾラの擁護者になる必要はない。これは明らかに偏狭な見解であって、理論的な意見ではない。もちろん、型にはまった描写がモダニズム小説の登場によって廃れてしまったのは事実である。けれども「粉砕された」あるいは「分配された」描写といえども、代わりの様式の一つにすぎないのである。一個人のものであれ一時代のものであれ、様式の好みと物語理論を混同しないようにしなければならない。

　ルカーチの見解に内在しているのはバルト的な本当らしさの概念——すなわち、リアリズムを保証するのはまさしく描写されるものの偶然性だということ——の否定である。ルカーチは不承不承にではあるが、「間違った現存在」の可能性を容認している。「人間の環境を作り出す事物は、「バルザックやトルストイにおけるように」必ずしも、常に必然的にその人の宿命に深く結びついているとはかぎらない。事物は人間の活動や経歴の道具を提供することもあり得るし、さらにはバルザックにおけるように運命の転換点ですらあり得る。しかしそれはまた人間の活動や経歴のただ単なる舞台を提供するだけかもしれない[14]。」

　ルカーチはこの効果のために『ボヴァリー夫人』の農事共進会のエピソードの価値を認めて、フローベールを——かすかに——称賛し始める。しかし、彼がそれを称賛するのは、究極的により高次の「象徴的な」レベルで協力する限りにおいてである。

　フローベールは「舞台」だけを提示する。彼にとって共進会はロドルフとエンマ・ボヴァリーの決定的なラブシーンの単なる背景にすぎない。舞台は偶然のもので、所詮「舞台」にすぎない。フローベールはその偶然性を力説する。役人の演説ととぎれとぎれの愛のやりとりを織り合わせ、対置することによって、彼はけち《プチ》なブルジョワジーの公的、私的凡庸さを皮肉っぽく並置するのだが、この対比は一貫性と芸術的手腕をもって成し遂げられている。

しかし、決着のつかない矛盾がある。このような偶然の舞台、このようなラブシーンのための偶然の機会は、同時にこの小説の世界の重要な出来事でもあるのだ。この舞台を詳細に描写することがフローベールの目的にとって、すなわち社会的な環境を包括的に描き出すために、絶対に必要なのだ。皮肉っぽい並置を指摘しただけでは描写の意義を汲みつくしたことにはならない。「舞台」は環境を再現する一要素として独立した存在である。しかしながら、登場人物たちはこの舞台の観察者にすぎない。読者には彼らはフローベールが描写している環境から分化していない、環境の付加的な構成要素にみえる。登場人物たちは一服の絵の色彩の塊になってしまう。そして、その絵は俗物主義の皮肉な象徴へと高められるかぎりにおいてのみ、無生命のレベルを超越するのである。その絵が獲得する重要性は（それがほとんど関わりをもたない）人物たちが出来事に対して感じる主観的な重要性から生じるのではなく、形式上の様式化という芸術的手腕によって生まれるのである。

フローベールはアイロニーを通して象徴的内容を、そして結果的にかなりのレベルの芸術性を、ある程度純粋に芸術的な手腕によって獲得している。しかし、ゾラの場合と同様、象徴が社会的不滅性を具体的に具現しなければならない時、そしてまた他の点では無意味なエピソードに、重大な社会的意義を吹き込むと思われるところでは、真の芸術は放棄される。(15)

この見解ではフローベールの芸術的手腕は「ある程度」だけ純粋である。「舞台」は一般原理として非難すべきものである。それは「小説の世界の重要な出来事」と統合されなければ、「単なる」あるいは「偶然の」舞台でしかない。「世界」でルカーチが意味していると思われるのは、主題という幟《バナー》をはためかせている、小説の究極的な、全体的意味である。そこに存在することで月並みになってしまった月並みな舞台と登場人物たち（「彼らは環境から分化していない、環境の付加的な要素にみえる」）は「俗物主義の皮肉な象徴」としてのみ意味をもつ。したがって、描写それ自体がフローベールに「かなりのレベルの芸術性」を獲得させたのではない。アイロニーだけが彼にその栄誉を授けるのだ。このように、ブルジョア文学理論にとってと同様、マルクス主義文学理論にとって描写の唯一の価値はテクストの何か他の目的に仕えることなのである。

　確かに、規範主義あるいはイデオロギー的なプロジェクトに邪魔されないテクスト理論は、テクスト・タイプの違いをよりよく理解させることができるだろう。なぜなら高潔さの順にテクスト・タイプを並べる必要がないからだ。ある描写がある物語にうまい具合に奉仕するかどうかというのは、理論の問題というよりも批評の問題、個々のテクストの分析と評価によって決定すべきものと思われる。しかし、役立つという概念自体は何ら不可思議なものではない。それはただ単に様々なテクスト・タイプがある時は明示的に働き、ある時は暗示的に働くそのさまを名づけた用語にすぎない。特定の事例でうまくいっている、あるいは具合が悪い理由を説明するのは批評家の仕事である。

　私たちは描写がテクストの表層でなされる三つの方法を区別することができる。

（一）　断言。ここでは表層における再現は標準的なテクスト・タイプの形式と私たちが呼ぶものに直接一致する。「サイモンはお人よしだ。」

（二）　非断定的な陳述ないし包含。「お人よしのサイモンは縁日《フェア》に出かけるパイ売り商人に会った。」ここではサイモンが「お人よし」だという記述は、統語論的には、斜格《オブリーク》ないし「無造作《キャジュアル》」である。すなわち文章の表向きの目的ではない。にもかかわらず、その言葉は表層に再現されている。

(三) 省略法による含意。「一人の通行人がサイモンに一シリング恵んでくれと言ったので、サイモンはあげた。通行人は笑って逃げ去った。」ここでは読者は並置された二つの出来事を解釈することによってサイモンのお人よし加減を推論しなければならない。すなわちサイモンが赤の他人に理由も聞かずに金を与えたこと、そしてその見知らぬ人間が大喜びして逃げ去ったことである。読者はこのコンテクストに働いていると思われるコードにしたがって、そう推論するのだ。たとえば、何の理由もなくお金を与えるのはばかげているという(資本主義的な)コード。(無論、このようなコードに支配されない文化において、あるいは私たち自身の文化圏においても「キリスト教的愛」のようなそれに匹敵するようなコードが拮抗するところでは、正反対の結果が引き出されるかもしれない。)

洗練された理論家にとってさえ表層における再現とテクストの支配的な(すなわち「深層」)構造の区別を明確にし続けることは困難である。ウォレス・マーティンは**描写**と**物語**は「融合して」見分けのつかない統一体になるので、この二つのものの境界線は人為的なものにすぎないと論じている。

描写を行動と登場人物の力学から切り離してしまうということは……それが感情的な彩色ないし装飾を施すために付け加えられた、したがって二次的な重要性しかもたない、テクストの固定した要素だということを暗示している。語りと描写の間を慣習的に区別してきたことによって二つのものの人為的な境界線が強められてきた。

トルストイが戦闘を描写し、あるいはハックが雷雨を描写する時、私たちはその一節を描写と呼ぶべきなのだろうか、それとも行動と呼ぶべきなのだろうか? 「行動」と「語り」は人間の行為の記述にのみ適用される傾向があり、それ以外の変化は出来事とか偶発事件と呼ばれる。けれども、生きている/変化しているものと生命のない／静止したものとのこのような対比は、出来事というものは一つの状態からもう一つの状態への移行と定義されれば、一つの状態あるいは両方の状態の静止した描写を必要とするはずだということに気付いたならば、ぼやけてしまう……さらに、心のなかの変化は動き《ダイナミズム》を暗示する動詞によって示されるかもしれないが、それでもやはり外的な変化を伴わないのである。[16]

けれども明記しておきたい。**描写**と**語り**は文章のレベルでのみ「融合」するのであって、基礎をなす構造のレベルにおいてではないということを。「融合」という用語は**物語**（あるいは実のところ、あらゆるテクスト・タイプ）とあるメディアにおけるその現実化との間の区別をぼかしてしまう。明らかに、小説中の多くの文章や映画の大部分のショットやパントマイム・ショーにおけるすべての姿勢や動きは、共同して行動（出来事）や登場人物や舞台（存在物）を継ぎ目のない一つの統一体として提示する。「眠そうな猫がファンシー・マットに座った」は猫《キャット》がマットに座った《サットした》という行動を物語る（「記述する」）と同時に猫は眠そうで、マットは装飾的《ファンシー》だと描写して（「描いて」）いる。アレグザンダー・ゲリーが述べているように、「行動は、描写があとを引き継げるようには終わらない。舞台は最初から行動に含まれている」[17]のだ。テクストの表層の継ぎ目のない文章（映画のショット、バレエの動き）は、より抽象的なレベルでそれが果たす多様なテクスト機能に対して私たちの目をくらませることがあってはならない。

　要するに、「融合」という概念は問題を解決するというよりも、より多くの問題を提起するのだ。テクスト・タイプが融合するのではない。そうではなく、一つのテクスト・タイプが別のテクスト・タイプを援助《アシスト》するという役目を果たすのだ。「融合」——この用語を使わなければならないとしたら——は現実化されたテクストの表層レベルでのみ起こる。同時に二つ以上のことをするのがメディアの再現能力の一部なのだ。すなわち、ある特定の文章は物語りの要素を含むこともできれば、描写し、そして／あるいは議論する要素を含むこともできる。

言説の異質の機能が織り込まれて、一つの同質に表現された表層になるのである。

　物語学はテクスト研究一般と同様、テクスト内の要素をテクストに（理論的に）「偶然」現れるものと分離する必要がある。表層の再現と基礎をなす構造との相違を明確にし続けてはじめて、私たちは**描写**というテクスト・タイプについて語っているのか、あるいはむしろテクストの表層の描写の一節（小文字であることに注意）、ある事物の性質を明らかにするために繋辞またはそれに相当する語を利用する一節について語っているのかが分かる。無論、その一節はいかなるテクスト・タイプにも仕えることができる。たとえば、次の文章では現実化された表層の記号表現（それは他の方法、たとえばカメラ移動とか様式化された素描で伝えることができる）は、基礎構造をなす描写と一体となっている。「猫は家を突っ切った。それは黒い稲妻だった。」最初の文章が公然と行動を再現しているのに対して、二番目の文章はストーリー対象の特性を公然と伝えている。「ジョンは暗い部屋に入った」と「部屋は暗かった。ジョンはドアを開け、部屋に入った」の異なる含意を考えてみよう。後者では「部屋は暗かった」というのはある種の断言であり、部屋の暗さに特別の注意を喚起している。前者では描写的な情報は偶発的なもので、いわば忍び込んできたものだ。

　同様の区別が映画にも決まって働く。ある映画が風景のパノラマ・ショットで始まり、動きが「描写的」だと私たちが判断したとする。普通映画を観に行くことは制度的には（そうではないと述べられていないかぎり）物語映画を前提としているので（第四章参照）、物語内容の時間がまだ始まっていないと私たちは推論する。他方、映画が明らかにプロットに関連した行動の途中から始まれば、細部描写への注目は二の次にされる。

　現実化されたテクストのレベルでいかに情報が導入されようが、物語言説のレベルにおける**語り**と**描写**の区別は人為的なものではなく、全くもって現実のものなのである。この二つのものは根本的に異なる方法で世界を表現する。物語学のそもそものはじまりから論じられてきたように、**物語**には二つの時間の次元、内的すなわち物語内容の持続と外的すなわち物語言説の持続が内含されている。一方、**描写**には内的な時間の次元というものは一切ない。現実にあるメディアでそれを伝達するのにどれくらい時間がかかるにしても。先ほどの導入部のショットの例では、物語的に重要なことはまだ何も起こっていない。

また動きが必ずしも描写の終わりで、物語のはじまりを標すということもない。映画の状況設定《エスタブリッシング》ショットにおける動く動物――たとえば、空を飛ぶ鳩――が必ずしも物語の最初の出来事を表わすとも限らない。そのショットは鳩の動きがプロットの進行と――出来事（足に結ばれたきわめて重要な情報を運んでいる）としてか、あるいは最初の出来事の舞台の一部（その鳥が田舎の空を飛び去ると、ヒーローとヒロインがキスしている）として――時間＝論理的につながると判明しない限り、あるいは判明するまで描写にとどまる。これはただ単なる動物と人間の違いではない。鳩は実際に物語の動作主かもしれないし、児童書におけるようにヒーローでさえあるかもしれない。しかし、いずれにしても、鳩の動きは時間のなかで起こるというだけではなく、物語内容の時間のなかで起こらなければならない。そうでなければ、鳩の飛翔はいかに「ダイナミック」であっても、プロットの機能を全く果たさず、細部描写にとどまる[18]。

　これが『戦争と平和』や『ハックルベリー・フィン』の背景をなす戦闘や雷雨をいかに扱うかという問題に対する適切な答えだと私は思う。「ダイナミズム」が問題なのではないのだ。プロットの時間が一つの行動によって進むという感じが得られない、つまり戦闘や雷雨が一連の出来事に結び付くという感じが得られず、ただそこにあるだけ（したがっておそらく、たとえプロットが進展しなくとも、そこにあり続けるだけ）だとしたら、そうしたらその機能は単に描写することであって、物語的なものではなかったのだと私たちは推論するのである。

　描写と**物語**の区別に対する同類の見方は、ジェフリー・キテイが精密かつ簡潔に論じている[19]。「〈描写〉はいかなる意味で行動《アクション》から真に自由になれるのか？」と問いながら、キテイは伝統的に描写の手本になってきた絵画やそのほかの芸術作品には表層だけしかないことに、したがってその知覚は必然的にある程度限定されるということに注目している。絵画を観照する際、知覚者は作品を通り「抜け」たり、その「うしろに」まわることはできない。（「通り抜ける／最後までやる」ことが明らかに**物語**にとって必要不可欠なことなのだ。それがまさしく**物語**の定義の一部なのだ。）知覚者は絵が展示してある部屋のどこへでも行くことができるが、それでもなおその絵を無時間の、空間的に固定した統一体して知覚するだろう。その絵に再現されている対象は知覚者がアングルを変えても（唯一の制限は一八〇度以下でなければならないということである）、本質的に変わらない。絵それ自体は閉じているのだ（別の言い方をすれば、出来事がないのだ）。パルクール——知覚者が周りを歩くこと——が必要となる彫刻のような芸術作品でさえも必然的に固定し閉じた部分を持っている。ストーリーは内含されていない。なぜなら知覚者の位置（それはストーリーとは無関係である）を除いて何も変化しないからだ。同じことは言葉によってなされる描写でも言える。言葉によって描写されたものには絵画同様、表層しかない。本質的に「うしろ」はない。明らかにこれが『ゴリオ爺さん』の冒頭の章や古典的なハリウッド映画の「状況設定」シークエンスの状況である。

　しかし、ひとたび、不確かさというものが生じたら、ひとたび、開かれた状態と「危険」が生じたら、周りを歩くことで**物語**が始まるように感じられる。キテイは絵画の観照と幽霊屋敷や迷路の探索とを対比している。迷路が真に迷路的になるためには知覚者の行動が関係してくる。彼はある意味で自分が作った物語の主人公になるのだ。「彼は無害な目撃者という地位を保証していた、自分の前にあるものとのあの関係をなくしてしまった……ここには連続だけではなく、結果と逆行不可能性がある。バルトが確かに理解していたように。[20]」選択、危険、結果、逆行不可能性、これらが迷路、そして**物語**に作用する約束事である。

　描写に仕える**物語**は、キテイの用語を使えば、帰するところタブローになる。タブローでは行為《アクト》は「聖別され、記念され、記念碑にされ、権力を付与される。表面を上塗りされる……話《アクション》が描写を《しかるべき場所》に位置づけるというよりも、話が場所ならざる場所から取り出され、しかるべき場所に位置づけられる（釘付けにされるといった方がよいかもしれない）。その話は前後の脈絡を欠いてしまい、キリストの受難の諸段階のように、各段階の再現は（ステンドグラスの窓に描かれたときと同じく）キリストの殉教を単独で、独立して示すことができる。タブローは行為を枠《フレーム》に収める。行為から意味が生じるように。[21]」

純粋に描写的な要素として戦闘とか雷雨を組み込むことに伴う「前後の脈絡の欠如」は、それ自体の時間的因果関係からの断絶である。タブロー効果はレッシングが大層称賛しているホメロスの「劇的」描写の基礎をなす。「［ホメロスは］単なる物の形《ピクチャー》が問題となる場合でも、この物の形を、対象の一種の歴史《ストーリー》ともいうべきものの中にばらまいて、われわれが実際には並列したものとして見るところの対象の各部分を、その描写の上では、同様に自然に継起するように、いわば言葉の流れと歩調を合わせるように描くのである。[22]」『イリアス』のよく引用される一節、アガメムノンの鎧の「劇的な」描写を考えてみよう。アモンがレッシングをこうパラフレーズしている。「戦士の鎧の各部を直ちに一覧表にする代わりに作者はこの戦士が戦いへと赴く前に装備を集める——その結果、引き続いて鎧の各部を身に纏う、すなわち〈自然の〉順序で身支度をする（たとえば肩帯は胸当てのあと）——様子を紹介する。[23]」この小さな物語、身支度のプロセスはアガメムノンの鎧の描写に奉仕している。身支度それ自体は鎧がどんなものであったかを描写する一種の前テクストだとレッシングは言うかもしれない。この描写自体が今度は『イリアス』の支配的な物語に仕えているのである。

なお一層複雑な例は第十八歌のアキレウスの盾の描写であるが、これはよく論じられる一節でもあり、規範主義の伝統において、支配的な物語テクストで何かを描写しようとする唯一の方法として称賛されてきた。しかしながら、一般に認められていないのは、それが二つの一連の出来事を提示しているということであり、そのうちの一つだけが劇的な描写の名に値するということである。[24]ヘパイストスが実際に盾を作るのは物語内容の出来事であって、描写ではない——正確にはその出来事はアキレウスに具足を作ってくれというテティスの懇願と、息子にそれを届けようと彼女が「雪を戴くオリュンポスを鷹の如く飛び降りていった」中間に位置する出来事である。結局、バルト的「危険」が内含されていたのだ。ヘパイストスは彼女の懇願をはねつけたかもしれないのだから。その出来事が表層における再現において殊に興味深いというわけではない。それは非常に繰り返しが多く、ヘパイストスが「作った」「据えた」「置いた」「こしらえた」「仕事にかかった」などという一連の言葉をただ列挙《リカウント》するだけであり、それぞれは「次に」という決まり文句にくっ付いている。にもかかわらず、行動《アクション》は重要なストーリー上の出来事であって、描写ではない。

劇的描写はむしろ、同心円に描かれているものの再現にみられる。〔盾の〕飾り模様の最も内側の円（大地や大空や海原や太陽といった単純な宇宙の静物画、したがってそれ自体で描写的なもの）のすぐ外側に、二番目の円が劇的に描写されている。

> つづいて人間の住む美しい二つの町を造った。一つの町では婚礼と祝宴の情景が写され、人々は花嫁をその実家から婚家へと、燃え輝く松明をかざしながら町の中を送ってゆき、婚礼を祝う歌声が高らかに響く。こちらでは若い男たちが踊りながらくるくると廻り、その間で笛や竪琴が鳴り続け、女たちは戸口に出ていずれも感に耐えた面持ちでそれを見物する。またほかの場所では多数の人間が集会所に集まっている。ここでは係争が起こっており、殺された男の補償をめぐって、二人の男が言い争っている。一方は、町の人々にも事情を説明して償いはすべて支払い済みであると公言するのに対して、他方は何も受け取っておらぬという。双方は仲介者の裁定による決着を望み、民衆はそれぞれの側に味方し、二派に分れて声援を送り、触れ役たちが出て制止にかかる。(25)

ここにもまた、「サービス」の多層構造がある。殺された男の補償をめぐる二人の男の口論の物語は、盾の描写に仕えている。盾の描写はといえば、より大きなプロット、とりわけ一連の「懇願－製造－引き渡し」を包含する部分に仕えている。

「サービス」とはある構造的概念を名づけたものであって、批評的な概念の名前ではない。その用語によって私は、価値が含意されると言うつもりはない。暗示された描写的要素が明示された物語的要素より美的に重要なテクストが数多くある。物語的要素はそこでは描写を正当化するためにだけ存在するように思われる。**描写と物語**の境界が常に明瞭で曖昧なところがないというのではない。ポスト・モダンのフィクションは一様にテクスト・タイプの関係を問題化している。テクスト・タイプの「サービス」という概念の効用があればなおさらだ。たとえば、アラン・ロブ＝グリエの『スナップショット』、とりわけ「秘密の部屋」[26]における**描写と語り**の問題のある関係を考えてみよう。ロブ＝グリエが物語の約束事を明白に拒否しているのであってみれば、人はこのテクストにそれ相応の無遠慮さで接近《アプローチ》しなければならない。テクストの一貫性に対する私たちのいつもの期待は、たとえばテクストが物語の助けを借りた殺戮場面の描写なのか、あるいは描写の助けを借りたぞっとするような殺人の物語なのか、という問いに駆り立てるだろう。クリアンス・ブルックスとロバート・ペン・ウォレンは二番目の解釈を選び、このテクストを「ストーリー」と呼んでいる。けれども、彼らはこの作品をかなり不完全なストーリーと見なし、それが「通常の意味でのプロットを持っていないこと」、そしてそのことは「それが時間を巧みに操作しようとする意図を持っていることを意味するのだが、実際にはそれを実現していない[27]」と不満を漏らしている。明らかに価値判断は「秘密の部屋」がどのような種類のテクストなのかという困惑を覆い隠してしまう。私が提唱しているテクスト理論ではブルックスとウォレンのように「このストーリーは一枚の絵を描写している」（強調は引用者）と言うことは不可能である。というのは、起こることのすべてが描写であるとするならば、テクストはストーリーではあり得ない。つまり、それは描写でなければならないからだ。描写なのだろうか、それともストーリーだろうか？

「秘密の部屋」の支配的なテクスト・タイプを見極めるには次のような疑問が付きまとう。

（一）　血、女性のばらばら死体、マントに身を包んだ殺人者、階段、柱、香炉などの描写は物語《ナラティヴ》（その中心となる出来事は男が裸の犠牲者を刺し殺すというもの）に仕えているのだろうか？

（二）　あるいは、刺殺それ自体と階段を登ってドアから逃げるという出来事（最小限の出来事）は一枚の絵（テクストの最後の言葉によってはじめてそう確認される）の描写に仕えているのだろうか？　そうだとしたら、その描写の本質と目的は何であって、物語られた／詳述された出来事はどれくらい正確にそれに奉仕しているのだろうか？

（三）　殺人者がドアから階段を降りて、女性の傍らへと戻ってくるという時間＝論理の逆転、その後（十八番目の段落で）再び逆転して、より「正常な」因果関係の順序に従って階段を登っていくということに決めたことの意味は何か？

表面上、描写的な文章は全知の語り手が場面を設定しようとして使う類には全く見えない。最初のものをはじめ多くの文章は、信頼できる情報の陳述としてではなく、ぼんやりと知覚されているあるものの再現、あるいはむしろそれを再現しようとする努力、構成要素が一つの視覚的な情景にはまっていくさまを決定しようとする試みと読める。しかし、その努力はその情景の中、あるいは外にいる人間のものではない。それは最初から非人称的に、しばしば受動態でなされる。「最初に見えるものは赤いしみだ」「全体がなめらかな、青白い表面の上に浮き出している」「別の全く同じような丸い形をしたものが……ほとんど同じ角度から目にはいってくる」「乳輪の先端が……しっかりそれと分かる」「黒い人影が見える」「それは一様に濃い紫色をしたビロードだ。あるいは照明のせいでそう見えるのかもしれない」「この部屋の広さを確かめるのは容易ではない」「最も詳細に描かれているのは左足と鎖である」。これらすべての非人称的な観察が最後の文句「カンヴァスの上部に向かって」によって解明されるのである。ブルックスとウォレンはそれを「意外な結末」と呼んでいるが、その用語のオー・ヘンリー的な意味では決してない。プロットの逆転は全くなく、むしろテクスト・タイプの逆転があるのである。私たちが物語と仮定してきたものが、一瞬にして描写に変わるのだ。それとも？　このテクストは一枚の油絵のただ単なる描写なのだろうか？　なぜ描写している者の正体とその存在さえもが、問題を残したまま放り出されているのだろうか？　絵の内容を判読しようとする彼あるいは彼女の努力の意味は何なのか？

もう一つの問題は出来事に関わっている。ブルックスとウォレンは時間の順序を訝《いぶか》っている。しかし、もっと根本的な疑問がある。描かれたカンヴァス上で「出来事」が起こるなどという言い方が果たしてできるものだろうか？　殺人者の動きは最初曖昧な受動態で提示される――「黒いシルエットが逃げ去るのが見える〔見られる〕」――けれども、最後は能動態で表現される。「男はすでに何歩か遠ざかっている」「男は……ますます前にかがみこんだ」「［女の］頭はもがきながら左右に揺れる」。つまらない仮定は即座に拒否することができる。しかし、その絵が続き漫画《カートゥーン》のように、ぞっとする出来事の諸段階をコマ《パネル》に描き分けていると仮定する理由は全くない。しかし、ではなぜ一つのカンヴァスで殺人者が階段を登り、犠牲者が喘ぎ、煙がたちのぼったりできるのだろうか？

いくつかの仮定が可能である。おそらくこのテクストは幻想ないしは夢で、通常の自然法則は棚上げされているのだ。あるいはおそらく、話の進展はある意味で隠喩的もしくは象徴的なものなのである。あるいはおそらくそれは観察者の心の中の何かを再現しているのである。私にとって最も興味深い可能性は三番目である。たとえば、美術館を訪れた人が心の中で一枚の絵に描かれた殺人の決定的瞬間の「前」と「後」を再構築していると仮定してみよう。そのような解釈は二つの疑問に一つの解答を提供するだろう。すなわち、その絵は何を描いており、出来事の時間＝論理はなぜ歪んでいるのかである。[28]

この仮定に立てば、後ろ向きの、そして前への進展は生贄の殺人の諸段階を、時間を遡って物語るのではなくて、絵の前に立っている人物が、何がそのぞっとするような出来事を引き起こし、その出来事から何が逸脱しているかを思案している様子を再現していることになる。それは確かに他でもないこのテクストに「スナップショット」というタイトルがつけられていることの妥当性をよりよく説明するだろう。この仮説はこのテクストを物語と解釈することへと私たちを連れ戻す。おそらくその物語とは殺人（表向きのストーリー）のそれではなく、殺人の絵が無名の鑑賞者に与えた衝撃の物語なのである。言い換えれば、私たちが最初物語言説だと仮定したものは――いかに希薄であっても――いまや物語内容であることが承認されたのである。私はこれを「秘密の部屋」の絶対確実な解釈であると言っているわけではないが、他の様々な解釈から得られるものよりもずっと筋が通っているように思われる。目下の議論にとってより重要なのは、それがテクスト・タイプの約束事を操作するポスト・モダニズムに開かれている手の込んだ曖昧さと緊張を証明していることである。

　要約すれば、テクスト理論一般、とりわけ物語学はアモンの勧告に従うのが一番の得策のようである。「描写の理論を作り上げることは……描写を前段階の行為〈書く前に蒐集された文書〉と位置づけること、すなわち語りという階層的に上位の事柄に永久に仕えるものといったような分類をすることによって中間的なものに格下げしてしまうことを避けることである。[29]」否、「永久に」ではない。時折にしかすぎない――しかもサービスが時には反対の場合もあり得るということを認めなければならない。

　これまでの議論に妥当性があるとしたら、一点を繰り返す必要がある。すなわち、「語り手はこれこれしかじかの物語の出来事を描写する」といったような杜撰《ずさん》な表現を私たちは避けるべきだということだ。事物や登場人物は描写できるが、行動は出来事という鎖の中の一つひとつの輪としてではなく、描写された背景の一部として機能する時にのみ「描写」されるのである。ストーリーに関連した出来事は「物語られる」のみであって、描写されるのではない。ある行動の機能は、その内的な機能がどうであれ、時間＝論理に従っていなければ――すなわち、ストーリーの出来事の進展に調子を合わせていなければ――物語的とはいえないのである。

第三章　映画における描写とは何か

テクスト理論は明確に述べられた、つまり明示的な**描写**と暗示的な**描写**を区別する必要がある。明示的に描写する文章は、いかなるものであれ、それが描写するものの特性に焦点をあてたり、その特性を擁護しさえするように書かれている。一方、暗示的に描写する文章は私たちの注意を主に何か別のものに向ける——**物語**の場合は話《ストーリー》の出来事に。登場人物や事物あるいは思想などの特性は二次的に伝達される。ほとんどの文章が暗示的な描写を含んでいる。人物や事物の名前でさえ、ある意味で描写的なのである。

それぞれのテクスト・タイプはいかなるコミュニケーション・メディアにおいても現実化することができる（テクストは書かれ、線描され、マイムで演じられ、演じられ、歌われ、踊られ、カンヴァスに描かれ、映画のスクリーンに影像《シャドー》として映写され、テレビの画素によって照らし出される、などなど）けれども、それぞれのメディアはある一定の方法に特権を与える。映画は明らかに小説よりも視覚的に明確で、映画作家たちは伝統的に言葉による再現よりも視覚的な再現を好む。言い換えれば、映画というメディアは暗示的な描写に特権を与えるのであり、特定の役者、衣裳およびセットの選択と照明、フレーミング、カメラ・アングルの一定の状況下でのそれらの表現などが、すべてアリストテレスが外観〔オプシス〕、つまり視覚的効果《スペクタクル》と呼んだものを構成する。無論、選択はセット・デザイナー、衣裳係などによってなされる。だが、テクスト内的なパースペクティブからいえば、私たちはその選択を創作原理（すなわち内包された作者）によるものと見なすのであり、それこそがそれらを直接提示するために映画的語り手[1]に提供するのである[2]。

にもかかわらず、映画批評家のなかにはクロード・オリエを支持してきっぱりと述べるものがいる。「描写という概念に相当するものは……映画にはない[3]」と。オリエは詳述していないが、この主張の少なくとも二つの根拠は想像できる。第一は明示的＝暗示的という区別、それから豊かな視覚的イメージに由来する。物語映画は、事実上無限の視覚的詳細さをもって、登場人物や小道具を目と耳に執拗に供するので、映画が描写する必要は全くないように思われる。豊穣なる視覚的細部を示すこと――しかも絶え間なく示すこと――それが映画の本性なのである。しかし、そのように示すことのなかから描写が除外されているといえば、その用語の定義は疑わしくなってしまう。厳密な意味での描写は、人物や事物のある種の像を喚起するために視覚的およびそれ以外の細部から選択する必要がある、とおそらくオリエは感じているのだろう。それは文学の描写に関しては全くもって正しい。いかに入念な描写といえども、比較的少数の細部しか提供せず、空白を埋めて全体像をまとめあげる仕事は読者に任されている。

小説『フランス軍中尉の女』の主人公の最初の描写を考えてみよう。ライム・リージスの埠頭を歩いているチャールズ・スミッスンは「非のうちどころのないくらい完璧に明るいグレーの服を身に纏い、空いた手にトップハットを持ち、ほお髭を容赦なく刈り込んでいた。[4]」「ほお髭」というのは『われらがアメリカの従兄弟』という劇のダンドゥリアリー卿という登場人物にちなんで名付けられた、長く垂れたほお髭のことである。映画の豊かな視覚的表現に比べると、チャールズの外見の細部は比較的希薄である。もっとも、名指されているだけに正確ではあるけれども。映画は観客が心のなかで特定できないくらい、数多くの詳細な映像を提供する。特定は言葉でなされるのだろうからと、私たちは目にするすべての細部の名を挙げることはしない。その上、これらの細部はシークエンスの最初の瞬間に同時に現れる。私たちが目にするのはチャールズの見事なまでのほお髭だけでなく、帽子の正確な輪郭と色、そのつばのうねり、広げた襟とウィンザータイの角度、外套と上着の正確な色と生地、ツイードで合わせたヴェストとズボン、こげ茶色の手袋などである。事実、チャールズの外見の記号ないし記号群としての映像《イメージ》は、視覚的な細部描写の全領域を使い尽くしている。「穴」は全くない。イメージは完璧で、調和がとれている。しかし、このようなあり余るほどの豊かさにもかかわらず、(ヴィクトリア朝ファッションの専門家でない限り)チャールズのほお髭が「ダンドゥリアリー」であることを私たちはまだ知らない。

　映画は特定化することなく存分に見せてくれる。映画の描写が提供するものは視覚的に豊かであると同時に言語的には乏しい。余分なダイアローグやらヴォイス・オーヴァーのナレーションで補わない限り、映画の映像は描写的情報を名付ける私たちの能力を保証できない。それに対して、文学的物語は正確ではあり得るが、常に比較的狭い範囲内にとどまっている。たとえチャールズの衣服について小説の描写にさらに十いくつもの細部が加えられたとしても、それは列挙可能な膨大な数の中から選ばれたにすぎないのである。常に「穴」が残されているだろう。言葉による描写は写真では可能な無数の細部を網羅することはできるが、実際には決してそのようなことはしない。

　なぜ「描写」は文学特有の、細部が分離し、中断した、異質のものから成る列挙に限定されねばならないのだろうか?　一般テクスト理論にはこのように限定する理由が全く見当たらない。カメラが穴の全くない、「完璧な」絵を供するというただそれだけのことで、それが描写不可能となぜ言えるのだろう?　ある意味でまさしく映画が像《イメージ》を映写することこそが**描写**を意味するのである。映画は描写することができないのではない。反対に映画は描写せずにはいられないのだ。もっとも通常は暗示的にそうするにすぎない。映画の細部の再現力は絶え間なく豊かである。画面《スクリーン》の「名詞」はみなすでに映画という媒体《メディア》のおかげで、全面的に視覚的「形容詞」で満たされている。スクリーンの映像は形容詞を避けられない。「一人の女が部屋に入った」といった言葉による最小限の説明をし得ないのだ。逆に、映画は視覚的な細部（言葉によって無限に書き換えができる）を余すところなく提供しなければならない。「ローマ鼻で、頬骨が高く、ブロンドの髪を念入りに頭に巻き上げた（などなど）一人の女が、ガラスの燭台の百本のろうそくで照らされた、凝った装飾の舞踏室にこれ見よがしに入場した（などなど）。」現実効果は映画というメディアに固有のものである。映画は豊穣なる視覚的細部を避けることができないし、そのうちのいくつかはプロット的観点とは必然的に「無関係」である。

それに対し、文学的物語は形容詞を数多く用いるが、心の中の像を書き取ることはできない。できるのはその像を刺激するぐらいのこと。映画『風と共に去りぬ』を観た人なら誰でもレット・バトラーの外見について意見が一致するにちがいない。なにせクラーク・ゲイブルの生き写しなのだから。しかし、小説の読者は（映画を観ていなかったなら）おそらくレットの外見の厳密な細部について意見を異にするだろう。事実、そもそも心の中にレットの像を思い描かなければならないことに憤慨する人もいるだろう。読む人によって言葉から心の中に像を描き出す能力もしくは欲求に差があることはよく知られている。そして、いかに熱心に像を思い描く人でさえ、おそらく小説を読み通すあいだ、心の中の不変の肖像に絶えず焦点を合わせておくことはしないだろう。

反対に、文学的物語には視覚的細部に対するある種の支配権があって、それは映画では味わえないものである。表現を回避する能力のことである。小説はただ「彼は歩いていった」とだけ言って、「彼」の外見やその歩きぶりの力強さやスピード、彼が歩いているまわりの様子など明記しないで放っておける。映画でそれを表現するとなると、細部の描写をつけ加えなければならなくなる。映画の「彼」はこれこれの身長と体重と年齢で、特定の衣裳を身につけてなどなど。まわりは都会か田舎か。時間さえもカメラ班によって選ばれよう(5)。

『フランス軍中尉の女』の二つの版を再び考えてみよう。小説ではチャールズとアーネスティーナは第二章まで正体不明である。第一章では埠頭を歩いている「ペア」としか呼ばれない。私たちはテクストが小説であることを知っているし、小説が登場人物に関わるものだという約束事を知っているので、その「ペア」を人間、登場人物になる可能性を持った存在と取りがちだ。しかし、その言葉自体はただ単に「（対をなす）何か二つのもの」を意味するにすぎない。そしてその決定不能性は同じくらい曖昧な言葉――「よそ者」「人たち」「彼ら」――によって章の最後の段落まで持続される。そこでこのペアがカップル、一組の男女であることを私たちは知るのである。

　無論、文学的物語はこのレベルの曖昧さを無限に続けることができる（サミュエル・ベケットを考えてみよ）。登場人物の肉体的な決定不能性の理由――たとえば、距離感を喚起するためとか、好奇心を持続させるためとか、肉体的自我よりも精神的自我を強調するためとか――を、内包された作者は自分が望む限り、読者に秘密にしておくこともできる。私たちは決定不能性を文学的物語の一つの約束事として受け入れる。事実、私たちは一般にそれを意識しないものである。曖昧な言葉にも何か存在理由があるのだと考えるようになっているのだ。作者はより明確な言葉で置き換えるか、ぼんやりとしたイメージが相応しい理由を明らかにするだろう。しかし、映画は曖昧にはなり得ない。少なくとも視覚的には。「ペア」だけを写真的に伝える方法はない。もちろん、乏しい光（黄昏とか霧）のもとで二つの事物を撮影すれば、それを確認するのは不可能である。それでもそのイメージはやはり「ペア」の同義語ではない。その言葉だけでは決定不能性の原因を解明する説明にはならない。一方、イメージは自己説明の要素を含んでいる。照明やカメラからの二つの事物の距離やまわりの状況とか。

　映画における**描写**の可能性をオリエが否定した第二の理由は、映画というメディアの時間的要求であろう。スクリーン上の時間は（観客を魅了しながら）容赦なく前へ前へと進んでいくので、映画は私たちが文学的**物語**で**描写**と結びつけて考える「ぶらつき《リンガリング》」を全く許さない。映画における細部の**描写**はプロットの進展の副産物としてしかあり得ない、と言ってよいだろう。それが単独で存在することはないのだ。映画はジュネットのいう専門的な意味における「休止」を許容できない、とオリエは言うだろう。映画の物語言説の時間は物語内容の時間が停止したのでは続かない。なぜなら映画――したがって物語内容の進展――は止めることができないからだ。映画では登場人物の特徴も背景の特徴も動いている最中につかまなければならない。

けれども、たとえこのような主張を信じるとしてもなお、映画の**描写**を認めなければならないと思う。ここでもまた、映画的描写は明示的というよりも、暗示的な傾向があるというただそれだけのことだ。クリスチャン・メッツは分節の大連辞の一つに「記述」〔描写〕を含めている。それはショットの関係が論理的一貫性ではなく同時性の関係であるような類の編集のことである。たとえば、風景は「一本の木、次にこの木の隣を流れている小川のショット、そしてその後に遠くの丘の眺めなどなどと続けていくこと」(6)によって描写できるだろう。たとえこれらの光景がスクリーン上で連続的に一貫して見えようとも、要はショットが物語世界的に同時だということではなくて、物語内容の時間が一時的に停止してしまったということである。この一連のショットは物語の休止になる。休止のしるしはまさに木から小川へ、そして丘へ一時的に動機のない転換がなされたことにある。反対に全く同じ一連のショットは物語にもなり得る。もしそのショットの前か後ろに何かを見ている人物の目の動きを示すショットがあれば(「まず最初に彼は木を見て、次に小川、そしてその次に丘を見た」)。

スクリーン上の出来事の技術的な撮影台本(「カッティング・コンティニュイティ」と呼ばれる)はしばしば映画の描写の意図を示している。次に掲げるのはミケランジェロ・アントニオーニの『情事』の出版された台本のファースト・ショットである。

ロング・ショット。よく晴れた夏の日。二十五歳のブルーネットのアンナが堂々とした屋敷の前の中庭を歩き、中庭の入り口のアーチ道を通ってやって来る。彼女、立ち止まり、あたりを見回し、父親の声を聞いて、そっちへ行く。(7)

「よく晴れた夏の日」「二十五歳のブルーネット」「堂々とした屋敷」は映画が（一定の照明を当てられた屋敷をはじめとする）セットや一定の方法で衣裳係が服を着せ、照明技師が照明を担当し、カメラマンが撮影し、音響技師が録音した女優の映像によって暗示的にしか示し得ないものを言葉で明示したものだ。映画は小説のように、観客の一人一人がその人物がきっかり二十五歳で、屋敷が堂々としていると理解すると保証できない。

あるいはオーソン・ウェルズの『黒い罠』（一九五八年）のウェルズ自身が演じた刑事クウィンランが最初に登場する場面、彼が車を降りようともがいている場面を考えてみよう。いくつもの登場の仕方があったはずだが、車から必死に降りようとする行為は、視覚的に彼の巨体を強調する。散文でそのショットを描写する際、出版されたカッティング・コンティニュイティは描写された人物の貫禄を、独立名詞句で統語的に目立たせることによって強調している。

車のドアをゆっくり押し開けるクウィンラン――オーバーを着、むくんだ顔の真ん中に巨大な葉巻をくわえた、ずんぐり肥満した人物――の超ローアングルからのミディアム・ショット。[8]

ダッシュ以下の句がクウィンランを明示的に描写している。（より断定的でない語順は「オーバーを着、むくんだ顔の真ん中に巨大な葉巻をくわえた、ずんぐり肥満した人物が車のドアを押し開ける」だろう。）けれどもクウィンランが「ずんぐり肥満した」という結論を引き出したのはコンティニュイティの書き手である。映画は容貌を見せるだけである。それを解釈すること、つまり、それに形容詞をあてがうことは、観客に任されている。アーネスト・カレンバックが述べているように、このような包括性が「映画の魔術なのであり、その美的〈純粋性〉ないしはおそらく選択の自由や間接的方法といった映画本来の能力なのである。[9]」

確かに映画の標準的な細部描写は、進行している話の中にそれを沈めてしまうことである。それは呼び物としてではなく、偶然注意を引く細目として何気なく提示される。『黒い罠』においてクウィンランの肥満は明示的ではなく、暗示的に示される。カメラは彼の顔の脂肪の襞のまわりをうろつい《ブラウルし》たり、不当にそこに留まったりはしない。[10] しかし、まさにそのようにうろつく《ブラウルする》こともできただろうし、他の映画ではしばしば描写を目的にそうしている。そのようなうろつき《ブラウリング》は、明示的な**描写**（散文なら「クウィンランはずんぐり肥満していた」という繫辞文によって表現するだろう）の映画的等価物としての資格を有している、と私は考える。（ある場面をある人物が知覚したことを伝達するというような）他に何の動機も持たないカメラの動きは、しばしば純粋に描写的である。そのような動きは観る者の注意を引くために、行動ではなく特性を際立たせるのである。

私はなにもカメラのうろつきによる描写が文学における厳密な固定化した描写に近いなどと言うつもりはない。言葉だけが描写を最終的に固定できるのだ。『黒い罠』の映画的語り手には、どうやっても観る者が皆クウィンランを「ずんぐり肥満した」ととるという保証はない。ある人には「ずんぐり肥満した」でも、別の人には「いくらか太った」かもしれないし、さらに別の人には「かなり太った」と映るかもしれない。映画に望み得るのは、観客がそのようなことを感じてくれることだけである。

次に媒体《エイジエンシ》の問題がある。小説における描写は語り手ないし登場人物によってなされる。バルザックの『ゴリオ爺さん』は語り手の描写で始まるが、私たちが最初の登場人物に会うのでさえずっと先になってからである。「下宿屋の正面は小さな庭に面しており、ヌーヴ゠サン゠ジュヌヴィエーヴ街と直角をなして建っているので、通りからだといわば横断面が見えるようになっている。[11]」ここでは明示的な描写が外部から物語世界外の語り手によってなされているが、その語り手はゴリオ爺さんが亡くなったずっと後のヴォケー館の様子を描いている。その描写の日付と持続時間は物語内容の時間とは何の関係もないし、場所はいわば無時間的に提示されている。

描写はまた登場人物の台詞でも示される。たとえばラドヤード・キプリングの「王になりたい男」でダン・ドラヴォットは自分と相棒のことを次のような言葉で描写している。「あっしたちの商売のこたァ、あまり申しあげねえほうがいいようです。てえなァ、これまでに大抵のこたァやってきてるんですからね。兵隊、船乗、植字工、写真家、校正係、大道説教師、それにバックウッズマン紙が人間が入用だってときにゃその通報員もやりましたよ。ところで、カーナハンは正気なんですし、あっしにしたところでその点は確かなもんですぜ。まずあっしたちをよく見て、その点をはっきりさせといておくんなさい。[12]」また、描写は登場人物の心の中でもなされる。『ボヴァリー夫人』からの次の例のように。

レオンは厳粛な足どりで壁のそばを歩いていた。人生がこうまで楽しく思われたことはなかった。あの女は今にやってくる。あでやかに、そわそわと、あとをつけている人目を気づかいながら——そして襞付きのドレスを着、金の眼鏡を胸にさげ、華奢な半靴をはき、レオンのまだ味わったこともないあらゆる雅やかさに包まれ、まさに散ろうとする貞操の、得もいわれない魅力をただよわせて。教会堂はさながら巨大な部屋のように、彼女のまわりにしつらえられている。円天井は彼女の恋の告白を聞くために傾き、ステンドグラスは彼女の顔を照らすためにかがやき、香炉は、立ちのぼる香煙のなかに彼女が天使のように出現するために燃えようとしている。[13]

レオンのみだらな期待が明らかに彼自身のものである描写的な言葉遣いで提示されている。『百科全書』がそうであるように、彼の心は「[エンマを]その最も興味深い特性と境遇の生き生きとした、真に迫った解説によって目に見えるように表現」している。そのような特性と境遇を皮肉な語り手だったら、おそらくこのような言葉遣いでは表現しないだろう。[14]

フィクションにおけるこれら二種類の明示的な**描写**は、異なる物語学的帰結を生じさせる。語り手が描写すれば、物語内容の時間は（その必要もないのに）休止してしまう。だが、登場人物が（台詞のなかでであろうが、自分の心の奥底でであろうが）描写すると、物語内容の時間は必然的に続く。というのも、描写の行為そのものがプロットの重要な出来事だから。レオンは壁に沿って歩いている。人生がこんなに楽しく思われたことはなかった、とレオンは思う。レオンは今にも現れようとするエンマ——襞付きのドレスを着て、華奢な靴を履いた、あでやかで、そわそわしたその姿——を自らに描写してみせる。描写的な機能は別にして、これらの考えや行為は『ボヴァリー夫人』の出来事という鎖の重要な輪になるのである。これらの例が証明するのは、物語世界外の語り手（あるいはことが起こった後の物語世界内の語り手）による「非時間的な」描写と話《アクション》の只中にある登場人物による「時間的な」描写（それはしたがって物語内容の時間＝論理に支配される）を区別する必要があるということである。

この区別が映画ではどのように働いているかを考える時、二つの疑問が生じる。（一）映画的語り手は、いかなる登場人物のフィルター（「視点」）とも無関係に、明示的に描写できるだろうか？　そして（二）物語内容の時間は描写を可能ならしめるために止めることができるだろうか？

最初の疑問に対する答えは明らかにイエスである。何百もの例を挙げることができる。よく知られているのはアルフレッド・ヒッチコックの『裏窓』(15)（一九五四年）のオープニング・シークエンスである。映画は中庭に面した開いた窓から見た、マンハッタンのあるアパートの裏側の光景（それにタイトルがかぶさる）で始まる。三つのブラインドが独りでに巻き上がる。その間カメラは据えっぱなしである。サウンドトラックでは陽気なガーシュイン調の音楽が聞こえている。タイトルが終わるとカメラは窓の外へ出てその場を入念に調べる。カメラが物語内容の出来事が起こる舞台を見せているのか、それともまだ誰とも正体が明らかにされていない登場人物の目を通してこれらの裏窓を見ているのか、私たちはまだ知らない（もっとも、魔法のように独りでに巻き上がったブラインドは強力に前者を暗示している）。謎を誘発するかのように、カメラは何を見せたいのかはっきりしないようにみえる。カメラはただ動き回り、何か面白そうなものを探してるかのように振舞う。階段を登る猫を追うが、猫は画面の外《オフフレーム》に消えてしまう。次にカメラは様々な部屋を探検するかのようにティルト・アップする。あるバルコニーでは夫がネクタイを結び、妻がそのうしろをうろちょろしているが、余りにも遠すぎるために彼らの顔も会話も私たちには分からない。別の映画だったら、これらの人物は登場人物として前に進み出ていたであろうし、もっと近くから撮れば彼らの顔形も明らかになるだろう。けれども、ここでは彼らはあっさり無視され、プロットに無関係だという結論を私たちは下す。彼らは登場人物ではなく、「マンハッタンの中庭の早朝」というタブローの備品にすぎないのだと私たちは仮定するのである。次にカメラは少しティルト・ダウンして、建物と向こうの通りの間の通路を見せ、そして最後に出発点である窓へと戻ってくる。

　この調子でずっと続けば、映画はマンハッタンのある中庭の生活についての描写的ドキュメンタリーで終わってしまうだろう。しかしながら、「ハリウッド映画を観る」（なんといっても劇場のひさし《マーキー》にはジェイムズ・スチュアート、グレース・ケリー、アルフレッド・ヒッチコックという名前が光り輝いている）という手の込んだ制度的コンテクストに没頭しているからには、私たちはその結論を退ける。私たちはまず確信している――チケットを買う前に確信していた――その映画がストーリーを提示することを。

　部屋に入るとクロースアップされたジェイムズ・スチュアートの顔が映し出される。しかし、彼は窓から顔をそむけ、目を閉じて眠っているので、カメラが中庭をあてもなく眺めていたのは、それ自身の描写の行為であったことを私たちは理解する。描写は「リアル」タイムでなされていた。しかしながら、休止は全くなかった。見せられたのは凍結した瞬間ではなく、動きに満ちた瞬間だった。物語内容の時間は過ぎていった。たとえ極めて重要なことが何ひとつ起こらなかったとしても。振り返って言葉でパラフレーズすれば、こうなるだろう。「ジェフが眠っている間、中庭が活気づく。猫がうろつき、夫がネクタイを締め」などなど。したがって、映画の描写を司る者としての映画的語り手が、『裏窓』の冒頭のシークエンスを明示的に提示していると言ってもいいだろう。

描写的シークエンスはまた舞台を再設定する。メッツは『アデュー・フィリピーヌ』（一九六二年）の例を引用している。パリからコルシカに切り替わる場面である。「五つのショットが地中海クラブの生活の描写的〔記述的〕連辞を形成している。水着、パレオを着て、レイを首から下げた男女が日光浴をしたり、バーで腰を下ろしたり、散歩したり、強烈な音楽に合わせて踊ったりしている。[16]」再設定のシークエンスは古典的なハリウッド映画ではありふれたものである。『汚名』の例はイングリッド・バーグマン扮する人物がドイツのスパイ一味に潜入する直前のリオの空からの眺めである。

二番目の疑問――映画は描写のために物語内容の時間を止めることができるか――に答えるのはより困難である。文学の状況を思い起こしてみよう。そこでは概して明示的な描写が休止の瞬間になされる。プロットの進展は物語世界の人物や事物の特徴を描くために止ってしまう。いかに抑えがたい話といえども、本当らしさをひどい危険に晒すことなく中断することができる。そのような中断は一つの約束事であって、読者は苦もなくそれを受け入れる。（読者の報酬は物語世界のより十全なる理解である。）事実、休止はサスペンスと緊張を高めるために使うこともできる。「〈静かにしろ！　さもないと喉を掻っ切るぞ〉と「マグウィッチの」おそろしい声が叫んだ」それから、『大いなる遺産』の語り手である成人したピップは、囚人を描写するために話を中断する。「それは、粗い灰色の服を着、一方の足に大きな足枷をはめられた、恐ろしい男だった。帽子は被らず、破れ靴をはき、頭には古いぼろを巻き付けていた。びっしょり水にぬれ、泥まみれだった[17]」などなど。内包された作者の目的に沿うならば、ゆったりとした描写が何ページにもわたって話を中断することもあり得ただろう。この種の約束事は、描写の瞬間が終止符を打ち、話《アクション》が再開するまでストーリーを一時棚上げすることを暗黙のうちに読者に求める。もし描写が適切なペースでなされていれば、私たちは辛抱することを求められてもそれを拒否しない。

そのような休止は映画にもあり得るだろうか？　いくつかの映画が明快な例を提供してくれるように思う。ジヨゼフ・L・マンキウィッツの『イヴの総て』[18]（一九五〇年）が一例だ。通常の「物語内容の時間内の」描写のかなり長いシークエンスの最後のところ。コンテクストはヴォイス・オーヴァーのナレーションが与えてくれる。『裏窓』の純粋に視覚的なアプローチとちがって、『イヴの総て』はヴィジュアル・トラックの映像を補足する言葉による描写と解釈で始まる。最初のショットは「演劇界のすぐれた業績に贈呈されるサラ・シドンズ賞」の精巧なトロフィーのクローズアップである。声――ハリウッド映画のファンには（決まって「魅力的で、傲慢な礼儀知らず」とか「ウィットに富んだ道楽者」の役を振り当てられた）[19]ジョージ・サンダースの声だと分かる――が賞の説明をする。その声はへりくだった調子で語りかける（賞が「いかがわしい」もので、贈呈者である会長が「老優」で、「皆さん［私たち聴き手］は彼の話を聞くまでもない」と）。それからヴォイス・オーヴァーは宴会場を確認し、賞の歴史を手短に説明し、受賞者イヴ・ハリントンに関わりのある一群の登場人物一人ひとりについて一言ずつ説明する。自分はエゴイストだ、と話し手はまず自己紹介する。いつも通り退屈そうな様子をしているサンダースのショットに声がかぶさる。「私の名前はアディソン・ドウィット」と。カメラは右にパンし、隣の人物で止まり、カレン・リチャーズ（セレステ・ホーム）を紹介する。それから彼女の夫、イヴが主演する劇の作者であるロイド・リチャーズ（ヒュー・マーロウ）、プロデューサーのマックス・フェビアン（グレゴリー・ラトフ）、そして、もう一人の有名女優マーゴ・チャニング（ベティ・デイヴィス）で止まる。ドウィットのヴォイス・オーヴァーは、これらの登場人物を一人ひとりの顔がクローズアップでスクリーンいっぱいに映し出される際、明示的に描写し、判断を下す。カレンの演劇界とのつながりは結婚によるのみとか、ファビアンは芸術に身を捧げているのではなく、「金儲け」にしか興味がない、だとか。だが、「マーゴは〈真に偉大なスターだ〉」と。

それと同時に、カメラはそれ自身の、無言ではあるが独立した描写を提供する。ドウィットがマックスの金への執着ぶりについて語ると、カメラは彼の消化不良（コップの水に制酸剤を注ぐ）とがさつさ（テーブルで眠りこけてしまう）を証明する。マーゴが『真夏の夜の夢』に子役として初舞台を踏んだ時のことをドウィットが語ると、カメラは絶えずタバコをふかし、深酒をしているマーゴを映す（彼女はソーダ水を軽蔑するかのように無視する。ストレートのウィスキーが好きなのだ）。このシークエンスはカメラがいかに豊かにヴォイス・オーヴァーの詳細な描写と相互に影響し合うか——それをつなぎ合わせるだけでなく、秘かに転覆することもできるということ（たとえば、カレンはアディソンが言うよりも思いやりがあることが判明する）——を例証している。

　それまでドウィットは物語内容の時間内で明示的な描写だけをしてきた。会長はその間ずっと演壇に立って、果てしなく会の歴史を語っている。このシークエンスは構造的に一人称の、すなわち等質物語世界的な文学の語りに似ている。語り手であり登場人物である一人の人物が本来のストーリーに先立って他の登場人物を明示的に描写しているのである。しかし、文学の語り——物語言説の瞬間の「今」と物語内容の瞬間の「あの時」との間にちがいがある——と違って、ここでは（映画では決まってそうであるように）物語内容の時間がドウィットの描写的な物語言説と同時に前進し続ける。

　ひとたびドウィットのヴォイス・オーヴァーが終わり、会長の声がサウンドトラックから聞えて来るや、テクストは全面的に示されるものとなり、もはや（部分的に）語られるものではなくなる。映画的語り手が示すことを引き継ぎ、二つのトラックは慣例通り同期《シンクロ》する。老優がイヴを褒め称えると、カメラはドウィットとマーゴの反応を記録する。ドウィットは嘲るかのようににやにやと笑いを浮かべ、マーゴもそれに劣らず冷笑的にみえる。会長が賛辞を終え、ブラボーの声がホールを包み（だが、カレンとマーゴは拍手をしないし、ドウィットの拍手は投げやりである）、新聞社のカメラマンたちが写真を撮ろうと演壇に群がる。そしてようやく私たちはイヴ（アン・バクスター）を見る。彼女が会長の方へと歩を進め、賞を手にしようとしたところで、映像——彼女の手からほんの数インチのところにトロフィーがある——は静止する。ドウィットの声が再び戻ってくるが、今回はその声は静止した映像にかぶさる。

イヴ。イヴ、売れっ子、表紙を飾るカヴァーガール、近所の娘、月にまで駆け上った娘、時代はイヴに微笑んだ……誰もがイヴの総てを知っている。知らないことなどあるだろうか？

明らかに、これはこれから始まろうとしている、語られていない秘密のストーリーを見、聞くようにという誘いの言葉である。

演壇に立つイヴを映している静止画面に重ねて、ドウィットがイヴの描写をするその短い瞬間こそ、私たちが探してきたもの――明示的なだけでなく、物語内容が休止している間になされる映画的描写――であるように思われる。すべての出来事（些細な出来事でさえ）が停止している。物語世界の中の誰一人として話したり、動いたりしていない。語り手の声だけが注釈を加えているが、それは外、物語言説内でのことであって、物語内容の中でではない。これはハリウッド映画によくみられる瞬間ではないが、確かに正当で、容易に読むことができるものである。

であるから、少なくとも静止した映像の場合、物語内容の時間の外側でなされる描写が商業映画でも可能なように思われる。実際に休止が使われるのは稀である。映画作者たちが、映画というメディアが本質的に途切れることのない動きを好むと感じているためか、諸々の制度的な理由で映画産業が動きへの嗜好に迎合したり、そのような嗜好を育て上げてきたからなのか。いずれにせよ、広く行われている流儀は、描写的な細部を含め、すべてが私たちの目の前で写実的に起こっている出来事の一部として見えねばならないという一事《いちじ》である。登場人物もセットもそれ自身のために詳述されることはあまりない。

これとは別の休止がある。描写が聴覚的というより視覚的であるような休止で、差し挟まれたヴォイス・オーヴァーではなく、カメラ自体が描写を行うのである。その結果、物語内容の時間が実際に休止するというよりも、その進展がどうでもよくなったように思われるのだ。どうすればこのようなことがなし遂げられるのだろうか？　カメラは事物をちょっとだけ撮ることも、ずっと撮ることもできる。事物をじっと見据えることもできれば、さっと通り過ぎることもできる。つまり、ゆっくりもできれば、急ぐこともできるのだ。事物を全体で再現することも、部分的に再現することもできる。ロング・ショットでもクロースアップでも再現することができるのである。そして、すべてのことについてそれは当てはまる。物語的には、カメラにできることは示すことであって、語ることではない。では、いかにしてカメラは、その関心が話の流れから『百科全書』が「事物のただ単なる表示」と呼んでいる活動へと一時的に転じたことを証明し得るのだろうか？　どのようにすれば、カメラがこれらの事物を「熟視／観照する」ために、休止しているように見えるのだろうか？　つまり、話のただ単なる副産物としてではなく、それ自体のために「それら事物の最も興味深い特性と境遇の生き生きとした、真に迫った解説」をするために。この種の映画的描写は、人物なり事物が主にプロットの必要物として奉仕するためにではなくて、それら自身の特性を明らかにするために、画面に登場する時にのみ行なわれるように思われる。

　この種の効果は予測可能なリズムから逸脱した映画で生じるような気がする。一般に物語映画は話に相関したリズム――執拗に守られるリズム――を設定している。古典的なハリウッド映画では編集のペースをムードに合わせるのに大変な努力がはらわれる。サスペンス・スリラーの編集は張りつめていて速く、ムード満点のメロドラマのそれはけだるくて遅く、ストレート・カットよりもディゾルヴがずっと好まれた。[20] このようなリズムが約束事に則った期待を生じさせる。そして基本的な約束事は、物語言説の時間と物語内容の時間の「文字通りの」一致、ジュネットの「情景法」である。[21]

　ひとたび確立されるや、これが規範、すなわち一種の零度の〔ロラン・バルト『零度のエクリチュール』より、言語的、社会的に中点（零点）にたつ。「中性的」「白い」「無垢の」とも〕時間順序となり、観客はそれが出来事それ自体の持続時間と一致するものと考える。このような型通りの配列を変える、たとえば、出来事が要約されているという感覚を与えるためには、映画的語り手はある種の術策を用いなければならない。時には仕掛けがあまりにも不自然すぎる場合もある。初期の映画にみられたカレンダーを剥がしたり、時計の針を動かしたりとかいうことや、もう少し芸術性の高い、『市民ケーン』の（しだいに破綻していく結婚生活を描くための）朝食の場面のスウィッシュ・パンのシークエンスなどである。

しかし、私が関心を抱いているのは要約の反対、すなわち休止であって、それは物語内容の時間が止まった時に起こる。もっとも、物語言説の陳述は続いている。休止は映画のオープニングで最も頻繁にみられるが、その多くは一種零度の物語世界を仮定している。動きは全くなく、したがって物語内容の時間が始まったという暗示は一切ない。オープニング・ショットは遥か彼方から撮られた、キンポウゲに覆われた畑のスティル写真のような映像かもしれないし、マンハッタンのスカイラインかもしれない。映画は始まっているが、物語内容はまだだ。高所から動き出すということは、遍在する語り手の物語世界に対するパノラマ的視野に相当するが、多くの十九世紀小説はそのように始まる。映画産業はこれを「設定《エスタブリッシング》」ショットと呼んでいる。この言葉は、まさに映画産業の制度的、因習的特徴をよく表している。『バルカン超特急』（一九二八年）や『サイコ』（一九六〇年）のような映画ではカメラは不動の風景――ルーリタニアの雪に閉ざされた山小屋《シャレー》とかフェニックスのいかがわしいホテルの一室とか――の鳥瞰図から下へと降りてくる。登場人物はまだ現れていないし、話もまだ始まっていないので、物語内容の時間、すなわち今は存在しないといってもよい。(22)

その効果は、（最近の小説も含めて）多くの小説の常套的な冒頭の描写に似ている。マルカム・ラウリーの『火山の下』はこう始まる。「二つの山脈が共和国を横切るように大きく南北に走り、その間にいくつもの渓谷と高原を形作っている。二つの火山にはさまれた渓谷の一つを見下ろす位置に、海抜六千フィートの町クアウナワクがある。」(23) ヘリコプターから撮られたショットや模型のショットで小説と同じように映画を始めることもできる（もっとも、ジョン・ヒューストンの映画〔映画化作品邦題『火山のもとで』〕はそうしなかった）。しかし、これらは比較的特権的な瞬間で、通常は短い。ひとたびプロットが始まれば、通常そちらが支配権を持つ。事実、古典的映画の一般法則は物語内容の時計を早く進めることであり、観客はその約束事が守られることを予期している。ひとたびプロットが進行すれば、私たちは描写的休止をあまり歓迎したがらない。ある映画で俳優が出てきて、そのあとで事物——木や小川や遠くの丘——のシークエンスへと切り替わったとしたら、映画的語り手が話を止めて風景を描写しているのではなくて、登場人物が風景を熟視《スキャン》するというストーリーに関連した行為を行っているのだと私たちは考えるのである。物語内容の時間が停止したことを暗示するには、画面の静止のような、かなり特殊な何かが必要とされる。

最近では、設定ショットはかなり時代遅れになってしまった。話をできるだけ早く始めるという圧力はタイトルの背景で、あるいはタイトルが出て来る前にすでに、物語内容の時間をスタートさせることを流行らせた。今日の観客はプロットがまさに最初の画面で始まることを期待している。映画物語のコードによって、カメラの移動がただ単に観想的とか設定的であるだけでなく、プロット指向であること、適切な物語世界の事物がそのショットの終わりに登場するであろうこと、言い換えれば、カメラはその事物に向かって決然と進んでいるということを理解するよう私たちは求められている。『市民ケーン』のオープニングはその古典的な例である。カメラは「不法侵入禁止」と書かれた標識のある塀を乗り越え、「ザナドゥ」の異様な庭を通り過ぎ、最後に（付き添いの看護師とともに）チャールズ・フォスター・ケーンの死を目撃する。（興味深いことに、これと似たカメラ移動が数分後明示的な描写の意図をもって繰り返される。すなわち、ニュース映画のケーンの死亡記事の一部はザナドゥの庭の紀行映画《トラヴェローグ》のような検分に充てられるのである。しかし、今回は描写の意図《インテント》がニュース映画の解説者《コメンテーター》の「形式ばった」声によって一層明確にされている。）

通常、カメラが移動するのはただ単に話を展開するためである。馬と騎手がインディアンとの闘いの場面へと疾走すれば、カメラは当然追いかける。あるいは、カメラのパンニングは主人公の目の動きの代用品である。ちょうど十九世紀小説における登場人物による描写がそうであったように。人物が地平線をじっと見つめて《スキャンして》いるのを示すために、カメラもそうする。登場人物の視点（つまりフィルター）がそのショットの目的であると私たちは推論する。なぜなら、その人物は近くに立っていて、私たちはその人物の関心事をわがものとするからである。

さて、映画作者が物語内容の時間を中断し、描写を明示的にする一つの方法は、カッティングのリズムやアイライン・マッチなどの約束事から逸脱することである。興味深い逸脱が起こるのはミケランジェロ・アントニオーニの作品においてであるが、彼の映画は物語世界をカメラの移動と静止の両方を使って明示的に描写する。たとえば、『さすらいの二人』[24]（一九七五年）の冒頭にカメラの予測不可能な動きによるサハラ砂漠の描写がある。主人公デイヴィッド・ロックの代役を務めるというよりも、カメラはひとりでさまよっているかのようである。（映画公開時のインタビューでアントニオーニはもはや自分は主観カメラを信じないと語った。）その効果は一種の方向感覚の喪失である。最初、カメラは地平線を見つめているロックを映す。それから、大きなパンを始める。あたかも、彼と一緒に何かを探しているかのように。けれども、カメラの動きは彼の視線の動きと一致しないことが判明する。というのは、カメラは最後に彼も「発見」するからである。ほとんど偶然に、全く予測しなかった地点に。Aというショットで彼は画面《フレーム》の左側にいて、右を見ている。Bのショットでカメラは、彼の視線を追い続けるかのように、左から右へ動いて、風景を横断する。しかし、こうして動いているうちにカメラは彼を、彼がいると私たちが予期していた場所では全くなく（三六〇度の回転の証拠は一切ない）、右側に発見するのである。そこで私たちはこう理解する。（もっとも、あとで思い出しながらにすぎないけれど、）あのカメラの動きは彼の目線の延長などでは全くなくて、独立した視線なのだ、と。カメラは独自の取り調べを行っているように思われる。カメラは砂漠に対して、プロットの出来事（チャドの山岳地帯での反乱軍の動向）が起こっている場所としてではなく、独立した、おそらく「絵画的な」興味の対象として関心を抱いているのだと私たちは推測する。アントニオーニの砂漠では登場人物の目線の一致という約束事に則った私たちの常識は一貫して覆される。イメージがそこに存在するのは登場人物のパースペクティブを例証するためという仮定は成立しないのだ。

あるいは、アントニオーニのカメラは観る者の大きさに対する感覚を混乱させることによって、独立して描写を司る者としての地位を占めているのかもしれない。ロックがガイドに会う時の最初のショットはズレ《ミスマッチ》をもたらすが、それをノエル・バーチはこう説明している。「人気《ひとけ》のないスクリーン上に見えるありとあらゆるものの大きさ［と、したがって距離］は、人物が現れて尺度が明らかになるまで決められない。(25)」カメラは起伏のある砂漠の地平線を精査《スキャン》するが、その距離は決定不能である。あれは近くの小さな山だろうか、それとも遥か遠くの高い山だろうか？　それから、精査中のカメラは同じショット中に突然チャド人のガイドをクロース・ミディアムの距離に発見する。私たちは衝撃を受ける。何故なら、誰かが現れるとしたらそれはロング・ショットで、ロックの視点にふさわしい距離の所になるはずだと決め込んでいたからだ。そして、ロックの視点こそ私たちが追いかけてきた唯一の視点なのだから。しかし、彼が探してきたものが突然私たちの目の前に現れる。「遥かかなたの」の丘（それは遥かかなたと思われていた。なぜならロックによって見つめら《スキャンさ》れていると私たちは推測していたからだ）は、いまや私たちが思っていたよりもずっと近く、したがって、はるかに小さい。そして、驚いたことに、ロックの小さな姿がはるか下、砂漠の谷底《フロア》に立っているのだ。一所懸命落ち着きを取り戻そうとして、私たちはその次のショットの振り向きざまのガイドの視点を通して新しい尺度を説明しようとする。信頼できる目線の一致がついに確立されたかにみえる。そして、私たちはほっとする。慣例的なリズムに従えば、次のショット——砂漠の再度のパン撮影——はロックの視点を再びとるであろうと私たちは期待する。これもまた間違っていた。というのは、パンの終わりにロックはまたもや気紛れにも中景に、ガイドと一緒に発見されるからだ。二人はともに装備し、別の（それとも同じ？）山に登ろうと苦闘している。カメラはここでもまた主人公の知覚のフィルターからの独立を主張している。思うに、その理由はカメラが砂漠を独立した、視覚的興味の対象として捉えたからであり、その興味を私たちに伝えたかったからである。ちょうど文学的語り手が（いかなる理由からであれ）情景を登場人物の知覚を通してではなく、独立した描写として提示するのとまさしく同じように。

もう一種類の明示的な描写はアントニオーニの映画『赤い砂漠』[26]（一九六四年）にみられる。ここでは描写の意味は、常軌を逸したカメラの動きではなく、数秒間にわたる説明のつかないカメラのぶらつき〔リンガリング〕によってもたらされるが、それは幾分長すぎる。コンテクストはこうだ。エンジニアの妻で、不幸せでノイローゼ気味のヒロインのジュリアーナ（モニカ・ヴィッティ）が、夫の友人のコラード（リチャード・ハリス）と短い旅に出る。彼はパタゴニアでの投機的事業で雇う労働者を探している。二人は一人の技術者に会い、ジュリアーナは仕事の話をさせるために二人の男から離れる。戻ってくると（残念ながら技術者は申し出を断った）、この二人の登場人物は画面の外へ歩き去るのである。が、二人を追って次のショットへとカット・アウェイするかわりに、カメラは背景をぶらつき、数秒の間それを主な対象にするのである。すなわち、鉄塔とぼんやりとして、判然としない古い建物である[27]。オレンジ色の鉄塔の輪郭線が画面左上から中央の方へと伸びている。濃い灰色の長方形の建物が中心から少し右側に垂直に立っている。右端の部分は非常に浅い角度で画面外へつながっている。二つの建物を結び付けるのは一本の電線《ケーブル》で、右上から左下へと反対のアングルになっている。構図は抽象画の構図になっており、事物の幾何学的な単純さによって生じている。そしてそれが望遠レンズの、ものを平板化する効果によってより一層単純化している。そのショットでシーンは終わる。次のシーンは他の場所で、物語内容の時間も進んだ時点で始まる。

数秒のあいだ物語内容の時間は「死ぬ」。フランスの批評家がその技法にすばやく適用した用語を借用すれば死んだ時間である。それが死ぬ理由は、おそらく映画が物語内容の容赦ない流れに興味をなくしたことにある。その効果は実に押しつけがましく、それが頻出し（そして美しく）なかったら、それを私たちは編集ミスあるいはプリント異常と見なすかもしれない。意図は何なのだろう？　映画的語り手が次のように答えることが考えられる。「構図が興味深かったので、そのまわりをぶらつくことにする。つまり、それを描写する」と。物語内容のこのようなつかの間の停止は、何か無時間的なもの、必ずしも詩的な意味での「永遠」なものではなく、時間に関わりを持たないものを召喚することだ。それゆえ、それは物語内容を先へ進めたいという私たちの欲望と衝突する。物語世界の解決を求める観客の熱望がこのようにしばしのあいだ欲求不満に晒されるのは、それ自身の構造についての（モダニズム、ポスト・モダニズム芸術に顕著な）あの自意識的な内省のいま一つの事例であるように思われる。

　アントニオーニの死んだ時間は映画のもつ容赦なき物語的推進力の描写による転覆であるが、その推進力とはE・M・フォースターをして次のように嘆かしめたものである。「ええ、そうです。小説は物語《ストーリー》を聞かせるものです。物語を聞かせることが、小説のいちばんの基本的な要素です。これがなければ小説は存在しません。物語が、すべての小説に共通するいちばん重要な要素です。そして私は、そうでなければいいのにと思います。もっと別なものが――たとえば美しい旋律や、真理の認識などが――小説のいちばん重要な要素ならいいのにと思います。物語などというこんな下等な、原始時代に戻ったようなものでなければいいのにと思います[28]」と。アントニオーニは物語世界の約束事――物語の「下等な、原始時代に戻ったような形式」――の裂け目から私たちを誘導して、たとえ束の間とはいえ、物語内容の時間の領域から描写的様態の領域へと、絵画の無時間の領域へと、表層から物語内容の圧力が洗い清められているがゆえに、事物がより純粋に輝いている場所へと導き入れるのである。

第四章　映画における議論――『アメリカの伯父さん』

物語《ナラティヴ》フィクションに奉仕する、あるいはそれを装った議論は、様々な文学ジャンル（譬え話《パラブル》、寓話《フェイブル》、寓意物語《アレゴリー》、実話小説（ロマンザクレ）、そしてひどく道徳的な小説）の読者にはとても馴染み深いものである。これらのジャンルの映画への翻案《アダプテーション》は稀ではない。初期の映画はひどく道徳的で、そのメッセージをダイアローグで、注釈の字幕の中でさえ、しばしばはっきりと述べたものであるし、寓話を原作とする映画（たとえばジェイムズ・サーバーの『現代寓話集』中の「庭のユニコーン」の楽しいアニメ版）やジョージ・オーウェルの『動物農場』のような寓意物語を原作とする映画もある。なかでも最も一般的なのは、議論が何百というハリウッドの「メッセージ」映画に埋め込まれていることだ。溝に倒れた瀕死のジェイムズ・キャグニーが犯罪者予備群の教化を求めて、オレはそんなにタフじゃないと喘ぎながら言う『民衆の敵』から、あの古典的な性差別の証、ジョーン・クロフォードがレストラン経営で成功するために主婦業を捨てなかったら、自分はもっと幸せだったろうと告白する『深夜の銃声《ミルドレッド・ピアース》』にいたるまで。

しかしながら、明示的な議論は商業映画にとって扱いやすい、あるいはありふれた特性というわけではない。小説の語り手——とりわけ、いかなる時でも物語内容を急に打ち切って、比較的明示的な議論を始める伝統的な小説の語り手——とちがって、議論好きの注釈者は物語映画には通常侵入してこない。さらに稀なのは、その構造全体が（視覚的のみならず言語的にも）通常の修辞的な意味合いで一つの議論になっている、すなわち前提と証明をちゃんともっている映画である。しかし、全くないわけではない。デイヴィッド・ボードウェルが指摘しているように、一九二五年から一九三三年にかけてのソヴィエト映画は（言葉の専門的、修辞的な意味で）「例に訴えかけることによって」効力を発揮する議論を含む「あからさまに教訓的で、説得的」なものである。「ファーブラの世界は一組の抽象的な命題を表わすが、その命題の正当性を映画は前提するとともに重ねて主張する。」そしてボードウェルとクリスティン・トンプソンはペア・ロレンツのドキュメンタリー映画『河《ザ・リヴァー》』の議論の構造を明らかにしている。[1]

後者は驚くべきことではない。議論はドキュメンタリー映画においてのみ明示的形態をとり、またどういうわけか物語映画とは折り合いが悪いというのが通念である。クリスチャン・メッツはこう公言してさえいる。「〈ドラマ〉がないとすれば、フィクションもなければ、物語世界も、したがって映画もなくなる。あるのはただ、ドキュメンタリー、〈報告映画《フィルム・エクスポゼ》〉ということになる。[2]」あたかもドキュメンタリーが映画ジャンルの階層で下位を運命づけられているかのように（おそらく、ちょうど**描写**が**物語**よりも劣っていると見なされているように）。しかし、それは映画における**議論**の可能性をあまりにも狭くとる解釈のように思われる。正式の三段論法あるいは省略三段論法の構造で対処するのは、映画というメディアの性分に反するかもしれないが、確かに、多くのフィクション映画は一種の形式ばらない議論を内包しているのである。

当然のことながら、映画《シネマ》は通俗的《ポピュラー》な物語フィクション、業界で言うところの「長編映画《フィーチャー・フィルム》」のためのメディアとして発展してきた。[3] 視覚メディアがテクスト的に中立であるというのは、少なくとも理論的には真実であるが、制度としての映画の魅力は主として物語的＝虚構的なもので、「ムービー」と呼ばれる巨大産業を生んだのはストーリーを求める大衆の叫びだったのだ。にもかかわらず、とりわけ一九二〇年代から一九五〇年代にかけて、多くのハリウッド映画は言葉の弱い意味で「議論」と考えられるメッセージを伝えた。あるいは少なくともそのようなメッセージを内包していた。いまだにそうしている映画もある。『國民の創生』を観た後、渡り政治屋《カーペットバガー》や解放奴隷に反対する「議論」を、あるいは『イントレランス』を観た後、不寛容《イントレランス》に反対する「議論」を理解するのは困難ではない。同様に『民衆の敵』は、犯罪は割に合わないということを「論じて」いるし、『素晴しき哉、人生！』は私たちの一人でも生まれなかったら、世の中はずっと住みにくくなっていただろうことを、『スター・ウォーズ』は「力《フォース》」を信ずべきことを、そして『カントリー』は、ＦＨＡ〔連邦住宅庁〕は無一文であっても農民を立ち退かせるべきではないことを「論じて」いる。

けれども、これらの議論は一般に物語によって暗黙のうちに伝えられる。映画が洗練されればされるほど、登場人物やヴォイス・オーヴァーの語り手が映画の命題を明示的に論じることは少なくなる。例外はからかい気味の、パロディがかった映画にしばしば見られる。一例は『トム・ジョーンズの華麗な冒険』のオープニングのヴォイス・オーヴァーの語り手の説法である。初期の、より稚拙な映画だけが最後にくどくどと教訓（「犯罪は割に合わない！」）を大真面目に挿入した。ハリウッドの大手《メジャー》スタジオが明示的で、堅苦しい議論にご利益を見出したことはほとんどなかった。[4] 物語の優先はまたただ単なるいま一つの資本主義的策略として片付けられない。セルゲイ・エイゼンシュテインは『資本論』の映画化を夢見ていたが、彼の映画はみな物語である。映画製作には莫大な金がかかるし、社会主義社会も資本主義社会に劣らず映画製作の最大・最良の分け前を多くの観客にアピールするような映画、すなわち物語《ナラティヴ》フィクション映画に振り向けてきた。

しかしながら、映画産業が**物語**に専念してきたからといって、それが、理論家が映画に潜在するテクストの他の可能性を無視してもよい、もっともな理由にはならない。私は行うつもりはないが、正式な言語的議論に相当するような方法で映画が議論できる技術的な手段を概説する、すなわち分類することがひとつの実り多い研究方法だろう。その研究は並置されたショットと修辞学において伝統的に区別されてきた議論上の証明（演繹、帰納、類推など）との関係といった問題を考察することになるだろう。おそらくクリスチャン・メッツの物語分節の大連辞関係に匹敵する議論映画のための体系を考案することになろう。しかしながら、本章が関わるのは何がなされ得るかという一般的な問題ではなく、何がなされたのかという問題である。映画、少なくともある種の監督の手になる映画は、**議論**をテクストの混合物の中へ導入するという独特の可能性を示してきた。それは一つには映画の持っている多重チャンネルの能力から生まれる可能性である。書かれたテクストとちがって、映画は異なるテクスト・タイプのために異なるチャンネルを利用することができる。たとえば、視覚のチャンネルで**物語**を、聴覚のチャンネルで**議論**を（あるいはその逆を）提示するのである。その結果は映画独自のものとなる。

初期の長編映画はかなり教訓癖と説法癖を持っていたが、アメリカ映画とヨーロッパ映画は観客がしだいに洗練されてくるとそれに調子を合わせるように、一般に「メッセージ」を避けるか、それを非常に遠回しに提示するようになった。今日の映画作者たちはいまだに社会問題に取り憑かれているとはいわないまでも、心を奪われているが、あからさまに、あるいは短絡的に議論に仕える形で物語を使うことに疑問を抱いている。そのため、テクスト・タイプを混合する多重チャンネルの能力が使われることが少ないのである。議論は登場人物によって提示することができるが、そうすればその人物たちは物語内容内にとどまることになる。明示的に議論するために物語言説を使う――たとえば、語り手が字幕とかヴォイス・オーヴァーで自分の意見を述べる――映画は今日ではほとんどない(5)。無論、映画がイデオロギーに支配されていることはよく知られているし、イデオロギーはあらゆる方法で名乗りを上げる。しかし、これらの方法は大抵劇的であり、暗示的なものである。事実、明示的に議論する映画が現れたら、一般大衆や批評家はたぶん戸惑い、さらには怒りだすだろう。

そのような映画の一つがアラン・レネの『アメリカの伯父さん』（一九八〇年）で、テクスト・タイプの現実化に対してこれ以上に広く複雑なアプローチを例証した商業映画は今までになかった。この映画はアメリカでは概ね称賛された（脚本を書いたジャン・グリュオーは一九八〇年のアカデミー最優秀外国映画脚本賞を受賞した〔実際は最優秀脚本賞にノミネートされただけ〕）が、公開時の映画評以来ほとんど論じられたことがなかった[6]。残念なことだ。少なからぬ芸術的美点のほかに、この映画は映画固有の明示的議論の力を例証しており、それは進取の気質に富んだ映画製作者が発展させる余地のある力である。とりわけ興味深いのが**議論**と**物語**のテクストの相互作用である。ほとんどの批評家が映画のテクスト的な魅力の源を見逃しており、映画の意図を非難した。もっとも、少なくとも私の読みでは、彼らが言っているような意図などないけれど。私は二つの理由でこの映画を詳細にわたって論じたいと思う。第一に、この映画は明示的な議論を革新的に導入している。そして、第二に、物語と議論の関係を（文学ではそうではないが）映画にはめったに見られない方法で問題化している、からである。

様式化された赤い心臓がスクリーンに現れる。心臓が「鼓動する」。そして現れては消えていく。ヴォイス・オーヴァーが言う。「生物の唯一の存在理由は、存在することである」と。この瞬間から映画は一つの物語内容を語ると同時に一つの命題を明示的に議論することになる。しかし、ハリウッドの「メッセージ」映画とちがって、作品は両テクストの混合物というよりも問題化となっている。「サービス」がそこにはあるが、混乱しているし、ぼやけている。映画は三人の虚構の登場人物についての物語とアンリ・ラボリという実在する生物学者の議論とをクロスカットする。ラボリ本人が自説を主張する、時に画面上《オン・スクリーン》で、そして時にはストーリーに「かぶせて」。映画は登場人物――ロジェ゠ピエール演じるジャン・ル・ガル、ジャニーヌ・ガルニエ（ニコール・ガルシア）、ルネ・ラグノー（ジェラール・ドパルデュー）――の虚構の闘争と動物王国の他のメンバーたち――亀や蟹や豚や実験室の鼠――のノン・フィクショナルな問題をインターカットする。インターカッティングが進行していくうちに、観る者は答えが出そうもない問題に直面する。これは物語の助けを借りた議論的エッセイなのか、それとも物語内容の流れが議論的注釈によって解説される物語なのか、と[7]。

多くの評論家たちは後者だと決め込み、その結果ある者は映画を非難した。映画自体の過ちのためではなく、あたかも映画においてはいかなる明示的議論もそのこと自体悪いことであるかのように。たとえば、『ル・モンド』の批評家は、議論を例証するためにフィクションを使って「知識とフィクションの関係を無益に転倒させている」として映画を非難した。このことはこの映画を「最悪の教訓映画にしている(8)」と彼は主張した。「教訓癖」はここでは明示的な議論の別名のように思われるし、ある人たちはそのこと自体を反映画的ととるのである。

他の人たちは映画をフィクションととり、ラボリは単に解明するために登場するにすぎないとした。その解釈もまたポイントを外している。より洗練された読みでは、まさにテクスト・タイプ間の緊張、支配をめぐるテクスト同士の闘争こそが、映画を興味深く、じれったくさえしているように思われる。議論と物語のどちらが支配しているのだろう？（「支配している」とはこの場合、暗示的な言葉だ。というのも、映画全体の支配的な関心事は動物及び人間の行動における支配だからである。）オープニングのラボリの議論には写真のコラージュが付いていて、一枚一枚の写真は時計と反対回りに回るライトに束の間照らされる。照明は科学的調査のプロセスを体現しているようである。それは見るからに混沌としたイメージに秩序を見出そうとしている顕微鏡のようなものである。サウンドトラックは断片的なダイアローグの不協和音を奏でるが、その中から三人の主人公の声がついに分離する。サウンドとイメージの分離はほとんど偶然の問題に思える。あたかも、これらの人たちが人類一般から手当たり次第に選ばれたかのように。そして手当たり次第に選ばれた他の人間であっても同じパターンが見られるであろうことを暗示している。新しいイメージが現れ、最初は抽象的にみえるが、やがて岸辺の植物であることが判明する。ラボリのヴォイス・オーヴァーが植物は動き回らなくても生きていけ、光合成で栄養を摂るが、動物には空間、餌場が必要だ、と言う。

ティースプーン、ドアの把手、インク壺、はさみ、自転車のチェーン――旧式の家財道具、子供の頃の思い出の品々――のクロースアップに切り替わって、画面外の主人公たちの声が出生地やその時の様子を詳しく述べる

（文章の断片で）。「ブルターニュ」「パリ」「モージュ」「病院で」「島で」「共和国通り」「隣の家で」と。三人の声をスウィッチ・バックしたりスウィッチ・フォースしたりするスピードは緩やかになって人物たちは識別できるようになるが、断片的なナレーションという原理は映画の最後まで継続される。この段階ではクロスカッティングは——科学は個人ではなく種《しゅ》を扱い、種は手当たり次第に選ばれたサンプルによって最もうまく説明されるという説に基づく——ラボリの論説を助けているように思われる（**議論**に奉仕する**物語**）。無作為性はストーリーが佳境に入るにつれて消えてしまう。というのは、これらの登場人物たちは互いの人生に深く関わり合うようになるからである。それがテクストの緊張の源の一つである。

三人が初めて視覚的に登場するのは、彼らの生涯《ライフストーリー》を劇的にではなく、証言として語る画面内の円形挿入《メダリオン・インサート》においてである。そこまでは、彼らは登場人物というより科学的調査の対象である。彼らは観客に直接、素っ気なく話す。あたかも物語内容の外のある地点から話しているかのように。提示の仕方は形式ばっていて、感情に欠けている。これは虚構の告白ではなく、臨床の言説である。

のそのそ歩く亀、それから蛙、そして金魚のショットにかぶせてラボリが説明する。動物は食物を探す必要があり、それが必然的に縄張り意識を生じさせるのだ、と。インターカッティングは植物や動物が登場人物の隠喩や象徴ではなく、生物学的に同等のものとして提示されていることを次第に明らかにする。イメージも注釈も私たちがみな同じ方舟の住人であることを思い出させる。

それに続くのが三つの事例研究《ケーススタディ》それぞれについてのきわめて重要な統計であるが、それを読むのはスピカリン（女性のヴォイス・オーヴァーを表わすフランス語の新造語）の無色の、官僚主義的な声である。見るからに裕福な家庭に生まれ、最初教員養成学校に通い教員となるが、のちフランス国営ラジオ局の報道部長に就任、十八か月後に解雇された、ジャン・ル・ガルは国営ラジオを攻撃するベストセラーを書いて、いまや議員に立候補している。ジャニーヌ・ガルニエは都市プロレタリアの出身である。彼女はブルーカラーの父親と彼女の演劇熱を悲しむ母親の間に生まれる。舞台女優として当初成功をおさめたにもかかわらず、ファッション・コンサルタント、巨大複合企業の紛争調停人というつまらない職業に転身する。ルネ・ラグノーは農家の出身で、父親の意思に反して通信講座で学び、出世して織物工場の部長になっている。登場人物の経歴がまさにこのように多様であること（それはクロスカッティングによって強調されている）、これが社会階級のような人間関係に全く無関心な、手当たり次第の――したがって「科学的な」――アプローチを再び容認する。

これらのスケッチを分けるのが、ラボリの短いスピーチで、それは彼の一般的な理論の概説となっており、しばしば他の動物たちの生存のための闘争の映像《イメージ》――道に迷った子犬、鼻で地面を掘って食べ物を探す猪――に重ねられる。ラボリの言説と官僚主義的な声と視覚イメージは機械的には揃っていない。たとえば、女性の話し手《スピーカリン》が、ル・ガルが報道部長に任命されたと告げる時に映し出されるショットは、蟹をぽかんと見つめている少年のそれであるし、彼が腎臓結石を患っていると彼女が言う時に私たちが見るのは、池に浮かんでいるおもちゃのアヒルの映像である。解雇されたと彼女が言う時、彼は母親に優しく抱きすくめられている。しかし、これらの並置はでたらめなわけではない。それらは伝統的なバルザック的な意味での「解説」ではなく、映画の中心的な議論――すなわち、縄張りにまつわる習性が動物の生活においてと同様、人間生活でも成功か失敗か、幸福か挫折かを決定するということ――の証拠を提出しているのである。ル・ガルが自分の島を治める小公子として育てられたことが、まさしく人生の諸問題に処する彼のスタイルを形成したのだった。音声と視覚的イメージの断絶は二つのことを成し遂げていると思われる。ラボリの議論の独立した客観性を強調すること、そしてその議論を虚構のストーリーへ適用するという謎を解くよう私たちに強いることである。その謎はプロットの謎でも科学的議論の謎でもなく、二つのものの幾分不安定な混合である。

ラボリの理論の中心にあるのは、人間行動は動物行動の一種であるという彼の見解である。彼はこの点を直接提示する。カメラをまっすぐ覗き込みながら、あるいは明らかな例証となる映像に重ねて話しながら。あらゆる動物は（と彼は論じる）四種類の行動をはっきり示す。消費する行動、満足感の行動（動物は楽しいことを繰り返し、苦しいことを避ける）、回避ないしは闘争の行動である（苦しくなりそうな事態に遭遇したら、動物には二つしか方策はない。逃げるか、それが適わぬ時は闘うかである）。そして、逃げることも闘うことも不可能な状況では、抑制――人間の社会では「苦悩」という特別の名前で通っている――という行動が生じる。問題を最小限に抑えておくために、私たち人間および他の動物たちは領土《なわばり》を獲得しようと一生懸命努力する。領土内では支配の衝動を行使する。あらゆる動物は支配する必要があり、自然界には支配の、勝者と敗者という、避けがたい階層制が存在する。

いくつかの行動を例証するために、映画は実験室の鼠を見せる。籠の床には電気が流れている。ブザーが鳴って四秒間、隣の安全な籠に逃げ出す余裕がある。二つの籠の間の扉が開いている限り、回避の行動はうまくいく。鼠はブザーの音を聞いてただ行ったり来たりしていれば、健康を保てる。次に扉が閉まる。鼠はブザーを聞くが、何もすることができずに電気ショックを受けるしかない。ひとたび抑制の犠牲となるや、鼠の健康は見る間に害されていく。（この実験は物語世界の内部、すなわち、ル・ガル、ガルニエ、ラグノーの世界ではなく、外、つまりラボリの議論の言説内で行われている、と私たちは仮定している。）もう一つの実験は闘争の行動を実証している。二匹目の鼠が、電気が流れている籠に入れられる。扉は閉じられたままである。双方に電気ショックが繰り返し加えられるにもかかわらず、鼠たちは健康を保ち続ける。理由は明快。鼠たちは逃げられないフラストレーションのはけ口を互いに闘うことに見出したのである。

しかしながら、人間においてはこのような行動、そして領土支配の衝動は生来のものではない。そのような所有あるいは支配の本能は全く存在しない。そうではなくて、支配は生後二、三年後に学ぶ行動なのである。ラボリは新しく生まれた人間の神経組織を白紙［タブラ・ラサ］にかなり近いと考えている。支配の必要性は大切な他者によって意識に刷り込まれるのである。彼は言っている、事実「私たちは他者以外のなにものでもない」

と。人間の脳は三層に分かれている。すなわち、（食物と生殖のみを司る）「爬虫類」の脳、（何が楽しくて、何が苦しいのかを記憶することに関わる）「感情」の脳、そして理性を働かせる、つまり、他の二つの種類の衝動に「アリバイ」を提供する連想皮質である。連想皮質の冠たる功績、言語の行使は生物学的にいって、私たちのより原始的な必要性と行動を合理化するためだけに存在する。

ラボリは隠喩的に無意識を海、言語をその泡——私たちの行動の真の底流を漂う泡——にすぎないと見なしている。虚構の登場人物たちの行動がこの点を例証している。彼らの余りにもありふれた、個人的な過失と家庭内および仕事上の闘いの下に、彼らの（そして私たちの）行動を衝き動かすより広い生物学的摂理を見ることができる。

四つの行動を説明したあと、ラボリは社会内での状況が男女に課す限界について述べる。人間の文化（その目的は集団の団結を確保することである）は、私たちが逃げたり闘ったりすることを厳しく制御している。この制御は他の動物たちとは比較にならないくらい人間を抑制する。人間の攻撃は内側に向かう傾向があるので、私たちは他の動物たちよりも心身相関の病に罹りやすい。鼠のように公然と肉体的に闘い合うことは、「文明」社会ではふつう好ましくないので、多くの人は欲求不満を「身体化する。」すなわち、「攻撃を自分の胃に向け、それが胃潰瘍になるのである。」自殺という究極の自己攻撃をする者さえいる。

以上がラボリの講演の骨子である。その講演は私たちのテクストのパースペクティブに従えば、二つの機能のうちの一つを達成している。映画を議論として読めば、彼の注釈は明らかに議論を提示する主要な手段となる。実験室のラボリのショットはある事例を議論している一人の男の視覚的な再現である。鼠の反応のショットは例証的証拠にすぎないし、人間の行動もそうである。しかしながら、映画を物語として読めば、ラボリは物語言説内の注釈者になる。しかし、彼は尋常ならざる注釈者で、虚構の物語内容の解釈者ではない。彼は一度もフィクションに言及しないし、登場人物にも彼らの行動にも言及しない。この映画のユニークさは内包された作者が物語言説の機能を分配し、伝統的な小説なら語り手のみが行ったであろうような仕事を異なる動作主に配分した事実による。（文学においてこれに対応するものをお探しなら、『トム・ジョーンズ』の二人の異なる物語言説の動作主をご想像いただきたい。一人は物語内容の出来事だけを語り、もう一人は物語内容に直に言及することを一切せずに哲学的、道徳的、社会的注釈をつけ加えるだけである。）物語的なパースペクティブからすると、実験室も、籠の鼠なども物語言説の一部なのであって、虚構の物語内容に対応はするが、どうもその中には含まれないものなのである。(9)

にもかかわらず、おのおののテクスト・タイプが独自の道を辿るので、一貫性に対する映画ファンの要求は結びつけて考えることを促す。私たちこそが、蟹を探している子ども時代のジャンの行動を消費行動の例として読むのである。いかにしてビジネスで成功するかという若い労働者へのルネのお説教を満足感の行動と読み、そして仕事を解雇された際、友人が連座するのを断る大人になったジャンの行動を回避の行動の例として読むのである。ル・ガルが不愉快な出来事からすばやく逃げ出せないで、ぶっきらぼうなジャニーヌが彼にかわってミシェルを攻撃した結果としてジャンが腎臓結石に罹ったことを抑制の行動の例と私たちは解釈する。

ラボリの議論の言説はストーリーに一切言及しないが、物語の言説は議論の要素を導入する。時にユーモラスに。妻のアルレットのもとからジャニーヌのところへ出かける場面の繰り返し《ルプリーズ》ではジャンの体には鼠の頭がのっている。それと釣り合いをとるかのように、あとの場面では本物の鼠がル・ガルのアパートのミニチュアのレプリカを追い出されて、ジャニーヌのアパートのミニチュア・レプリカへと入っていく。ライバルのヴェストラトが自分の領土に侵入してきた時にルネが感じる闘争本能を補強するために、（ここでも鼠の頭を被った）二人が共有している狭苦しいオフィスの机の上で取っ組み合いの喧嘩をしているショットがある。

このようなストーリーが並行して提示され、いくつもの段階をクロスカットする。人生のそれぞれの段階――子供時代、家出、早目の成功、分別盛りに訪れた苦悩――が登場人物を「横切って」同時発生的に描かれる。子供の段階では、ジャンは木陰に隠れてパルプ小説、とりわけ『黄金の王』、フランス版ホレイショ・アルジャー〔アメリカの少年向け読み物の作者〕、すなわち伝説の「アメリカの伯父さん」の物語を読む。ジャニーヌは祭日の晩餐の席で立ち上がって共産主義の賛歌を朗読して褒められる。ルネは寝室の天井からぶら下がった裸電球の灯りで会計の勉強をする。青年期に達すると、ジャンは早く結婚したいというガールフレンドの差し迫った要求でパリ行きを思い止まらせられる。ジャニーヌは素人劇団の活動を母親が邪魔した日の真夜中、家族のもとから逃げ出す。父親のけちな、時代遅れの農業のやり方にうんざりしていたルネは、夕食の最中にフィアンセのテレーズと家を出る。大人になってからは、ジャンはラジオの報道部長になり、ジャニーヌは小劇場の芝居で役にあり付き、その後役者の道を捨てて、ファッション関係の複合企業の重役になる。ルネはリールの織物工場の副支配人に出世する。

そして、トラブルが始まる。芝居でジャニーヌの演技を見たジャンが彼女に夢中になる。彼は妻のヒステリー症の抗議を振りきって、彼女のところに引っ越してくる。それから曖昧な理由でラジオの仕事を解雇される。ルネの会社が別の会社と合併し、彼はよりタフで悪賢いライバルのヴェストラトに仕事を取られてしまう。ジャンの妻が死にそうだと騙されて信じ込まされたジャニーヌは、ジャンと口喧嘩するふりをして、彼を家に帰す。妻は死んでおらず、従順なジャンをうまく家に連れ戻す。ルネは家族から何百マイルも離れた別の工場に転任させられるが、技術的な要求にも商売上の要求にもついていけない。彼の上司が複合企業の新部門、パッケージされたグルメ食品部への出向を提案する。料理は趣味ではあるが、ルネはその申し出にプライドを傷つけられ腹を立てて、自殺しようとする。幸い、彼は助かる。私たちが最後に彼を見るのは病院のベッドの中である。ちょうど意識を回復したところで、自分が失業したことをまだ知らない。

ジャニーヌとジャンの関係も取り留めのない調子で終わる。別れてから二年後、彼女が彼の島に小舟を漕いで渡ってくる。彼が一度も招待しなかった島である。偶然彼も島に渡ってきたところだ。島の所有権（またもや領土だ）に関する書類を取りに来たのだ。二人は会い、思い出話をするが、彼はよりを戻す素振りは全く見せない。

ジャニーヌは仕事上の会議に出かける。ルネの自殺未遂に狼狽した彼女は、ブルターニュに戻って、自分が別れるように仕向けたのは、彼を帰して死期の迫った奥さんを慰めるためだったのだとジャンに言う。ジャンは隣人と猪狩りをしている（よき上流＝ブルジョア式の領土支配を行っている）。彼女は彼に真実を突き付ける。彼女ががっかりしたことには、ジャンの妻はすでに告白し、ジャンはそのような嘘をついた妻の「すばらしい」勇気と彼を諦めたジャニーヌの「すばらしい」自己犠牲を称賛する。耐えきれないほど追い詰められて、ジャニーヌは彼に襲いかかる。そして、ストーリーは二人がぶざまに拳で殴り合いをしているところで終わる。

このように映画のはじめで生物学的見本として手当たり次第に選ばれたかに思われた三人の登場人物は、虚構のプロット内で親密に交わるようになる。しかし、ラボリの議論が共存することが、私たちが物語のコードに、それ自体の楽しみを求めて、深くのめり込むことを抑える。いやむしろ、フィクションにラボリの議論の例証を求めるよう私たちは要請される。そして、事実、ラボリの言説は登場人物たちの行動を説明しているように思われる。彼が母親の愛撫に対する幼児の反応を満足感の例として持ち出し、観客の拍手喝采をしきりに浴びる役者の話をすれば、母親に抱きしめられているジャンのショットや夕食の食卓で朗読して家族から褒められるジャニーヌのショットを見せられる。

他の視覚表現は議論をより巧妙に例証している。たとえば、ジャニーヌの祖父母の額に入った写真がラボリの抑制論と一緒に出てくると、私たちは年を取った、伝統的なものを保守的で、したがって抑制的なものと自明的に結論する。あるいは、ラボリのヴォイス・オーヴァーが「言語は支配という大義を隠すことのみに役立つ」と説明する時、複合企業の本社の、人を圧倒するような壮麗なロビーをルネが美人秘書の後ろからついていく姿を見せられる。ここでは明らかに「言語」はあらゆる記号行動を意味する。装飾《デコール》は顧客に強い印象を与え、従業員を威嚇するという二重の機能を果たしている。

映画は結局、過去の「言葉というアリバイ」を自分流にみるよう、つまり、出来事を虚構の登場人物の目を通して強調して読むという私たちの通常の習慣を打ち破り、そしてそのかわりに、ラボリの議論を通して解釈するように仕向けるのである。ラボリは一度もフィクションに言及しない――事実、自分がそれとテクストの空間を共有していることを知らないようである――けれども、私たちは彼の実験室での発見を解釈に応用したいと思う。私たちは、明らかにジャニーヌの方が好きなくせに、妻のところへ帰るジャンの「言い訳」に騙されないし、あるいは、なぜ演劇を捨ててビジネスという面白みのない世界へ入っていったかということに対するジャニーヌの説明（「自分を変えるのが好きなの。運転が好きだし、外国旅行も好きよ」）に騙されたりしない。最後の出来事、ジャニーヌとジャンのつかみ合いの喧嘩が思ったほどすさまじいものではないとさえ私たちは考える。自然が元の恋人たちをして（欲求不満の鼠のように）おそらく元気でいられるように肉体的闘争へと駆り立てるのである。

にもかかわらず、ストーリーは十分に感動的で、これらの人々を単なる臨床例として片付けられない。そして議論はフィクションの成り行きすべてを説明できるほど力強くはない。祖父がジャンに蟹の捕まえ方と食べ方を教えている場面では、私たちは感傷的であってはならないことを思い出す。これは結局のところ若いホモサピエンスが弱小動物をいかに支配するかを教わっている例なのだ。しかし、それは実際に心なごむシーンであって、自分自身の祖父と過ごした、似たようなひと時を思い浮かべないわけにはいかない。ジャンが亀を逆さにして遊んでいるのを父親に叱られるショットを、私たちは人間の文化がいかに子供たちに相反する教訓を与えているか、かわいそうな動物たちをある時は支配しろと教え、別の時には「親切に」しなさい、「思いやり」をもちなさい、苦しめてはいけないと教える例と解する。ジャンの場合、思いやりをもちなさいという命令は大人になってからの抑制、とりわけ権利のために闘うことができなくなったことにつながる。同様にルネの競争相手に「ヴェストラト」というフランドルの名前を与えることによって、内包された作者は経済的、政治的レベルで制度化している、より広い領土支配という重要課題をほのめかしている。フランスとフランドルの間には経済闘争の長い歴史がある。後者はやり手の商売人として定評があり、フランス市場を侵犯する傾向がある。別種の支配、領主の権利は下役に「彼自身のために」してほしいと思っていることを「助言する」権限である。ルネの支配、「成功」のしるしは、夜は働かないで、かわりに勉強しろと若い従業員に助言できることである。しかし、現代社会の変化は速い。やがてルネは自分の上司の助言、同じような「親切な」、父親のような気持から出た助言を渋々聞くことになる。このもの柔らかで感じのよいパリジャンが見るからに自分より年下であることが分かって、すでに傷ついてしまった彼の自尊心を一層傷つける。

　私は詳細にわたってこの映画作品《フィルム》の特徴を明らかにしてきたが、その理由はどうすれば映画《シネマ》がストーリーを語ると同時に、比較的複雑な事例を明示的に論じることができるかをこの映画が効果的に実証しているからである。映画に関するおなじみの公理の一つは、映画が単語に相当するものを何一つ持たないということである。[10] 映画の最小の単位はすでに文章のようなものになっているのである。傘のショットはただ単に「傘」を意味するのではなくて、最小に見積もっても「ここに傘がある」を意味する。もちろん大部分の被写体はクロースアップによって拙劣に示されるのではなく、コンテクストによって既に正当化されたものとして、事件の途中から挿入される。映画というメディアは観客に多大の推測を求める。映画作者たちは情報を視覚的に、アイライン・マッチやクロースアップやその他の技法によって提示することを好む。それほど洗練されていない観客でさえ、比較的少ない視覚的情報から結論を引き出すことを学んでいる。そのような私たちの技量はとりわけ物語映画のために発達する。それが、私たちが最もよく観るものだからだ。その作業は物語のコンテクストによってより容易になる。私たちは話の流れ《ストーリー・ライン》に照らして自分の解釈を絶えず吟味する。そして大部分の商業映画はしばしば指摘されるように「透明に編集されて」いる。商業映画というものは、視覚的映像とおなじみのプロットと登場人物の類型を継ぎ目が見えないようにつなごうと努力するのである。（商業映画において「新しい」と見なされるものの大部分は視覚的な潤色——意外なカメラ・アングル、大胆な編集《カッティング》と構図、けばけばしい照明と色彩効果——であって、テーマやプロットや登場人物はさほど変わらないものである。）

しかし、『アメリカの伯父さん』のような映画は、よりなじみの薄いコンテクストを背景に解釈することを私たちに求める。この映画のショットの多くは知的命題の証拠になっている。ピントが合って目につきやすい子供時代のおもちゃ類――プラスチックのアヒルやおもちゃの機関車や人形――を考えてみよう。私たちは最初おもちゃを物語的に、感傷的な思い出の品ととるかもしれないが、ラボリの議論に精通してくるとそれらは新しい意味合いを帯びてくる。私たちはそれらを「支配された事物」と見なすようになるのである。おもちゃは生物学者の見解《パースペクティブ》からすれば、ものを所有し、したがって他者を支配するよう子供たちを訓練する文化の手段なのだ。同様にルネとヴェストラトの競争は最初の段階では全くの視覚、たとえばルネの意地悪そうな表情（ドパルデューは顔の表情によって感情を表す驚くべき才能をもっている）と選りすぐりの細かなボディ・ランゲージによって表現される。ルネの工場はヴェストラトを客としてもてなしており、フランス式の礼儀に従えば、ホストはドアを開ける時、客より先に入るのではなく、後ろからついていかなければならない（「アルフォンスさん、お先にどうぞ」）が、工場を見て回る時、二人は相手より先に行こうと争う。この行動は上司からの電話を誰がとるかというあとに出てくる取っ組み合いを先取りする。(11) 同じく、自分の島がジャニーヌによって「侵略」されるのをジャンが知ると、カメラは追い詰められた動物の姿勢にそっくりの彼の姿を捉えるのであるが、これらのショットは実験室の鼠のショットに明示的にインターカットされる。ジャンが草むらを左から右に動くと、籠の中を左から右に動く鼠に切り替わる。ジャンが見知らぬ小舟の持ち主を見張っていれば、注意深く、いつでも逃げられるよう身構えている鼠にカットする。

『アメリカの伯父さん』を映画史上の魅力的な新機軸にしているのは、映画を特徴づけている二つのテクスト・タイプの間にみられる緊張、「不一致」である。物語内容はしばしば議論の要求する範囲を超えて、それ独自のせわしない関心事を追う。そうすることで、物語内容はラボリの科学が「アリバイ」としてさっさと片付けてしまうことに耽るのである。「アリバイ」とはまさに写実的な物語フィクションを説得力あるものにする生きた細部のことである。物語の精巧さが他ならぬこのテクストの意図の一部であるのか、あるいはそのテクストが伝えられる手段《メディア》の結果なのかは必ずしも明らかではない。仮にもあるストーリー（別種のテクストを例証するようなストーリーでさえ）を映画で語るということは、まさしく「過剰」を導入すること、水門を開けてストーリーの素材を「撒き散らす」ことであるが、同時にそれを吸い上げることである。「過剰」とは明らかに本当らしさの効果、バルトのいう現実効果のことである。しかし、それは対応する議論とぴたりと一致する。たとえば、ジャニーヌがジャンを妻に返すことの「気高さ」はラボリの理論では生物学的満足感として説明できる。彼女は「フェア」あるいは「仲間思い」だったとして父親からもらったお褒めの言葉を再現しようとしている。「過剰」はまた、他者（虚構の登場人物であっても）の人間的満足感を経験して、観客がわがことのようにその満足感を味わうこと――観客自身の生物学的課題《アジェンダ》の成就――でもある。ラボリから受けた生物学の訓練にもかかわらず、私たちはストーリーについてもっと知りたいと望む。この映画におけるストーリーの存在が少なからず気紛れだとさえ感じているために。(12)

物語の「過剰」に没頭することはたやすい。批評家のジャン・ドーソンは撮影された自然の美しさに驚嘆した。この美しさという単純な事実がラボリの純粋に機能的な自然観に矛盾する、と彼女はほのめかしている。(13) しかし、ラボリの議論が物語を解明するのに利用できるように、物語は議論を例証するために利用できる。自然の「美しさ」もまた生物学的に説明される。人は領土内で選択し、この地上で望ましいと思うある場所へ移住する。その望ましさは生存価値という用語でこの生物学者には理解されている。「美しさ」とはその望ましさに与えられた名前に他ならない。火星で進化した種族は疑いもなくその赤い土を私たちの緑の森よりも美しいと思うだろう。『アメリカの伯父さん』の観客は伝統的な美の概念と新しい機能の間で引き裂かれているので、映画のストーリー的要素は二極の間で張りつめている――議論に仕えていると同時にはげしく自律的でもある――ようだ。

ある意味で物語世界の「過剰」は物語の精巧さそれ自体の結果である。例証のために考え出されたものであろうと、それ自体のためであろうと独立した意義をもった細部、すなわち現実効果を作り出すことこそ、写実的《リアリスティック》な物語の本質の一つである。映画は豊かで詳細なセット、苦心の演技などでこのような意義を高めるのである。たとえば、ルネが自殺しようとすることによって苦悩を表わすだけでは、物語的にいって不十分なのだ。映画の規範は複雑な写真うつりの良い《フォトジェニックな》方法を必要とするのである。彼はシャンデリアではなく、窓の把手で首を吊ろうとするし、また催眠剤を過量に飲もうとする。ぶざまな愚行とないまぜになった彼の決意を純粋に視覚的に再現されると、そのシークエンスはラボリのいう「苦悩」を「例証する」ために差し挟まれたということをほとんど忘れさせるくらいの独特の現実味を帯びてくる。

もっと一様に物語的なテクストであれば、私たちは問題のある細部を説明してくれるものをストーリーの仮設的な範囲内に求める。しかし、この映画では説明が虚構の世界にあるのか、生物学的理論にあるのか私たちは決めなければならない。そしてそれがテクストの緊張となっているのである。精神分析的に重要な出来事は、より一般的な生物学的原理のもとに組み入れることができる、と私たちは結論を下す。ジャンのオイディプス・コンプレックス——母親に抱きすくめられ、おもちゃの矢で父親を撃とうとするショットに例証されている——はもう一つの領土の監視に他ならない。人間は愛の「対象」であるが、ここでは領土主義という理論のコンテクストに置かれている。人間は、たとえば金の延べ棒というよりも土地に似ている。性別はここではほとんど問題にならない。支配する女性は支配する男性同様よく見られる。ジャンの妻は、最初は声高に、繰り返し主張してジャンを手に入れ（ジャンははじめて画面内の円に登場《メダリオン・アピアランス》する際「ガールフレンドのなかで一番のしっかり者はアルレットだ」と言う）、次はずる賢く、病気を装って彼を手放さない。新しく獲得した生物学的洞察から私たちはその仮病を闘いの一形態と解釈する。

心理的遺伝もラボリの用語で説明することができる。ルネは父親の時代遅れの生産技術に対して闘争と回避の反応を示すが、今度は自分がヴェストラトに取って代わられる。つまり同じ立場に立たされる運命にある。「私たちは周囲の人々と何ら変わらない。」彼は父親の田舎者特有の偏狭さと偏執ぶりを非難するが、新しい工場のボスになるようにと「祭り上げられる」と、この上ない田舎者ぶりを発揮して、「でも罠じゃないだろうか？」と尋ねる。そして、ある登場人物自身の行動に必要不可欠な特徴がみられないとしたら、決定的な瞬間にそれを与えてくれる誰かとその人はどうにかして結婚するだろう。新しい職場に赴くためにリールの家を離れることを妻が拒んだ時、妻が父親を思い出させるとルネは言う。

映画はラボリの理論の諸相を車輪の中の車輪式の込み入った構造にさらに区分けする。ジャンは「友人」のミシェルの裏切りを責めるよりも病気へと「回避」する。すると腎臓結石でベッドに寝ていることが、病気が隠すと思われていた攻撃性を正当化する。そこでジャニーヌに食ってかかることになり、痛みにかこつけて横柄に怒り狂ったように彼女をこき使う。

しかし、ここにまた再びテクストの目新しさがあるのだが、ストーリーの問題の中でラボリの体系では説明がつかないような行動が起こるのである（テクスト・タイプは明らかに弄ばれている）。和解、愛、思いやりがその問題点である。生物学的満足感に関する限り、これらの感情が厳密かつ冷淡な生物学の用語でどのように説明されるのだろうかという問いを避けて通ることは困難だ。夫と敵のヴェストラトを仲直りさせようとするテレーズの心優しい行為を生物学者はどう説明するだろうか。あるいは病院のベッドで寝ている――自殺にも失敗した――ルネを見た時の彼女の顔の修道女のような思いやりをどう説明するのだろうか。下等動物のどこにこれに相当する行動があるだろうか。虚構の細字部分《ファインプリント》は領土主義、闘争と回避などがあらゆる出来事を十分に説明するという原理を受け入れ難いものにする。

そしてまた、それらはある種の行動の複雑に絡み合った事情を十分説明できない。たとえば、ジャニーヌがジャンを妻のもとへ返すために怒って、ジャンと争うふりをする場面など。無論、ある種の動物はいろいろなふりをすることができる。が、映画には動物の世界で、利他的な理由から誤った役を演じることに相当するようなことは、一切示されていない。[14] また、生物学的な議論は子供の遊びを領土主義の訓練と定義しているが、職業と趣味の違いを説明していない。ルネは休日に料理することが好きなくせに、料理のケータリングという複合企業の新しいプロジェクトのマネージャーにならないかという申し出になぜ憤慨するのか？　ラボリの理論には、他の極めて人間的な行動、たとえば「自尊心」だとか「尊厳」だとか「男らしさ」とかの例を説明する時、同じくらい難点がある。私はなにも、これらの行動の例（したがって説明）が実際には動物の世界には存在しないと言っているわけではなく、ただ映画の議論から私たちが受けた教えではこれらのことは説明がつかないと言っているにすぎない。

　適切にもテクスト・タイプの緊張はストーリーの最後の出来事、ジャンとジャニーヌの殴り合いにおいて最も激しい。物語のテクストは極めて非ロマンティックな、不快でさえある総崩れのうちに終わる。しかし、議論のテクストは何かそれとは非常に異なったこと——そのような闘争はフラストレーションの解消に全く役立たないが、ある目的を持っていること、つまり人間は鼠同様、闘う必要があるのだということ——を私たちに教えてくれる。闘争は他の何ものにもまして人間の目を澄みわたらせ、肌をバラ色に保つ、と。にもかかわらず、ジャンとジャニーヌはそれほど幸せそうにも健康そうにも見えない。攻撃者の外部の表層——澄んだ目とバラ色の肌——と内部の表層との間には何か非・類似《ディス・アナロジー》があるのだろうか？　ここでもまた、生物学的議論は沈黙を守っている。

　ストーリーの出来事が映画を終わらせるわけではない。反復《ルプリーズ》がある。慎ましい家庭内の事物、ルネとヴェストラトが電話を取ろうと争っている光景、「早く、早く」温湿布をくれと叫んでいるジャン、仰向けになった海亀、そして最後にオフィスで彼の最後のメッセージを伝えるラボリ。そのメッセージは包括的で、支配の必要性が（動物同様）人間を決定的な行動に衝き動かす限り、何かが変化するという見込みはほとんどない、というものである。サウスブロンクスによく似た廃墟と化したスラム街のトラヴェリング・ショットへとカット。ラボリの最後の言葉を聞いたあとで見せられると、これらの映像は彼の話のポイントを例証しているように思えてくる。スラム街の悪徳家主が居住者を支配し、そして（おそらく）居住者はそれ以上耐えられなくなると別の領土を求めてその土地を捨て去ってしまうのだ。が、カメラは最後にある建物の外壁に視線を注ぐ。その壁に誰かが森を描いている。カメラは一本の大木の像へと近づいていき、それから木の一部へ、さらに近づいて、それが煉瓦に描かれたペンキのあとにすぎなかったことが分かる。その効果はアントニオーニの『欲望』に似ている。何かを近づいて見つめれば見つめるほど、それは形のない《アモルファス》ものになっていき、ついには元の輪郭まで消え失せてしまうのである[15]。

この結末を私たちはどう理解すればよいのだろうか？　明らかに、それは比喩的であると同時に字義通りである。何故なら、この界隈も建物もル・ガルやガルニエやラグノーの物語世界を全く共有していないからである。一方、それはまた、ラボリの言説を特に指示しているわけでもない。映画的語り手がこう言っていると想像してもいいだろう。「ありがとう、ラボリ博士。でも、あなたの科学的理論をもってしても相変わらずはっきりしません。この薄汚い都会のなかで住人たちが自然の美しさに憧れるのをあなたはどう説明されますか？　あなたの科学はまた、このような荒廃をもたらした政治的、道徳的、経済的諸問題を解決する何の助けにもならないではないですか。そして私たちはあなたのメッセージをどう理解すればよいのですか？　私たちが他人を支配したいと思う限り、何も変わらないというのはごもっともです。しかし、私たちの脳がそのように作られているとしたら、脳について何かをするとなどということがあり得るでしょうか？　あなたは脳を取り換えることをどう提案されますか？」

映画にはこれらの問いに答える助けとなるようなものは一切ないようだ。劇場を出るや、究極の困惑が私たちを悩ます——映画の支配をめぐる**物語**と**議論**というテクスト・タイプの解決不可能な闘争から直接生まれた困惑が。

第五章　内包された作者の擁護

「内包された作者」という概念はウェイン・ブースの『フィクションの修辞学』（一九六一年）が出版されてから広まったが、物語学者たちはその正確な意味について、あるいはさらに存在理由についてさえ意見の一致をみていない[1]。現実の作者と語り手の区別を否定するものはほとんどいないが[2]、第三の、一見「影のような」存在が両者の間になぜ位置しなければならないのか訝《いぶか》る向きもある。

私の考えは、物語学《ナラトロジー》――そしてテクスト理論一般――は内包された作者（そして、その片割れである内包された読者）を、別の方法では説明しきれない、あるいは不十分にしか説明しきれない特徴を説明するために必要とする、というものである。内包された作者は物語フィクションそのものの中にある媒体で、その読みを導くのである。あらゆるフィクションがそのような媒体を持っている。それは読むたびに作品を創造する源である。それはまた作品の意向の所在地でもある。W・K・ウィムザットとモンロー・ビアズリーに倣《なら》って、私は「意図《インテンション》」ではなくて「意向《インテント》」という言葉を使うが、それは作品の「全体的」つまりは「包括的な」意味で、含蓄、含意、言外のメッセージを内包する。[3] 内包された作者という概念は現実の読者とテクストとの関係を単純化し、ある種のコンテクスト理論のように、それを通常の会話のやりとりのもう一つの例に格下げしてしまうことから守る。物語フィクションを読むということは、その都度、その意向と創造の原理を再構築することだと私は思う。再構築するのであって、構築するのではない。なぜなら、テクストの構築は個々の読みの行為に先立って存在するからである。読者反応論や他の構築主義理論が読者の役割（それを精力的で、創造的な行為と見なす）の能動性を主張しているのは正しいが、読者はそのような現実化の半面にすぎない。[4] 読者が活性化すべきテクストが存在していなければならないのだ。このように自明の原理を再確認する必要があるとはおかしな話だが、今日の世の風潮にはそれを肯定するふしがある。内包された読者の研究はあり余るほど豊かなので、私は内包された作者に注意を集中し、前者が後者の鏡像であると仮定する。

　私の擁護は厳密に実際的なものであって、存在論的なものではない。問題は内包された作者が存在するかではなく、そのような概念を措定することによって私たちが何を得るかということである。[5] 私たちが得るのは、物語フィクションのテクストの意向を一語で、伝記主義によることなく名づけ、分析する方法である。これはあることを述べながら、別のことを含意するテクストにとってとりわけ重要である。そのようなことは無論、通常の会話においてもあり得る。「恐れ入りました」と言いながら、声の調子は正反対の感情を伝えることだってある。私が表向きのメッセージと真のメッセージ双方の源であるので、私の対話の相手は私が二重のメッセージを発する唯一の話し手だと考える。しかし、仮に明らかに私自身とは異なる声で私が一人称の逸話を語り、その話《ストーリー》が反語的なものだということが明らかになるとしたら、つまり、話の究極の責任者である「私」がその話を保証せず、その話とその表向きの語り手――現実の私が模倣している「私」――をからかっているとしたら。この例には明らかに二人の物語の動作主《エイジェント》がいる。話を創造した私と、私がその声を模倣している語り手の「私」である。然り（と皆さんは同意するだろう）、二人の動作主がいる、だが、そのうちの一人は本当に実在するのであって、内包されているのではない、と。まさにその通りなのだが、出版されたフィクションは口頭の逸話よりも複雑だ。現実の作者は、本が出版され発売されるや否や（映画が封切られ、芝居が上演されるや否や）テクストから退く。けれども、創造と意向の原理はテクスト内にとどまる。読むたびに、上映《プロジェクション》または上演《パフォーマンス》されるたびに観客《オーディエンス》／読者によって再構築されるそれらの原理は、語り手のメッセージを知らせ、コントロールする。そして、それらは語り手とは異なる階級ないし水準の存在である。たとえ、テクストの意向と語り手の意図に内容に関する食い違いがないとしても。たとえば、『つらいご時世《ハードタイムズ》』の内包された作者が語り手と意見を異にすると考える理由はないが、テクスト原理として創造と伝達を切り離すことは理論上もっともなことである。

物語テクストの意味の全体構造——断言や明示的意味のみならず含意や言外の意味やイデオロギーの連結《ネクサス》——の源は内包された作者なのである。テクストを読むという行為——究極的には現実の人間同士のやり取り——には二つの中間的な構成体が必要とされる。一つはテクスト内にあって、読むたびにテクストを創造する（内包された作者である）。もう一つはテクスト外にあって、読むたびにそれを解釈する（内包された読者である）。その上、内包された作者は「声」——すなわち、テクストを伝達する直接の源——ではない。「声」は唯一、語り手に属する。（リング・ラードナーの「ヘアカット」〔「散髪の間に」〕の内包された作者は明らかに道徳的に鈍感な、話の語り手の床屋のホワイティではない。）他のテクスト・タイプ、たとえば**議論**にもよく似た区別がある。スウィフトの「慎ましき提案」における内包された作者は明らかに論者《アーギュアー》ではない。パンフレットの内包された作者が人食い《カニバリズム》による経済問題の解決を是認しているとは考えられない。そして、たとえテクストが匿名であったとしても、すなわち現実の作者が特定できなくとも、私たちは同じ仮定をするだろう。しかし内包された作者の必要性は反語的なテクストに限られるものではない。たとえ、内包された作者の意向と語り手やその他の話し手の意図の間に食い違いがなくとも、理論上の区別はする価値がある。なぜなら二つの用語は情報の異なるレベル、異なる源となるからである。

内包された作者を据えれば、読者が虚構のテクストを通して現実の作者の意図とイデオロギーに直接触れられるという無謀な仮定を抑制することができる。それはテクストの見解と現実の作者の見解の間に重要な繋がりが存在することは否定しないが、読者が何とかして（一）現実の作者（それが引き起こす厄介な問題にもかかわらず）と、あるいは（二）虚構の話し手と直接コミュニケーションを図るという極端に単純化した仮定を否定する。というのも、それでは明示的意味《デノテーション》（話し手が言うこと）と言外の意味《コノテーション》（テクストが意味すること）を、とりわけそれが異なる時に、いかにして私たちは区別するかという問題が出てくるからだ。理論上いかに魅力的であろうとも、テクストを現実の作者の発話行為として読むのは、多くのテクストの意味論的複雑さを説明するにはあまりにも単純すぎる。テクスト分析に対する発話行為論の大きな影響力にもかかわらず、日常会話を説明することが目的であるような用語で出版されたフィクションを分析しようとしてもうまくいかない。フィクションは「塩を取っていただけますか／塩に手が届きますか」といった発話よりもずっと複雑なのだ（その発話内行為の力は用法によって異なる。一つのコンテクストでは要請であり、別のコンテクストでは聞き手の身体が置かれた状況についての問いになる）。会話では聞き手は発話の真意を突き止めるためにフィードバックを要求することができる。たとえば、「塩がほしいということですか、それともどれくらい私が手を伸ばせるかお訊ねなんですか」と問い質すことによって。しかし、読者は作者にフィクションの意味について、あるいは力について尋ねることはできない。ロラン・バルトが述べているように出版されたフィクションは「凝固」しているのだ(6)。

確かに、テクストの意味についての現実の作者の意見が誤解を招くおそれありとか、全く間違っていると批評家に映った例は数多くある。テクストの意味は必ず、そして永久に解釈を必要とするのだ。この最も解釈学的な時代に繰り返し学んできたように、テクストが（ただ単に何を「言っているか」だけではなく）何を意味するかという問題は個々の読者によって、解釈共同体によって根本的に異なる。なるほど、「内包された」作者ではなくて、「推論された」作者という言い方をした方がよいのかもしれない(7)。

内包された作者という概念は意図と解釈の関連についての論争中に生まれた。何年も前に始まったにもかかわらず、この論争は終わっていない。テクストという複合体において現実の作者が中心を占めるという主張が復活している気配さえある。内包された作者の擁護は必ず二つの相対する立場の理解を根拠にしている。ゲーテ、カーライル、クローチェ、J・E・スピンガーンの伝統を受け継ぐ意図主義者は、解釈は現実の作者の意図に訴えかけることによって支持されると主張する。旧式の考え方においては、「意図」は創作中の作者の計画、作者が何をしようと考えていたかを意味する。E・D・ハーシュのようなより洗練された意図主義者は「意図」の意味を作者の心理の動向ではなく、「意識のプロセス」に変更する。それでもなお、現実の作者の意図が「客観的な解釈」の源であることにかわりはない。作者という拠り所がなかったら、テクストは様々な批評スタイルや個人的な好みという気紛れな風に吹き流されてしまうのではないかと、意図主義者は恐れるのである。ゴットロープ・フレーゲの用語を使って、ハーシュは現実の作者が意図したこと以外のいかなる意味論的価値も、テクストの「意味」（*Sinn*）ではなく、その「意義」（*Bedeutung*）なのだと主張している[8]。

それ以上に熱烈な意図主義者であるP・D・ジュールは次のような議論をして、内包された作者という概念を否定している。

作品に提示されているストーリーや状況あるいは出来事を私たちがどのように見るのか、あるいはそれによって表現されたり、暗示されたりしていると私たちが受け取るものは、私たちのいわゆる内包された作者像ではなく、現実の歴史的人物像によって決定される。文学作品がある種の命題を伝え、表現するとしたら、それなら——だからこそ、と私は言いたい——現実の作者はこれらの命題の真実性とそれに相応する信念に傾倒している、すなわち、作品が表現している、あるいは伝える命題は「内包された作者」ではなく、現実の、歴史的作者によって表現され伝えられる。したがって後者のものである[9]。

モンロー・ビアズリーのような反意図主義者は、作者の本来の意図の関連性を否定して、解釈はテクスト自体からのみ、あるいは少なくとも原則的にはテクスト自体から引き出されなければならないと論じている[10]。ビアズリーのものはいまだに文学的意図の最もすぐれた論考である。彼は「[芸術家の]心理状態あるいは心の中の出来事——すなわち芸術家が何をしたかったのか、創作を開始する前、そして創作の過程で作品をどのように想像し、計画したのか」ということが解釈とどう関連するかを問い質している。伝記的資料などせいぜい目的は何だったかということの間接的証拠を提供するにすぎないし、間接的証拠は明らかに「目的の直接的点検」[11]の証拠に比べれば二次的なものにすぎない。

反意図主義は芸術家が生きていた時代に広く行き渡っていた約束事や意味の探求が無関係であるとか、批評家がそれらを探求するのは方向違いだと言っているわけではない。バッハをちゃんと解釈するには彼の時代の音楽がどのような音を出していたかできるだけ多く知っているべきである。ミルトンをちゃんと解釈するには、十七世紀のキリスト教についてなるべく多く知っているべきだろう。反意図主義者たちはまた、芸術家が自分の意図を言明したからといって、それを解釈の際に割り引くべきだとは言わない。彼らは、バッハが自分の頭で聞いたかもしれない音、あるいはミルトンが『楽園喪失』を書いている時に計画していたことの関連性に——そして解釈者がそのようなことを考慮することに——反対しているだけなのである。伝記作者や歴史家がそうしてはならないとは一切述べていない。

反意図主義者は言葉が意味することと人間が意味することを区別するよう主張しているのだ。テクストは作者が亡くなったずっと後でも明らかに意味を持ち続ける。作者があることを意味しても、テクストが別のことを意味することだってあるのだ。ビアズリーはA・E・ハウスマンの「一八八七年」という詩を引用している。フランク・ハリスはこの詩を、若者たちを戦場へと安易に急派して殺してしまったヴィクトリア女王の決断を皮肉っぽく批判したものだと解釈した。これはハウスマンの他のいくつかの詩の内容を知っていたら、あながち筋の通らない解釈ともいえない。しかし、ハウスマン自身は「一八八七年」の反語的な読みを否定した。同様に、ソール・ベローはつい最近『ハーツォグ』の「〈高等教育〉がいかに悩める男の力にならないかを示す[12]」という喜劇的意図を誤解している読者がいると嘆いた。意図主義者は「一八八七年」が反語的ではなく、『ハーツォグ』が喜劇的だと論じなければならないだろう。作者がそう言っているのだから。反意図主義者はハウスマンとベローは自分たちの作品の意味を誤解しているとか、彼らの無意識は彼らが知らないうちにペンを導いたのだとか、あるいは彼らはただ単に自らの意図を達成できなかったのだと反撃するだろう。いかなる理由であれ、とビアズリーは結論している。「もしこれが、詩が意味することだと［詩人が］報告しているものが、詩自体が差し出す証拠と矛盾するならば、私たちは詩人がその詩に欲している意味を、ただ単にそう命令されたからといって、意味させるのを許すことはできない[13]。」

テクストが何を言い、何をしているかを述べたいだけなのに、作者の意図を不必要に強調する批評をビアズリーは咎めている。「ジェイン・オースティンによれば、エマは高圧的だが、基本的には善意の人だ」とか「『裏窓』でヒッチコックは見る者を主人公の覗き趣味に巻き込む」といった言い方の妥当性に疑問を呈している。これらは「『エマ』という小説は高圧的だが善意のヒロインを描いている」とか「『裏窓』は見る者を主人公の覗き趣味に巻き込む」と言った単純な言い方とは対照的である。前者は不必要に意図主義的な主張をしている。一方、後者はヒロインの性格や見る者の共犯関係を判断する一次証拠がテクスト自体に内在していると主張しているにすぎない[14]。

より専門的な言語で反意図主義者は（ウィリアム・トルハーストの用語でいえば）「発言者の意味」「発言の意味」と「語＝連鎖の意味」[15]を区別する。「発言者の意味」とは作者がテクストを創造している際に、心の中で考えていたことである。「語＝連鎖の意味」は単語やその他の記号が言語的および意味論的な約束事によって意味することである。発話行為の用語ではそれは裸の「言い回し《ロキューション》」である。「発言の意味」とは語＝連鎖の意味＋コンテクスト、すなわち言い回し＋その発言内的力である。言い換えれば、語＝連鎖の意味とは的確な発話行為の意味論的可能性に他ならない。実際問題、意味は認識可能な、あるいは推論可能な状況に関しては、テクストが「発言される」まで生じ得ない。それは意味論、統語論の規則（それによって文章や他の意味論的構造が首尾一貫する）およびそれらがうまく当てはまるコンテクストを理解している者によって解釈されなければならない。反意図主義者は解釈に主に関連するものは発言の意味であって、発言者の意味ではないと主張する。読者は語＝連鎖の意味を理解するのであり、テクストにふさわしいコンテクストを察知しようとするのである。「これはなにも発言者の意味がテクストの意味の決定に無関係だということではない」とトルハーストは結んでいる。「ただ同じではないと言っているに過ぎない。[16]」

反意図主義者の立場は、いかに古めかしくとも、首尾よく論破されたことはない。知識、コミュニケーション、解釈の真の可能性に関して懐疑主義がはびこっている時代に、ビアズリーのような哲学者の賢明なる意見を思い出してみるのも価値があるように思える。

ブースの内包された作者論

意図主義の論争は「内包された作者」の問題を明らかにする助けとなる。ウェイン・ブースが『フィクションの修辞学』で提案したこの用語の五つの定義を考えてみよう。[17]（これらの定義は議論の出発点として復活させられるにすぎない。ブースがいまだに内包された作者をそのように考えていると言うつもりはない。のちの著作ではその概念にかなり磨きをかけている。）

第一は、客観的な記述をするために現実の作者がなりたいと思っている、中立の（あるいは客観的ないし理想的）人物である。ブースは執筆のプロセスを記述するために小説家がしばしばそれに類した用語を使うことに注目している。ジェサミン・ウェストは物語《ストーリー》に対して適切な立場を発見したり、生み出したりする「公の筆記者」と書いているし、エドワード・ダウデンやキャスリン・ティロットソンは作者の「第二の自我」と呼んでいる。ブースはこう述べている。現実の作者は「作品に自分の偏見をそのまま[18]」注ぎ込むことを避けたがる。そこで、中立の代理人すなわち代理の作者を創造するのである、と。

が、この「第二の自我」ないし「公の筆記者」は洗練された意図主義者でさえ擁護しないような意図の定義を提示している。すなわち、創作を始める以前に作者が計画していたあるもの、望ましい客観性を確立する一助となるように現実の作者が装う分身みたいなものという定義である[19]。現実の作者の行いは文学評伝の主題であって、テクスト理論の主題ではない。創造の行為における偏見《バイアス》の克服あるいは「変形」が「内包された作者」の意味だというのなら、なぜそのような用語が必要なのだろうか？「現実の、偏見のない作者」では間に合わないのだろうか？テクスト理論が知りたいのは、テクスト自体に必須で、それから導き出せるあるものを「内包された作者」がいかにして名付けるか、そして本当にそうなのかどうか、ということである。

第二は、異なる作品で作者が示す自分自身の異なる側面である。この定義はいくつかの想定可能なペルソナのうちのどれがテクストを特徴づけるかを現実の作者が決定するプロセスのことなので、創作時の主観的な意図ないし計画の意味でもあり、したがってテクスト理論には使えなさそうだ[20]。

第三は、創造者対創造物で、これには語り手、描写を司る者、あるいは物語言説を伝達するその他の動作主が含まれるが、これらは詰まるところ、物語内容中の登場人物同様、構築されたものなのだ。ブースは物語を語る声が「大きなアイロニーによって」内包された作者と分離されるべきことを鮮やかに論証している。ここで広く使われている事例は「信頼できない語り手」である。誰もがそのようなアイロニーの可能性を認めているが、すべての批評家がそれを内包された作者という概念によって説明すべきだということに同意しているわけではない。問題は現実の作者と彼らの中間の語り手で実際のテクストに私たちが感じ取るすべての区別を説明できるかどうかということである。仮にテクストに内在する第三の存在を措定するとしたら、それは三つの異なる源がみな人間だと仮定しなければならないのだろうか。先を見越して言えば、この二つの問いに対する私の答えはノーである。

第四は、私たちが作品を「それ独自で存在しているもの」として考えないように、作品を作り出し、「選択し、価値評価を下す人物」である。この定義は「意図(性)」に対してどっちつかずの立場をとることで、テクスト構造に対するそれの関連を半分認め、半分否認することである。一方で、ブースは現実の作者の意図を認めないが、他方ではテクストを「それ独自で存在するもの」と呼ぶことを避けたいと思っている。

出版されたテクストは実際にそれ独自で存在するものであるという反意図主義的見解を私は支持する。被造物(それはもともと現実の作者の心中の営みである)は、出版された途端にテクストに記録された原理となる。その原理は現実の作者の仕事の残留物なのである。それがいまやテクストという産物になる。テクストそれ自体が内包された作者なのである。ロジャー・ファウラーが述べているように、

「テクストが語る」という評言は謎めいて響くが、それは物語の言説における声の正確な源を探りあてる。言語という公の社会慣習のなかで——作者は言語の働きを促進する媒体となるのだが——ひとたび書かれたテクストは書く行為から自らを解放し、「公のものとなる。」個人を超越する言語はテクストに社会の価値を刻印する。そして矛盾することなく、読者は意味を生み出す人となる。なぜならば、彼は作者と同程度に文

化が言語的にコード化された価値の貯蔵庫であり、テクストからその価値を解き放つ力をもっているからだ。[21]

出版と同時に内包された作者が現実の作者に取って代わる。口頭の逸話（その現実の作者はそれと直接の関係を保ち続け、それによって聴衆と開かれたコミュニケーションをもち続ける）と異なり、書かれたテクストは読まれるまで閉じている。とはいえ、そこには創造と意向の原理が潜在している。これらの原理は、読むたびに一人ひとりの読者の手に入り、読者によって活性化される。意図《インテンション》は作者の私的な問題ではなくなり、作品の意向《インテント》になるのである。[22]現実の作者の活動とその活動の産物――目の前のテクスト――を私たちは区別しなければならない。意向（R・W・ストールマンが「実際の」意図と呼んでいるもの）をテクストの特性、「作品が引き起こそうと目論んでいる効果、全体に浸透している統一原理、あるいは作品が明示したり暗示したりしている意味[23]」と評するのは全くもって正しい。あるいは、W・K・ウィムザットの言い回しを使えば、作者の「作品そのものに現れた効果的な意図すなわち効果をもたらす精神[24]」を私たちは知るのである。

作品が「選択し、価値判断を下す人物」が作り出したものだということを思い出させるためにブースは「内包された作者」を使ったが、その場合の一つの問題は多くのテクストがそのような人物を想起させないということである。ある種のテクスト、たとえば聖書の一部とか伝統的な民謡《バラッド》は何世代にもわたる無名の作者たちによって作られてきた。他のテクスト、たとえばハリウッドで大量に生産される映画は、脚本家、プロデューサー、俳優、監督、カメラマン、配給会社の幹部たち（彼らは最終的にでき上った作品に全面的には同意しないかもしれない）の提携によって作られる。それでもやはり、聖書の数書（あるいは一連の書）や伝統的な民謡やハリウッド映画は一人の作者によって作られたようにみえる。その理由はそれがテクストを統一する創造と意向に、すなわち内包された作者によって統合されているからである。選択し、価値判断を下す人物が作り出したものとしての作品に注意を促すのではなくて、選択の――すでになされた選択の――貯蔵庫と私は作品を見なすが、その選択はそうしてもよかったのだが、結局されなかった他の選択に代わるものと考えられる。

おそらく、内包された作者を現実の作者の代理人あるいは化身《イメージ》と考えることをやめれば、その用語に対する抵抗は幾分消え去るだろう。第三の人間を生み出す必要はないのだ。マーク・トウェインの「化身」（それは現実のマーク・トウェインとはすべての重要な点で異なっている）[25]を想定したからといって得られるものはほとんどないが、内包された作者と語り手のハック・フィンのちがいを認識することで多くのものが得られるはずである。

第五は私がテクスト創造の記録と呼ぶもので、それはブースの言葉ではテクストを特徴づける「様々な規範や選択の中心をなすもの」に基づいている。このような構成物に対してブースは「テーマ」「意味」「象徴的意義」「神学」あるいは「存在物」などよりも「内包された作者」という用語の方を好んでいる。これらの用語を彼は誤解を招きやすいと考えているのだ。なぜなら、それらは「作品がそのために存在する目的のように思われるようになる」からである。私が付け加えたいのは、それらの用語は物語テクストが（いかなるテクストとも同様に）それ自身のうちに、明示的あるいは暗示的に、その読み方についての情報を含んでいるという万人共通の考えを覆い隠してしまう傾向があるということである。現実の読者はそのような情報の存在を前提として小説なり映画なりに接する。もしなかなかそれが見つからなかったら、読者は即座にテクストを放棄するか、その目新しさに対処することを学ぶ（そうして新しく適用できるようになったトポスのレパートリーを広げる）だろう。たとえ、他の誰かにテクストの解釈を求めるとしても、その人物がテクスト自体に解釈に必須の手段を発見しているだろう。

テクスト創造の記録

「内包された作者」のこの第五の意味が、私が思うに、物語学およびテクスト理論一般にとって最も重要である。とはいえ、私はブースの「規範《ノーム》と選択」の意味を限定し、かわりに文学と人生双方の規約《コード》と約束事という言い方をしたい。英語の「価値」（Value）は（フランス語の *valeur* とは対照的に）倫理的な（そしてそれほどではないにしても美的な）価値《メリット》を含意しているのだが、それこそまさにブースが『われらが同輩』（*The Company We Keep*）で詳細に論じ続けることになる主題である。が、テクスト理論は別の観点から、私たちが物語世界とそれを提示する物語言説を理解する手段の領域というかネットワーク全体について語る方を選ぶ。

　現実の作者がコードや約束事に携わると、テクストに符号、創造の記録《マーク》が残る。この創造の記録は現実の作者がテクストを創造する行為とは異なる。現実の世界における現実の作者による実際の作品の執筆は、複製不可能な出来事――瞑想、繋がりのない覚書、草稿、修正という作業――の連続で、ウォレス・マーティンはそれを「時間のなかに撒き散らされた」出来事と呼んでいる。それらの出来事は「寄り集まってきて一つの固定した形になるが、それは過去の意図をもったいかなる［単一の、あるいは分離できる］瞬間とも同一視できない。[26]」しかし、その創造の記録はテクスト内に安らいでいて、いついかなる時でも読者／観客によって回復可能である。なぜこの二つのものを区別するのだろうか？　その理由は単純で、作り手、現実の作者の行為は、その行為の産物、すなわちテクストとは明らかに異なるからだ。創造と意向の登録された原理である内包された作者は、テクストをいかに読むべきか、テクストの構成要素の選択と配列をいかに説明するかについて読者に教えてくれる源なのである。読者が再構成するのはこれらの原理であって、現実の作者の元の作業ではない。

　無論、私たちは他の情報、他のコンテクスト（根本的な意味における形態素、すなわちテクストのまわりにある、あるいはテクストに関連した様々なテクスト）を持ち込むことはできる。そのようなコンテクストのなかには現実の作者の他の作品の記憶も含まれる。テクストをいかに読むべきかについての情報はかくのごとく「表面に現れている。」異なる読者は異なる内包された読者になるが、プロセス自体はすべての人に共通している。そしてそれが創造の構成物を「内包された」とか「推論された」と呼ぶことが意味をなす理由である。それは私たちの読みの行為によって現実化されるまではテクスト内に潜在しているにすぎない、つまり、「仮想のもの」であるにすぎない。読者は現実の作者の精神状態を直接推測するよりは、自己矛盾のないテクストの意向を推論するのである。私たちは「ディケンズ」の意図を取り戻すのであって、チャールズ・ディケンズという人間の意図を取り戻すわけではないのである。

　これらの重要な区別を立てたが、ブース自身は物語創造の源ないし「原因」としての内包された作者と「発言者」ないし「話し手」としての語り手を混同してしまうという可能性を免れていない。時として『フィクションの修辞学』は内包された作者を意味すると思われる時に現実の作者と、すなわち「ディケンズ」ではなくディケンズと呼んでいる。ブースの著作の草分け的な性格を考慮すれば、これくらいの間違いは許すに吝《やぶさ》かではないが、私たちはそれを繰り返さないよう努力しなければならない。たとえば、ブースは『トム・ジョーンズ』や『ジョウゼフ・アンドルーズ』の内包された作者がフィールディングの他の小説には全く見られないある種のひょうきんさや無頓着さを示しているのに対して、『アミーリア』の内包された作者は、この人に似合わず教訓的で、しかつめらしく思われると主張している。[27]が、思うに、誰がテクストを語り、誰が（あるいはどんな原理が）それを創造したのかを区別すれば、ブースの定式化はより明確に、より有益に解釈できるのではないだろうか。この場合、内包された作者が創造者で、語り手が「発言者」、すなわち、内包された作者によって自分に割り当てられた言葉を発言する人物なのである。ジョウゼフ・アンドルーズの家系を語り手が熟考するくだりを考えてみよう。

> が、仮に議論の便宜上、彼には全然先祖はなかった、ちょうどアテネ人が自分らは土から生まれたと号したごとく、近頃の言葉で申せば糞の山からとび出してきたと、仮定するとしよう。しかもなおこの糞出少年といえども、後年彼が美徳のゆえにかちうることになった賞賛を、まさしく受ける権利を持っていたのではな

かったろうか。先祖を持たぬ人間が、それゆえに名誉を獲得できないというのは、残酷な話ではあるまいか。一方ではなんの取柄もないくせに父祖の名誉を享受している人間が少なくないありさまなのに。[28]

この一節はひょうきんと見なしても差し支えないと私は思う。そして語り手は家系――十八世紀の英国人にとって通常は由々しき問題――についてこういう風に話すことによって、ひょうきんさを意図しているのだと私たちは仮定する。しかし、語り手がこれらの言葉を意図的に使ったというのは、どういう意味なのだろう？　明らかに「語り手」（彼が語っている登場人物同様、構築されたものである）は、ジョウゼフ・アンドルーズ同様、自分の言葉を意図的に用いることも、「選択する」こともできないのである。選択と配列の権限は（現実の）作者が握っており、その記録がそれ自身の創造と意向、その内包された作者に支配された小説そのものなのである。語り手は彼の言葉を「手に入れる」。なぜなら、それらの言葉は彼に割り当てられたものだからである。それ以外の考え方は私たちが苦労して説明している思い違いそのものの犠牲になることだ。無論、究極的には現実の作者のヘンリー・フィールディング（一七〇七―一七五四）こそが語り手が「話す」言葉を選んだのだ。しかし、物語学は、それはテクスト自体の中のあるもの、読むたびに新たに創造する企図《デザイン》の原理、これこれのことをこのように語り示す語り手だ、という言い方をしたいのだ。テクスト自体が、すなわち、その内包された作者がひょうきんさや道学者ぶりを意図したかどうかは、語り手が言うことや、しかじかの一節での語り手の語り口だけではなく、小説の全体的効果からも推論されるものである。ある特定の「発言」で『ジョウゼフ・アンドルーズ』の語り手がひょうきんにみえるということと『ジョウゼフ・アンドルーズ』という小説をひょうきんだと言うこととは違う。一方の特徴は必ずしも他方を含意しない。

私の見解では、すべての物語フィクションには個人的に語ったり示したりするのではなく、語り示す言葉を語り手の口に入れてやる媒体があるというのが正しい。内包された作者は「声」を持っていない。内包された作者は他者に「話す」能力を授けるだけである。[29] 内包された作者は（委任された話し手、すなわち語り手とはちがって）情報の無言の源なのである。内包された作者はなにも「言わない」[30]。内包された作者（テクスト自体）が、語り手が言っていることとちがうことを伝える限り、その意味は行間に生じるはずである。いかなる語り手も（局外の語り手であろうが、カメラ・アイであろうが、劇化された語り手であろうが）創造の手段なのだ。創造者である内包された作者が創造されたものである語り手と区別できるというのは自明のことである。たとえば、『ナーシサス号の黒人』の語り《テリング》と「語りの中の語り」の手の込んだネットワークを指図するのは、内包された作者である。この小説の語り手の選択は、他の物語同様、基本的には修辞的なものである（第十一章参照）。コンラッドのこの小説が仮定しているのは、物語の最も説得力ある提示方法は一連の鱗状の枠物語で、その結果日常の世界からその奇妙な意味を遠ざけるということである。

このような概念を指すのに「内包された作者」という用語を使うことに居心地の悪さを感じている読者のために、私は喜んで「テクストの含意」あるいは「テクストの動機」もしくは「テクストの企図」さらには「テクストの意向」（「意向」が机に向かった現実の作者が心の中で考えていたことではなく、テクスト内にあって、私たちが手に抱えたり、舞台やスクリーンや漫画で見たりするものを意味することを理解した上で）といった言い回しに替えるつもりだ。それは私たちが読んだり、見たり、そして／あるいは聞いたりするテクストから再構築することができる目的という意味である。

このように、私の立場はいかなる動作主の存在も否定し、エクリチュールとの遭遇だけを認めようとするポスト構造主義者と内包された作者を「友であり案内役」と呼ぶブースのちょうど真ん中にある。私にとって内包された作者はそのどちらでもない。それは創造の局面にあるテクストそのものにほかならない。

物語学者のなかには、内包された作者が欄外に書かれた、取るに足らない概念で、テクストの意向が明らかに語り手の意図と異なる時にのみ有効だと示唆するものがいる。彼らがこの欄外的と思われるものを記述する時に使う用語は、言語学から借用された「有徴の」という用語である。英語ではある種の名詞（「男」「女」）には性の徴《しるし》がつけられているが、他の名詞（「有権者」「運転手」）はそうではない。無徴の言葉「有権者」にとって性の「度合い」は「ゼロ」である。しかし、「有徴」「無徴」は、その区別を重視しなければ、信頼できない語りのような何か直接的で、実際的な意義を持たない限り、有効な用語とはいえない。この見解の支持者は、内包された作者と語り手は大抵区別がつかず、したがって劇化された語り手は特別で、「有徴」で、どうも逸脱した事例だと主張する。これは直ちに次のような主張につながる。すなわち、語り手は通常内包された作者のものの見方を反映するのだから、逆戻りしてこの二つは同じもの、ストーリーを語ったり示したりするのは内包された作者だと、あるいは逆に内包された作者という考え方はもはや必要ないと言っても差し支えないという主張である。しかし、そのような主張は英語の三人称複数の代名詞は性的に無徴なので、「彼ら」と呼ばれる個人個人の性［を問うこと］は筋が通らないと言うようなものだ。ある種のコンテクストでは筋違いかもしれないが、性の区別は明らかに未だに重要なものとして存在している。言語においても生活においても。

現実の作者、内包された作者、そして語り手の論理的な区別を認めることとは、別の方法では見逃してしまうような解釈の見込みに対して私たちを敏感にする。[31]内包された作者に対する語り手の関係は推定されるべきものではなくて、覆いを取って見えるようにすべきものである。さらに重要なのは、あらゆるテクストに内包された作者と語り手が共存することを理論が認めることである。たとえアイロニー、すなわち二重の意味が存在しないテクストであっても。たとえテクストに内包されたイデオロギーが語り手、いやそれどころか現実の作者が表明するイデオロギーと一致するテクストであっても。このような共存を認めるのを拒めば、すでに存在することを知っている可能性を私たちはあらかじめ説明できなくなるだろう。すべての物語が（『ねじの回転』のように）信頼できない語り手を持っているわけではないこと、あるいは（『ナーシサス号の黒人』のように）入れ子状の語りをしているわけではないこと、大部分の物語は一群の共同作者ではなく、実際に抱いていた見解がフィクションに描かれた見解に非常に似ている、よく知られた人々によって書かれたということ——これらの事実のどれ一つとして私たちが内包された作者と呼ぶテクスト原理の実行可能性や重要性を否定するものではない。

語り手、彼女あるいは彼のみが物語の言説の唯一の主体、唯一の「声」なのである。そのような話《スピーチ》の創造者は、登場人物の話の創造者同様、内包された作者である。そのような創造者は人でも実体でも事物でもない。それはむしろ、読者が折衝するテクスト内のパターンなのである。

生涯作者

今まで述べてきた見解に同意なさる方でさえもまだこうお尋ねになりたいだろう。テクストの創造と意向を私たちが理解するということは重要な点で、それがある現実の作者によって書かれたことを私たちが知っていることに基づいていないか、と。本の背の「ヘンリー・ジェイムズ」という名前は私たちが読もうとしている小説について重要な手掛かりを提供してくれないだろうか？　それを読む前であっても。そしてその事実はテクスト創造の自律性、したがって内包された作者という存在の自律性の主張に背きはしないだろうか？　いつもの鋭い洞察力で、ウェイン・ブースはこの問題を認識し、一つの解決策を差し出している。「生涯作者」という概念である。

どういうわけか作家の全作品によって暗示される、捏造された創作者の総計であるような持続した人物に対して批評は名前を持たない。よい名前がないので、私はこのような持続した人物（とはいえ、無論、日々の心配事を抱え、ふけ症で、憩室症や悪夢に悩まされ、出版社と戦っている作家とは異なる）を生涯作者と呼ぶことにする。［これは］一連の内包された作者によって暗示される持続した創造の中心である。内包された作者は（ジェイン・オースティンの小説におけるように）同一の作者のどの作品でもかなり一定している場合もあれば、J・I・M・スチュアートのような極端な場合のように、大いに異なることもある。彼は学者であるが、彼が書いた探偵小説はマイケル・イネスという全く違う名前を持った作家を必要とする。(32)

ここでもまた、ブースは一つの重要な約束事の本質を見極めている。しかし再び——恩知らずと思われる危険を冒しても——私は彼の言葉を少々修正することを提案しなければならない。私たちは本当に生涯作者、この「持続した創造の中心」が「人物」だと言いたいのだろうか？　擬人化の罠に陥らないようもう一度注意しよう。生涯作者を、同じ現実の作者の名前を冠した物語テクストのすべての内包された作者（すなわち、すべての個々の意向）が共有する特徴の部分集合と定義しても差し支えないだろう。そうすれば、現実の作者の名前は、様々な作品の内包された作者が持つ方法のある種の不変性、あるいは公分母の記号表現《シニフィアン》と理解できる。記号内容《シニフィエ》は他の同じ署名をされたテクストから持ち越された特徴の既知の部分集合であって、それが読者が新しいテクストを読み進める際に、物語的に重要な情報を提供するのである。それがすでに『競売ナンバー49の叫び』や『V.』を読んではいても、現実のトマス・ピンチョンの人生や意見について何も知らない場合、『重力の虹』を「トマス・ピンチョン」というコンテクストに置いてみることを私たちに許すものなのである。

テクストに「ピンチョン」とか「ヘミングウェイ」とか「ジェイムズ」（これらが記号表現であって、記号内容ではないことを強調するためにかぎ括弧をつけてある）といった署名がしてあるのは、単に伝記的なものではなく、物語学的な事実である。読者は確実にそういった情報を利用するのである。しかしながら、（他の文学研究とは対照的に）物語学に直接関係があるのは、現実の作者の経歴《キャリア》の歴史ではなくて、テクスト上の彼あるいは彼女の署名に内在する内容やスタイルの可能性の必然的な制約である。

生涯作者という考えは、問題を伝記と混同することなく、作者の名前に内在する物語的に重要な情報を認めさせてくれる。あるストーリーが「ヘミングウェイ」によるものだというのは、ある点でそのストーリーを制限する。あるストーリーが「ジェイムズ」の手になるものだということは、別の点でストーリーを制限する。どちらかの作家が書いた小説中で起こる出来事を想像してみよう。たとえば、主人公が直接疑問に対して沈黙を守り続けるとしてみよう。読者はその小説独自のコンテクストでこの発言の拒否を解釈するかもしれないが、同じ生涯作者の他のテクストにもそのような拒否があったことを思い出すかもしれない。おそらく読者は「ヘミングウェイ」のフィクションにおける無口の他の例が英雄的な克己・禁欲主義《ストイシズム》と関連していることを思い出すかもしれない。このより大きなコンテクストでは、この場合の無口が同じ動機を持っているという仮定を立てても差し支えない。

文字通りの現実の作者の代わりに「ヘミングウェイ」とか「ジェイムズ」という生涯作者という言い方をすることで、何が得られるだろうか？「内包された作者」と同じ理論的明快さと一貫性である。この用語が私たちの注意を集中させるのは現実の作者ではなくて、テクストそれ自体である。それはまた（散文の文体《スタイル》とは対照的な）「物語のスタイル」、すなわち特定の現実の作者特有の物語上の選択といった概念を理解させてくれるのである。

第六章　内包された作者の仕事

内包された作者がいなければ、物語学も文学批評も一つの重大な区別を失くしてしまう。ここでのテストケースは信頼できない、すなわち「辻褄があわない」語りの可能性である。語り手だけがテクストを語ったり、示したりする。そして話が受け入れられなければ、誰か他の人（あるいは他の何か）がその話をしたのだと私たちは推論しなければならない。すべての意味が——言外の意味も明示された意味も——テクストの営みの産物であるならば、そしてこの営みが常に媒体《エイジエンシ》を前提とするならば、それなら私たちは内包された作者のようなテクスト原理すなわち動作主《エイジェント》を措定しなければならない。したがって、ブースの「展示室」[1]内にあるフォード・マドックス・フォードの『善き兵士』、リング・ラードナーの「ヘアカット」、その他すべての「疑わしい」小説および短編小説の内包された作者こそが、「真の」ストーリーの源なのである。

しかし語り手の話をあからさまに害することをしないような内包された作者もテクスト内に認める必要がある。全面的な信頼性をもって物語られてはいるが、一人の現実の作者の手になるものととるのが難しいテクストが数多くある。にもかかわらず、これらのテクストはそれぞれ明らかに一つの統一体として、一見したところ一つの統一された媒体の産物として首尾一貫している。ここでもまた「内包された作者」という用語がこの媒体の名前として非常に有益である。これから挙げる実に多様な（そして突飛な）例は、内包された作者の関連性がいかに広く認められるかということを立証している。

委員会制度による作者――聖書とハリウッド映画

内包された作者は、大衆に向かって話しかける一人の、歴史的に身元を確認できる作者（たとえその人物の生涯について何も知らなくとも）との個人的な出会いとして読書体験を合理的に説明する約束事を名付けたものである。しかし、そのような約束事はまた、そのような話しかけが意図されていないところでも明らかに機能する。たとえば、アンネ・フランクの日記のような個人的な日記を考えてみよう。それは著者以外の誰にも見られることを意図していない。「現実のアンネ・フランク」が「現実の私たち」に話しかけているとはまず言えないだろう。明らかに彼女は自分自身にだけ話しているつもりだったのだ。にもかかわらず、私たちはあたかも日記が私たちに向かって話しかけているかのように読むのである。それなら、物語学的に、私たちに話しかけているのは、『日記』の内包された作者でしかあり得ない[2]。

私たちに話しかける一人の作者という幻想は、共同作業の場合のように、たとえ個人の「権限」が立証できない場合でも生き続ける。複数の作者というのは文学史においてはよく見られる現象である。そしてその「作者」は実際控え目な人たちであることがよくある。W・K・ウィムザット・ジュニアはこう書き留めている。

いかに多くの文学作品が、実のところ編集者やその他の伝達の代行者、そしてさらには（作者のものよりすぐれていると思われる言葉を間違って持ち込んでしまった）植字工の場合のように、偶然の行為に負うていることか……ある企図をもった作品が複数の人間の企図であることがたびたびある……偶然侵入した編集者は元の作者が目論み、意図した作品のまさに共同作者［なのである］……私たちは常々（重苦しい個人的な下書きと原作者個人に対する断固たる崇拝を伴う）近代文学の歴史に注目しがちであるが、世界の文学の基礎をなす膨大な書――創世記、『イリアス』、『オデュッセイア』、ウェルギリウス、ダンテ、チョーサー、シェイクスピアの作品――を忘れないようにしよう。これらの作品は匿名で、あるいは伝記など微塵も伴わないで私たちの時代まで生き延びてきたのだ[3]。

多くのテクストが共同作業によって、しばしば匿名で作り出され、誰が書いたのか詳しいことは決定することが困難であったり、不可能であったりする。共同作者たちは誰が何をしたのか決して知らなかったか、忘れてしまったか、嘘をついたのである。私たちの最も貴重なテクストの多くの作者像の詳細は歴史の霧の中で永遠に失われてしまったのだ。物語は反目しあっている人々によって作られてきたが、その誰もが最終結果に不満を抱いていた。にもかかわらず、読者は慣習的に、読むたびにそれが全体を統一する一人の動作主によるものであるとする。そのような動作主は内包された作者をおいて他にない。

聖書という明白な事例を考えてみよう。何世紀にもわたって学者たちはモーセ五書〔旧約聖書の最初の五書。創世記、出エジプト記、レビ記、民数記、申命記の総称〕がモーセによって、いや実のところ、一人の人物によって書かれたものではないことを認めてきた。たとえば、Ｅ・Ａ・スパイザーは申命記（*D*）の作者と先行する四書の作者との間に、さらには四書内ではいわゆる祭司法典《プリーストリー》資料（*P*）と全くの物語的素材との間にはっきりと一線を引いている。後者の方は、神にどのような名前を割り当てたかによって、二つのグループの作者たちのものであるとされるようになってきた。この二つのグループは聖書学者に*J*（ヤハウィスト）、*E*（エロヒスト）と呼ばれている。その上、*P*はおそらく「一個人でも、志を同じくする同時代人のグループでさえなく、イスラエル初期の時代まで遡り、バビロン捕囚以降まで続いた連綿たる歴史を持った学派だった」であろう。聖書学者たちはそれに加えて校訂者と編集者のグループ*R*の存在を仮定している。モーセ五書の作者に関しては他にも様々な提案がされてきたが、「五書が実際には合作、多くの人々と時代の産物であること」に大方の学者は同意している。さらにまた、多くの部分はいずれかの資料を確信し、それに依拠しているが、なかには「融合していて引き離すことができないような[4]」ものまである。にもかかわらず、多くの読者は聖書の各書を統一された物語と見なし、その「内包された作者」という言い方にほとんど支障を感じない。

古代イスラエルから現代のバビロンへと目を転じれば、スタジオ・システムによる映画の作者像を擁護するために聖書（それ以外のものであってはならない）を引き合いに出しているルイス・B・メイヤー〔MGMの創立者の一人〕の大声が聞えて来る。「〔シナリオ〕ライターが作品を変えられたと文句を言うと」（とアーサー・フリード〔ミュージカル映画で有名なMGMのプロデューサー〕は注釈を加えた。）メイヤーは「いつもこう言うんだ、〈どんな時代でもナンバー・ワンの本は委員会によって書かれた本だ、聖書と呼ばれるやつさ〉。[5]」よく知られた現象ではあるが、ハリウッド映画が共同で作られるということは、もっぱら文学的物語を論じる物語学者たちに見過ごされやすい。よく記録された事例が『勇者の赤いバッヂ』（一九五一年）で、これはスティーヴン・クレインの小説を脚色したもので、ジョン・ヒューストンが監督したMGM映画である。この映画の多彩な作者像は、ヒューストンが通常作家〔オウトゥール〕の「殿堂[6]」入りしていること〔実際にはヒューストンは殿堂入りを拒まれた「見るに値しない」とされた監督の一人だった〕を考えあわせれば、とりわけ興味深い。『勇者の赤いバッヂ』が一九五一年八月三十一日にニューヨークで公開された時、評論家たちはヒューストンの全面的な偉業と見なした。『ニューヨーク・トリビューン』は「スティーヴン・クレインの〈勇気の赤い勲章〉がジョン・ヒューストンによって映画化された」と書いた。『モーニング・テレグラフ』はその小説が「才気あふれるジョン・ヒューストンによってオフビートな映画としてスクリーンにもたらされた」と書いた。『ワールド・テレグラム・アンド・サン』は「ジョン・ヒューストンがこの感動的な映画の脚本を書き、監督をつとめたが、彼は小説をよく理解し、それを周到に再現した」と書いた。映画の製作に関しては他の誰ひとりとして名前が挙がっていない。評論家たちは例外なくヒューストンがたった一人責任を負っていると決め込んだのだ。事実、『ニューヨーク・ポスト』の批評家はその映画の歴史（およびハリウッドの映画製作の実態全般）について無知であったために、映画の失敗をヒューストンの「無気力」のせいにした。「あたかも撮影と最終版の間のどこかでインスピレーションの霊光が消えてしまったかのようだ。ヒューストンは飽きてしまったのか、がっかりしたのか、それとも、うまくいかないと考えたのか……ヒューストン氏のこの作品は、素晴らしい監督でありながら、興味をなくし、もはや完璧さのあの最後の仕上げを求めて奮闘することもない、彼の最良の映画の特徴である、人間に対するつのり来る熱情とそれに注釈を加える気を失くしてしまった人の作品である。[7]」明らかに、映画批評家も普通の観客に劣らず集団の、匿名の作者像ではなく個々の、個人としての作者像を信じる必要があるのだ。

　このような空想はこの映画の製作をめぐるリリアン・ロスの現場報告によって一掃されてしまった。これは『ニューヨーカー』誌に五回に分けて連載され、のちに『映画《ピクチャー》』と題する本になった。事実は、ロスが辛辣かつ詳細に明らかにしたように、全く違っていた。一つには、ヒューストンは「最終版《ファイナル・カット》」にタッチしなかった。というより、実際には編集に全く関与しなかった。一九五一年のハリウッドでは監督が撮影されたままのフィルムを専属の編集者が管理しているスタジオの別の部署に引き渡すことがまだ慣例となっていた。この映画はベン・ルイスとマーガレット・ブースが、ヒューストンが『アフリカの女王』撮影のためにアフリカに行ったのち、プロデューサーのゴットフリード・ラインハルトと共同で編集したものである。映画の「編集」は余計なものをカットするだけでなく、文字通り映画を組み立てることでもある（フランス人が言うように、それはモンタージュなのだ）ということを思い出す必要がある。古典的なハリウッド映画ではしばしば編集者がショットの順番などの構成に関する問題を決定する。かりにこれに似た状況を文学に想像してごらんなさい。一人が文章を書き、もう一人がそれを削り、配列するのである。

音楽もしばしば監督の指揮権とは無関係にスタジオ映画に付け加えられた。『勇者の赤いバッヂ』の音楽を書いたスタジオ付き作曲家のブロニスロウ・ケイパーは自分を共同作者というだけでなく、一種の治療師と見なしていた。「映画はみな病気に罹っている……それが私の前提だ。私たちはそれを元気に、健康にしてやらなければばならない。」次に掲げるのは彼が『勇者の赤いバッヂ』に処方した療法である。「青年の連隊が最初の戦いに勝利したあと、兵隊たちは幸せそうに振る舞う……が、私がやって来て、悲しい音楽とともに観客にこう言う。これのどこがそんなに愉快なのか、と。一人のアメリカ人がもう一人のアメリカ人を殺すことが一体どんなことなのか、少しばかりからかってやる。観客の目を覚まさせるために時々映画にまやかし《フォーニー》の感情を持ち込むのさ。(8)」他の多くの人々――自分の重要性をそれほど自覚していないものもいる――もまた映画の完成に貢献した。ヒューストンから直接指図を受けようが受けまいが。照明技師、大道具《セット・デザイナー》、衣裳係、化粧係などである。

共同作業はそこで終わらなかった。ＭＧＭをびっくりさせたのは、覆面試写会《スニーク・プレビュー》で観客から否定的なコメントをもらったことだった。映画を観た多くの人たちはこの映画の反戦的な意図には無関心で、予期せぬところで笑いがおこった。興行的に失敗することを恐れて、ラインハルトはヴォイス・オーヴァーを加え、映画が古典的な文学作品を原作とすることを押し付けがましく宣言し、したがって尊敬を受けるに値することをほのめかした。その声（ジェイムズ・ウィトモアの声）はまた、主人公の考えを伝える仕事もあてがわれた。主人公の考えは映像で暗示するにとどめるべきだというヒューストンのはっきりとした希望にもかかわらず。撮影が始まる前でさえ、ラインハルトはヒューストンに訊ねていた。「この本は青年が考えたことに関するものだ。この子の内面で実際に何が起こっているのか見せようか？」ヒューストンは確信をもってこたえた。「オーディ・マーフィ［青年を演じる男優］が見せるだろうよ、ゴットフリード(9)」と。しかし、ラインハルトはヒューストンの芸術家特有の直観に疑問を抱き、その疑いが勝利をおさめた。ヴォイス・オーヴァーが主人公の胸に去来することを他でもないクレインの散文で周期的に唱えるのである。

結果は散々だった。『ニューヨーク・タイムズ』の批評家が指摘したように、「映画はクレインの主人公の戦争に対する反応を伝えることができなかった。というのも、クレインはそれを〈意識の流れと言ってもいいようなもので描写しており、それは言葉によってこそ一番うまくいく技法だからである。[10]〉」実のところクレインはそんなことはしておらず、問題は映画同様、小説のものでもある。青年の考えは正確には意識の流れのスタイルで提示されているわけでもなければ、間接自由体でさえなく、ドリット・コーンが「心理叙述《サイコ・ナレーション》」[11]と呼ぶものである。すなわち、語り手自身の散文に言い換えることであるが、この手法は極端に華麗になる傾向がある。小説にはこのような洗練された言葉づかいによる、青年の思考の自意識的な文学的再現と実際の彼の無学な話しぶりとの間の食い違いという欠陥がある。青年が

> 撃たれちまった。頭だ。あんな戦闘見たことねぇや。全くひでぇもんだぜ。どうして連隊からはぐれちまったんだか、さっぱりわからねぇ。

と言うのに対して、小説の語り手は次のような文章で彼の考えを再現している。

> かつてないほど体は苦しんでいても、あくまで勝利を求める気持ちは失っていない、と自分に言い聞かせた。ただし今回は、軍が負けてくれたほうがいろいろ助かる。若者は良心に対して申し訳なさそうにそう言った。敵の攻撃によって、多くの連隊はばらばらに砕かれるだろう。そうなれば、勇気ある兵士たちも軍旗を捨てて鶏のように走り回るほかない。[12]

ラインハルトはこの種の時代遅れの言語は、オーディ・マーフィ演じる登場人物のヴォイス・オーヴァーよりも異質物語世界的語り手のヴォイス・オーヴァーに与えるべきだと決めた。この場に一番ふさわしい言葉は、前者の解決策は確実に後者よりもひどかっただろうということである。

が、小説のもつ文学的長所をヴォイス・オーヴァーで表明することでさえ、MGMの製作責任者ドーリ・シャリーには十分ではなかった。彼は実質的にさらにカットした。クレイン同様、ヒューストンの南北戦争に対する関心は、主として自分たちが何のために生命を危険に晒しているのかという大義を知らない兵隊たちの心理研究の口実であった。ガービッチとクリノウスキーが説明しているように「ヒューストンは映画に描かれた戦争を、北部と南部の戦争として理解するだけでなく、主人公（彼は映画の大詰め《フィナーレ》で崩れ落ちようとしている壁に突撃する）の勇気の無益さを示す戦争として理解してほしいと言った。これは合衆国の歴史に対する冒瀆と見なされた。ＭＧＭ［シャリーと読み換えよ］は一人の兵士が恐怖心に打ち克って、ヒーローになるさまを描くように、素材を再編集した[13]。」シャリーはオリジナルの七十八分を六十九分にカットし、いくつかの出来事を配列し直した。その結果、リリアン・ロスによれば「戦闘シークエンスは結局サン・フェルナンド・ヴァレーのヒューストンの牧場で撮影されたものとは全く異なる戦争になってしまった。」しかしながら、次の覆面試写会で観客が好意的な反応を示すと、シャリーは「映画がやっといい子になった」ことを確信した。「〈これですべてがよくなったよ、君〉」と彼はラインハルトに言った。「〈今度こそ、観客もこの青年を理解するよ[14]〉。」

したがって、控えめに勘定しても、『勇者の赤いバッヂ』の「現実の作者」のリストにはクレイン、ヒューストン、ラインハルト、ルイス、ブース、ケイパー、そしてシャリーが含まれる——俳優たち、カメラマンのハロルド・ロッソン、デザイナーのセドリック・ギボンズとハンス・ピーターズ、その他製作に携わって（ヒューストンが知っていたかどうかに関わりなく）どのように見え、聞えるかの選択をした人々はいうまでもなく、何百人ものロサンジェルスの映画ファンが加えられる（ドーリ・シャリーが彼らのインプットを解釈した限りにおいて)。これらの観客は理論的な構成物ではなくて、文字通りの共同作者だった。彼らが評価カードになぐり書きしたコメントは(集められ、神経質になったスタジオの重役たちに解釈されて)、映画の実質的な改訂につながった。

けれども、このように現実の作者たちが雑多な人間たちから成っているにもかかわらず、『勇者の赤いバッヂ』という映画は好むと好まざるとにかかわらず、強い統一感を与えるので、評論家たちは一人の作者という拠り所を執拗に口にした。これは「ヒューストンの映画だ。」「映画にがっかりした」のはヒューストンだ、とかなんとか。彼らが語っているのは、無論、現実のジョン・ヒューストンではなくて、映画の内包された作者である。ぎこちない共同作業の例は、なにもハリウッド映画に限られるわけではない。『かもめ』をめぐってチェーホフとスタニスラフスキーの間に誤解があったことは有名だ。スタニスラフスキーによれば、この芝居は悲劇と思われるのだが、チェーホフは「いつもそれを喜劇と呼んだ。」ウィムザットは言っている。「実際には、「書簡に見られるように」チェーホフの意図は間違いようがないにもかかわらず、プロデューサーはみなこの芝居を悲劇と見なすのである。[15]」

個人としての「現実の作者」に関わり過ぎることから生じる美学的な問題は、傑作絵画の研究においても同様に明白である。レンブラントをめぐって目下激しく戦わされている興味深い論争を考えてみよう。『ありふれたものの変容』でアーサー・ダントーは、ある絵画が定評ある巨匠が単独で描いたものではないことが分かった時、その絵に対する私たちの価値判断に何が起こるかという哲学的問題を提起している。彼の理論の事例はレンブラントの『ポーランド人の騎手』である。ダントーの本の書評でロザリンド・クラウスはこう書いている。「目下、本物・真正・オリジナルのレンブラントを、本物を見る私たちの見方を曇らせてきた贋作、模写、店で売られている代物、学生が描いたよく似た絵、そしてその他すべての〈識別不可能なもの〉といった瘴気《ミアズマ》から確証する共同プロジェクトが進行中である。」皮肉なことに、疑いをかけられている絵の一つがまさしく『ポーランド人の騎手』なのである。クラウスは次のような可能性から私たちがどんな教訓を引き出せるだろうかと考えている。〔すなわち〕この「深遠きわまりない絵」が「この画題の歴史上最も深遠なる画家のひとり」〔ダントーの言葉〕の手になるものではないかもしれない」という可能性から。……私たちは肩をすくめて、騙されていたという判断を下すだろうか。「おや、じゃぁ本当は感動的な絵なんかじゃなかったの?」あるいはこれは媒体や作者像というものの構造を再考する機会になるだろうか?……巨匠のかけがえのない腕前という考え方は……芸術的営みの実情とは何の関係もないロマン主義的偏見に……見え始める。数多くのレンブラントの自画像でさえ彼の弟子たちが描いたものだということを、いまや私たちは理解できる。(16)

「巨匠のかけがえのない腕前」という「ロマン主義的偏見」がいまだに文学研究を支配し、また映画研究という未発達の学問領域へも侵入してきているのではないかと問うのは、もっともなことではないだろうか。そうだとしたら、私たちは内包された作者といったような概念で、よりはっきりと見えるようになった目で物語を見るべきではないだろうか?

ステパン・トロフィーモヴィチ・ヴェルホーヴェンスキーは救われるか?

『フィクションの修辞学』のなかでブースは内包された作者を現実の作者と区別するために有益にも(少しばかり不規則にではあるが)引用符を付け加えている。しかしながら、マリアナ・トーゴヴニックは言っている、「今日ではそのような工夫は大抵なくなってしまった……[人が]語り手とか〈内包された作者〉のことを作者と言っているのか、〈現実の〉男女のことを作者と言っているのかは明らかだからである」(17)と。そんなことはない。ドストエフスキーの小説『悪霊』の例を取り上げてみよう。この暗い小説の登場人物で誰か救いを見出す者がいるとしたら、それはリベラルな審美主義者で、主に居候生活を送ったのちに、庇護者のワルワーラ・スタヴローギナのもとを去る力と勇気を奮い起こすステパン・トロフィーモヴィチ・ヴェルホーヴェンスキーだと考えている批評家がいる。彼らが論じるところでは、彼の最後の巡礼は、いかに空想的《ドン・キホーテ》とはいえ、威厳と名誉の最後の名残を取り戻すことを彼に許すのである。たとえば、アルバート・ゲラードはこう書いている。「最後から二番目の章の〈ステパン・トロフィーモヴィチの最後の放浪〉は、彼にキリスト教的救済をもたらす。彼の救済は、多くの弱点のために長いあいだ喜劇的人物として馬鹿にされてきたが、いまやある種の狂気のヒロイズムと偉大さとをもたらそうとしている。[18]」またアーヴィング・ハウはこう述べている。ステパンに対して「ドストエフスキーは最も冷酷だ。ドストエフスキーは命を狙う目的で彼をつけまわし、彼に恥をかかせ、彼を悩ませ、彼を嘲り、そしてついには彼を粉々に粉砕する。それでもなお、ドストエフスキーは彼を愛しているのである。」過ち、母権制社会ロシアへの依存、いい加減さ、臆病さ、権威に対する無意識の追従にもかかわらず、「最も名誉ある、英雄的な最期を許されるのは、ステパン・トロフィーモヴィチである……ドストエフスキーにとって救済は極度の苦しみからしか得られないものなので、ステパン・トロフィーモヴィチは向上しはじめ、この本の四散したエネルギーを自分のもとへ寄せ集めはじめるのである。[19]」

『悪霊』の創作ノートの編者、エドワード・ワシオレクも同様の調子だが、より控え目である。「ステパン・トロフィーモヴィチはなにも知らぬまま、希望にみちて最後のドン・キホーテ的な旅に出る。彼は相変わらず愚かで、私利的だが、ある種の認識と悔恨の光が魂のなかでかすかに閃く。彼が救われたと言えば、おそらく言い過ぎになるが、死を前にして彼は責任へと生まれかわるのである。」しかし、そのあとでワシオレクは一つの奇妙で厄介な事実を引用する。「［ドストエフスキーの］創作ノートには――最初から最後まで、どの版にも――ドストエフスキーがステパン・ヴェルホーヴェンスキーを（いかにわずかとはいえ）よりすぐれた人間として登場させるつもりだったことを示すものはほとんどない。彼は常に愚か者であり、決して英雄ではない……受難によって学ぶということがないのだ。ドストエフスキーに言えることはせいぜい彼に悪意はなかったということである。[20]」

この発見はステパン・トロフィーモヴィチの救いに有利な証言をする人たちを躊躇させるにちがいない。創作ノートと完成した小説との間に何かが起こったのかもしれない。反面、何も起こらなかったのかもしれない。文学研究者たちは自分たちの能力の限界をあまり率直に告白しないものだ。ワシオレクの謙虚さは称賛に値する。創作ノートを入念に調査しても、同じくらい注意深く小説を読んでもステパンが救われるか否か、彼は決定できなった。否定的な側面では、彼はステパンの行為はすべて妥協の産物だと思っている。「ステパン・トロフィーモヴィチは確かにピョートルや、虚無主義や急進主義といった勢力と闘ったが、それは抽象的な美という名目においてであった。彼は自分の罪を告白し、自分を最悪の卑劣漢と呼ぶが、それは病気になってうわごとを言っただけのことだ。彼はソフィヤ・マトヴェーヴナに嘘をついたことを認めるが、おそらく見栄のためだったのだ。ステパン・トロフィーモヴィチは最期に正しいことを言うが、魂や心から切り離された〈正しいこと〉は間違ったことになり得る。」が、このような洞察力豊かな意見にもかかわらず、ワシオレクはこう結んでいる。「私には確信はないが、創作ノートが判断を下す助けになるだろう[21]」と。

ワシオレクの立場に対する当然の敬意と、いや実のところ、同情を抱いているにもかかわらず、私はこれを時代錯誤の伝記主義の最後のあえぎと読まざるを得ない。テクスト自体が問題なのであって、ワシオレクを確かな拠り所にすればステパンの救済が妥協によるものだということになる。しかし、そのような権威をほとんど否定するかのように、創作ノートがどうにかしてそうではないことを証明してくれることをワシオレクはもの悲しげに願っている。おそらくその願いはアメリカ人読者のイデオロギー的偏向に由来する。やっとのことで出会えた、芸術をあんなにも愛し、この小説のなかで事実上ただ一人、人間の寛容を尊ぶあわれな、好ましい老人に私たちは価値を見出したがるものだ。私たちの最終的な関係は（創作ノートがいかに内容豊かで魅惑的であっても）ドストエフスキーとのものではなく、「ドストエフスキー」という内包された作者とのものだと主張するのは、礼儀に反するかに思われる。内包された作者はステパンの運命に関して、私たち自身のイデオロギー的切望にぴたりと合うような単純な結論を保証しないと、ワシオレクは言っているようだ。

　最近では、テクストとは読者が構築するもの、読者の役割のかなりの部分は（たいていの場合、無意識の）イデオロギー的なものであるという議論に人気がある。明らかに、ステパンの救済を宣言するリベラルな批評家は自分たちが見出したいものを見出すだろう。自分たちの予定表に従っている脱構築主義者たちはおそらく内包された作者と読者の遭遇が結局薄暗い行き止まりに辿り着くことを知るだろう。これらの認識はともに批評の流行《ファッション》という荒海のただ中で浮かび続けようと必死だ。向きの定まらないイデオロギーの風に吹かれているからだ。イデオロギーに通じていることが『悪霊』のようなテクストにどれほど役立つかは疑問だ。確かに、マルクス主義者はステパンのような自由主義者について私たちがもはや無邪気に接することができなくなってしまったことに順応する助けになるかもしれない。彼らはまたヒューマニズム、汎スラブ主義、正統主義といったドストエフスキー自身のごた混ぜについて何かを理解する助けにさえなるかもしれない。しかし、彼らはステパンの、あるいはシャートフ（ドストエフスキーの反動的代弁者で、信念のために殺される）の、あるいはピョートル（虚無主義者を装った君主主義者）の、あるいはまたスタヴローギン（彼の消極性はイデオロギー的分類に猛烈に反発する）の複雑さを、先行者たちよりもうまく説明できるだろうか。次のようなことを信じている作家が書いたテクストにイデオロギー信奉者《イデオローグ》が実際何をすることができるというのだろうか？　ソヴィエトの批評家ウラジーミル・トゥニマノフはこう書いている。「事物と現象の本質は深く、深く隠されているので、いかに緻密な科学的分析といえども数学的精度をもってそれを新たに見出すことはできない」(22)し、「常に〈不合理な〉理解不可能な残留物が残る。そしておそらくその中に答えも入っているのではなかろうか？」

偶然性のタバコの広告

数年前ベンソン&ヘッジズのタバコの広告が広告業界を大いに騒がせた。その広告は二枚のパネル貼り写真から成っている。上の写真にはほっそりとした、カーリー・ヘアの若者がパジャマのズボンだけをはいて、エレガントな昼食の残り物が散らかったテーブルの端に厚かましくも恥ずかしげに立っている。男は逞しくはない。マールボロ・マンではないのだ。彼のおなかは少年のように突き出ている。格好をつけて吸っている女性たちがひけらかす長いタバコとはちがって、彼のタバコは短くて、垂れさがった左手の指の間に挟み込まれている。二方の壁が見えていて、それぞれに油絵が一枚ずつ掛けてある。部屋には光があふれている。仕事着を着て食事をしている六人の人たち——五人の魅力的な若い女性と一人のはげかかった中年男性——がタバコを吸いながらくつろいでいる。女性たちはパジャマの男について冗談を言い合っているようだ。頭のはげかかった男が振り向いて、ワイングラスを掲げ、若者に乾杯する。下の写真では若者ははげ頭の男の右側にいる女性のうしろに立っている。彼は彼女の方にかがみこみ、手を彼女の肩に置いている。彼女は見上げて彼に微笑み、左手を彼の首のあたりに置いている。はげた男は右手を若者の裸の肩に置いている。

唯一の説明文《キャプション》——ベンソン&ヘッジズの二枚組写真広告の全シリーズの基調となっているものと同じ——にはこう書いてある、「タバコが好きな方々へ……」。その種の他の広告だったら、きっと物語はもっと分かり易い。たとえば、ある広告では、上の写真にスポーツウェアを着て、ポーチの、色鮮やかに布張りした椅子に腰かけた二組のカップルがタバコを吸っている。左の男がカードを配っている。他の三人は笑っている。右のカップルは二人掛けのソファーに腰を下ろしている。女はくつろいで男にもたれかかっており、男は笑いころげてのけぞっている。下の写真では右のカップルだけが残っている。女は男のかたわらに寄り添い、眠っている。男のタバコは左手で高く持ち上げられ、右腕はソファーの肘掛けに、脚はテーブルに何気なく投げ出されている。男は微笑みを浮かべ、満足そうに明るい未来を見つめている。単純な物語がすぐに浮かんでくる。「一組のカップルが一晩気楽にトランプでも楽しもうとやって来る。（ヤッピーはカードに入れこんだりしない。）みんながタバコをすい、楽しいひと時を過ごす。その後、女主人が頭を夫の膝にのっけて眠ると、ホストは人生の小さな楽しみのことを考えるのだった。」

　しかし、パジャマ・マンのストーリーの詳細は不確かで、通常不確実性に対して狭量な業界にしては驚くべきことである。これは広告という世俗的な、使い捨ての世界においてではあるけれど、現実の作者と内包された作者のちがいに関して興味深い見方《アングル》を提供してくれる。この広告シリーズは聴き手と内包された読者を、開かれていて、ゆったりとしていて、物知りで、社交的で、寛容な——とりわけ、お酒同様、親しく朗らかに語り合うための促進剤としての、そしてあとに残った、燃えさしとしてのタバコというものに寛容な——人々と特徴づけようとする。パジャマ・マンはそのような意味が含意されていなかったら、決して登場しなかっただろう。彼について他にどのようなことを憶測するにせよ、読者は明らかに彼が食事中の他の人たちに落ち着きはらい、洗練されたユーモアをもって歓迎されることを理解するよう求められているのだ。その広告がそのような気持ちを引き起こすだけで、スポンサーは満足するだろう。けれども、明らかに、スポンサーの意図はそれ以上の反応だった——そして実際にそのような反応を勝ち得たのだった。読者、少なくともその種のことに興味を持っている読者は都会風の、洗練された寛容という説明を不十分と見なした。彼らは何が起こっていたのか知りたがった。『ニューズウィーク』はこう詰問した。

　一体これは何なんだ？　このパジャマを着た奴は何者なんだ？　多くの人たちがこのような質問を寄せてきたので、『広告時代』誌は最近「これは何なんだ」コンテストを主催する羽目におちいってしまった。そのタバコの広告代理店ウェルズ・リッチ・グリーンの役員は、その写真のおかげで電話や手紙が殺到したと言っている。コンセプトの裏に戦略？　判明したところでは、おそらく全くなし。パジャマ・マンを演じた俳優のロブ・ラムゼルは、この広告が主としてまぐれ当たり——そして写真家のデニス・ピールの鋭い目の産物だと言っている。ラムゼルが別のB&Hの広告が撮られていたバスルームのセットからこの情況へと迷い込んできた時、ピールがフィルムに曖昧なシーンを捉えたのだ。「あの広告が何を意味するかだって？」とラムゼルは笑う。「ロビーが小切手をもらうってことさ。」

臨機応変の広告とでも呼ぶがよかろう。多くの広告がより安全に、均質化されていく時代にあって、マディソン街のある企業は旧式の自然さに成功を見出している。現場でのインスピレーションがオートミールから制酸剤にいたるすべてのものを売る助けとなるのだ——そして、めざましい結果をもたらすことがあるのだ。(23)

しかし、あの広告に「戦略が全く」ない、ベンソン&ヘッジズがどこかの写真家の偶然発見されたもの「オブジェ・トゥルヴェ」を発表するためだけに大金をつぎ込んだなんてありそうもない。先行する広告同様、そして『広告時代』が看破したように、この二枚の写真は抽象的なコラージュではない。二枚の写真は一つのストーリーを語っている。あるいは少なくともそうすることを目論んでいる。すなわち、読者を刺激して、風変わりな衣裳を説明する物語を考え出させるのである。ここにみられる広告の目新しさは、部分的に、（読者がいかにじらされて考えこもうと）永久に語られずじまいの広告をもたらすことなのである。実のところ、そのように考えこませることこそがまさに望んでいた効果なのだった。

明らかに、この「パジャマを着た奴」が誰で、彼がそこで何をしいているかを私たちが知っているというのは、事の本質からしておかしい。私たちが何かを知っているとしたら、それは彼と彼のパジャマが私たちを刺激してそれらを説明するストーリーに挑戦させる口実にすぎないということである。もし彼がビジネス・スーツを着ていたら、考え込む余地はほとんどない。下級重役がテーブルの端に立っている。彼は昇進したばかりなのだ。はげた男と五人の女性がそれを祝して開かれた昼食会で彼のために乾杯している。絵も、灯りも、ウェイターや他のテーブルがないのもその部屋がレストランではないことを暗示している。それは会議室でのスタッフの昼食会で、パーティー用の食料は仕出し屋から調達してきたのだ。

　けれども、パジャマというのは、そんな装いをした若者がそんな部屋で一体何をしているのだろうと考えさせる。なぜ彼のために乾杯しているのだろう？　なぜ皆で祝福しているのだろう？　人は家でパジャマを着るものだ。おそらくその若者は自分の家でこの人々をもてなしているのだ。だが、なぜだらしない格好をしているのだろう。おそらく彼は変人で、ある種の芸術家なのかもしれない。彼の真うしろの絵は当世風に抽象的な代物だ。たぶん彼はギャラリーのオーナーと販売員をもてなしているところで、そのギャラリーで展覧会が成功裡に始まったところなのだ。あるいはたぶん、彼はロックのスターで、寝坊してマネージャーとスタッフを眠そうな目で見つめているのだ。寝過ごしてお祝いに遅れたけれど、まだ掌中の珠なのだ。あるいはおそらく、これは家庭問題なのだ。彼は年長者の息子で、昼食会は会社の本社ではなくて、父親のペントハウスで行われているのだ。若者はしばらく父親に会ってなかった。前の晩に上京して、父親が歓迎の会を計画していることも知らずに床に就き、お祭り騒ぎを聞きつけて迷い込んできたところなのだ。あるいはおそらく、これは若い女性が男（愛人、夫、兄弟、ルームメイト？）とシェアしているアパートで、彼は彼女が自分の昇進を祝うために同僚たちを家に招待したことを知らなかったのだ、などなど。これらのうちどれ一つとして別の撮影現場からやって来たロビー君とは何の関係もない。けれども、お好みなら、メタ・テクスト的な可能性さえも想像できる。親しく語り合いながらタバコを吸う楽しみを世に宣伝するための広告に雇われたモデルグループの仕事場であるマンハッタンのスタジオのセット内に、別の撮影をしていたパジャマ姿の若者が一服しようとして侵入してしまったのだ。この愉快な状況に、彼女たちは休憩をとって、タバコに火をつける（今度は喫煙者の役をただ演じるのではなく本当にタバコを吸うのである）。年長の男はフルーツジュースを挙げて、このハンサムな若い侵入者に乾杯する。同業者にこんなにも上機嫌に受け入れられて、若者はモデルの一人を、純粋な仲間といった様子で抱きしめ、そして抱き返される、などなど。

　私たちのこの考察が、ある現実の作者——書き手とか写真家——がしたこととは何の関係もないということに注意してほしい。これは登場人物としての若者の「アイデンティティ」（かぎ括弧をつけたのは注意を逸らすため《レッドヘリング》）と彼がその部屋でふざけてそのような服装をしたと考えられる理由だけに関わっている。言い換えれば、これらのイメージに対応する出来事が起こり得るような世界を私たちは作ろうとしているのである。私たちの交渉相手は広告チームの写真家とか他の現実の「作者」ではなく——この雑誌のこのページが一つの物語を形作っているという結論を下した瞬間に仮定された——仮定された語り手である。けれども、その語り手のうしろには内包された作者がいて、このありそうもない一組の出来事の説明となるストーリーを考え出すよう私たちを容赦なくせきたてる。そして彼／彼女／それは、私たちがこれらの断片を寄せ集めてストーリーを作り出そうと望み続ける限り、そうし続ける。つまり、存在し続けるのである。

　しかしながら、明らかに、このフィクションで「実際に」何が起こっていて、これらの人たちが誰であり、若者がなぜパジャマを着ているのか、私たちは決して知ることはないだろう。これはその種のテクストではないのだ。この最も新しい企てで広告担当者たち——現実の作者たち——は、内包された作者が語るべき明確なストーリーを語り手に割り当てるような物語を作り出したのではない。そうではなく、テクストはストーリーの範囲に手掛かりを与えるだけである。現実の作者は私たちが最終的にどんなストーリーを思いつくかなど本心では全く気にかけておらず、何らかのストーリーを一生懸命作り上げようとしているのを知って、すっかり満足していると言っても差し支えない。広告業者にとって観客／読者《オーディエンス》／視聴者が自分の作品のためにそのようなエネルギーを費やしているのを見ることほどうれしいことはない。

　この広告が物語学の革新になるということはまずあり得ない。「偶然の」、あるいは行き当たりばったりのストーリーというのはポスト・モダン文学の中心的要素である。このストーリーは無論それほど行き当たりばったりというわけではない。それが引き起こすすべての解釈は人を励ますタバコの煙にすっぽりと包まれている。いくつかの選択肢が提案されたが、そのそれぞれが潜在的に厄介な問題に対する魅力的な答えを出してくれる。どの答えもタバコで楽しいひと時を過ごすという主張を奨励している。それ以外にどのようなことを意味しようとも、パジャマと裸のおなかは優雅な寛容を含意している。この広告は嫌煙主義者や一日四箱も吸うおぞましい中毒者ではなくて、節度のある喫煙者やタバコを吸う楽しみを忘れてしまった（か、よく覚えている）禁煙者に狙いを定めている。この広告は「ほどよい」喫煙、友好的な喫煙、すなわち、みんながポーズをとっていることを知っている、健康を損なうおそれを上機嫌の魔法の雲のうちに隠した、タバコに対する気の抜けた態度を陽気に受け入れている、いや、むしろ奨励している。（その魔法はさらにもう一つの解釈を生み出す。主人役を務める妖精以上に上手に誰が魔法を使うだろうか？　若者はパックあるいはピーター・パンで、[24]ニコチンの守護神として、思いやりのある下級神、イースト・サイドの守護神として神秘的に、少しばかり当惑気味に登場し、無心に楽しみを求めて彼の隠れ家へと迷い込んできた人々を保護し、安心させるのである。そんな時にどうして外出用の服が着られよう？）

　なぜタバコ会社が偶然性の物語でメッセージを提示した最初の会社の一つになったのかを考えてみることは興味深い。喫煙が行き当たりばったりのことだから――あるいはその製造業者がそう見せたかったから――だろうか？　行き当たりばったりの話が、喫煙という習慣が有害だというあらゆる証拠を目の前に突き付けられた、喫煙者たちの低エネルギーの抵抗を支持するということだろうか？　「これらのイメージの巧妙な、開かれた結末を理解できるほど十分ものが分かる方なら、当局が何と言おうと、あなたはタバコを吸っても大丈夫。」おそらく会社自体も行き当たりばったりの態度をとっているのだ。もうこれ以上失うものは何もないと感じているから。公衆衛生局長官が広告にぶっきらぼうな注意書きを載せる時代に、ベンソン＆ヘッジズは当てこすりで行くしかないと感じているのかもしれない。

というわけで、物語学的には次のような構造になっている。物語の現実の作者はタバコ会社ベンソン＆ヘッジズの意思決定者たち、広告代理店のウェルズ・リッチ＆グリーン社、そして彼らのアシスタントや請負業者たちである。彼らの動機は、資本主義が説得のために発明したどんな手段を使っても、自分たちの製品を吸うよう大衆を直接説得することである。彼らの最優先の関心事はタバコの販売であって、物語の革新ではない。そこで（と私たちは推測する）彼らは偶然性の物語に目を向けるのである。なぜならそのような物語は新しく、「謎」は流行して、きっと人々に彼らの広告――そして製品――に興味を抱かせるだろうと考えたからである。不明瞭な、行き当たりばったりの物語という（大勢の読者にとって）驚くべき展望を導入することによって、そのようなことができるのならば、彼らは喜んでいちかばちか賭けてみるだろう。このように彼らの動機はアヴァンギャルドな小説家（物語の事象《イヴェント》構造を問題化するその意図は美的なものである）の動機とは全く異なる。広告業者は、ロシアのフォルマリストが言うように「ものごとを異化」すること、すなわち、私たちのありふれた予想を転覆させることを望まず、少しばかり心を浮き立たせる、私たちがともにクスクス笑い、もちろん、晴れ晴れとした気分になるようにすることだけを望んでいるのである。

しかし、たとえそうだとしても、この広告には必然的に作者、テクストの意図が内在する。内包された作者はどこであれ私たちが必死にストーリーを見つけようとする時に生まれる。広告業者の真の動機を理解している鋭敏な読者でさえも、（おそらく幻覚《ピンク・エレファント》を見ないようにするという原則に則って）内包された作者を推論し続けるだろう。洗練の度合いに関わりなく、ひとたび広告を物語として解釈すれば、その内包された作者と交渉せざるを得ないのである。

内包された作者はテクストの意向であって、登場人物や（若者の謎めいた衣裳をはじめとする）装飾《デコール》の選択、仄めかされている出来事が最後まで明記されてはならない（そのなかには昼食の理由とかパジャマ・マンの不可解な身なりとか乾杯とか抱擁などの詳細が含まれる）という決定、注釈はたった一つのフレーズ（「タバコが好きな方々へ……」）で表せばよいという決定、などなどの責任を負う。無論、イデオロギー的には内包された作者は現実の作者に劣らず攻撃的な資本主義的説得に専心している。けれども、現実の作者とちがって内包された作者はまさに置かれた状況の論理からして、物語のテクスト性の約束事を尊重するのである。そして、広告を完結さるべき物語として扱おうと決意したまさにその時、現実の読者は内包された作者に純粋な物語的意図ありと事実上考えているのである。

その広告の語り手に課せられたのは、最小の仕事でしかない。物語言説全体を二枚の写真と一つのキャプションで提示することである。写真の提示は続きもののグラフィックアートを左から右に、あるいは上から下に読み、「左に行けば行くほど」「上に行けば行くほど」「物語世界的に先行する」ということを意味する、という周知の約束事に依存している。したがって、語り手は物語学的には無害で、相対的に重要ではない。重要なのは現実の作者（彼らは人々の注意を引く限り、自分たちが宣伝しているテクスト・タイプをそれほど気にかけない）の営利主義的な動機と内包された作者のテクストの動機（私たちがそれを明らかにしようとし続ける限り）の間のギャップである。

『狼たちの午後』のマルクス主義的分析

興味深いことに、マルクス主義批評は他のいかなる種類の批評よりも内包された作者を必要としているのかもしれない。たとえば、わが国の最も鋭敏なマルクス主義批評家フレドリック・ジェイムソンは階級という抽象的真実――郊外に住む小市民《プチブル》的労働者の周縁性、都市ゲットー住民との彼らの同化、そして国際的独占資本主義の見えざる力によるこの「灰色の階級」の支配――が、通俗物語にいかに具現化しているか（あるいは彼の用語でいえば「表象されているか」）という問題と取り組んでいる。登場人物と話《アクション》が「日常生活という実体のある媒介」を通して「個人的な夢想、集団的なストーリー・テリング、物語の形象可能性《フィギュラビリティ》の全領域（それが文化の領域）」でいかにして生まれ、ついには階級がブルジョア意識にさえ問題点として浮かび上がってくるという感覚をいかにしてもたらすのか[25]。

ジェイムソンの例は、大ヒットし、評判もよかったハリウッド映画『狼たちの午後』（一九七五年）で、監督はシドニー・ルメットである。映画は実際にあった事件に基づいている。それはソニー・ウォーツィクという男と相棒のサルが一九七二年にチェイス・マンハッタン銀行を襲った強盗未遂事件で、ソニーの大切な恋人の性転換手術の費用を調達するのが目的だった。ソニーと相棒は何時間にもわたって銀行に立て籠もった。最後は外国行きの飛行機が（人質になっていた銀行員たちの解放と引き換えに）待機している飛行場で彼は捕らえられ、相棒はＦＢＩの特別捜査官に殺される。

注目すべきは（少なくともブルジョア資本主義者にとって）、ソニーが銀行の外にいる大勢の見物人たちにとってヒーローのごときものになったことだった。彼はこの機を、警察が大いに当惑したことには、見物人たちの共感につけ込む時だと感じ取った。この無法者《アウトロー》に対する群衆の支持こそ、おそらくハリウッドを刺激してマスコミによって誇大報道されたこの事件（大衆に対する事件の影響力はすでに証明済みだった）を利用させたものなのだ。ジェイムソンが説明しているように、「社会的現実や私たちが現実社会で毎日経験しているステレオタイプの出来事を商業映画やテレビは必然的に題材にせざるを得ない」のである。けれども、このような素材を使うことで、メディアは階級的メッセージが知らず知らずのうちに浸透するのを可能にした、とジェイムソンは感じている。彼はそのプロセスをこう説明している。

商業映画の莫大な製作費（不可避的に映画製作を多国籍企業の管理下に置くことになる）は、純粋に政治的な内容を取り上げることを許さないが、一方でイデオロギー操作の手段としての商業映画の使命を保証している。このことに疑いを差しはさむ余地はない。もし私たちが意識的であれ無意識的であれ、こうした客観的な状況にがんじがらめになっている映画製作者の意図と同じレベルにとどまるならば。しかし、それでは、映画製作者が取り組むべき題材にすでに内在している政治的論理や日常生活の政治的内容を見落とすことになる。そうした政治的論理は、明確な政治的メッセージとして現れることもなければ、映画を曖昧なところのない政治的声明に変えることもなくなってしまうからだ。だが、そうした政治論理は確実に大衆が感じざるを得ない奥深い形式上の矛盾が浮上するのを助長するだろう。そうした矛盾の意味を理解するための考える道具を大衆がすでに持っていようがいまいが。(26)

このようにジェイムソンにとって、映画の現実の作者たち（シドニー・ルメットとプロダクション・クルー、すなわち、プロデューサー、スタジオ、そしてその背後に隠れている銀行業者）の個人的な政見は無関係だ。(27) むしろ、日常生活のジャーナリスティックな真実を周到に、半ドキュメンタリー・タッチで追求すること（儲けというい つも通りの動機に誘発された行為）によって、現実の作者たちは「意識的、無意識的に……日常生活の政治的な内容」を提示せざるを得ないのである。そして、それがジェイムソンにとっての階級闘争の実体なのだ。現実の作者たちは、すでに形成された歴史の政治的メッセージを実際の観客に伝達するための一種の非人称的な暗渠ないし避雷針として機能する。たとえ、観客はまだそう理解できないとしても。大切なのはそれに対する観客の鋭敏さ、すなわち「郊外に住む映画好きな観客の［ソニーへの］明らかな共感」によって立証される事実である。――「観客は他の点ではかなり予測できるこの都市犯罪の見本の再現が、自分たちの日常生活に関連していることを、消費組合の住宅団地内からはっきり感じ取っているのである。[28]」

言い換えれば、この一風変わった事件を再現ないし「ドキュドラマ化」するといういつも通りの仕事に取り組むことで、映画製作者たちはアメリカおよび世界の階級抑圧の実態の寓意《アレゴリー》を作り上げたのだ。その寓意は三つのグループの闘争を主題にしている。すなわち、(一)社会の周縁に追いやられているソニー、サル、そして銀行の外で彼らを支援する都市ゲットーの住民連中といったプロレタリアートと「個別化《アトム》した小市民《プチブル》」(搾取されている女性銀行員たち。彼女たちはすぐに二人の強盗に対する恐れに打ち勝ち、彼らと親しく交わりだす)との間にあたらしく生まれた連携。(二)ニューヨーク市警、とりわけ、立て籠もった犯人たちを説得し損ねるモレティ警部補(チャールズ・ダーニング)に代表される地元の無力な権力構造。(三)これまでは目に見えなかったが、いまやＦＢＩの特別捜査官(ジェイムズ・ブローデリック)として具体的に「姿を現わした」権力構造である。彼はモレティからソニーとサルに対する攻撃を引き継ぐ。

ジェイムソンは映画のクルーの目的が本当らしさ、つまり、事件のまことしやかな再構築以外の何かだとはどこでも言っていない。彼らの目的はイデオロギー的ではなくて、実際的な真実《リアリティ》だった。自分たちが伝達している寓意に彼らが気付いていたというのは疑わしい。ジェイムソンはジェイムズ・ブローデリックという俳優の演技に「根本的な問題に対する物語としての答え」を見出している。その問題とは「今日の権力をどう考えるか。私たちの社会の権力構造の本質的非人格性とポスト個人主義的構造(とはいえ、それは生身の人間の間で作用している)を表現し得る権力の原理を想像力でもって、すなわち非・抽象的、非・概念的な形で、いかに考えるか[29]」ということである。だが、ブローデリックがそのようなことに少しでも気付いていたかというと疑問である。彼が努力したのはおそらく、ＦＢＩの特別捜査官の外見と振舞いの真に迫った再現をすることだった。少なくもハリウッド流に。同様に他の俳優たちの関心も、自暴自棄になった男たち、性倒錯者、銀行員、ニューヨーク市警の警部などを説得力豊かに演じることだった。

同じことはセットの選択についても言える。ジェイムソンは、多国籍資本主義の権力構造が「銀行内部のゲットー化したむさ苦しい場所から大詰めの空港での薄気味悪く、非人間的なサイエンス・フィクション風の風景――この企業空間は人気《ひとけ》のない、完全にテクノロジー化された、機能本位の、都会からも田舎からも同じようにかけ離れた場である――へと移動する映画作品自体の空間軌道」[30]に表象されていると考えているが、現実の作者たちが耳にそのような言葉が響くのを聞きながらも空港から邪魔ものを取り除いてしまったことを論じようとしない。現実の作者たちの目的はただ、余計なものがなくなったらニューヨーク市の空港はこう見えるだろうと想像した通りに再現することだったにちがいない。

私はジェイムソンの解釈のもつ力とか正当性という点にはさほど関心を寄せていない（とはいえ、それが十分力強く、正当だと思っている）。すなわち、その解釈の物語モデルの利用の仕方に関心を寄せているほどには。この物語モデルで現実の作者たちは物語テクストのより広いイデオロギー的意味合いを意識しておらず、ある意味で、理論的にそれに無関係なのだと言える。このような意味合いが「政治的無意識」のレベルで作品の意図になる。そのようなモデルはいずれも元の作者の意図とテクストの意図の区別を必然的に内包し、後者は、私がすでに論じたように、「内包された作者」と同義である。

無論、意味を無意識のうちに手助けするもの――母親というより助産婦――としての現実の作者という考え方は決して新しいものでも、マルクス主義者独特のものでもない。それは詩神《ミューズ》や風が吹くと鳴るといわれる風神《アイオロス》の琴《ハープ》によって詩人が霊感を受けるといった古来の定型的修辞《トポス》の特徴である。けれども、このマルクス主義批評家は、現実の作者たちが、自分たちがしていることを意識していないにもかかわらず、内包された作者によってコミュニケーションが成し遂げられる魅力的な例を新たに提供してくれるのである。

第七章

文学的語り手

「距離」という物語学の実行可能な理論を展開しようと試みた際、ジェラール・ジュネットは純粋な物語言説《ディエゲーシス》と模倣による物語言説《ミメーシス》というプラトンの権威ある説明（『国家』第三巻）を思い起こした。

プラトンは次の二つの場合に応じて二種類の物語叙法《モード》を対比している。すなわち詩人が「語っているのは自分以外の誰かであるとわれわれに信じさせようとはせずに、詩人自身の名において語る」場合（そしてプラトンはこれを純粋な物語［ディエゲーシス］と名付ける）と、それとは反対に、「語っているのは自分ではないという錯覚を」、つまり、発話された言葉が問題であるとすれば、語っているのはしかじかの登場人物であるという錯覚を、「詩人がつとめて与えようとしている」場合である。（これが、プラトンが本来の意味で模倣と名付けるもの、すなわちミメーシスである。[1]）

ジュネットは純粋な物語言説と模倣による物語言説との違いを強調しているが、ここで容認すべき重要な点は、両者がともに物語の叙法だということである。私が主張したいのは、重要なのは演劇が物語の一種であるという点である。少なくとも叙事詩同様、私たちが「物語内容《ストーリー》」と呼ぶ物語のあの構成要素に基づいているという意味において。アリストテレスが指摘したように「叙事詩がいかなる構成要素をもっているとしても、それはまた悲劇にも見出される。(2)」彼が構成要素で意味したのは、「筋《プロット》」(「発見的再認」や「逆転」を含む)、「性格」、「思想」および「語法」である。このうち最初の二つ(および「背景」)が現代の物語学が一般に「物語内容」と呼ぶものである。「視覚的効果《スペクタクル》」だけが演劇独特のものと言われた。けれども、視覚的効果は確実に物語内容の現実化の一要素なのであって、物語構造に潜在する構成要素なのではない。(物語学的な意味における)物語内容の根本的な特性は、それが一連のつながりのある出来事から成っているということで、その特性を演劇と叙事詩は共有している、ということである。

しかしながら、ジュネットは物語を純粋な物語言説《ディエゲーシス》、演劇を模倣による物語言説《ミメーシス》と同一視している。『物語のディスクール』で彼は「ミメーシス的再現は演劇から借用した［ものである］(3)」と書き、『物語の詩学』では「演劇的再現と物語とのどうしても乗り越えることのできない対立(4)」と書いている。確かに現実化のレベルでは戯曲と小説は全く異なる。けれども、テクストのレベルではこの二つは各々が他のテクスト・タイプ(たとえば**議論**や**描写**)に似ているよりもはるかに互いに似通っている。事実、アリストテレスは悲劇も叙事詩もともに「筋の契機となる事件」を「模倣する」と書いた。したがって、「模倣《イミテーション》」は言葉だけに限定されるのではなく、より大きな構造、とりわけプロットという構造を含むのである。(5)

いつものようにここで、私たちは用語の多義性に注意しなければならない。『物語のディスクール』の冒頭でジュネットは物語「レシ」の三つの意味をはっきりと区別している。彼の慎重さは英語の「物語《ナラティヴ》」の多義性にも同じように適用できる。その言葉が使われた場合、どの意味が含意されているか特定するよう注意しなければ

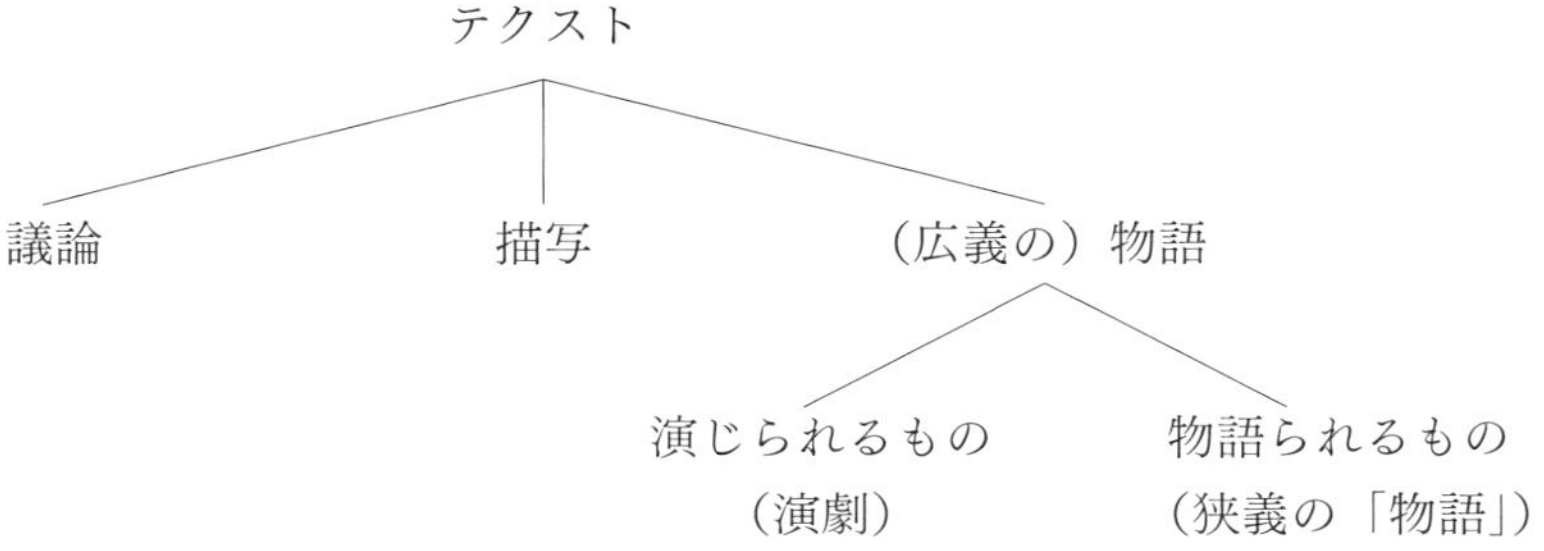

図1

ならない。ジュネットは「二つの物語叙法」という表現ではある意味で物語〔ナラティフ〕を用い、「演劇的再現と物語のどうしても乗り越えることのできない対立」という表現では別の意味の物語〔レシ〕を使った。前者で彼は物語の物語内容《ストーリー》の側面に言及しているようであるし、後者ではその物語言説《ディスコース》の側面、それが語られる方法に言及しているようである。確かに、演劇的再現と叙事詩的ないし小説的再現には明らかな違いがある。けれども、「何」、すなわち叙事詩によって語られ、演劇によって演じられる物語内容という構成要素の構造に大差はない。双方とも一連の出来事に依存し、また共に物語言説の時系列《クロノロジー》とは異なる、出来事のクロノロジーを提示する。この二重の時系列が**物語**というテクスト・タイプを他のテクスト・タイプから分かつ根本的な特性なのだ。たとえば、シェイクスピアの『ハムレット』における「物語内容」と言うのはちゃんとした意味をなすのに対して、独立宣言とかその他の議論における「物語内容」とはまず言わないだろう。

しかし、戯曲と小説の物語言説面での違いの大きさは少しも明らかではない。短編小説ないし長編小説は、登場人物の対話の引用だけで構成されていれば、純粋に「模倣による物語言説」らしきものになる。その場合、それは「混ざり合っていない」例であって、それが出版された際の非演劇的な要素だけがそれと演劇の相違点となる。このように演劇と物語フィクションのちがいは、**図1**が示すように、一次的なものではなく、二次的なものなのである。

演劇における物語内容と叙事詩や小説における物語内容の現実化のちがいは、厳密には何なのだろう？　無論、後者は言葉のみによって伝達される。そして、言葉は恣意的な、つまり動機をもたない記号――すなわち、C・S・パースの用語でいう「象徴」なのだ。ジュネットが正《ただ》しく主張しているように、言葉が非言語的出来事を「模倣する」という言い方はできない[6]。無論、言葉で登場人物の言うことをそのまま模倣する、あるいは再生産する（という言い方をジュネットは、今現在は好む）ことはできる[7]。叙事詩や小説は、言葉で非言語的な出来事を再現するかぎりにおいて、混ざり合ったディエゲーシスである。混ざり合ったと言った理由はミメーシスの要素が導入されたためである。しかしながら、ストーリーを劇場で演じれば、実際ある程度、純粋な模倣《ミメーシス》による物語言説となる。登場人物の身体を表わす記号は「図像《アイコン》／類似記号」的である。すなわち、それらは記号内容にどこか非恣意的に似ている記号表現として機能するのだ。ハムレットは若くて、高潔そうな俳優が演じ、ポローニアスはもったいぶった話しぶりの、こせこせした素振りをする老優が演じる。同じことは俳優たちが演じる出来事についてもいえる。ハムレットのポローニアス殺害は、一方の俳優が上着に剣を突き刺し、もう一方の俳優が死んだふりをして倒れることによって再現される。上演される出来事は「現実の」出来事だったらこう見えるだろうと私たちが想像することに似ている。

それゆえ、ある意味で模倣による物語言説と純粋な物語言説、あるいは現代においておおむねその同義語と考えられている「示すこと」と「語ること」のちがいは、ただ単に図像的記号と非図像的記号ないし象徴的記号とのちがいにすぎないと言うことができる。後者には、たとえばすべての標準的な言語（非擬音・非擬声語）が含まれる。叙事詩や大部分の小説のような「語られる」物語においては、物語りの機能は「恣意的な」、それが意味する行動や登場人物や背景に類似していない、一群の記号表現に割り当てられる。物語映画のような「示される」ストーリーでは、登場人物も行動もともに図像的に、すなわち「動機づけられて」再現される傾向がある。たとえば、ジョゼフ・コンラッドの『島の流れ者』の読者は「ウィレムズ」とか「リンガード」といった名前、いやそれどころか、これらの登場人物の姿を心の中に正確に思い描くために語り手が用いた描写的な形容辞を読んでも、ほとんどなにも分からない。どのような姿《イメージ》を思い描くにせよ、それはキャロル・リードの映画化作品〔邦題『文化果つるところ』〕で撮影されたイメージほど詳細でも明確でもない。より正確に言えば、撮影されたイメージは「トレヴァー・ハワード」と「ラルフ・リチャードソン」という名の俳優を意味する。次にこれらが「ウィレムズ」と「リンガード」という名の登場人物を意味する。最も基本的なレベルでは記号表現（俳優たち）は（女や象ではなく）「男」の外形とかそれ以外の目に見える属性を記号内容（登場人物たち）と共有する。より洗練されたレベルでは、俳優たちはその達者な演技と監督の指導によって登場人物（誤った道徳観をもった流れ者と勇敢だが人を信用しすぎる船長）にふさわしい、顔と身体による再現／表象——記号——を生み出すのである。

劇や映画や漫画が「示される」ということは、その語りが「動機づけられた」すなわち「類似した」一群の記号表現（舞台上の人間、フィルムに撮影された人間、紙に描かれた人間）によって伝達されるということである。すなわち、それらの記号表現は文化的に認識可能な記号内容に似ているのである。しかし、類似それ自体はある種の恣意性の要素を含んでいる。というのも記号内容はある時はある俳優によって、またある時は別の俳優によって示されるからである。ハムレットは必ずひとりの男性であるが、その男性はローレンス・オリヴィエかもしれないし、モーリス・エヴァンズかも、ジョン・バリモアかもしれないし、サラ・ベルナールでさえあるかもしれない。しかしながら、引用される台詞はすべて全面的に模倣による物語言説である。俳優が誰であれ、台詞はまさしくハムレットが話す言葉だとされている（もっとも、演技の機能としての俳優たちのイントネーションはまちまちである）。このことは活字メディア、小説や短編小説についてもいえる。活字自体は声に類似しないが、言葉の選択、統語法などは、登場人物が言うことを正確に写し取るとされている。

非図像的再現も図像的再現もある種の代理人を必要とする。純粋な物語言説《ディエゲーシス》においては、（現実の）作者が最終的な記号表現を編集者や植字工や出版社の製作チームの他のメンバーに委ねる。模倣による物語言説《ミメーシス》においては、作者はそれを演技者や演出家《ディレクター》／監督や裏方やカメラマンや動画《アニメーション》作者などに委ねる。

語ることも示すこともともにストーリーを伝達することができると言うつもりならば（しかもこの二つをどのように組み合わせても）、どちらか一方あるいは双方を公平に指す用語が必要になる。もし「物語る」という言葉に声の響きが満ちあふれているのならば、有効な上位表現として「提示する」を採用することもできる。そうすれば、内包された作者が、話し手《テラー》あるいは示し手《ショーアー》ないしはその両方を組み合わせてストーリーを提示しているという言い方ができる。そうすれば、話している者だけが「声」を持っていると言うことができる。私の考えでは、これが模倣による物語言説を好む公演／舞台芸術（演劇、映画）と純粋な物語言説を好む言説芸術（文学）のストーリーの提示の仕方の類似点に懐疑的な理論家に対する正しい答え方である。映画その他の公演／舞台メディアにはしばしば物語の声、「話し手」がいない。映画のヴォイス・オーヴァーの語り手でさえ通常は、より大きな物語動作主、映画の示し手に仕えている。しかし、（彼／彼女／それを語り手と呼ぶのを避けたいならば）示し手を提示者と呼んでも一向に差し支えない。「提示者」は行動を言葉で語る実際の声に限定されないからである。「語り手」では都合が悪いとお考えの方には「提示者」がよき代案になるだろう。**（図2参照）**

示すことのみならず話すことを含み、時としてそれが示すことに全面的に限定されていることを認識させるように、「語り」を定義し直そうとしたら、多くのことを言わなければならない。そうしなかったら、私たちには演じられたストーリー（映画、劇、パントマイムなど）を一般物語学の用語で説明する術がない。物語フィクション映画が「物語られ＝ない」と言う議論は、かなりこじつけの、不必要な言葉の操作という結果に終わってしまった（これについては第八章で例証する）。

示されたストーリーが物語と見なされるべきであるとすれば、それらのストーリーは「物語られ」なければならないというのは理の当然で、「物語ること」を限定的すぎるくらいに定義してはじめて——それを語ることと全く同一視してはじめて——そのような意見を自明なものとさせない。物語を「示す」ことはそれを「語る」こ

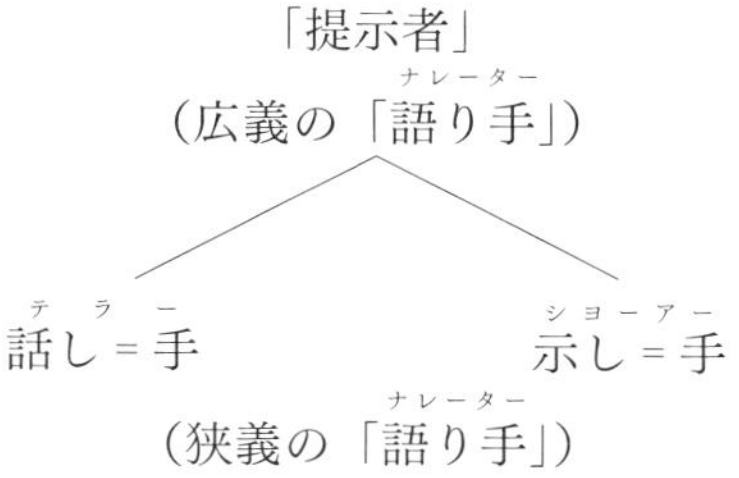

図 2

とに劣らず、「それを物語的に提示する」こと、すなわち、それを「物語る」ことである、と私は考える。なぜか？　テクスト・タイプの一般理論と、物語を現実化する手段などのより小さな問題よりも二重の時間配列の方が重要であることを説明するためである。長編小説とか中編小説とか短編小説とか劇的抒情詩とかバラッド形式の詩とか戯曲などと私たちが呼ぶすべてのテクストを指す、より包括的な用語を私たちは必要としている。それらを他種類のテクストと混同しないような用語を。ひとたびストーリーが実際に舞台やスクリーンで全面的に演じられると結論を下したら、それらを「物語」と呼ぶのが矛盾のないやり方だ。そうすれば、語ることと示すことの違いは、結局はただ単に内包された作者の記号の選択――模倣による物語言説の物語の場合は類似的、つまり動機づけられており、純粋な物語言説の物語の場合は恣意的、つまり「象徴的」であり、混ざり合った言説の物語の場合はそれらが混ざり合っている――にすぎないということになる。

無論、記号の選択は月並みな問題ではない。「演じる」ために選ばれたある種の記号は、理論で言うほど純粋に類似的でもなければ恣意的でもない。チャーリー・ブラウンを描く数本のくねった線は、生身のローレンス・オリヴィエの身体と所作がハムレットを模倣し、演じるのと同じくらい迫力満点に、あのおどけた人物を模倣し、演じるわけではない。まだ相対的に図像的なところがあるが、あの漫画の無駄のない線はオリヴィエの堂々たる外見よりも「恣意的」なものに近い。バレエではつま先旋回《ピルエット》のような記号表現はもっぱら「喜び」とか「熱狂」[8]とかの記号内容を演じるわけではない。また聾者の手話の多くが自明的に図像的というわけでもない。手話によって伝えられるストーリーは正確には「示される」というよりも「語られる」ものであるようだ。

しかし、そのようなぼんやりした、中間的な、混ざり合った事例があるにもかかわらず、「物語ること」が「語ること」だけを意味しなければならない特別な理由はない。ひとたび**物語**を（独特の二重の時系列に基づいた）物語内容と物語言説の合成物と定義することに決めれば、そうすれば少なくとも論理的には物語は舞台上でも、他の図像的メディアでも現実化できると言える。反証という重荷が**物語**という名前を「演じられた」テクストに拒むような理論にかかってくる。「模倣による物語言説」が**物語**を伝える一つの方法であること（たとえ対話だけから成る小説のような非演劇的テクストであっても）を認めたからには、なぜそれが語りの行為と呼ばれるべきなのか、理論は説明する必要があるだろう。

要するに、**物語**は広義にも狭義にも定義できるのだ。広義にはこれまでの章で提起したように、**物語**は二重の「時間＝論理」――ある環境で登場人物によって演じられる出来事の順序の論理――によって他と区別されるテクスト・タイプである。狭義の、伝統的な意味において、**物語**は広義の条件をすべて内含し、さらに純粋な物語言説の条件、すなわちテクストは人間である語り手によって語られなければならないということをも内含するテクストである。このより限定的な定義を採用すれば、明らかに物語学の基盤はより狭くなる。私にとって、**物語**と他のテクスト・タイプのちがいは、物語を伝達する二つの方法、語ることと示すことのちがいより高次のものである。ただ単にそのちがいを

純粋な物語言説《ディエゲーシス》　対　模倣による物語言説《ミメーシス》

と配置《レイアウト》するのではなく、私は**図**3に潜在する階層を提案する。

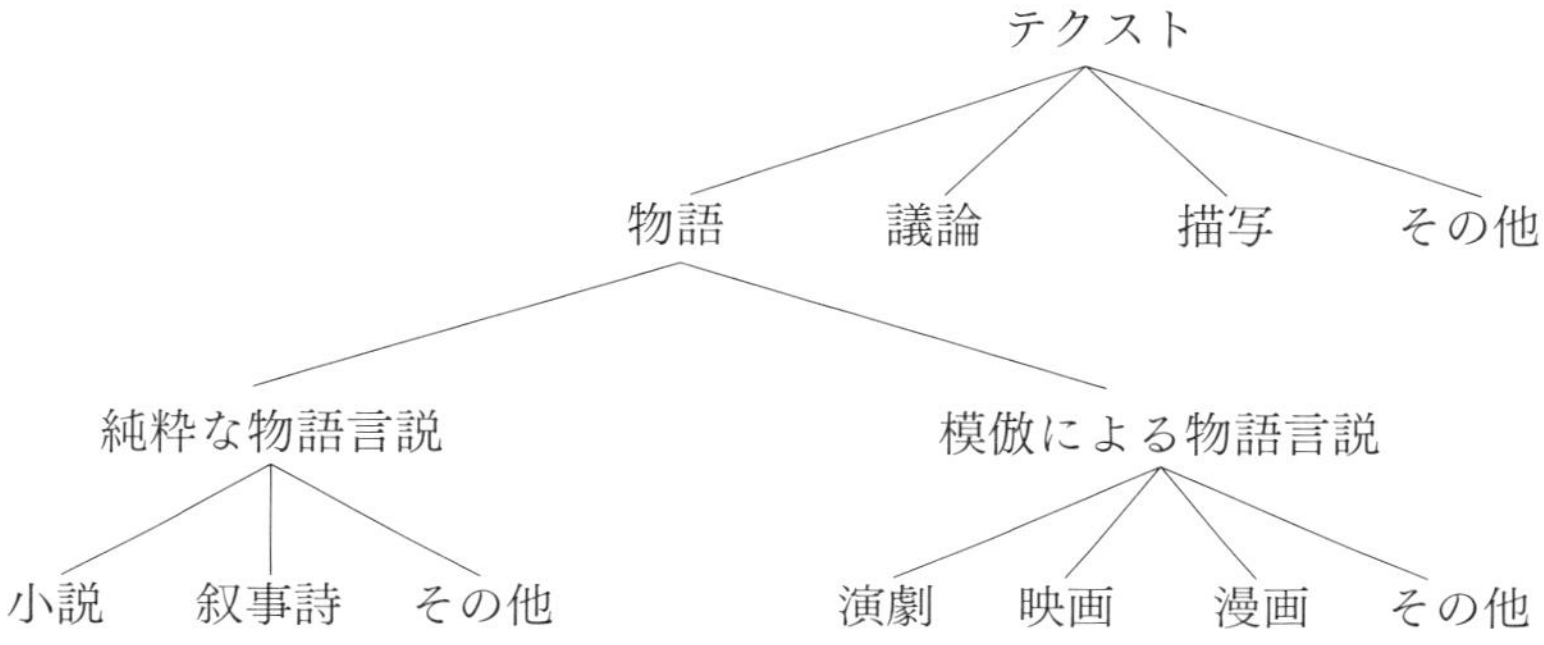

図3

この図は、はっきり人間であると分かる媒体が遂行したのではない語りが存在することを考慮に入れている。私が主張したいのは、人間であることが語り手たることの必須条件ではないということだ。読者のなかには伝統的な、ノスタルジックな語り手のイメージをこのように否定するのは、受け入れがたいことと思われる方もおられることだろう。百年前に書かれた小説、そして今日書かれている多くの小説でも、語り手はおなじみの人物で、名前を持ち、自分でその性格を描写し、意見や判断や一般化の能力を持っていて、自分の個性のいくばくかを伝えたり暗示したりする。しかし、二十世紀になると、フィクションはその言説を最小限に抑え始め、語り手の「声」はしだいに小さくなっていった。ヘミングウェイのような作家の技法（たとえば「殺し屋」）を記述するために、多くの批評家が話し手ではなく、視覚的記録装置、単なる「カメラ・アイ」でしかないような語り手というものを持ち出した。物語学者のなかには――そのなかには私自身も含まれる――語り手がいなくなった、ある種の文学的物語は要するに「物語られ＝なく」なったと主張したものさえいる。

　しかし、私は今ではそのような主張は用語の矛盾だと考えている。すべての物語は定義上、物語られること、すなわち、物語として提示されること、そして語り、物語の提示には動作主が必要なこと（たとえ、その動作主が人間のしるしを帯びていなくとも）を私は主張したい。媒体は語源的に「提示する」とか「物語る」といった動詞に付けられた -er/-or〔～するもの」という接尾辞で示される。接尾辞は「動作主」または「媒介者」を意味し、それはともに人間である必要はない。

　このような定義は私が『ストーリーとディスコース』で行なった提案、すなわち、「殺し屋」のような非常にミメーティックな、すなわち示されるストーリーは語り手によって伝達されるのではないという提案を否定する。このような見解は、私の今の考えでは、許しがたい逆説、あるいは少なくとも反直観につながるのだ。すなわち、物語というものは、いわば何の前触れもなく、突如出現するという――論理とも常識とも矛盾する見解である。[9]「物語られ＝ない」物語という考え方は、「媒体」を人間に限定しようとする見当違いの努力から生じるのだが、そのように限定することは妥当性を欠く。提示は提示者が存在することを示している。それが人間であろうがなかろうが、生き生きと劇化されていようがいまいが。ひとたび物語を示す可能性を認めたら、私たちは（たとえ人間でなくとも）示し手の存在を否応なく認めることになる。機械と電子工学による生産、再生産のこの時代に、「高性能」機械のこの時代に、人間にあらざる物語媒体を否定するのは単純素朴《ナイーヴ》というものだろう。思い出していただきたい。私たちは今、物語テクストの元の創造者、生身の作者のことを、また内包された作者と私たちが呼ぶテクスト内の創造原理のことを話題にしているわけではなく、テクストを構成する一群の記号を提示する（あるいは伝達する）と考えられているテクスト内の誰か、あるいは何かのことを話題にしているのである。[10]「提示」が語り手の営みを表わす最も中立的な言葉だと思う。テクスト創造の一構成要素として内包された作者は、物語の動作主にテクストを表現する仕事、それを提示された、あるいは贈られた観客／読者（聴き手）に実際に提供する仕事を割り当てるのである。

　しばしば言われてきたように、現代の長編小説や短編小説は語られるよりも示される傾向がある。ある種の文学的フィクションは登場人物が話した言葉を機械的に記録した文章にすぎないとされている。純粋に対話から成る短編小説によく見られる形式だ。明らかに、これらは沈黙している、物語世界外の語り手によって「語られた」あるいは「話された」というよりも、その語り手によって「示された」と言った方がいい。

『ストーリーとディスコース』で私を悩ませた問題は、冒頭で問うた問いに仄めかされていた。「［物語が］言っていることは直接読者に提示されるのだろうか、それとも誰か――私たちが語り手と呼んでいる誰か――によって媒介されるのだろうか？(11)」しかし、その語り手は「誰か」である必要はないのだ。物語が言っていることはすべて語り手によって提示される。そして、その語り手は誰かではなく何かであってもかまわない。提示の動作主は「語り手」という名前に値する人間である必要はないのだ。

「物語」「演劇」「模倣による物語言説」「純粋な物語言説」といった用語が物語学のなかで最もうまく機能すると私が考えている意味を繰り返させていただきたい。要は優先権の問題だ。純粋な物語言説と模倣による物語言説、語ることと示すことのちがいは、**物語**と他のテクスト・タイプとの区別より重要な（階層の構造においてより高位に位置する）のだろうか？　そう仮定する理由は私には見つからない。私にとっては、物語内容――登場人物が演じたり経験したりする一連の出来事――を提示するいかなるテクストもまず第一に物語なのである。戯曲と小説は出来事の時間＝論理、一群の登場人物、そして背景といった共通の特徴を共有している。したがって、基本的なレベルではそれらはすべて物語内容である。ある種の物語内容が語られ（純粋な物語言説）、他の物語内容が示される（模倣による物語言説）というのは二次的なことである。「二次的」という言葉で私はその違いが枝葉末節だと言っているわけではない。ただテクストの区別という階層ではそれは物語と他のテクスト・タイプとの違いより下だというだけのことである。

　私がただアリストテレスの力点を逆さにしているだけだと、つまりアリストテレスが規範的に演劇と模倣による物語言説《ミメーシス》を好み、私が（狭義の）物語と純粋な物語言説《ディエゲーシス》を好む、と言われるかもしれない。しかし、私の目的が規範的にみえないことを願う。私は演劇を犠牲にして叙事詩を擁護しているわけではない。ただ、この二つがあるもの――プロットと登場人物――を共有していて、それらが（少なくとも私がその用語を使っている意味において）**物語**の特性であると言ってもこじつけにはならないと言っているにすぎない。最も抽象的なレベルでは、**物語**の私流の意味には物語内容が含まれるが、伝達手段の種類の特定化は物語言説から除外されるのである。

無論、この種の言い方は——人為的に、議論するためだけに——私たちが経験するテクストの全体性を無視した抽象化である。「物語内容」は「物語言説」と無関係に生じ得ない。また物語内容－物語言説という合成物は、メディアの現実化ないし具体化——書かれた言葉（長編小説、短編小説）であろうが、俳優たちが話した言葉やその他の肉体的行為（劇）であろうが、スクリーンの影とサウンドトラックを通して再生された音（映画）であろうが、あるいは何であろうが——と無関係に生じ得ない。

芝居《プレイ》が主に対話で構成されているということは、物語学的には二次的な意味合いしか持っていない。上演のために書かれた戯曲が他の物語と異なるのは、その現実化という点、すなわち、劇場での上演（あるいはその意図）においてだけである。もっとも、〔上演よりも読むことを目的とした〕「書斎劇」はそのような意図さえもっていない。その意味で、演劇《ドラマ》は物語に匹敵する階層ではなく、ただ単に物語の一種類にすぎないのだ。芝居が話し言葉だけを模倣すると言うのは、実のところ正しくない。というのは、大部分の台本はト書きの形で非言語的な出来事を明記しているからである。上演の際にはこれらのト書きは俳優の動作となって現実化されるのである。記号論的抽象のレベルでは小説中の「ジョンは部屋を出ていった」という文章と劇作家が俳優に与える、舞台の左へ退場という指示には違いは全くない。文章も俳優が歩いて退場するのも、ともに（非言語的）行為の委ねられた記号表現なのである。

演劇《シアター》は物語内容の提示に利用できる媒介《ミディアム》である。演劇は物語を生き返らせる数ある方法の一つなのだ。同じく、ある短編小説が対話だけから成っているというだけでは、戯曲にはならない。それもまた提示の一つの手段なのである。同じことが登場人物の考え以外、何も再現しない様々な内的独白の長編小説、短編小説についても言える。これらで語り手が示すのは（考えは言葉という形をとって心に現れるという約束事に基づく）「心のなかのおしゃべり」である。

別の用語を作り出さない限り――そうすべきかどうかはっきりしない――**議論**とか**描写**といった他のテクスト・タイプに対立するものとして、「**物語**」が純粋な物語言説と模倣による物語言説の形式双方をいまだに一番うまく包含しているように思われる。用語の適切な広い意味を採用すれば、模倣による物語言説の形式――演劇、映画、バレエ――は短編小説や長編小説などと同じくらい「物語られて」いるのである。

さてここで、「声」とか「知識」といった用語、そしてそれに類する隠喩に固有の諸問題に目を向けよう。ストーリーが常に人間によってのみ物語られるという仮定は、疑いの余地なく、それが吟遊詩人を起源とすることから生まれたのだし、（「コンテクスト理論」派の）物語学者のなかには口誦の逸話から理論を始めなければならないといまだに確信しているものがいる。ストーリーが書かれるようになった時、語り手が強い一個の人間としての印を残すようになった（もっとも必ずというわけではなかったが）――自分のことを「私」と呼び、判断、意見、一般化を供し、自分自身の人間性や住み家などを描写することによって。「声」という用語は自然に（比喩的にではあるけれど）このような行為が生じる手段を表象するようになった。この用語は一つの隠喩で、広く使用され続けているわりに、物語学では不十分な検討しかされておらず、ジェラール・ジュネットやミハイル・バフチンやウェイン・ブースやフランツ・シュタンツェルなどの、他の点では互いに異なった理論の中心的な役割を果たしている。にもかかわらず、私の知るかぎり、その「声」が、それが指すと考えられているものを本当に明らかにするのかどうか、誰も問い質していない。示された物語、あるいはさらに「非人称的に」語られた物語に適用された場合、「しゃべっている声」という隠喩は果たしてどれくらい効果的なのだろうか？　それは映画による物語の現実化や舞台での現実化を記述する場合にはふさわしくないし、「殺し屋」のような文学的物語について語りたい時にはさらに厄介でさえあるだろう。

これまでの章で論じたように、すぐれた仮説《モデル》は**物語**を、内包された作者による出来事と登場人物と事物（物語内容）とこれらのものが伝達される方法（物語言説）の創造と見なす。語り手はこうして創造されたものを伝える言葉やイメージやその他の記号を提示することを託された物語言説の動作主である。彼／彼女／それは提示すること――広義の「物語ること」――によってそれを行う。それが語ることを意味しようが、示すこと、あるいはその二つのものの組み合わせを意味しようが。たとえ多くの人たちが人間にあらざる「媒体」の概念に居心地の悪さを感じているとしても、その言葉の語源にはそのような概念を正当化する十分な先例がある。『ウェブスター第三版』は人間にあらざる「動作主」が認められる三つの意味を挙げている。

1a　ある種の結果を生み出す、あるいは生み出す能力のあるもの――効力のある、ある結果を引き起こす動因――ある種の結果をもたらす、あるいは促進する力。

2a　（衝動や刺激や始動によって）力を出させたり、働かせるもの――動因（［動作主］と受容者との区別。力を及ぼすものと力を及ぼされる別のものとの区別）。

4　知性をもった導き手がある結果を達成する手段あるいは道具。

とりわけ最後の意味が物語学にとって魅力的だ。なぜなら、語り手を手段ないし道具と、内包された作者を、知性を持った導き手（の記録）と見なすことを可能にするからである。

しかし、有能な物語学者でさえも「語り手」の擬人化された偏向《バイアス》を振り払うのが困難なようだ。ある人たち、たとえばロジャー・ファウラーはあの原型的な（そして議論されすぎた）「カメラ・アイ」のストーリー「殺し屋」に、人間である語り手が存在すると主張している。

「「殺し屋」の」語り手は断固として沈黙を守り、距離を保ち、控え目でつつましやかである……とはいえ、彼〔強調は引用者〔チャットマン〕〕は軽食堂内の固定カメラのように特定の見地を供給している。場面の狭い範囲は外のドア（これは明らかに内部からみられる）と、カウンターの側から見える台所へのくぐり戸によって定められている。部屋のなかへ目を転ずると、視線はちょっとした一組の事物――ドアとくぐり戸、カウンターとそこに位置する人々、時計――に集まる。視点の変化は決定的で明白となる。つまり、台所への短い一瞥とニック・アダムズを伴ってのオウル・アンダソンの所への出発。後者の場面では語り手はニックと肩を並べて歩き、すぐそばに立って彼の眼に映じるものを正確に、そしてそれだけを見る（がニックの目で見るのではない。ニックの意識に入り込むことはないのだから）目に見えない男である。この小説はどの部分をとってみても視覚的なむだが省かれていて、手近で関連をもったものに注意が集中されている。[12]

語り手が特定の見地を「供給している」から、「彼の見地」こそがそれを占有している〔語り手自身が視点的人物になる〕へと微妙だが、決定的な変更がなされていることに注意していただきたい。語り手は、結果的に、物語言説内での「彼の」持ち場を離れて、物語内容の現場へと入っていくのだと言える。語り手は登場人物として、実際一人の男性の登場人物、「ニックと肩を並べて歩く目に見えない男」として扱われている。この主張を私は比喩的にではなく文字通りの意味にとる。語り手は物語言説から物語内容へと境界線を越えてしまったのだ。しかし、語り手が、たとえ「沈黙を守った」「目に見えない」存在であるとしても、現実の男性だと仮定する、どんな正当化の理由があるというのだろうか？[13] なぜ、有効な隠喩が（窓越しではなく）直接ものを見ることのできる人間の「目」でなければならないのか？ なぜこの仮説は外側、つまり物語言説の側にいて、いかにして情報を手に入れたかなど、一切説明することも弁解することもなく、事件《アクション》と現場を報告する物語の媒体のかわりに、その現場で「ニックと肩を並べて」歩く人間の存在を暗示しなければならないのだろうか？ 私は言いたい、語り手は定義上、物語世界の事物を見るのではない、と。登場人物だけが見ることができるのだ。そのわけは彼らだけが物語世界の住人だからだ（第九章の「フィルター」の議論を参照のこと）。語り手の仕事は登場人物と一緒にぶらつくことではなくて、語ることによってであろうと示すことによってであろうと、登場人物に起こったことを物語ることなのである。

　これと同じ問題が語り手の「知識」についてのランサーの議論でも生じる。

> この語り手が知っているのはまさしく、ヘンリーの軽食堂に座っている町の住人が知っていると思われること以上でも以下でもない。彼は軽食堂の名前を知っているし、それが酒場を作り直したものだという事実を知っている。彼はジョージとサムという名前を知っているし、オウル・アンダソンがヘビー級のプロボクサーだったことを知っており、オウルが住んでいる下宿屋の名前を知っている。けれども、彼は食堂に入ってきた男たちの名前を彼らが自ら明らかにするまで知らなかった。彼はこの二人の侵入者を初めて会ったかのように描写する。彼はニック・アダムズやジョージやサムの描写はしない[14]。

　これは物語言説が提示していることの正しい説明ではあるが、「知っている」というのは異質物語世界的語り手に適用するには奇妙な言葉だ。（この語り手は必然的に物語内容に対して有利な立場を本来的にもった物語言説の住人であるからだ。）登場人物が知っていることは、物語内容の中での彼または彼女の置かれた状況が果たす役割である。しかし、異質物語世界的語り手は物語内容を報告するのであって、彼／彼女／それは物語内容を（少なくとも報告している時点では）経験していないのである。物語内容のこれこれしかじかの細部を表現する、そのような語り手の能力の限界は、「知識」ではなくて、内包された作者が彼／彼女／それにどれくらい提示を委ねるか——反対に読者にどれくらい推論の余地が残されているか——にかかっている。

語り手を物語言説という領域に限定しなければ、あらゆる種類の考察が生じることになる。「語り手として技法的に異質物語世界的立場にあるにもかかわらず、この声は続いて目に見えない目撃者――実際には地元の共同体の一員である目撃者――の限られた特権を発揮する。この目撃者は等質物語世界の無名の声のような働きをする。」「技法的には異質物語世界的」だが、実は等質物語世界的、無名だが実質的には一人の登場人物である物語る声であり、近くに住む目に見えない男性の目撃者。語り手の性別については（とランサーは続けている）議論の余地がない。「とりわけ、このストーリーの語り手を〈彼〉と呼んでも差し支えないだろう。作者と物語る声の同義性という法則のためばかりでなく、このストーリーが『女のいない男たち』と題された短編集に収められているということからも。[15]」「殺し屋」の語り手が女性だと言い出す人間は一人もいないと思うが、それが唯一の選択肢だろうか？　なぜ語り手がジェンダーをもたない、ただ単なる物語言説の動作主であってはならないのだろうか。「カメラ」と呼ばれることの多い物語動作主が性をもたないように。[16]

　ランサーの説明は続けて語り手が「仲間の一人」（町の仲間であって、アルやマックスの仲間ではない）だと主張し、証拠に五つの文章を挙げている。

- ［アルは］集合写真を撮ろうと人物を配置しているカメラマンのようだった。
- きっちりしたオーバーを着て山高帽をかぶった［アルとマックスの］姿は、寄席芸人コンビそっくりだった。
- ［ニックは］これまで一度もタオルで猿ぐつわをかまされたことはなかった。
- ［ニックは］何でもなかったようなふりをしようとした。
- ［ニックが］そう言うと、間が抜けて聞こえた。[17]

しかし、明らかにこれらの文章はみな自由間接思考として、もっと単純に直接的に説明できる。三番目の文章はちょうど「ニックはこれまで一度もタオルで猿ぐつわをかまされた感じを知らなかった」という文章を縮めたようなものである。この文章はニックの内面を再現しているはずで、無名の町の人と推定される語り手が、ニックがこれまで一度も猿ぐつわをかまされたことがないなど知るわけがない。同様に四番目の文章は「ニックは何でもなかったようなふりをしようとしたことを知っていた「あるいは『自分がそのふりをしたと感じた』」」の短縮形だと説明できる。コンテクストが暗示するのは、ニックの虚勢についての語り手の判断ではなくて、それをニックが自分で意識しているということだ。そして五番目の文章は「ニックはそう言うと、間が抜けて聞こえたことを知っていた、あるいはそう感じた」を短くしたようなものだ。最初の二つの文章については、ジョージとサムとニックの集合的見解の再現と容易に読める。もっとも、ひとたびニックの中心性が確立されると、振り返ってその意見を彼に限定したくなってしまうが。

明示的な内面描写はこの短編小説には乏しいが、批評家がこの短編や他のニック・アダムズ物語に見出してきたニックの意識への限られた洞察を提供してくれるように思われる。そしてニックのフィルターの焦点は知覚や概念作用ではなくて、主に「利害・関心《インタレスト》」の焦点で、それはかなりはっきりと持続される。たとえば、彼がジョージとサムを残してオウル・アンダソンに会いに行くまでストーリーはずっと「彼の」ストーリーである。これら五つの文章をニックの知覚と解釈することは、語りに「責任を負う」人間を捜し出すと主張して、彼の隣を歩いている目に見えない仲間をでっち上げる読みよりも結果的により単純で、筋の通った読みになる。ニック・アダムズ・ストーリーズにおいてはニックが終始主人公なのだ。とはいえ自分のまわりで起こっている出来事についての内面的な思索に充てられるものは一編もない。これらのストーリーの趣旨は、苛酷な世界が若者の意識に及ぼす衝撃である。たとえ彼が情報をどう吸収したかについて注釈が加えられなくとも。かくも明白な、否、伝統的な説明が手近にあるというのに、なぜ影のような町の人を考え出さねばならないのだろうか？

人間である動作主のみならず人間にあらざる動作主、性別のある動作主のみならず性別のない動作主をも考慮に入れられる「語り手」の定義を私たちは必要としている。物語を読むうえで補うべき間隙《ギャップ》が数多くあるが、提示する動作主を人間にする必要がそのような間隙の一つであるということ（とりわけ、テクストが故意にそのような身元の確認を避けるような場合）は、明らかにされていない。

語り手が物語内容の空間を侵害することはできず、物語言説の空間に留まらなければならないということをもまた私たちは認める必要がある。物語言説の空間は物理的に喚起される（典型的な例は、たとえばコンラッドの『闇の奥』のテムズ川に浮かぶ船のような枠物語）か、または知的空間ないし概念的な空間（トリスタラム・シャンディや語り手のピップがストーリーの出来事を思い出す際に占めている空間）にすぎないかもしれないし、あるいは全く空間ではないかもしれない。しかし、どのような形態をとるにせよ、物語言説の空間はそれが臨んでいる物語内容の空間と混同されてはならない。物語内容と物語言説の区別を保ち続けたいのであれば、物語言説の空間に窓ガラスやカメラのレンズのこちら側の空間に類似した独自性を認めなければならない。

語り手が視点（すなわち「視座《スラント》」）を持っていることを私は否定しないが、語り手が語りの瞬間に（無論、埋め込まれた語りの場合は除く）物語言説と物語内容双方に存在し得るということを私は否定する。物語内容を語ったり、示したりする行為は、出来事を経験する、つまり物語内容の時・空間に住む登場人物がそれらの出来事を見るように「見る」行為と混同されてはならない。語り手は物語内容のある地点《パースペクティブ》から何かを「見る」のではない。彼／彼女／それは外側の持ち場から起こることを報告するにすぎないのだ。このちがいは極めて重要である。

第八章 映画的語り手

本質上、映画《シネマ》は伝統的な、言語中心の語り手の概念に反する。明らかに大部分の映画作品《フィルム》は言葉の通常のいかなる意味においてもストーリーを語ることがない。映画が「語ること《テリング》」の反・直観性は映画の語り《ナレーション》の「言表行為」理論に異議を唱える。一九六〇年代にクリスチャン・メッツと他の映画理論家たちは言語学の成功に惹きつけられて、フィクション映画の研究に言語学の原理を応用した。しかしながら、メッツは映画が「言語」ではなく、独自の「分節」をもった別種の記号体系であることをすぐに悟った。にもかかわらず、彼も他の言表行為理論家たちも、[1]映画のもつ、より一般的な記号の特性を言語学の定式から切り離すことに成功していない。デイヴィッド・ボードウェルが明らかにしたように、[2]メッツはたとえばエミール・バンヴェニストが設けたイストワールとディスクールという言語学的な区別の映画物語学に対する有用性を例証できなかった。[3]

言表行為理論のもつ多くの批評的問題点のなかで最も明白なものは、言葉による営みと視覚の営みとの間に類似を探し出すのは容易ではないということである。バンヴェニストの理論では（メッツが仄めかしているように）カメラの「まなざし」が語りを構成するとか、どういうわけか観る者〔viewer〕が「話者」になるということを証明できない(4)。

ボードウェル自身の映画の語りの理論は実に見事に構築されていて、当然のことながら広く認められ、さらに詳しく議論されている。私の事実上唯一の批判は、それがあまりにも先走りしすぎて、映画には語り手に相当する媒体がない、映画物語は見者《スペクテイター》によって全面的に遂行される種類の作品と考えるのが一番よい、と主張している点である。ボードウェルは映画に「語り」は認めるが、語り手は認めない。読者反応論の理論家たちと似た手立てを使って、彼は自分の理論の基礎を観る者の営みに置いて、それを「構築」という行為と見なす。スクリーンとラウドスピーカーから流れ出てくるさまざまな手掛かりから、知覚から認知にいたる精神的な営みの全領域に及ぶ複雑な仮説を通して、観客は物語を「構築」するのである。ボードウェルは美術の視覚的知覚および透視画法の体系に関する文献を詳しく分析し、言説処理の洗練された概念で彼の所見を豊かにしている。ボードウェルのいう観る者は、スクリーン上の出来事によって「位置を定められる」受動的な客体ではなくて、能動的な参加者――否、動作主――で、実質的に映画の語りを創造するのである。「図式」とか「鋳型」といった概念を利用して、ボードウェルは観る者が自分の注意を引きつけた閃光や音を一連の知覚可能なイメージに転換して、それを後にストーリーとして解釈するために、何をするかということの説得力豊かな仮説の概要を説明している。

彼の理論はロシア・フォルマリズムのファーブラ、シュジェートとスタイル（物語学でいう「物語内容」「物語言説」と「現実化」とこれらの用語のちがいは重要ではあるが、現コンテクストにおいてはそうではない）の区別に基づいている。ボードウェルは言っている。ファーブラは「一定の持続時間と空間内で起こる時系列に沿った一連の原因＝結果である出来事として話《アクション》を具体化する」と。シュジェートは「映画におけるファーブラの実際の配置と提示(5)」のことである。ファーブラは完全に内在的な――あるいは観る者の側からいえば、推論された――構造物である。シュジェートは「筋《フェイブル》全体」のほんの一部だけしか提示しない(6)。物語構造へのシュジェート（すなわち「物語言説」）からのアプローチは、受け身の「言表行為」的なアプローチにふさわしい。なぜなら、それは「（人称、時制、メタ言語といった）表層＝現象の区別を避け、すべての物語再現の基礎となる、より柔軟な原理に依拠するからである。[7]」「[次に]〈スタイル〉は映画《シネマ》的手段を映画作品《フィルム》に体系的に使用することである。」シュジェート（それはいかなるメディアであれ、物語の一つの構成要素である）とは異なり、スタイルはメディア固有のものである。ボードウェルはスタイルとシュジェートを比較可能なシステムとして扱っている（もっとも後者が前者を「支配する」傾向があるが）。「シュジェートとスタイルはそれぞれ現象のプロセスの異なる側面を扱っている。シュジェートは〈劇作法《ドラマトゥルギー》〉のプロセスとして映画作品を具体化し、スタイルは〈技術的な〉プロセスとして映画作品を具体化している。[8]」しかしながら、「具体化する」という言葉をこれらのレベル双方に当てはめるのは、具体化が層状に積み重ねられることと理解されない限り、少々問題である。私の考えではシュジェートがファーブラをテクストへ配列すると言うのは意味をなすが、スタイルがその配置を現実化する、すなわち物語全体を「具体化する」のである。ここで再び繰り返せば、これらのうちどれ一つとして独立して存在することはない、ということを私たちは常に思い起こさねばならない。それらはみな、映画物語の仕組みをよりよく説明しようとして、理論が提案した構成概念なのだ。

語りはダイナミックなプロセスだとボードウェルは考えている。「形式上のシステムは観る者がストーリーを構築する手掛かりを与えもするが、またそれを束縛もする。」しかし、彼が強調するのは、データ自体の性質よりも、意識に影響を及ぼす視覚的および聴覚的データを観る者がどう理解するかということである。「構築」という用語がまさに重要な仕事は観る者によってなされるということを暗示している。ある意味でボードウェルは映画自体を様々な層状の構造をした、すでに与えられたものととる。このように、彼は映画的語り手が映画作品に内在するという考え方を否定し、代わりに彼が「語り」と呼ぶものを主張する。「語りは、見者がファーブラを構築する手掛かりを与え、その道を切り開く最中のシュジェートとスタイルの相互作用のプロセスである」[9]（強調は原著者）。

　このプロセスがどのようにして生ずるのか、観る者固有の問題なのか（この場合、スタイルとシュジェートはその人間の知覚と認知内でのみ「相互に作用し合う」）、スクリーンと観る者の間にある種のやり取りがあるのかは、ちょっと不明である。後者であるとすれば、「語り」が少なくとも部分的に映画に存在する。その場合、なぜそれが動作主として何らかの地位を認められないのかと私たちは問う資格がある。しかし、ボードウェルは語りの媒体という概念には反対する。なぜなら、「語り手」は「人間」を含意するように彼には思われるからだ。「語りの中枢と目される声とか体が一切ないのに」と彼は問うている、「まだ私たちは語り手が映画に存在すると言えるだろうか？　言い換えれば、語りのプロセスの彼方に、その源であるところのある存在の所在を捜しあてなければならないのだろうか？」彼の答えは無条件に否である。

> 映画を観ていて、私たちが人間に似た存在に何かを語られていると意識することはほとんどない……語りというものはストーリーを構築するための一群の手掛かりをまとめ上げる作業とした方がより理解しやすい。これはメッセージの知覚者を前提とするが、メッセージの送り手は前提としていない……必要もないのに理論上の存在を増やしてはならないという原則に基づけば、コミュニケーションをすべての語りの基本的なプロセスとして提起しても何の意味もなく、ただ大部分の映画はこのプロセスを「削除」ないし「隠蔽」しているということを是認するだけだ。私が思うに、もっとよい方法は語りのプロセスにある種の状況のもとで見者が語り手になる信号を出す権限を与えることだ。[10]

映画は「まとめ上げられる」ものであって、「送られる」ものではない、というのはどういう意味なのだろうか？　それをまとめ上げるのは——無論、最初にということではなくて、映写中にスクリーン上で——誰あるいは何なのだろうか？　ボードウェルは言ってくれない。彼は知覚の動作主にのみ興味を持っていて、語りの動作主には関心がないかのようである。すなわち、彼は知覚の動作主を語りの行為と同一視しているのである。しかし、確かに映画は——すでに「まとめ上げられていて」——どういうわけか劇場に到着して映写されている。何かが「送られて」いるのだ。「語り手」というのはまとめ上げ、送る媒体を名付けたものにほかならず、その媒体は人間である必要はない（辞書にはその必要はないと書いてある）と私たちが主張すれば、ボードウェルの異論の多くは不要になってしまいそうだし、伝達者のいない伝達《コミュニケーション》——いや、それどころか創造者のいない創造物——の因果関係という厄介な問題を考えなくて済む。ニック・ブラウンが「ショットの提示を合理的に説明すると見なし得る権威」[11]と呼ぶものがあらかじめ存在することを説明する何らかの理論上の概念を私たちは必要とするのだ。

　私の考えでは、観る者は映画にコード化された一群の手掛かりから（他の特徴ともども）映画物語を構築するのではなく、再構築するのだ[12]。ボードウェルはこれらの手掛かりの多くを見事な手さばきで記述しているが、映画におけるこれらの存在の様態は説明してくれない。彼が説明しているのは、観る者におけるその様態だけである。「存在の様態《モード》」という言葉で私が意味しているのは、ある現実の映画製作チームが映画にいかにそれらの手掛かりを与えたかではなく、それらが映写のたびにどのように存在するかということである。観る者がそれらの手掛かりを与えたのでないことは確実である。したがって、あたかも観る者がそうしたかのように「語り」のことを言うのは少しばかり奇異なことである。

　ボードウェルはジェラール・ジュネットとメイア・スターンバーグに依拠しているが、両者が一般物語学のために語り手のいない物語テクストを容認するかどうか私は疑問に思う。スターンバーグが語り手を「意識的な動作主」と考えていることを認めながらも、ボードウェルは映画が「プロセス」だけを扱っていると考えている。

絵画が「優美」だと言えるのと同じで、プロセスが「知識を有している／知っている」といった言い方ができると彼は主張している。絵画や音楽、詩や映画が「美的な事物」で、「優美さ」や「心地よさ」などがその特性ないし「美的性質」の一部であると認めるにはもっともな理由がある。[13] しかし、「優美さ」が美的な事物の一つの特性であると主張することと、(「動作主」すなわち「語り手」ではなく)その事物、すなわち「語り」を、ものごとを遂行する動詞の主語にすることは別である。そのような動詞は定義上、媒体を前提とする。事物とプロセスにはいろんな性質があるが、動作主だけがものごとを行うことができるのである。「映画の語りは多かれ少なかれ知識を有していると言える」といった言い方には、どこか人を当惑させるところがある。美的な事物、あるいはプロセスが「優美だ」と言うことは、それが優美さを有しているという印象をある観察者に与えることを意味する。それが「知識を有している」と言うことは、それが何かを知っているということであるが、何かを知っているのであれば、それはある事物、あるいはプロセス以上のものでなければならない――動作主でなければならないのだ(もっとも、その動作主は人間である必要はない。たとえば、私のコンピュータは多くのことを「知っている」)。通常、「プロセス」は自然の偶発事ないし誰かあるいは何かによって動き出した何かを指す。しかし、あるものがあることを知り、提示し、認識し、伝達し、承認し、信頼し、それに気付くことができるとしたら、それならば確かにそれはただ単なる偶発事ないしプロセスというには余りにも能動的な概念である。知ること、提示すること、認識することなどは行為であって、行為には論理的に行為者が必要である。「語り」が実際にこれらのことを「する」のであれば、それは定義上動作主であり、したがって、目的語＝名詞化形「-tion」ではなくて、動作主名詞化形「-er」を必要とする。

　ボードウェルの物語の階層における「語り」の地位もまた不明である。ある時は「語り」を「シュジェート」の同義語として扱っているようにみえる。「大部分の物語映画において、語りは主に言葉による詳述《リカウンティング》と解説的な部分によってファーブラの順序を配列し直す。シュジェートがファーブラの出来事を、時系列を壊して演じることはさらに稀である。」しかし、脚注で彼自身の「シュジェート」と「ファーブラ」の用法とジュネットのレシとイストワールの用法の違いを説明して、彼は「語り」をシュジェート＋スタイル（私ならあるメディアにおける物語の現実化と呼ぶもの）[14]と定義している。このように彼が「語り」をファーブラと同じレベルに置くつもりなのか、より高次のレベルに置くつもりなのかが不明である。

「語り」はシュジェート中のファーブラの情報の量と位置を、彼が「知識」、「自意識」、「伝達性《コミュニカティヴネス》」[15]と呼ぶ三つの手段によってコントロールするとボードウェルは主張する。一番目と三番目は「知る」と「伝達する《コミュニケート》」という動詞の名詞化形であり、二番目は一般に人間に適用される形容詞の名詞化である。ボードウェルはこれらの用語をかなり一貫して用いているし、一度慣れてしまえば、それらの用語はある種の実行可能性を帯びてくる。しかし、単なる「プロセス」にすぎないこのような語りの擬人化は、ものごとを明らかにするよりも不可解にするように思われる。「知識」を考えてみよう。ボードウェルは問うている、「語りは自分の自由になるどんな範囲の知識を持っているだろうか？」と。この「範囲」は非常に限られた知識から全面的な知識にまで及ぶ。これは「限られた」視点と「全知の」視点（あるいは「視座」と私が呼ぶもの）というよく知られた文芸批評の区別に相当する。だが、どういうわけで知識なのか？ 内包された作者という概念を受け入れないので、[16]ボードウェルに言えるのは、せいぜい「語り」自体が自分にどこまで知ることを許すか（ここまではいいが、あそこまではダメ）を決めるということである。しかし、すでに述べたように、「知識」を文学の語り手の特性とすること自体がすでに不適切だとしたら、「プロセス」にすぎないものにその特性ありとすることがどれくらい不適切かは明白である。ここで、「知る」という言葉を本当に使わなければならないとしたら、私たちはテクストの全体的な企図、テクストの意向、一言で言えば——内包された作者——に注意を向けなければならない。

「自意識」も同様の問題を含んでいる。ボードウェルはこの用語を通常の文芸批評的な意味、つまり、語り手が語りのプロセス自体に注釈を加える——したがって、それを脱神秘化する典型的なモダニズム的およびポスト・

モダニズム的な効果という意味[17]では使っていない。そうではなく、彼が意味するのは、「観客に話しかけていることを承知していることを語りが表明する」「話が知覚者に向けて提示されていることを語りが大なり小なり認める」その程度のことである。「語り」がいかにしてこの種の承認をするかを理解することは少々困難だ。映画は、文学的語り手が「親愛なる読者よ」と話しかけるように、「親愛なる観客よ」と話しかけることはめったにない。ボードウェルが挙げるのはエイゼンシュテインが「登場人物たちに観客の方を見させたり、観客に向かって身振りさせたりする」例であるが、これは『アニー・ホール』にもみられる手法である。しかし、なぜ私たちはそれを登場人物ではなくて、その瞬間に観客に話しかけている「語り」と(あるいは語り手とさえも)とらなければならないのだろうか?——とりわけ、ボードウェルは両方を認めているのだから。「自意識」は観客に話しかける登場人物のみならず、観客から顔をそむける登場人物によっても際立つことがある。「アントニオーニは登場人物が私たちから顔をそむける場面を設定するだろうし、彼らがあからさまに表情や反応を押し隠しているということは、コンテクストの上から語りが観る者の存在に気付いているしるしである。[18]」

最後に「伝達性」について。ボードウェルはこう書いている。「語りが手にすることのできる知識には限りがあるが、語りはその情報のすべてを伝達することもあれば、しないこともある。」つまり、「伝達性の度合いは語りがどれくらい快く情報を共有しようとしているかを考慮することによって判断し得るのであるが、語りはその知識の度合いによって情報を得る権利を与えられているのである。」「伝達性」は「知識」とは無関係だと彼は言っている。『國民の創生』のような全知のテクストも『裏窓』のような限定的なテクストも、ともに大いに伝達的であり得る。前者では語りはすべてを知っている。後者では語りは「(大体において)ジェフがある特定の瞬間に知っていることをすべて私たちに語るという点で全般的に伝達的」である。『疑惑の影』もまたチャーリーという一人の登場人物のフィルターに限定している。しかし、この映画では、『裏窓』とちがって、ある瞬間「語りは、まさしくそれまで完全に入手してきた類の情報を隠してしまう。たとえその後ただちに彼のフィルターを再び採用するにしても。」[19]

私がボードウェルのすぐれた理論にこうまで深入りしたのは、映画的語り手に関して違いがあるのを除いて、それが私自身の理論にとても近いからである。私たちはともに映画が一般物語学でしかるべき場所を占めていると主張したいと思っている。私たちはともに映画が物語られる、そしてそれは必ずしも人間の声によるものではないと主張したいと思っている。私たちの主張が異なるのは、主に物語の伝達に関して私たちが提案している媒体の種類という点である。それは詰まるところ、いうなれば「-tion」と「-er」の違いということになる。

が、「知識」という言葉を問題にすれば、もう一つ別の違いがある。私の理論では語り手は内包された作者が提供するものをすべて、そしてそれだけを伝達する。語り手が提供された情報をどのようにして「知る」ようになったかは問題にならないと思われる。内包された作者がいなければ、たとえ「語り」の代わりに「語り手」を用いたとしても、「知識」を口にすることは的外れである。問題は知ることではなくて、映画的語り手はどれくらいの情報、どのような情報を提示するよう内包された作者にプログラミングされているかということである。内包された作者だけが「知っている」と言うことができる。なぜなら、内包された作者がすべてを創造したからだ。読むたびに、見るたびに、内包された作者が物語、物語言説と物語内容双方を創造するのである。映画的語り手は映画の内包された作者が要求するものを提示するのである。ちょうど『大いなる遺産』で成人したピップが何を語るかを選ぶのが内包された作者であるように、『裏窓』の内包された作者こそが、「カメラ」が「自らの責任で」見せるもの、ジェフの知覚というフィルターを通してカメラが見せるもの、そしてカメラが全く見せないものを決めるのだ。そして、ちょうど文学に「生涯作者像」という立場があるように、映画にもそれがある。実のところ、作家主義の多くは映画の生涯作者像として説明すれば、もっとうまく説明がつく。ボードウェルが「トランス・テクスト」と呼ぶものの一部は映画の署名に内在している。「ヒッチコック」映画にはサスペンスが伴う傾向があるし、「アントニオーニ」の映画にはちょっとした風景に死んだ時間という一時的休止が含まれる傾向があるし、「フェリーニ」の映画はスクリーン上の映像と注釈的な音楽を溶け込ませる傾向がある。

ボードウェルは映画における内包された作者像という概念、一般物語理論に劣らず映画の物語理論にとっても極めて重要だと私が考えている概念の必要性を余りにも早急に否定しすぎている。映画は、小説同様、他の方法では説明できないような現象、たとえば映画的語り手が提示するものと映画全体が含意するものとの食い違いを提示する。「信頼できない語り」はそうしばしば見られるものではないが、文学同様映画にも存在する。すでに論じたように、信じられない語りが提示するのは、内包された作者の最も明白な例ではあるが、唯一の例というわけではない。表向きのストーリーのたった一つの源が語り手であって、「事実」が、語り手が提示している通りではないと考えるようになったならば、ストーリーには何か他の、支配的な源、私たちが内包された作者と呼んでいる源があるはずだとしか言いようがない。このような可能性は文学と同じくらい映画にも存在する。もっともそれほど用いられるわけではない——なぜなら、おそらく映画を観る人々は読書する人々ほど物語のアイロニーに対して心構えができていないからである。

それでも明快な事例がいくつかある。一番よく議論されるのはヒッチコックの『舞台恐怖症』（一九五〇年）である。[20] 映画の前半には悪名高い「虚偽のフラッシュバック」が含まれる。殺人が等質物語世界の信頼できない語り手であるジョニー（リチャード・トッド）によって誤って物語られるのだ。最初のショットで私たちはイヴ（ジェイン・ワイマン）の父親の家へと急ぐジョニーとイヴを正面から見る。ジョニーが言っている。「俺はあの女［マレーネ・ディートリッヒ演じるシャーロット・インウッド。彼女は彼をそそのかして夫殺害へと巻き込む］を手伝わなければならなかったんだ。誰だってそうしただろう。俺は五時ごろ台所にいた。ドアのベルが鳴って……」。「ストーリーそのもの」と目されるものへとディゾルヴ。ジョニーがドアを開ける。それからシャーロットの血のついたスカートのクロースアップと、助けてというディートリッヒの声。次にシャーロットの家に行って、寝室のドアを開け、床のインウッドの死体のそばに落ちている火かき棒を見、彼をまたぎ、クローゼットからきれいな服をとるジョニーの姿が映し出される。
　最初に観る時は、これが起こったことを正確に表現したものでないと信じる理由は全くない。ジョニーがイヴに自分には犯罪癖があり、以前にも殺人を犯したことがあると白状した後、振り返って思い返してはじめて、カメラがジョニーと結託して私たちを騙していたこと、ジョニーのフラッシュバックが嘘だったことを理解するのである。シャーロットの夫がすでに床の上で死んでいるのをジョニーが見るということはあり得ない。なぜなら彼自身がインウッドを殺したのだから。明らかにジョニーが最初の、虚偽の話を物語るのである。車の中でのイヴとの対話だけでなく、それに続く視覚的なシークエンスを使って。カメラは事件の真相を誤って再現する、つまり、「誤って示す」ことによって、語り手に協力し、語り手に仕えているのである。ここでは見ることはまさしく信じないことである。私たちが目にするのは文字通り嘘である。ジョニーが服を取りに戻って部屋に入ったらインウッドはすでに死んでいたというのは事実ではない。また「カメラ」が「自ら」虚偽のシークエンスを物語るというのも当たらない。そうではなく、私たちが見聞きすることはすべてジョニーの筋書《シナリオ》きに従っているのだ。このように、たとえ彼のヴォイス・オーヴァーが沈黙を守っている時でも、彼は信頼できないとはいえ、フラッシュバックをコントロールする語り手であり続けるのだ。[21]
　したがって、少なくともこの映画にとっては、「人格をもった語り手たちは（自分たちが作り出すのではない）映画の全体的な語りのプロセスに必然的に呑み込まれてしまう」[22]というのは正しいとは思えない。物語のレベルではジョニーが、ジョニーだけが言葉の物語学的に意義深い意味において線分《セグメント》を「形成する」のである。というのも、あらゆる映画的手段——編集、照明、注釈的音楽——は、彼の嘘を現実化するために働くからである。これらのシーンではジョニーが映画的語り手に勝っている。私たちが見聞きする偽りの映像や音声の「責任を負っている」のは彼である。あとになってはじめて、型通りの信頼できる映画的語り手が、映画的手段のすべてを専有して、真実のストーリーを再開するのである。ジョニーの話が信頼できないという私たちの判断は、あとのストーリーが信頼できそうだという結論に基づいている。そして私たちは認めなければならない。これは偶然に起こったことではなくて、コミュニケーションの企図《デザイン》の一部だということを。誰が誤った話と正しい話を創造したのだろう？　ボードウェルの理論なら「語り」が、と言わなければならないところだ。だが、どっちの語りだ？　二つの語りが競い合っているのだから。両方の語りをコントロールするにはより大きなテクストの意向、内包された作者が存在するはずだ。二つの語りを並置し、どちらが本当かを決めるのを私たちに「許す」のは内包された作者である。(23)

要約すると、文学同様映画においても内包された作者がストーリーに本来備わっている動作主であって、それが一人の語り手あるいは複数の語り手を通してストーリーを伝達するという決定をはじめ、全体の企図に責任を持つのである。映画的語り手は物語を伝達する動作主であって、その創造者ではない。『舞台恐怖症』が稀な映画だということは認めよう。だからといって、映画の語りの理論を構築する際に、それが無視されていいということにはならない。というのは、この映画はまさしく理論の限界を試す稀な可能性をもった作品だからだ。物語映画の理論は大多数の映画のみならず、物語として一風変わった映画も問題のある映画も説明し得るものでなければならない。その上、信頼できない語りがいつの日か小説同様映画でも当たり前になることも十分あり得る。

しかし、映画の語りに対する内包された作者の概念の有用性は、語り手の徹底的なごまかしだけにあるわけではない。他の映画も創造と意向という別個の原理を認識する必要性を例証している。アラン・レネの『プロビデンス』（一九七七年）では映画の前半は主人公である年老いた小説家クライヴ・ランガム（ジョン・ギールグッド）の幻想を再現している。どうやらランガムのヴォイス・オーヴァーがスクリーンを満たしている映像《イメージ》を構築しているらしい、と私たちは最終的に推測する。これらのイメージは大体、目下彼が一生懸命執筆している小説の場面の仮説的な草稿である。この彼の幻想の場面では、肉体を持たない「語り」ではなくて、彼が私たちの目の前を通り過ぎていくものを生み出しているのだ。あとになって、彼が息子たちや息子の妻と自分の誕生日を祝う際には、物語世界外の非人称的な語り手が映画的装置のコントロールを肩代わりする。ここでもまた、両方の語り手がともに映画の支配的な意向、内包された作者によって導入されている。

要するに、小説同様、映画にとっても物語内容の提示者、すなわち（物語言説の一構成要素である）語り手と、物語内容および（語り手をはじめとする）物語言説双方の創造者、すなわち——元の原因、元の伝記上の人物としてではなく、私たちが作品創造の仕事を割り当てるテクスト内の原理としての——内包された作者とを区別する方が、都合がいいだろう。[24]

というのは、内包された作者と映画的語り手の存在を否定すれば、映画物語《フィルムナラティヴ》は基本的構成要素の点で他のメディアで現実化されている物語とは本質的に異なるということになるからである。しかし、そのような言外の意味はボードウェル自身が適切にも是認している原理、すなわち語りは「基本的な目的において特定のメディア固有ということのないプロセス[25]」だという原理に矛盾する。「語り手」を「語り」で置き換えたからといって、「あらゆる物語の再現の基礎になる、より柔軟な原理」を映画が現実化する方法を探し出そうとするボードウェルの願望は達成されない（なぜなら、おそらく彼は文学的物語における「語り手」は認めているのだから）。ある種のテクストは「語り手」という構成要素を内包し、ある種のテクストはそうではないと言うのは一般物語理論にとって具合が悪い。サラ・コズロフが簡潔だが、端的に述べているように、「物語映画は物語なのだから、誰かが物語っているはずなのだ。[26]」あるいは必ずしも誰かでないとすれば、少なくとも何かが。

映画的語り手についての私の考えを繰り返させていただきたい。映画理論は「語り手」という言葉を視覚的《ヴィジュアル》な映像《イメージ》トラックに「かぶせられた」録音された人間の声に限定する傾向があるが、「映画的語り手」のより一般的な概念をちゃんと証明する必要があるだろう。映画というものは、私の見解では、常に一人あるいは数人の語り手によって提示される。大抵は（そしてしばしば全面的に）示されるが、時には部分的に語られることがある。そのようにして示す包括的な動作主を私は「映画的語り手[27]」と呼ぶことにする。その語り手は人間ではない。つまり、ここでは動作主名詞化形が「動作主」であり、動作主は人間である必要はない。映画を示すのは映画的語り手である。もっとも、それは（『舞台恐怖症』のように）稀にスクリーン内外の一人あるいは複数の「語る」声に置き換えられることがある。

　映画的語り手はヴォイス・オーヴァーの語り手と同一視されてはならない。ヴォイス・オーヴァーは示すこと全体の一つの構成要素、映画的語り手の手段の一つではあるが[28]、ヴォイス・オーヴァーの語り手の貢献はほとんど常に一時的なものである。彼または彼女が、文学的語り手が小説を支配するように――すなわち、一個一個の構成単位によって記号による再現をすることによって[29]――映画を支配することは稀である。典型的な状況は、ハリウッド映画の伝統に限らず、ヴォイス・オーヴァーの語り手が冒頭にしゃべる場合である。最後にしゃべるのはそれより少ないし、映画の途中でしゃべる場合は（あるにしても）断続的になる。このテクニックを大々的に使う映画がある。いくつかの場合はヴォイス・オーヴァーの語り手が映像をコントロールしているように思える。『舞台恐怖症』、『プロビデンス』、そしてロベール・ブレッソンの『田舎司祭の日記』（一九五〇年）においては人間である語り手の声が少なくとも映画の一部で支配権を握っている[30]。『イヴの総て』ではアディソン・ドウィットのナレーションが演劇界でのイヴの立身伝を紹介するフラッシュバックの導入部全体をコントロールしている。第三章で論じた静止画面の描写では、賞を授与している老優の声を消してしまったように、画面を静止させたのはアディソンだと言っても差し支えない。しかしながら、映画の終結部《コーダ》で、イヴが賞を受賞し、帰宅した（劇場に憧れている彼女自身の小柄なファンが、彼女の先例に倣おうと待っているだけだった）あとは、一般的な映画的語り手が代わってコントロールする[31]。そのようなわけで、最初イメージトラックは登場人物が構築したものと思われる。すなわち、映像は彼の言葉に仕えている――つまり、コミュニケーションの代替え手段である――わけだ。のちには、一般的な映画的語り手がコントロールする。しかし、どちらの語り手も内包された作者の道具なのである。

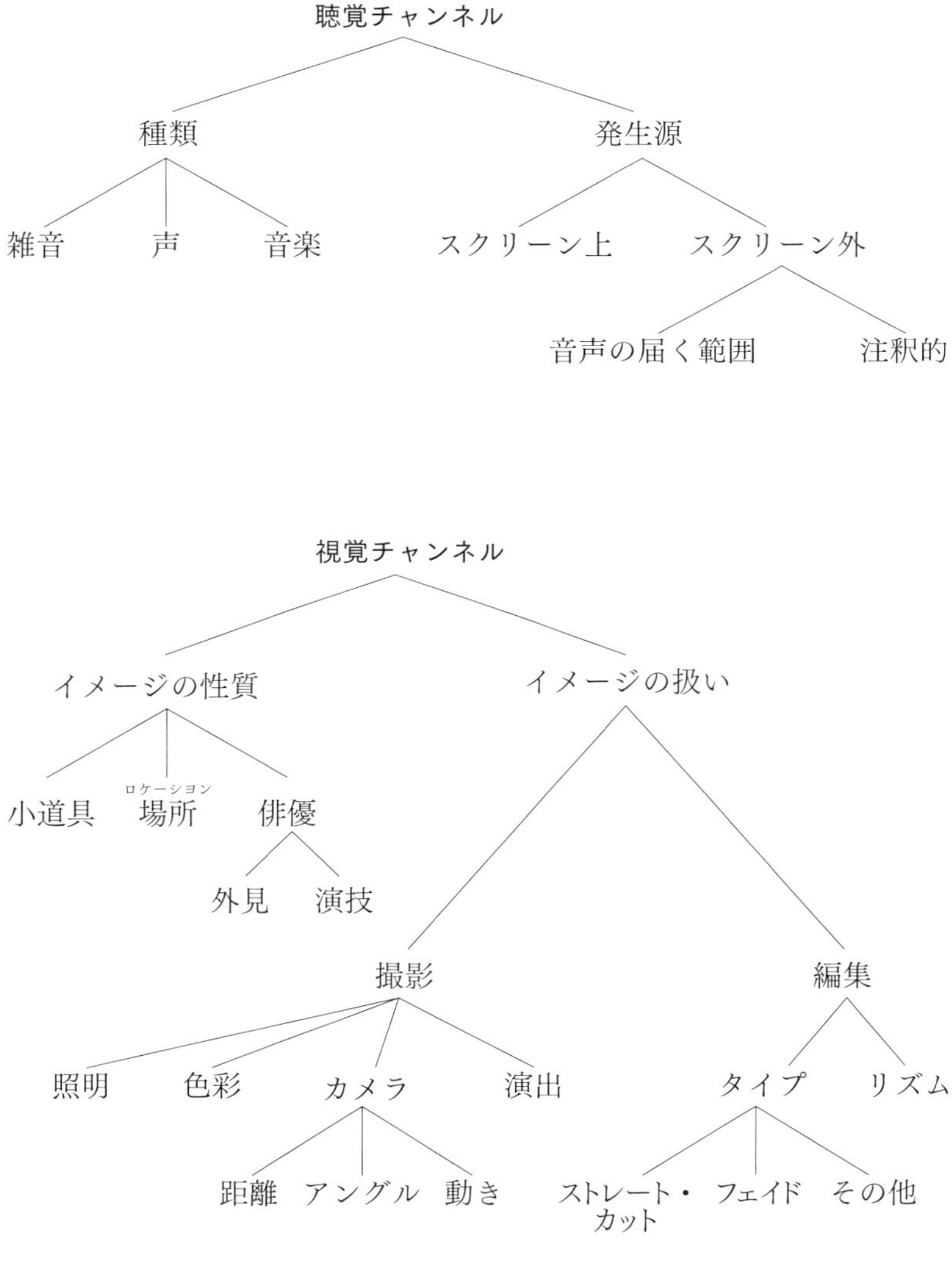
聴覚チャンネル
種類
発生源
雑音
声
音楽
スクリーン上
スクリーン外
音声の届く範囲
注釈的
視覚チャンネル
イメージの性質
イメージの扱い
小道具
場所《ロケーション》
俳優
外見
演技
撮影
編集
照明
色彩
カメラ
演出
タイプ
リズム
距離
アングル
動き
ストレート・カット
フェイド
その他

図4

映画的語り手は多種多様で複雑なコミュニケーション手段の合成物である。そのうちのいくつかは図4で部分的に示すことができるが、これで完璧というつもりはない。私の目的はむしろ映画的語り手の多重性をいささかなりとも明らかにすることである。

映画的語り手はこれらすべてプラスその他の変項〔記号〕の合成物である。語り手としてそれらを統合することは、無論、観る者が行う記号処理によってなされるが、その詳細はボードウェルが見事に説明している。このような処理はただ単なる知覚を超えたものだ。たとえば、右手を握り合っていることは観る者すべてが知覚できるが、「握手」あるいは「腕相撲」と解釈できるのは、そのような記号内容を含む言語や文化の規則を知っている人だけである。

図解された映画的語り手の異なる構成要素は通常協同して働くが、時として内包された作者がそれら二つのものの間に皮肉な緊張関係を作り出すことがある。ヴィジュアル・トラックが登場人物でもある語り手のヴォイス・オーヴァーによって語られるストーリーを無効にすることは、ハリウッド映画においてさえ、珍しいことではない。たとえばテレンス・マリックの『地獄の逃避行《バッドランズ》』（一九七三年）ではヒロインのホリーの声が殺人犯キットとの逃避行をロマンティックに語っているが、私たちが自分の目で見ていると、けちな行動でそれがすっかり嘘であることが判明する。[32]

この種の部分的な信頼性の欠如は映画のような二つのトラックをもったメディア独特のものである。相違は映画的語り手が言うことと内包された作者が暗示することとの間ではなくて、映画的語り手の一つの構成要素が語ることと別の構成要素が示すこととの間にある。『舞台恐怖症』のような全面的に信頼できない物語においては、衝突は語り手が再現することと観る者が映画全体から推論しなければならないこととの間の相違から生じるのに対して、『地獄の逃避行』の部分的に信頼できない語りが、映画的語り手の二つの相互に矛盾し合う構成要素間の衝突から生じることは明白だ。通常、『地獄の逃避行』におけるように、百聞は一見に如かずという約束事に則って、視覚的再現が受け入れられている。少なくとも、理論的にはその反対も同じように起こり得る――すなわち、サウンドトラックの方が正確で、ヴィジュアル・トラックが信頼できないのである――けれども、実際には、その効果が用いられることは稀である。サラ・コズロフは一例だけ見つけた。『巴里のアメリカ人』(33)（一九五一年）である。この不均衡の理由は明々白々だ。等質物語世界の誤ったヴォイス・オーヴァーは出来事を歪曲する動機を持っていると理解されやすいのだ。『地獄の逃避行』ではホリーはうぶな女の子なので、逃避行をロマンティックにみているのだと私たちは仮定する。結局、彼女はうんざりするような社会で生活しているので、いかなるものであれ（たとえ犯罪者であっても）評判になることが、単なる道徳の問題を無効にしてしまうのだ。しかし、カメラが間違いを犯してヴォイス・オーヴァーがその「誤りを正す」と、その効果は奇妙で自意識的なものとなる。『巴里のアメリカ人』では三人の主人公がそれぞれ自己紹介する際、カメラは違う人物に焦点を合わせる。そしてヴォイス・オーヴァーがカメラを正すのである。視覚的信頼性の欠如の、より効果に乏しいが、よく使われる例はヴィジュアル・トラックが〔被写界深度の〕浅い絵《シャロー・ピクチャー》を提示する場合であるが、これがヴォイス・オーヴァーの語り手によって感慨深く解されるのである。これはブレッソンの『田舎司祭の日記』やスタンリー・キューブリックの『バリー・リンドン』（一九七五年）が用いた戦略である。(34)

信頼性の欠如に関して最後の問題が残っている。人格をもたない、あるいは私流に「隠れた」語り手を「信頼できない」と言うことは果たして意味をなすだろうか？（この部類《クラス》には事実上すべての映画的語り手と長編小説や短編小説の多くの異質物語世界的語り手が含まれる。）そうする理由はなかなか思いつかない。信頼性の欠如は、語り手の話と物語全体のより大きな言外の意味との、何かはっきりと見分けられる食い違いによるものである。しかし、その食い違いは人格に大いに依存しているようである。私たちが語り手の話を信じないのには何か理由がなければならないが、唯一考えられる理由は語り手の性格にある何かだろう。性格がないところに――したがって疑わしい話をする動機がない場合――その話が信頼できないとどうして認めることができるだろう。

最後に映画的装置《アパレイタス》が必ずしも図像的《アイコニック》であるとは限らないということを私たちは思い出さなければならない。それもまた恣意的な約束事を用いることが時にはあるのだ。明らかに、ダイアローグ・トラック、ヴォイス・オーヴァー、あるいは字幕で使われる自然な言語は完全に恣意的である。時にはたった一つの字幕が映画のそれ以外のすべてのものが仄めかしていた仮定を覆すこともあり得る。ドゥーシャン・マカヴェーイエフの『モンテネグロ』では最後の映像にかぶせられた字幕でヒロインが家族全員に毒を盛ったところだということが判明する。しかし、ヴィジュアル・トラックでさえも非図像的であり得る。たとえば、語り手が列車の旅は長かったということを伝えたいとする。特に一九三〇年代の映画なら、確実にカメラはおそらく疾走している機関車の車輪のオーヴァーラップ・ショットのモンタージュを見せただろう。観る者はモンタージュからその旅が物語言説の再現よりも長い時間がかかったことを推論できたのである。

映画的語り手としての非人称的動作主の議論には、アン・バンフィールドの物語理論が興味深い助けとなるだろう。バンフィールドは（『発話されない文章』他で）特殊時制（フランス語の単純過去）や現在の時間と場所の直示《ダイクシス》をもった過去時制という珍しい連語《コロケーション》（「彼は間違えられたことをいま知った」）のようなある種の言語的特徴によって、文学的物語は日常のコミュニケーションにおける言語の使われ方と区別されると主張している。その文章は文字通り「発話されない」。そのような文章は通常の会話ではあり得ないのだ。標準的な談話——それは必ず話し手と聞き手、したがって主観性を措定している——に似ていないからこそ、文学的物語の空間は空虚で無時間なのだと、バンフィールドは考えている。彼女の考えでは、通例考えられている語り手＝主体というのは、「これはいまここにあった」のような文章を含むテクストには存在しないはずなのだ。

私はこの理論には全面的には同意しない。なぜなら、それは次には語り手の存在そのものを否定するからだ。たとえば多くの一人称の物語は明らかに通常の談話の時間と場所のしるしを残している。しかし、ある種の「三人称」的効果、したがって多くの映画的語りにとって、その理論は人間にあらざる物語媒体という概念を理解する興味深い方法を与えてくれる。バンフィールドは主張している。映画のテクノロジーは、望遠鏡や顕微鏡のテクノロジーと同様「それを見ている主体が、自分がいない場所、いやそれどころか、主体が全く存在しない場所を見ること、目撃することを可能にする」と。それはまた「誰も存在しなかった時の事物の様相」を明かすのである。たとえば、人類が進化する何百万年も前に起こった星の爆発のような。(35) 明らかに、この種の仮説《モデル》は人間にあらざる語り手というものを私たちがいかに容易に考えつくか——たとえば「カメラ」がそのような動作主だと言えるということ、『裏窓』の人間にあらざる映画的語り手がブラインドを巻き上げて、私たちを中庭の視覚の旅《ツアー》に連れ出すことができるということ——を理解する助けとなる。普通の映画ファンならそう反応すると予想されるからである。『裏窓』の冒頭のシークエンスに直面して、映画の観客たちは中庭内部の詳細な光景を、カメラが「自らの責任において」中庭を見て回っているのだと解釈するだろう。日除けが巻き上がった時、私たちの目に映るものは「［カメラという］道具が記録した主観性」によって提示されているのだということを私たちは知っている。これはジェフリーズの知覚というフィルターを通った、それ以後の眺めとは全く異なる。そのような瞬間、中庭の目に見える細部は、バートランド・ラッセルに倣ってバンフィールドが感性体［センシビリア］と呼んだものに相当する。すなわち、「必ずしもだれにとっても与件《データ》となる必要のない、感覚与件《センスデータ》と同じ形而上的および形而下的な身分をもった事物」である。つまり、フィクションのなかの人にとってということだ。それらは無論、映画館にいる現実の観客にとっては与件である。もっとも、間接的に知覚された与件ではある。それらは見られたり聞かれたりしたものというより、非人称的な物語媒体の「印象」としてこっそり見られ、ふと耳にされたものなのだ。これらの映像は（とバンフィールドは主張するだろう）たとえ誰ひとりチケットを買わず、映写技師がタバコを吸いに外へ出たとしても、存在するだろう。「感性体が寄せ集められると、望遠鏡の焦点ガラス《グラウンドグラス》上と同様……観察者がいようといまいと無関係に、限定可能なパースペクティブを再現することになる。」(36)

バンフィールドの関心は文学にあるが、彼女はジル・ドゥルーズの著作に映画に関して同様の見解を見出している。ドゥルーズはジガ・ヴェルトフの「映画眼《キノ・アイ》」が人間の眼ほど限定されていないということを思い出させてくれる。それは遍在するのであって、モンタージュのみならず、映画撮影法《シネマトグラフィー》の産物でもあるのだ。そしてその力は、バンフィールドの用語を使えば、「私的で主観的」だが、「非人称的」なのである。ドゥルーズは主張するだろう。それはまさにただ「見る」のではなくて「構築する」ことを私たちに要求する映画的語り手の客観性である、と。というのは、キノ・アイが私たちに提示するのは、人間の眼が見ることのできない光景を構築したものだからである。(37)

第九章

「視点」についての新しい視点

　最近の物語学者たちは「視点《ポイント・オブ・ビュー》」という用語を厳密さに欠け、不正確だとして捨ててしまったも同然だ。「焦点化」などのさまざまな用語がそれに代わるものとして提案されてきたが、「視点」同様これらも主要な問題に真っ向から立ち向かっていない。その問題とは、私のみるところ、二つの異なる物語動作主、語り手と登場人物に対して異なる用語を認める必要があるということである。その理由を説明するために、英語一般における「視点」のさまざまな意味を手短に調べてみる必要がある。

　私の机上辞典は二つの意味を載せている。「ものごとがみられる地点」と「ものの見方あるいは見地」である。(『オックスフォード英語辞典』や『ウェブスター第三版』は物語学的な意味も含め、それ以外の意味を載せている。) 基本的な相違は、そこから何かを見る物理的な場所(「見通しの利く所」ないし「見張り所」)と見る者の心的態度あるいは姿勢との間のものである。二番目の意味は明らかに一番目から転移された隠喩である。私たちは何か(たとえば、街)を見るために文字通りある地点(たとえば、超高層ビルの最上階)に立つ。この状況を作る三つの構成要素——見られるもの、それを見る場所、見る行為——はみな文字通りのものである。しかし、「それを見る」場所が比喩的に人間の心になると、意味は増殖する。私たちは物理的な事物だけでなく、思い出や抽象的な考えや諸々の関係などを「見る」。その結果、「視点」という用語の複雑さと曖昧さが生まれるのである。

　心はその知覚装置を含めて、比喩的に「見る」ための器官とも、見る行為がなされる文字通りの場の同義語とも理解できる。「私の視点／見地からいえば、トランスアメリカ・ビルディングは紛い物の建築物です」は、たとえバルセロナのカクテルパーティで言ったとしても、意味をなす。トランスアメリカ・ビルディングは依然として目に見えるものであるが、「見る」行為には「視点」という用語の比喩的な用法が内含されている。「見ること」は記憶、判断、意見などの行為を指すことができるのである。

　さらに、「見る」はただ単に「視覚的に知覚する」という以上のことを意味することができるので、「視点」は目に見えないものを目的語に持つことができる。「私の見地からいえば、国旗焼却に関する大統領の見解は弁明の余地がない。」大統領の見解、「見られる」ものは一つの抽象概念で、一種の空間を占めていると比喩的に考えられている。それは私自身の心のなかの場所——別の隠喩を用いれば、私のイデオロギー的な「立場《スタンス》」——から、私が「知覚すること」を表現するのと同じ文彩《フィギュア》の一部である。隠喩的転移はこのように文字通りの知覚に認知、概念化、記憶、空想などの精神活動を付け加えるのである。というわけで、

	器官ないし機能	**見る場所**	**見られるもの**
（一）	逐語的＝目	逐語的＝超高層ビル	逐語的＝街
（二）	比喩的＝視覚的回想	比喩的＝心の中の「場」	逐語的＝トランスアメリカ・ビルディング
（三）	比喩的＝判断	比喩的＝心の中の「場」	比喩的＝大統領の見解

しかし、「視点」はより広範囲な隠喩的転移を可能にする。「胎児の見地からいえば、妊娠中絶は不幸な出来事だった」という文章を考えてみよう。胎児は知覚も概念化もできないが、それに「視点」を与えることは英語では珍しいことではない。含意されているのは、「利害《インタレスト》」という構成要素である。生き物、そして無生物でさえも自分に関わりのある行為や出来事に利害関係《ステイク》を持っていると考えられる。したがって、「犬の見地からいえば、ホースは悩みの種だった」「アメリカ杉の森林の見地からいえば、チェーンソーの音は不吉《アポカリプティック》だった」「法の執行の見地からいえば、自動式の武器は災いのもとだ」「債券市場の見地からいえば、失業の増加は天の賜物だ」といった言い方ができるのだ。

その上、「視点」はまた最も広い意味におけるイデオロギーに組み込まれる。物故した人物のイデオロギー的な見解《ポイント・オブ・ビュー》／見地を人は引用することができる。「フランクリン・ルーズヴェルトの見地からすれば、レーガンが彼の後継者と自分を見なしたのは笑止千万なことだ。」疑いもなく、もっと広げることができるが、これくらいで通常使われている「視点」がただ単なる知覚や、さらには認知よりはるかに多くを網羅していることをほのめかすには十分だろう。

「視点」のこれらすべての意味や含意は言語一般から物語学一般へと運び込まれた。しかし、私たちが明らかにしたいと望んでいる物語学的特性がこの用語によって——否、それどころか、何か一つの用語によって——うまく捉えられるものかどうか、あるいはこの用語の複雑さがそれを不正確で混乱を招くような用語にしていないかどうか、私たちは問うてみてもよいだろう。問題は知覚、認知、共感などの機能を名付ける必要があるかどうか、ということではない。明らかにその通りなのだから。問題は（「視点」であろうと「パースペクティブ」であろうと「ヴィジョン」であろうと「焦点化」であろうと）、同じ名前で異なる物語動作主の精神的な営みを網羅してもいいのかどうかということである。そうであってはならないと私は考える。つまり、語り手と登場人物の異なる心の動き、姿勢、意見や利害・関心《インタレスト》には異なる用語が必要だということだ。
かなり直接的な文学の例を考えてみよう。『ドンビー父子』は次のように始まる。

> ドンビーは薄暗い部屋の片隅の枕元の大きな肘掛け椅子に座っていた。そして息子は小さな籠のベッドに暖かそうにくるみ込まれて寝ており、それは暖炉の真向かい、近くの低い長椅子に注意深く置かれていた。あたかも彼の身体がマフィンに似ていて、真新しいうちにキツネ色にこんがりと焼くのが肝要とばかりに。[1]

　赤ん坊とこんがりと焼いたマフィンを比べている張本人がドンビー氏だと考える読者はいないと思う。なにせ、彼は嫡男が生まれたことに有頂天になっていて、そのような考えを抱くことなどできないのだから。したがって、明らかにこれらは語り手の言葉（あるいは正確には、内包された作者によって語り手に割り当てられた言葉）である。この類比が語り手の「視点」を表していると言うのは伝統的なことだが、ここでの語り手の「視点」は、ディケンズの小説においてしばしばそうであるように、気紛れで、穏やかながら皮肉っぽい。しかし、語り手が生まれたばかりの赤ん坊を文字通り熟視して、熟視しながらマフィンに似ているという結論を出したと考えてはならない。

　そうではなくて、慣習に従って語り手はこの場面を報告するといういつも通りの自分の仕事をしているのであって、マフィンとの類比はその独特の風味をよりよく伝えんがために導入したものなのだ。語り手（この場合は全知で正体不明）は物語世界の報告者なのであって、文字通り目撃したという意味での「観察者」ではない。ストーリーが語り手の知覚を「通して」語られるというのは意味をなさない。なぜなら、彼／彼女／それはまさしく物語っているのであって、「物語ること」は知覚の行為ではなくて、提示ないし再現の行為、言葉もしくはイメージを通して物語内容の出来事や存在物を伝える行為だからである。この全知の語り手がこの情報を目撃したことによって「得た」とするのは単純《ナイーヴ》すぎると思う。語り手は物語言説の、つまり物語世界が表現される仕組み《メカニズム》の一構成要素なのだ。語り手が『ドンビー父子』の物語世界の住人かどうかなどと考える人はまずいないだろう。虚構《フィクショナル》の存在とはいえ、語り手はドンビーやドンビー二世とは異なる種類のフィクションなのだ。彼は登場人物とは異なる種類の時間と場所に住んでいる。彼の時間と場所は異なる「いま＝ここ」なのである。そして、このことはあらゆる語り手について、つまり彼／彼女／それの「いま＝ここ」と物語内容の「いま＝ここ」との距離が（たとえば、書簡体小説におけるように）いかに微小であっても言えることである。

語り手は自分自身の「ものの見方」を持っている。無論である。しかし、それがまさしく隠喩であることを指し示すために、私たちは「見方」を引用符でしっかりとくくらなければならない。ドンビー氏がそこに座って息子を感心して眺めているのを語り手が文字通り見ているというのは全く意味をなさないので、「見方」が語り手の置かれた状況を記述する用語として自ら進んで誤解を招くおそれがないかどうか、私たちは問うてみてもよい。物語世界における語り手と登場人物の内面的経験を別種の経験として区別する方が都合がよいと思われるが、両方を（「視点」であれ「パースペクティブ」であれ「焦点化」であれ）同じ用語で呼んでいたのではそれは難しい。

私は無論、語り手だけが意見を持っていると主張しているわけではない。登場人物も（ほかの内面的経験の全領域ともども）意見を持っており、それは語り手の意見とはっきり異なっているかもしれない。とりわけ明白な例が、ドンビー氏が紹介された直後に出てくる。世間の人たちはドンビー夫人が「夫に通わす心など持たないような婦人だ」ということを知っているが、ドンビー氏は

> こう考えただろう。彼と夫婦の縁組をするということは、道理上、分別のある女性には満足すべき名誉あることであるはずである。そのような商会の新たな共同経営者に子宝を授けてやるという希望は、女性のなか

でも最も野心に乏しいこの婦人の胸に輝かしい、沸き立つような野心を呼び起こさないはずがない。ドンビー夫人はこれらの利点を重々承知の上で、家族経営の商会の永続はさておいても、当然のように高貴で富裕な身分の一翼を担う者として婚姻という社会契約を結んだのだ。ドンビー夫人は夫の社会的地位について日々実際的な知識を得てきた。ドンビー夫人はいつも食卓の上座に座り、実に貴婦人らしく、それらしい物腰で一家の主婦役をつとめてきた。ドンビー夫人は幸せなはずだ。そうならざるを得ないのだ、と。[2]

ドンビー夫人が「夫に通わす心など持たないような婦人だ」と考えるのは一理あるとたった今報告したのは語り手なのであるから、語り手がこれらの感情あるいは、それを表現する言葉を自分のものだと主張することはできない。これらは全面的にドンビー氏の意見、彼のものの「見方」なのである。

いまや「視点」の二つの所在地――語り手のそれと登場人物のそれ――を区別する用語を導入する潮時だ。物語言説の報告機能特有の、語り手の意見ならびにその他の内面的な微妙な陰翳《ニュアンス》を表す名前として視座「スラント」を、物語世界の登場人物が経験する精神活動というそれよりずっと広い領域――知覚、認知、意見、感情、記憶、空想など――を表す名前としてフィルターを私は提案する。

「視座《スラント》」は語り手の意見（それは中立的なものから非常に偏ったものにまで及ぶ）の心理的、社会学的、イデオロギー的な諸問題をうまく捉えている、と私は思う。（私はこの用語を非軽蔑的な意味で使う。「アングル」も大体同じくらい有効だ。）視座は暗示的にも明示的にも表現され得る。語り手の視座が明示的な場合――すなわち、非常に多くの言葉で言い表される場合――私たちはそれを「注釈」、とりわけ「価値判断を下す注釈」と呼ぶ。そのような注釈は物語世界内の観察地点に繋ぎ止められている登場人物の注釈と混同されてはならない。意見は、無論、イデオロギーに根付いており、語り手はフィクション内外の他のすべての人と同様にイデオロギーの所在地である。そのイデオロギーは登場人物の誰かのイデオロギーと一致するかもしれないし、しないかもしれない。そして、それは内包された作者あるいは現実の作者のイデオロギーと一致するかもしれないし、しないかもしれない。十分に広く定義すれば、意見とは「語り手の視点」がうまい具合に指し示すすべてのものと言えるだろう。

さらに、語り手が物語内容の世界の出来事や存在物を「見る」と言うことは不適切に思われるが、それは語り手が住んでいる物語言説の世界（その世界が実体を与えられているかぎり）の出来事や存在物を見ることができないということを意味しない。『闇の奥』の無名の語り手は、テムズ川に浮かぶあの船で、マーロウの声をはじめ様々な光景や音を知覚する。ロックウッド氏はディーン夫人が話を始める前に嵐が丘の生活について知覚し、認知し、想像し、黙想する。けれども、ことの性質上、二人とも物語言説の膜を突き破って、物語内容の世界を直接経験することはできない、と私は考える。彼らは想像によって間接的にしか、つまり、他人の言葉を通してしかそれを経験できないのだ。他人の話を再＝報告するわけだ。マーロウとディーン夫人は、無論、元の出来事を実際に経験しているが、それは登場人物としての資格においてであって、語り手としてではない。「視座」は物語言説＝物語内容の境界のこちら側での精神活動の限界を定めるのだ。

他方、「フィルター」は登場人物の意識——知覚、認知、感情、夢想（その場合、出来事は物語世界の空間で経験されている）——を媒介する機能のなんたるかを捉えるにはよい用語だ。その効果はヘンリー・ジェイムズ以来よく理解されている。ストーリーはあたかも語り手がある登場人物の意識の内部もしくはそちら側のどこかに座って、その登場人物の意識を通してすべての出来事を濾過《ろか》しているかのように物語られる。まさしく「内部」という言葉は論理的に、すでに論じた物語言説＝物語内容の境界を暗示している。そして、語り手が自分自身の声で話し続けようが、長いこと、あるいはテクスト全体にわたって黙り込んでいようが、その境界は構造上、存続する。私が「フィルター」という用語で気に入っている点は、登場人物の想像される経験のうちのどの経験が語りを最も高めるのかについて内包された作者がする選択——物語世界のどの領域を内包された作者は照らし出し、どの領域をぼんやりとさせておきたいかの選択――のニュアンスをそれが捉えていることである。これは「視点」、「焦点化」、その他の隠喩が捉えそこなっているニュアンスである。

その上、「視座」と「フィルター」という用語はもともとジェラール・ジュネットが設けた、ストーリーを誰が「語り」、誰が「見る」のかという極めて重要な区別に対応する。私の見解では後者は登場人物、物語世界のあの住人、生じる出来事を知覚する人物だけを意味するのだ。語り手にできるのは出来事を報告することだけである。語り手は出来事を語っている瞬間に文字通りそれを「見る」わけではないのだ。異質物語世界の語り手は決して出来事を見ない。なぜなら彼／彼女／それは物語世界に住むことが決してないからだ。等質物語世界の語り手、すなわち一人称の語り手は物語内容の前の時点で出来事や事物を実際に見ているが、彼が語るその物語は事後のものであり、したがって、それは知覚ではなく記憶の問題なのだ。彼は見たと記憶していることを語ったり示したりするわけだ。言い換えれば、物語言説には同じ名前を持った二つの異なる存在が活動しているのである。一つは異質物語世界的語り手で、これは物語言説の時間と空間にしか住めない。もう一つの等質物語世界的語り手、すなわち登場人物でもある語り手も物語言説の時間・空間から話すが、語られるのは以前住んでいた物語内容の時間であり空間なのである。登場人物であるピップだけが「あの時」向こうの沼沢地であれこれのことを見たのだ。異なる種類の物語存在である語り手のピップが、明記されていないが明らかにそれ以後の物語言説の時間・空間である「今」、これらの出来事を物語っているのである。この後の時点、他の場所で語り手が伝えるのは、物語内容に固有の知覚と概念作用の記憶でしかあり得ず、知覚や概念作用そのものではない。これは書簡体小説におけるように物語内容の出来事のほんの数分後の語りにおいても同様に真実である。物語言説と物語内容というきわめて重要な区別を保とうとするのであれば、私たちは語り手と登場人物の異なる行動を「視点」であれ「焦点化」であれ他の何であれ、一つの用語のもとに十把一からげに扱うことはできない。

しかしながら、ヨーロッパ大陸の物語学は必ず誰かがストーリーを「見る」、つまり「焦点化する」、ストーリー内の誰もそのような「視」の特権を与えられていないとしたら、語り手がそれを有していると仮定しなければならない、と主張してきた。「〈一人称〉の語り手が論理的に含意する唯一の焦点化とは、語り手による焦点化なのだ」[3] とジュネットは書いている。しかし、語り手を「焦点化子《フォーカライザー》」と言うことは、昔から声と視点──「誰が話し」、「誰が見る」のか──を混同してきたのを整理しようとしてジュネット自身が導入した区別を確実にぼかしてしまう。語り手の注釈は登場人物の知覚とは水準が異なる。たとえ、語り手が登場人物であった「あの頃」見たり感じたりしたことを報告していても。登場人物と語り手の全く異なる精神的プロセスを指すために「焦点化」、あるいはそれ以外の一つの用語を使うことは、物語言説と物語内容の区別を無視することになる。[4] いわゆる「カメラ・アイ」の語りにとってさえも、あたかも語り手が語りの瞬間にまさに自分の目の前で出来事が起こっているのを見ているかのようにするのが常であり、そうでしかあり得ない。このことを理解しなければ、私たちはそれをはっきりさせることができないばかりでなく、分析が自分たちの仕事であるという紛れもない錯覚の犠牲になるにちがいない。ジュネットが述べているように、虚構の物語言説は再生されたもの、すなわち創造された作品だというふりをする。それは見るのではなく、作り出すのである。その作品は時には記憶（再生されたもの）として差し出される場合もあれば、全くの空想の場合もある。（ロレンス・スターンなどは私たちにその技巧を味わわせてくれる。）語り手があたかも自分が「ちょうどその場に」いて、ものごとが「実際に」起こったところを目撃したかのようにみせようと骨を折るときでさえも、あらゆる虚構の物語は依然として作り物であり、約束事であり、作られた幻想なのである。

登場人物だけが構築された物語世界の住人であるので、彼らだけが「見る」、すなわち文字通りその世界内のある地点からものごとを知覚し、それについて考える物語世界の意識を持っている、と言える。その世界に内在するのは彼らの「パースペクティブ」だけである。彼らだけがフィルターになれるのだ。語り手はその世界の中でものごとを知覚したり、考えたりすることはできない。語り手はそこで起こったことを語るか示すかができるだけである。というのも、彼にとってその物語世界はすでに「過去」であり「どこかよその場所」だからである。彼は起こったことを報告し、それに注釈を加えることができるし――文学においては比喩的に、映画においては文字通り――それを視覚化することさえできる。けれども、それは常に外側から、つまり物語言説内の、外側のある場所からでしかない。物語の論理が、語り手が物語っている瞬間に物語世界に住まうことを禁じるのである。

無論、この約束事は、いかなる約束事もそうであるように浸食され得る。けれども、その場合変則は明らかである。『フランス軍中尉の女』において語り手（明らかに二十世紀の典型のような人物で、フロイトや第二次世界大戦について語る）は本の終わり近く、ヴィクトリア朝の紳士に扮して、一八六七年へと、主人公のチャールズ・スミッスンが乗っている客車へと乗り込む（後者が大いに迷惑したことに）。しかし、冗談が通用するのは私たちが違反、すなわち内含されている物語的中傷《スキャンダル》を理解するかぎりにおいてである。そして私たちは信じ続ける。本当らしさとかいう原理を保留して、こうして作り上げてきた「登場人物」の外観や行為を詳しく物語るのは現代の語り手なのだ、と。

とはいえ、理論家のなかにはストーリーの「内側」と「外側」の区別がある種の物語、たとえば自由間接思考を用いる物語においてはぼやけている、と主張するものがいる。果たしてそうなのかどうか問い質してみよう。ヴァージニア・ウルフの『ジェイコブの部屋』の最初の二つの段落を考えてみよう。

「ですから、もちろん」とベティ・フランダースは踵をやや深く砂の中に踏み入れながら書く。「帰るしか仕方ありませんでした。」

黄金のペン先から淡いブルーのインキがゆっくりにじみ出し、終止符をぼやかした。ペンがそこでひっかかったからだ。眼がそこに釘づけになり、涙がゆっくりと溢れてくる。湾の全景が震える。灯台が揺れる。コナー氏の小さなヨットの帆柱が、陽にあたった蝋燭のように曲がった。こんな幻覚に彼女は襲われた。彼女はすばやく瞬く。事故って怖いわ。もう一度瞬く。帆柱は真直ぐだ。波は規則正しい。灯台も真直ぐだ。
でも、しみは拡がってしまっている[5]。

語り手は物語言説内の、外側のある場所から二年前の夫シーブルックの死を今でも嘆き悲しんでいるベティ・フランダースを描いている。夫が亡くなった今となっては、生まれ故郷を離れなければならないという手紙をベティは書いている。ペンがひっかかり、インクがにじみ、それにならって彼女の目にも涙が溢れると語り手は語る。それから私たちは彼女の心の中へと入っていく。もっとも、フィルター作用〔濾過《ろか》〕は「心理叙述《サイコ・ナレイト》」される――語り手自身の言葉で描写される。心の内容は概念的というより知覚的だ。すなわち、湾の全景は語り手の目に震えたわけではないし、灯台も語り手にとって揺れたわけではない。涙ながらにこれらの視覚異常を目にしているのはベティなのだ。しかし、次の文章はまさしくベティの意識をかすめる言葉を実際に含んでいる。それは自由間接思考である。この文章は「事故って怖いわとベティは再び感じた」と同義だ。それは語り手が共有し、実際にここで口に出している感情かもしれないし、そうではないかもしれない。そこのところが分かりづらいのがまさに間接自由言説の本質で（もあり、魅力でも）ある。しかし、たとえ感情と言語が登場人物と語り手に共有されているとしても、それが物語内容の世界と物語言説の世界の境界がぼやけているという主張の根拠になるとは思えない。

これと同じ論理が内的独白にも当てはまると私は思う。たとえば『ユリシーズ』の「ペネロペイア」のセクションでは、もっぱらモリー・ブルームが自分自身の言葉（あるいは音）で沈思黙考する。彼女は語り手として機能していない。つまり、事後誰かにストーリーを語っているわけではなく、ただ単に現在のストーリーの瞬間に通常の思考のプロセスを続けているにすぎないのだ。思考の流れが全面的に姿を隠した語り手によって引用されているにすぎない。この約束事は引用されたダイアローグと全く同じだ。したがって、それを「自由直接思考」

と呼ぶのは正しい。沈黙してはいるが、語り手が物語言説の世界から去ってしまったと主張する特別な理由は何もない。

「視点」（「ヴィジョン」「パースペクティヴ」「焦点化」）はさらに三つ目の物語的機能を指してきた。すなわち、ある登場人物が最も重要だという風にストーリーを提示する仕方である。けれども、これはフィルター作用とは全く異なる。というのは、私たちはその中心的登場人物の意識に接近できるかもしれないし、できないかもしれないからである。この機能は中心と呼ぶべきだと私は思う。したがって、ミリー・シール、ギャツビー、そしてスタヴローギンは『鳩の翼』、『グレート・ギャツビー』、そして『悪霊』の中心ではあるが、主なフィルター的登場人物ではない。ある意味でそれぞれ小説の最も重要な登場人物ではあるが、私たちは彼らの意識に、他の登場人物の意識ほど、直接接近することはできない。フィルター作用を使わずに中心化することは、謎に包まれた人物を描くのに便利な手法である。

伝統的に「視点」という名で呼ばれてきた最後の物語機能は私が利害・関心と呼ぶものである。『オリヴァー・トゥイスト』の一ページの次の言葉を考えてみよう。

この救貧院で一人の人間がこの世に加えられた。その日時なんかは、少なくとも今のところでは読者にとってどうでもよさそうなことだから、わざわざここで断わる必要もあるまいし、その名前はといえば、既にこの冒頭に書いてある。(6)

語り手の視座はまたもやディケンズ的なアイロニーを含んでいる。あたかも語り手あるいは読者がこの「一人の人間」に多大な関心を抱く価値がほとんどないかのように。しかし、問題の一人がオリヴァー・トゥイストなのであって、彼の名前がタイトル・ページに出ていて、彼が小説の中心人物であることが分かる。生まれたばかりの赤ん坊にとって――すなわち、彼の「利害・関心の視点《インタレスト・ポイント・オブ・ビュー》」からいうと――彼がこれこれの日に、さる救貧院で生まれたのは重要な問題であると私たちは直ちに推論する。彼はそのようなことを見たり、理解したり、それについてある態度をとるには余りにも小さすぎるので、フィルターにはなり得ない。このような物語効果を表わす別の名前が必要だ。利害・関心＝焦点《インタレスト・フォーカス》を提案する。（この用語は「中心」と重複しない。というのは、マイナーな登場人物でさえも利害・関心＝焦点になり得るからだ。）「利害・関心《インタレスト》」の視点は映画のような物語メディアにとってとりわけ重要だ。私たちはある登場人物の視覚的視点からものを見ていなかったり、その人物が考えていることを知らなかったりすることはしばしばだが、その人物に同一化するし、出来事を解釈するにもそれがその人物にいかに影響を及ぼしたかというふうに解釈するし、その人物の幸運を、その人が報われることを願う。

「視座」、「フィルター」、「中心」それに「利害・関心＝焦点」は一般の承認を得ていないが、これらの区別を反映するような用語が必要だと私は考える。「焦点化」が陥れる外的・内的紛糾は収まるだろう。なぜならば、定義上、「フィルター」という用語は物語世界の内にあることが認められるだろうし、反対に「視座」という用語はその外にあると認められるだろうから。別々の用語があれば、たった一つの用語よりもより正確にテクストの特徴を表わすことができるだろう。視座はフィルターと一緒になって働くこともあれば、そうでないこともある、と言えるだろう。その場合、私たちは限られたフィルター作用を多重のフィルター作用と区別することができる。どちらの用語も、語り手だけが知っており、注釈の形で提示される情報の伝達を内包することもあれば、そうでないこともある。カメラ・アイの語りはしたがって、フィルター作用を持たず、語り手の注釈がない視座に他ならない。これらのうちのどれもがある登場人物への中心化、そして／あるいは利害・関心＝焦点と結合することもあれば、しないこともある。

誤りやすいフィルター

フィルターと視座の区別は「信頼性」を正しく理解する上で重要である。とりわけ、それは「信頼性」の所在についてのある種の混乱を取り除く助けとなる。私たちは二種類の「信頼に値しないこと」を区別しなければならない。まず、出来事（登場人物がしゃべったり考えたりすることを含む）についての語り手の話が、テクストが事実だと暗示していることと食い違っているようにみえる。これが一般に「信頼できない語り」が意味するとされることである。次に、物語内容の出来事や他の登場人物の特徴などについて、ある登場人物が知覚したり考えたりしたことが、語り手が語ったり、示したりしていることと食い違っているようにみえる。この効果を誤りやすいフィルター作用と呼ぶことを私は提案する。

リング・ラードナーの「ヘアカット」、アルベール・カミュの『転落』、マーク・トウェインの『ハックルベリー・フィン』の語り手たちは、虚言癖のためであろうと、うぶな《ナイヴテ》ためであろうと、無意識状態のためであろうと、信頼できない。他方、ジェイン・オースティンの『エマ』やヘンリー・ジェイムズの「うそつき」の主人公たちは誤りやすいフィルターである。物語内容の情報のこれら異なる種類の歪曲には異なる用語が必要とされる。「信頼できない」という用語は、語り自体が問題である場合にのみ適していると思われる。というのは、その言葉は「信頼できる」話がどこかに存在することを前提としているからである。この「信頼できる」話はアイロニー同様明言されないが、紛う方なくそこにある。実際、ブースが指摘しているように、私たちはしばしば率直な意味よりも反語的《アイロニック》な意味の方をはるかに確信する。[7] 信頼できる語りのストーリーよりも信頼できない語りのストーリーで「本当に」起こったことについて、読者はより多く意見の一致をみるものである。

けれども、誤りやすいフィルター作用において「信頼できない」のは、物語内容の出来事についての語り手の話ではなくて、フィルターである登場人物の考えやおしゃべりの方である。この誤りやすさは言外に暗に含まれたものかもしれないし、あるいは語り手が直接述べることかもしれない。登場人物の誤った考えという効果には、「信頼性の欠如」とは別の名前が必要だが、それは語りとフィルター作用がそもそも区別されなければならず、「視点」とか「焦点化」といった一つの用語《ルブリック》によってぼかされてはならないのと同じである。「誤りやすい」は出来事や状況や他の登場人物についてのフィルターである登場人物の不正確な、誤った、あるいは私利的な知覚にふさわしい用語に思える。というのは、それは過失を「信頼できない」という用語ほどその人物のせいにしないからだ。なんといっても、その人物は心の中に語り手が入ってきて、会話を立ち聞きして、聴き手に報告してくれるよう頼んだわけではないのだから。彼女は物語世界内で物語内容の中の他の登場人物たちとコミュニケートしているにすぎないのである。彼女は物語言説に監視される物語内容の中に存在していることを通常知らない。彼女は、主要なストーリーあるいはストーリーの中のストーリーの語り手ではなく、一登場人物であるかぎり、そのストーリーを説明することはない。彼女がストーリーを誤って再現するということはあり得ない。なぜなら、彼女はそれを再現しようとしていないからである。そうではなく、彼女はそれを生きているのである。したがって、彼女が物語に対して、語り手が持つような責任を持つことなどはほとんどあり得ないのだ。彼女は嘘をついているのかもしれないし、別の方法で信頼できない行動をとっているのかもしれない。そして自分自身にも他の登場人物にも物語世界的結果をもたらすのだ。心の中で彼女は自分を欺いているのかもしれない。けれども、登場人物として彼女は物語言説、すなわち物語内容の伝達に直接接近《アクセス》することはできない。したがって、信頼できない語りのために彼女を責めることはできない。より穏やかな「誤りやすい」――「誤りや誤謬に陥りやすい」――が、より強烈な「信頼できない」という用語より好ましく思われる。というのも、そこにはテクストの意図の知識、すなわち聴き手を欺こうとする意向が内包されていないからだ[8]。

　このような区別についての混乱は、ブースが信頼できない語りを例証しようとして取り上げたまさしく最初の例、すなわち「うそつき」から始まった。[9] ヘンリー・ジェイムズのこの中編小説に対するブースの記述は大体において正確かつ鋭敏であるが、本質的なことに気づいていない。すなわち、主人公オリヴァー・ライオンは語り手ではないというただそれだけの理由で、信頼できない語り手にはなり得ないということである。そうではなく、彼は誤りやすいフィルターなのである。無論、物語内容は大体ライオンの頭の中で起こっている。ブースはライオンの「悪意」を証明するために自分の言い分を多少誇張したのかもしれないが、ライオンが自分のかなりいかがわしい振舞いをもっともらしく説明しようとしていることにはほとんど異議を唱える余地はない。にもかかわらず、彼は自分の心の奥底でそうしているのであって、聴き手にそれを再現しているわけではないのだ。それどころか、一登場人物である彼は聴き手の存在を全く意識していないのである。「ライオンは本当に下劣で、邪悪な人間だろうか？」と問うのも一つのやり方である。ブースはそう考えていて、その読みは出来事に対するライオンの解釈を鵜呑みにする批評家の読みには確かに好ましく見える。けれども、「ライオンの意見に欠陥があるとどうして分かるのか？」と問うのはまた別の——そして物語学的により適切な——ことだ。私たちが知るのは、彼がストーリーを語るのを聞くことによってではなく、隠れた語り手が彼の考えや意図を再現するのを聞くことによってなのである。

信頼できない語りにおいては、内包された読者が異議を唱えるにちがいない語りを、内包された作者が構築するのである。（図5参照）

他方、誤りやすさにおいては、語り手は聴き手、すなわち物語言説における彼あるいは彼女の対話者に、フィルターである登場人物をだしにしてアイロニーを楽しむよう懇願しているのである。（図6参照）

登場人物の誤りやすさについてのメッセージは、語り手から聴き手へと伝えられ、内包された作者によって撤回されることはない。語り手はその人物の考えやおしゃべりを報告するが、それに加えてその考えやおしゃべりがどうも容認しがたいということも暗示したり断言したりする。

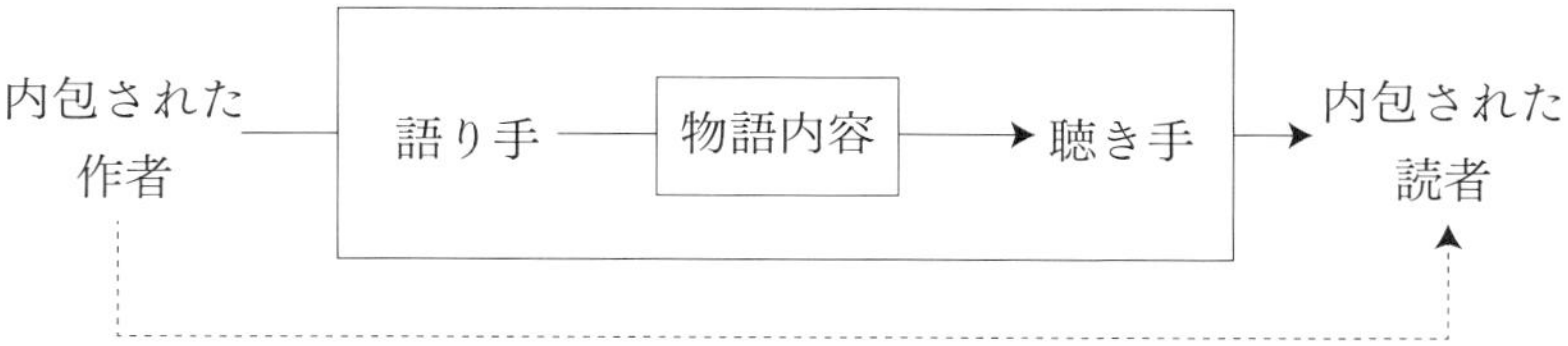

（破線の矢印は語り手の信頼性の欠如についての秘密の，反語的なメッセージを表す。）

図 5

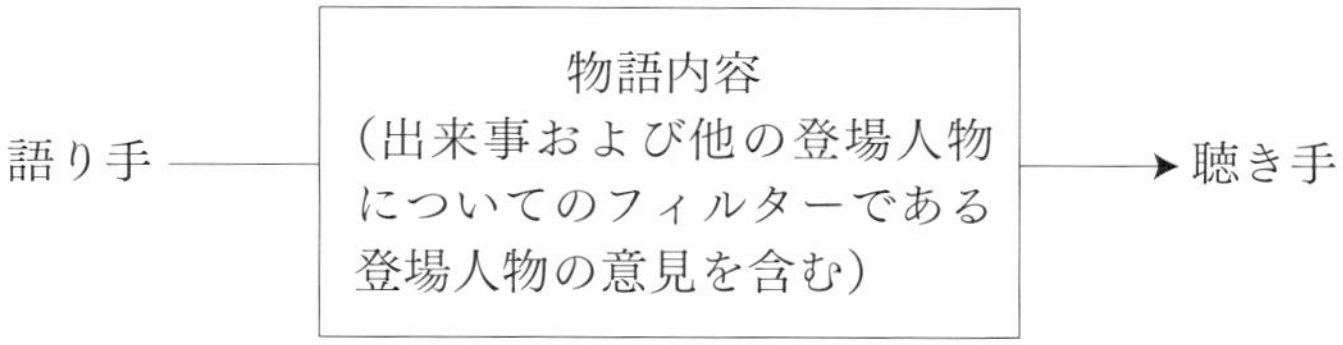

図 6

語り手によって告げられる明示的な誤りやすさは、物語的注釈――とりわけ、私が「解釈」と呼んできた類の注釈――の特殊な事例にすぎない。『エマ』の一ページ目で語り手はエマがかなりわがままで、少しばかり自分をよく思いすぎるきらいがある、とはっきりと述べている。「痛ましい事故」でジョイスの語り手はダフィ氏がしきりに自分自身のことを三人称で語る「奇妙な自伝的習性」を描いている。この種の判断は明らかにダフィ氏が生から遠くかけ離れていることを皮肉る助けとなる。

しかし、暗示的な誤りやすさというのもあって、それは聴き手が推論することができるだけである。ジョイスの「土くれ」の決定的な瞬間に、マライアは「柔らかな湿ったものを感じたが、誰も何も口をきかないし、目隠しも取ってくれないので、びっくりした」と書いてある。誤りやすいフィルターであるマライアは、それが伝統的に死の象徴とされてきた土くれであることを知らない――というより、そう推測することを自らに許さないと言った方がより適切かもしれない。彼女が触るものは題名を除いてストーリーのどこにも示されていない。悲しいことだが、マライアをだしにして語り手と聴き手の間にはアイロニーが存在する。それはマライアがみじめな姿を自分自身から隠そうと楽しそうにダブリンを歩き回っているという、より大きなアイロニーの一部なのだ。同様に「小さな雲」ではちびのチャンドラーが流行詩人には決してなれないだろうが、イギリスの批評家たちはいつの日かケルト派の小詩人の一人として自分を認めてくれるだろうと白状する時、彼が相変わらず自分を欺き続け、何も出版しないだろうと推論するのが理の当然だ。

ジョイスの『ダブリンの市民』には信頼できない語りは一つもない。深い洞察力のある読者なら出来事や登場人物が、語り手が再現しているものと異なると言い出したりはしないと私は思う。アイロニーがあるとしたら、それは明らかに登場人物の誤った態度に対する語り手の態度を聴き手が共有していることにかかっているのだ。したがって、登場人物たちを信頼できないと言うことは、正確さを欠くことになってしまうだろう。そうではなくて、彼らは誤りやすいのだ——マライアは哀愁に満ちて、チャンドラーは夢見るように、ダフィは一人寂しく。誤りやすいフィルター作用も信頼できない語りも、ともにアイロニーの形式であるが、アイロニーの的が異なるのだ。誤りやすいフィルター作用ではアイロニーはある登場人物をだしにして語り手と聴き手の間の秘密のメッセージに内在している。信頼できない語りではアイロニーは語り手をだしにして内包された作者と内包された読者との間の秘密のメッセージに内在しているのである。

『トム・ジョーンズ』や『エマ』のような多くの伝統的なテクストにおいては、内包された作者のメッセージは語り手のそれと本質的に変わらない。私たちは内包された作者が意図することと語り手が語ること、あるいは示すこととのちがいを探したりしない。トムやエマのような誤りやすい登場人物をだしにして、内包された作者が語り手のアイロニーの後ろに控えているなどと考えもしない。しかし、「ヘアカット」や『響きと怒り』のジェイソン・コンプソンが物語る個所では、ジム・ケンドールの礼儀正しさについての床屋の話やジェイソンの人種的、宗教的態度を内包された作者が是認していることが疑わしいもっともな理由がある。物語の趣旨《ドリフト》はそのような前提に反する。たとえば、ジムは明らかに全然良い奴ではなく、全くの意地悪から「いたずら」をしでかすようなろくでなしであり、サディストである。したがって、床屋のホワイティが信頼できない語り手なのである。なぜなら、彼の話には欠陥があるからだ。たとえ、彼がストーリーそのもののただ一人の源であっても、私たちはその欠陥に気がつく。内包された作者が前提とする世界の価値構造とその世界の理解が、これらの出来事についてのホワイティの解釈を是認させないのだ。作品を成功させるためには、ストーリーは明らかにジムに対するホワイティの称賛と暴発「事故」という「公式の」話を彼が真に受けたのが間違いだ、ということを私たちに納得させなければならない。

　語り手によってある登場人物が誤りやすいと明示的にも暗示的にも示すことができるが、語り手は暗示的にしか信頼できない語り手になり得ない。なぜなら、語り手は物語内容の唯一の源であるからだ。内包された読者は信頼できない語りによって物語られたストーリーの真の意味を推論することしかできない。他方、誤りやすいフィルター作用においては、常に解明の可能性がある。信頼できる語り手が登場人物たちの誤解を説明しようが、それに注釈を加えようが自由である。もっとも多くの場合、彼女〔語り手〕は（「隠れて」）それが独りでに明らかになることを選ぶのだが。

　信頼できない語りは特殊なアイロニーをうちに含んでいる。通常の、ノンフィクションのアイロニーでは私たちは普通話し手がからかっていることが分かる。たとえば、ある時『ニューヨーカー』誌の「街の噂《オン・ザ・タウン》」のリポーターが招かれた宣伝パーティーを気がない褒め方をして貶したり、別の方法で皮肉ったりしている。マーヴ・グリフィンという「有名人」のために催されたパーティーでしきりにやり取りされる「すごい」という言葉の繰り返しは、彼の「すごさ」に疑いを差し挟ませる。リポーターが本気で言ってないだけではなく、意識的に皮肉っているということを私たちに理解させたがっているのは明白である。報告する側もされる側も報告されている人物や出来事をからかっているのである。リポーターではなく、これらの人物たちや出来事があざけりの的になっているのだ。この種のアイロニー――それを私たちは「話し手が意識しているアイロニー」と呼べる――を読む際、二つの条件が作用しているようだ。読者ないし聞き手は、(一)話には二つの矛盾するメッセージ、表向きのメッセージとその表向きのメッセージと異なり、それと矛盾しさえする暗黙のメッセージが含意されていることと、そして(二)話し手はその潜在的なメッセージを意識し、またそれを意図しており、したがって、それに表向きのメッセージ以上の特権を与えてほしがっていることを理解しているのである。

しかし、信頼できない語りは最初の条件だけを共有しているのであって、二番目はそうではない。それは「話し手が意識していない」アイロニーなのだ。すなわち、あざけりの的は語り手なのであって、物語られる事物や出来事ではない。信頼できない語り手は、彼の物語言説が提示する二つのメッセージの食い違いを知ることができない。彼は自分が唯一の、ごまかしのないメッセージと思っていることを述べるが、表向きのメッセージが、語り手が知らない潜在的なメッセージに帳消しにされている、あるいは少なくとも疑問に付されているのだ、と内包された読者は推論するにちがいない。語り手は物語る行為の最中に皮肉られている。その効果の多くは、語り手が自分の話の二面性、歪み、あるいは素朴さを意識していないか、少なくともそれに対して両面価値的な感情を抱いていることを内包された読者が知っていることに基づいている。内包された読者は内包された作者が語り手を皮肉っていることを知っている。もっとも劇化された聴き手はそれを知っているかもしれないし、知らないかもしれない。

映画における視座とフィルター

文学的語り手同様、映画的語り手も視座《スラント》を持っている。イデオロギー的な視座は暗示的になる傾向がある。もっとも、ある種の映画ではそれがヴォイス・オーヴァーや字幕《キャプション》によって多くの言葉で詳細に述べられることがある。増え続ける批評文献は古典的ハリウッド映画の資本主義的あるいはブルジョア的視座を実証している。（同様に性差別的、人種差別的視座については言うまでもない。[10]）視座は物語のより抽象的なレベルのみならず現実化、すなわち「スタイル」[11]のレベルにもみられる。ハリウッド映画はふつう「継ぎ目のない」スタイルを特徴とするが、それによって現実化が技巧の跡を完全に隠してしまい、映写されたすべての物語内容の空間と時間を説明し、すべてのショットの転換を完全に人目につかないように、すなわち「透明に」誘導する。継ぎ目のないスタイルは出来事と登場人物を完全に「自然な」相のもとに提示する――「自然」はもちろん大いに現状を支持する。ハリウッド映画は「平凡なリアリズム」という仮面のもとに実際には高度にイデオロギー的な世界観を隠蔽している。自分たちのイデオロギーをもっと意識していた一九二〇年代のソヴィエトの映画作家たちは、スタイルに関して全く異なる仮説から出発した。彼らはエイゼンシュテインの衝突のモンタージュのような技法を開発し、観客を駆り立てて革命思想を受け入れる気持ちにさせることを目論んだ。個々のスタイルのレベルでは特有のイデオロギー的ないし心理的視座がみられる。アルフレッド・ヒッチコックの語り手たちの典型的に悲観的な視座、フェデリコ・フェリーニの語り手たちの楽天的な視座、ジョン・フォードの語り手たちの清教徒的な「出撃準備完了」的視座、ハワード・ホークスの語り手たちの「セックスのお相手」的視座、ミケランジェロ・アントニオーニの語り手たちのもの思いに耽った、環境に鋭敏な視座、レニ・リーフェンシュタールの語り手たちの英雄的、国家主義的な視座などなど。

語り手の視座のイデオロギーやスタイルの側面については多くのことが知られている。しかしながら、映画の視座と映画のフィルターとの違い、とりわけ、登場人物の知覚と認知のしるしはそれほどはっきりと理解されているとはいえない。文学とちがって、映画は文字通り空間を示す。登場人物のまなざしがそこに介在しようがしまいが。カメラが捉えた、あいだに何も介在しない自然な光景は「知覚の視座」と呼べる。しかし、物語内容―

物語言説の区別という論理は、知覚の視座が知覚のフィルターとは異なる物語現象であることを主張する。この基本的な区別を維持しようというのであれば——映画が物語を現実化する数あるメディアの一つにすぎないということを認めるつもりならば——カメラがこれこれの距離から、しかじかのアングルで物語世界の出来事や存在物を「見ている」という隠喩は避けなければならない。そうではなく、カメラはこれこれの距離とアングルからそれらを提示しているのである。言い換えれば、知覚の視座（フィルターではない）が、映画的語り手による視覚的および聴覚的イメジャリーの伝達をフレームに収めるのである。隠喩的に言えば、虚構の世界は「フレームに収められて」現実の観客に提示される。とはいえ、観客はその事実を無視するよう強く要請される。映画的テクノロジーによって（映像的、音響的に）作り出された非常に写実的な幻影は実に魅惑的であって、洗練された映画理論家たちでさえ、時には物語世界をその物語言説と現実化から分かつ理論的な境界線を忘れてしまうくらいである。

　この境界線は絵画、とりわけ物語絵画により明白に認められる。絵画は明らかに表面的な事物であるので、その事物を再現することを「見ること」だなどと誰も言わないだろう。問題を混乱させるようなカメラも全く存在しない。絵を見ていて物語の内容に夢中になってしまい、印象の表面性、すなわち、カンヴァスに再現された人物像が、いかに迫真的であっても「実際は」絵の具を数ミリの厚さに塗ったものであることを忘れてしまうような人はいない。おそらく時間的制約がないために（一枚の絵を見るには一秒しかからないかもしれないし、美術館が閉館になるまでその絵を鑑賞するかもしれない）、筆づかいから物語内容を読む時でさえも、私たちはその絵の二次元性を忘れることができない。一例としてティントレットの『ガリラヤ湖のキリスト［湖上のキリスト］』を考えてみよう。場面はキリストが岸に立っているのをペテロが見て「湖に飛び込んだ」瞬間（マタイによる福音書十四章二二―三三節）を再現している。(12) 前景左にキリストが四分の一《クオーター》の横顔像《プロフィール》で、顔を湖に向けた姿で描かれている。右の人差し指は斜めに奥行きのある物語内容の空間へと差し伸べられている。ペトロの円光がさした頭部が適切にも逆のアングルで描かれている。彼のまなざしはキリストに釘付けにされていると私たちは解釈するし、彼がすでに片足を湖に入れているのが分かる。視線のやりとりは投影面／画面から約四五度の角度に設定されている。（これは登場人物間の台詞のやりとりをフレーミングする際の映画の典型的な手法である。）明らかに、絵の語り手はこの場面を「見ている」のではなく、二次元の表面上の表示として私たちが見ることができるように提示しているのである。私たちの知覚は必ず投影面のこちら側でなされるというのが、古典的な物語絵画の約束事である。私たちは物語言説の透明な膜によって出来事から隔てられているのだ。絵を見て、物語内容の出来事が「あちら側」つまり、投影された物語世界で起こっていることを疑う者はいない。

　映画の画面《フレーム》もまた物語世界のこちら側のある場所から出来事や登場人物を提示する。私たちの知覚に何が含まれ、そこから何が締め出されているかという問いは決して発せられない。（これはおそらく映画がホログラフィーになった時に変わるだろう。）しかしながら、文学ではフレーミングは（それが読者の意識に存在するかぎり）比喩的で、融通がきく。最も描写的な、すなわち「映画的な」小説においてさえも、私たちが何かを「見る」かぎり、それは話の筋《アクション》を展開するのに必要なもののスケッチにすぎない。場面の四隅は（いやしくもそうイメージされていれば）非常にぼやけ《ファジー》ている。しかし、映画を観る時、私たちは「ここまで」、つまり一定のサイズの長方形の画面に再現された、完全に不連続の、選ばれた物語内容の空間に厳しく限定されている。無論、ストーリーに入り込むにつれて枠《フレーム》の存在を「忘れる」傾向があるが、それはスクリーンの外の空間を物語世界に暗示したものがそれだけ強烈だということである。大好きな映画のいろいろな場面を思い出そうとしても、おそらく長方形の枠におさまった形でそれらの場面を思い出すことはないだろう。思い出の映画というものは、思い出の小説によく似ている。場面の実際のフレーミングよりもプロットや登場人物をすぐに思い出すものなのである。

　慣例的に、特定のサイズの長方形の目に見える素材が「好まれた光景」、すなわち、内包された作者による選択となり、映画的語り手はそれを提示することを委ねられる。その選択には一定の距離やアングル、照明の条件などが含まれ、それらがストーリーの衝撃度を最大限にする。同じことがショットの並置にもいえる。たとえば、ヒッチコックの『サボタージュ』（一九三六年）ではオープニング・ショットはロンドンのおなじみの光景——オックスフォード・ストリート、ビッグ・ベンと国会議事堂、ピカデリー・サーカスなど——と一個の裸電球を並置している。白熱電球が明滅して消えたのち、公共の建物の灯りも消える。建物のショットの間に白熱電球を差し挟んだこと（おそらくロンドンの古い白熱電球ならどれでもよかった）は、電気一般が停まったということを伝えようとしている。建物の灯りだけが消えたのなら、終業時間だとしか考えないだろう。その光景が「好まれた」というだけではなくて、その組み合わせも「好まれた」のだ。

このような約束事に対する付加的な制約として機能しているのが、映像《イメージ》がある登場人物の知覚的意識をフィルターとして通過するというもう一つの約束事である。知覚のフィルターがなし遂げられる多くの方法——とりわけ、アイライン・マッチ、ショット＝切り返し《カウンター》ショット、一八〇度の規則、ヴォイス・オフないしヴォイス・オーヴァー、プロットの論理——はよく知られている。これらの手段を使って映画は観客を登場人物の知覚に巧みに押し込めるのである。しかし、登場人物のまなざしと語り手の再現が物語内容‐物語言説の境界線の別々の側で働くということを認識することが重要である——けれども、そう主張されることはあまりない。事物や出来事に対する登場人物の知覚のフィルター作用は、常にカメラの再現の補足なのだ。すなわち、フィルターは「裸の出来事」としての映像と観客の映像知覚の間の空間を占めているのだ。カメラの視座は、たとえそれが一時的に登場人物の知覚のフィルターをあいだに介在させた時でも、同じ適切な場所に存続している。

時折、映画的語り手はカメラのアングルを変えたり、他の手段を使ったりして、ストーリーを直接、つまり、あいだに何ものも介在させないで伝達しているようである。たとえば、登場人物が登場する前の状況設定の瞬間のように。ウディ・アレンの『マンハッタン』（一九七九年）のマンハッタンのスカイラインとかヒッチコックの『バルカン超特急』（一九三八年）のルーリタニアの村の光景は、直接、語り手の視座を通して示される。他の場合、物語世界の再現は登場人物の知覚や利害・関心の焦点というフィルターを通過する。あるいは、ある登場人物の知覚のフィルターを通り、別の登場人物の利害・関心の焦点というフィルターを通過する。もしくは、誰の知覚のアングルからでもなく、ある登場人物の利害・関心の焦点から提示される。これらの可能性については『駅馬車』（一九三九年）の一シークエンスに関してニック・ブラウンが見事に分析している。ドライ・フォークの馬車駅の食卓の場面で、一続きのショットは礼儀正しさの鑑《かがみ》、騎兵隊将校である夫のいるローズバーグへと向かう妊婦ルーシーの知覚と利害・関心というフィルターを通過している。けれども、それとは別の一連のショットは「誰かのまなざしの描写と関連することも、あるいは空間的にそのように正当化されることも[13]」ない。まなざしに動機づけられていないこの一連のショットは、フィルターを通した現象に劣らず、よく見られる現象である。（これが映画構築の縫合理論の欠陥である。）ブラウンが指摘しているように、関わりのある三人の登場人物――ルーシーと娼婦のダラスと脱獄囚リンゴー［キッド］――の固有の心的配置はカメラの位置に容易に調整できない。そうではなく、それらは一般的な社会的状況を引き起こすのである。

> 固定したカメラ・ポジションを正当化する演出《ミザンセヌ》についての永遠不変の根源的な事実は、二つの社会的役割――内部の人間《インサイダー》、既婚者であり、慣習の擁護者であるルーシーとアウトサイダー、娼婦であり、食卓のコードを破るダラス――の間の敵対の社会的ドラマとしてのその地位である……「客観的」と呼び得るショット、あるいはおそらく「誰のものでもない」ショットは、実際にはルーシーの社会的優位と形式上の特権を表わしている、すなわち、その再現である。［それらのショットは］その社会における自分自身の立場についてのルーシーの考えにぴったり一致する視野を示している。フレーミングはグループとの提携とよそ者《アウトサイダー》を排除し、承認を求める彼らの主張を拒もうとする彼女の意図に対応する。言い換えれば、それは正確にはルーシーの主観性の描写というよりも、彼女が社会の中での自分の立場をどう捉えているかの具象化なのだ。ルー

シーはフレーム内に見えるが、「そのシークエンスは」隠喩的に彼女の視点を具体化していると言っていいだろう。(14)

その「隠喩的な具体化」こそ、私が「利害・関心＝焦点」と呼んでいるものである。事実、ブラウンはその言葉の私流の使い方を先取りしている。「これらのショットはおそらく登場人物たちの〈利害・関心《インタレスト》〉の表明と読めるだろう」と。そして、ブラウンが鋭敏にも示唆しているように、利害・関心の焦点は、厳密な知覚のフィルターとはちがって、一度に複数の登場人物に付与することができる。というのは、ルーシーだけがブラウンが述べている社会的状況に巻き込まれ、それを意識しているわけではなく、ダラスもそうだからである。彼女に関わりのある関係は「排除と屈辱」で、私たちはそれを「不当な」ものとして退けるよう仕向けられる。利害・関心の焦点はまたリンゴー・キッドにも付与されているが、彼は緊張した気配があたりに漂っているのをはっきりと感じる。映画は「私たちに同時に二つの場所、カメラがある所、そして描かれている人物がいる所を見せて」くれる。『駅馬車』のシークエンスでは、観る者は一度にいくつかの「場所に」――フィクション内の観る人物「と一緒に」、観られている人物（ダラス）「と一緒に」、傍観者たち（リンゴー・キッド）「と一緒の」場所にさえ――いるのである。(15)

それゆえ、「知覚のフィルター」は、観る者が物語内容の空間を再構築するのを技術的に記号《コード》化するということが分かる。他方、「利害・関心の焦点」は物語内容によって提示される文脈の暗号に依存する。後者は必ずしもいつもというわけではないが、しばしば（ブラウンの言う意味で）「社会的」である。たとえば、カメラがある登場人物の「あとを追いかけて」、彼をスクリーンに映し続けるという月並みなコードがある。それ故に、私たちに『見知らぬ乗客』（一九五一年）のブルーノのような悪人をまんまと声援させてしまうヒッチコックの成功の秘密があるのだ。そしてまた、スター効果というのがある。映画が始まらないうちに私たちはほとんどの時間を、たとえばケーリー・グラントあるいはキャサリン・ヘプバーン演じる登場人物の利害・関心＝焦点のうちに過ごすであろうことを知っている。

世間一般には、映画は登場人物の概念的な思考を、知覚のフィルターや利害・関心＝焦点を伝える時の正確さをもって伝えることはできないと考えられている。この問題に関する初期の本でジョージ・ブルーストーンはこう書いた。

精神状態――記憶、夢、想像力――の表現は、映画では言語ほど十分には再現できない。映画が意識の流れを提示することが苦手だとしたら、まさしく目に見える世界がそこに存在しないことがその定義であるような精神状態を提示することはなおさら苦手だ。概念的な想像は、定義上、空間に存在しない……［このように］映画は、私たちが視覚的に知覚できるように外界の記号を配置したり、台詞を与えたりすることによって、人物が思考していると私たちが推論するよう仕向けることはできる。けれども、映画は思考を直接私たちに示すことはできない。映画は登場人物が考え、感じ、話している姿を示すことはできるが、その思考や感情を示すことはできないのである。(16)

文学では「考える」とか「思い出す」といった単純な動詞と引用符等を使って、「言う」や「語る」や「答える」が台詞《ダイアローグ》を始めるのと同じくらい容易に、そしてまた正確に思考を導入することができる。映画ではダイアローグは問題ではない（とりわけサウンドの出現以来）けれども、思考の表現となると話は別だ。精神的な営みを伝えるためにヴォイス・オーヴァーを使うことには、常に少なからぬ抵抗がある。多くの映画作家たちは――映画的語り手の一構成要素として自由にヴォイス・オーヴァーを使う者たちでさえ――登場人物の考えていることにそれを適用することを不自然だとして蔑視している。あまりにも安易な解決法と考えるからである。「マインド・スクリーン」効果における概念的な思考の視覚化にはそのような蔑視は当てはまらない。無論、登場人物の思考をヴォイス・オーヴァーで再現するという不自然さこそ、ある種の「わざとらしい《キャンピー》」喜劇的な企画《プロジェクト》にふさわしい場合がある。ウディ・アレンの『アニー・ホール』（一九七七年）が好例だ。

しかし、すべての芸術上の制約同様、思考伝達の問題は長所に変わり得る。それは芸術家にただ単なる技術的な制約にすぎないものを克服することを要求するのである。一つの解決策はコンテクストの力を最大限に活かして、登場人物が考えていることを幾分明確に、ほのめかすような脚本を書くことである。この方法によれば観客は心の内容をその分豊かにすることができる。というのは、私たちが再構築すべきことがより多くなるからである。もう一つの方法は、考えていることが故意に曖昧であるような登場人物たちを脚本に登場させることである。

ここでアントニオーニのような芸術家の秘密に私たちは近づくことになる。建築家という職業に対する主人公サンドロの欲求不満を主題にした『情事』（一九五九年）の場面を考えてみよう。言葉が発せられることはあまりなく、発せられた言葉もこの欲求不満を少しも表わさないが、適度に鋭敏な観客であればサンドロの心の中で何が起こっているかが推測できるように話は工夫され、撮影されている。クラウディアに教会の屋根からノートの見事な建築物を見せながら、サンドロは費用の見積もりという実入りのいい仕事のために自分が建築という意欲的な仕事を諦めてしまったと語る。彼は比較的落ち着きはらってそう言う。けれども、その後、彼はどこかうわの空で、不機嫌になる。クラウディアがいちゃついて引き止めようとするのを振り払って、彼は街の広場に散歩に出る。建築専攻の学生が描いた建物の細部のデッサンをわざと台無しにし、呼び止められるとやってないと否定し、その学生の年頃に巻き込まれた喧嘩の数を自慢する。ホテルに戻るとドレスアップして、迎えに出てきたクラウディアを押し留めて、部屋へと連れ戻す。彼はバルコニーに出て、落ち着きなくタバコを吹かし、そのタバコを通りに投げ捨てる。このようなふさわしからぬ時に、彼は当惑したクラウディアにセックスを無理強いしようとする。彼が強要するにもかかわらず、彼女は拒絶する。その後、彼らはアンナ捜索についてとりとめもなく話す。

明らかに、サンドロの本当の悩みの種はアンナの失踪でも、彼の突飛な求愛に対するクラウディアの反応でもない。そうではなく、それは自分が本来の職業に就いていない、自分が愛し自分を満たしてくれる職業に従事していないという彼の無力感なのである。彼はアントニオーニが感情の病と呼んだものの犠牲者なのだ。彼は鎮痛剤としてセックスを利用することによって仕事上の欲求不満から逃れようとする。逃避にはもの狂おしさが伴うが、それはアントニオーニの映画では逃避の精神的なジェスチャーである[17]。アントニオーニは目に見える行動の無目的性を伝え、それに抑圧された苦悶を浸み込ませることに卓越している。彼にとって登場人物たちの思考を描く際の映画の技術的な難点は重荷ではなくて、独特の人間的な経験の一面を探求する刺激なのである――そしてそれは他の映画作家たちがほとんど試みたことのない探求である。

第十章 新しい種類の映画化――『フランス軍中尉の女』

映画化《フィルム・アダプテーション》はおなじみの告発をしばしば受ける。すなわち、脚色はあまりにも空白《ギャップ》を埋めすぎるという告発である。以下に掲げるのはヴォルフガング・イーザーの見解である。

> 決定不能性という要素、つまり、テクストの空白がなければ、私たちは想像力を行使することができない。
>
> 　このような意見が正しいことは、多くの人たちがたとえば小説の映画化作品を見た時の経験が裏書きする。『トム・ジョーンズ』を読んでいる最中に、彼らは主人公が実際にどのような容姿をしているか、はっきりとした考えを持つことは決してなかっただろう。だが、映画を見て、ある人たちはこう言うかもしれない。「あれは私が想像していたものとはちがう」と。ここでの問題は『トム・ジョーンズ』の読者が事実上自分で主人公を視覚化できる。したがって、彼の想像力が膨大な数の可能性を感じとっているということである。これらの可能性が狭められ、一つの完結した不変の像《ピクチャー》になると、想像力は活動をやめてしまい、私

たちはどうやら騙されてしまったと感じるものである。このように言うことはおそらくプロセスを単純化しすぎることだが、小説の主人公は思い描かれなければならないにしても、見ることはできないという事実から生まれる、きわめて豊かな可能性を明白に例証している。小説については、読者は想像力を駆使して与えられた情報を総合しなければならず、したがって、彼の知覚はより豊かになると同時により私的になる。映画については、読み手《リーダー》は肉体的な知覚に集中しているにすぎず、したがって、彼が思い描いていた世界の思い出は何であれ容赦なく抹消されてしまうのである。(1)

イーザーの映画化に対する批判（それはそのまま暗に映画全体に対する批判である）は、幾分理屈に合わないようだ。「想像力」をこのようにもっぱら映像として《ピクトリアル》想像すること、すなわち「思い描くこと《ピクチャリング》」と同一視する必要があるのだろうか？　物語の空白はただ単なる映像化《ピクチャリング》の空白にすぎないのだろうか――言い換えれば、映画は視覚的に明示的であるがゆえに「空白がない」というのだろうか？　明らかにそうではない。ボードウェルが指摘しているように、映画において空白が生じるのは、全般的な物語のレベル――物語内容の省略――においてのみならず、スタイルすなわち「表層」のレベルにおいても、である。アントニオーニのような映画作家は、文学的物語においてはごく自然なコミュニケーション――直接的であれ、ダイアローグによって屈折していようが、登場人物たちが何を考えているかについての言葉による手掛かり――を故意に避ける。総体的な視覚のレベルでいかに詳細に描かれていようと、より深いレベルで彼の映画には「空白」がきわめて多い。なぜなら、彼の登場人物たちの大部分は自分が心のなかで実際に考えていることを言わないか、言えないからである。

イーザーは視覚的完結性を持たなくていい権利（読者は「主人公が実際にどのような」容姿をしているか、はっきりとした考えを持つことはなかっただろう）と心に像を作り上げるのを拒否する権利の相違をぼかしているようだ。『『トム・ジョーンズ』の読者［は］事実上自分で主人公を視覚化できる。したがって、彼の想像力

［は］膨大な数の可能性を感じとっている」という文章は、一種の不合理な結論である。言葉からの視覚化は必ずしも膨大な数の視覚化の可能性にはつながらない。「あれは私が想像していたものとはちがう」という言い方は、所与の読者がトムのある種のイメージにあまりにも愛着を持っていて、彼あるいは彼女が他のいかなるイメージをも拒んでしまう（「トムがアルバート・フィニーに似ているなんてあり得ない」）ということを意味すると容易に解釈できる。

　視覚的想像力が映画によって刺激されることは小説より少ないが、概念的想像力はたとえばダイアローグあるいは物語世界のコンテクストによる説明のない、情感あふれる顔に大いに刺激され得る。ある意味でやりがい《チャレンジ》はよりあるだろう。そしてまた、顔を解釈する私たちの能力は、本質的に言葉から心に映像化する能力次第ということもない。映画にも同じくらい芸術的な空白をつくる余地がある——もっとも、それは映画独自の芸術性ではあるが。ある場合には、映画がインスピレーションを与えた小説よりも主題によりふさわしいことがある。(2)

　にもかかわらず、すぐれた小説のすぐれた映画化は多くはなく、その理由は物語学的に興味深い。映画脚色家の中心的な問題は、簡単に言葉になるのに、「リアルタイム」で動き、その焦点が自然に事物の表層の外観に合ってしまうようなメディアには馴染みにくい物語の特徴を変換することだ。そのために時間的・空間的要約、語り手の抽象的な注釈、登場人物たちの思考と感情の再現などといった映画の伝統的な難問が生じることになる。(3)映画の語りのそのような側面はある種の技巧——たとえばヴォイス・オーヴァーという約束事——によって導入することができるが、歴史的に、最もすぐれた映画作家たちは純粋に視覚的な解決策を好んできた。ヴォイス・オーヴァーのナレーションを使う映画でさえも一般に持続的ではなく、断続的にそれを用いるのである。映画は文学の語り手が明示的に言葉にすることを推論する観客の能力を信頼する方を選ぶのだ。けれども、大部分の公理同様、この公理も単純に割り切りすぎている。この公理は「クロスオーヴァー」の試みを考慮に入れていない。たとえば、一方におけるヘミングウェイのような作家の自ら課したカメラ・アイの制約。他方には、ジャン＝リュック・ゴダールの「小説的な」ブ、リ、コ、ラ、ー、ジ、ュ、がある。一つのメディアに物語的に何ができるかは、作り手がそのメディアに何をしてほしいと思っているか、彼が取り組んでいるジャンル、彼女が観客を説得して受け入れさせられる約束事の種類などに大きく左右される。視覚的なものが王様だという主張は、正典《キャノン》から映画の最もすぐれた作品を除外することによってはじめて立証できるのだ。

小説の映画化について近年多くのことが書きたてられてきた。[4] しかし、その議論はあまりにもストーリーの中身の問題、とりわけ「忠実度」という点に集中しすぎたきらいがある。あたかも原作の小説がなにやら神聖不可侵のもので、その活字にも精神にも映画は従わなければならないかのように。このようなアプローチはしばしば小説通りに「なって」いないからといって、映画に欠陥ありとする非生産的な規範主義につながる。（それはまた一九七四年のジャック・クレイトン、フランシス・フォード・コッポラ版の『華麗なるギャツビー』のような「忠実」だが、空疎な脚色を生み出してきた。）脚色の理論的な問題が扱われることはほとんどない。批評家たちは一般にメディアそれ自体に由来する欠陥と特定の映画作家の芸術的な拙劣さに由来する欠陥を区別しそこなっている。明らかに映画は小説を読む楽しみの多くを再生できないが、同等の価値をもった他の経験を作り出すことができる。より洗練された批評家たちは小説と映画を、類似してはいるが別種の物語経験として扱う。ちょうどプルタルコスの歴史書とシェイクスピア劇を扱うように。

いずれにしても、この章が関心をもつのは忠実度ではなく、小説と映画が共通の物語的問題点のために選ぶ異なる解決策である――その問題点とはテクスト・タイプ間の「サービス」、物語の言説、フィルターと視座などである。映画作家が小説を映画化するには多くの方法があるし、それらすべてを研究することは有益である。けれども、私は議論を一つの問題だけに限定する。もっとも、それは多くの点で最も意欲をかき立てる問題ではある。気の利いた映画の脚色ははっきりと表立った語り手、登場人物たちの精神状態を解説し、描写し、調査する者、注釈者、思索者とどう取り組むのかという問題である。隠れた語り手によって物語られる小説、全面的に、あるいは主としてカメラ・アイによって「示される」小説を映画の原作にする方が容易である。より困難だが、意欲をかき立てられるのは、おしゃべりな、長々と話す語り手のいる小説である。同じ理由からこれらの小説はより創造的な映画ともなり得る。たった一つであっても、想像力豊かな脚色を検討することによって、二つのメディアの表現の可能性について、少なくとも映画史の現時点で、何か有益なことを私たちは学ぶことができる。

　表立った語り手の「声」の「響き」を残しておくために、映画がとり得る最も露骨な選択肢はそれを模写する、すなわちそれを文字通り聞えるようにすることである。すぐれた脚色がヴォイス・オーヴァーのナレーションを用いてきた——記憶すべきは『トム・ジョーンズの華麗な冒険』（一九六三年）、『ロリータ』（一九六二年）、『時計じかけのオレンジ』（一九七一年）、『田舎司祭の日記』（一九五〇年）、『羅生門』（一九五〇年）、『地獄の黙示録』（一九七九年）、『ソフィーの選択』（一九八二年）、『蜘蛛女のキス』（一九八五年）である。この主題に関する画期的な論文でマーティン・バッツスティンは『トム・ジョーンズ』の映画化作品が「局外の語り手による」ヴォイス・オーヴァーと「古風な」映画技法（様々な幾何学的な形をしたワイプ、コマ落としなど）を併用して、小説の「古風な」語りに類した効果を生み出す様子を詳細にわたって明らかにしている。バッツスティンは「類似」がすぐれた脚色の「鍵」だと主張しているが、彼の主張が忠実度を云々する連中の主張よりもよほど賢明な見解であることは確かだ[5]。

　類似という問題は物語メディアの類似点と相違点に関わる物語学にとってきわめて興味深い。ヴォイス・オーヴァーはかなり詳しく研究されてきている——最も新しく成果をあげたのはサラ・コズロフである[6]——ので、それについてはここではこれ以上何も言わない。登場人物たちの精神的経験を伝える純粋に視覚的な方法も取り上げない。これもまた、ブルース・カーウィンが「マインド・スクリーン」と名付けた効果——『8½』（一九六三年）、『野いちご』（一九五七年）、『アニー・ホール』（一九七七年）他の映画の特徴となっている技法——として十分な研究がなされてきた[7]。代わりに、私は小説の表立った語りを伝達するという問題に対する一つの革新的な解決策に取り組む。その解決策とはハロルド・ピンターがシナリオを書き、カレル・ライスが監督した『フランス軍中尉の女』[8]（一九八一年）の映画化作品で使われたものである。私がこの映画を論じるのは、なにも独特の脚色技術が他の映画よりも優れていることを主張するためでもないし、またモデルとして提案しようとするためでもない。私はただこの映画を数あるなかでもとりわけ巧妙に映画というメディアが、物語の移し替えの問題に対処し得ることを示した例として論じる。この映画に浴びせられた称賛のいくつかは、洗練された形式に刺激されたものだった。この映画は映画史に強い実際的衝撃を与える類の映画である。なぜなら、それは観客に物語を革新する新たな可能性を教え込んだからである。

　まず、映画が何を扱わなければならなかったかを考えてみよう。ジョン・ファウルズの小説の物語構造は、非常に伝統的であると同時に、挑発的なくらいポスト・モダニズム的あるいは「自意識的」[9]である。この小説がパロディ化しているヴィクトリア朝の先達同様、それは驚くほど「ぶよぶよぶくぶくの怪物」〔ヘンリー・ジェイムズが『戦争と平和』のような十九世紀の長大な小説を指して使った言葉、『悲劇の美神』序文〕である。語り手は美辞麗句を弄する口達者で、要約し、登場人物たちの心のなかに侵入し、人間や場所を描写し、（しばしばその必要のない時に）解釈し、判断し、一般化し、抽象的な結論を引き出し、起こったかもしれないが実際には起こらなかったことを議論し、「自意識的」に小説の本質について瞑想する――その他もろもろの――能力を豊富に授かっている。この種の語りはシュテファン・ツヴァイクの『見知らぬ女からの手紙』（一九二二年）〔映画化作品邦題『忘れじの面影』〕のような等質物語世界的小説の語りに比べたら、明らかに映画にとって模倣することが困難だ。

　映画化作品はヴォイス・オーヴァーあるいはその他の手段を通して異質物語世界的語りを複写しようなどと一切していない。特殊な含意に依拠しつつ、全く異なる道を辿るのだ。つまり、小説同様、映画も「自意識的に」それ自体の語りのプロセスの問題と取り組んでいる。この映画はよく知られていなくもない類似を目論んでいる。ちょうど自意識的な文学的語り手が自分の物語の技法について注釈を加えるように、自意識的な映画的語り手が製作中の映画のみならず、その映画の製作のプロセスをも示すのである。小説の自意識は二重の結末でクライマックスに達するが、その結末は――語り手が論ずるところでは――ダーウィン的な突然変異の世界によって避け難いものになっている(10)。他方、映画の自意識は映画というメディアが所与の記号表現――一人の俳優――が複数の登場人物を意味することを許すという事実に基づいている。明らかに、それは文学には起こり得ない。文学は俳優ではなく、言葉から成っているからだ。ボルヘスの語り手はあらゆる点で同一である、二人のドン・キホーテがいたと主張することができるが、そのことは言葉で論証されなければならないし、その意外性は文字通り詳細に説明されなければならない〔『ドン・キホーテ』の著者、ピエール・メナール〕。しかし、現実のイギリス人俳優ジェレミー・アイアンズを使ってマイクという名前の架空のイギリス人俳優を再現する（「表わす、意味する」）――マイクがまたヴィクトリア朝の紳士チャールズを演じる――ことが、映画（及び演劇）では文字通り可能なのだ。このような能力が、映画が俳優のディレンマ、女優ではなくて、女優が演じている登場人物に恋をするというディレンマを自意識的に扱うことを可能にする。

　無論、時間的及びその他の制約のために、映画化作品はしばしば原作である小説の意向や全般的な意味をいくらか変更する。『フランス軍中尉の女』の二つのヴァージョンの違いについて手短に述べさせていただきたい。実のところ、批評家も評論家もこれらの違いに十分注意を払っていない。彼らが脚色の特徴だとした類似のいくつかは単純化しすぎだし、不正確でさえある。たとえば、ジョイ・ボイアムが主張しているように「その本は本質的に小説・中・小説である」ので、映画・中・映画として難なくスクリーンに置き換えられるというのは正しくない(11)。小説は語り手の注釈に枠取りされた物語であり、注釈そのものは物語ではなく描写であり、また解説・議論である(12)。

　小説はヴィクトリア朝の気取りと島国根性を打破しようとする一人の英国紳士、チャールズ・スミッスンの苦闘に関わっている。彼はサラ・ウッドラフへの愛によってそうする気になるのだが、彼女は、語り手がやたら私たちに保証するところによると、時代のはるか先を生きている女性である。しかし、チャールズが彼女の要求に十分見合うように自力で向上することができるかどうかは疑問で、小説は二つの結末を差し出し、そのうちの一方でしか彼はそれに成功しないのである。

小説の注釈のかなりの部分は、自分の考え方を現代化しようとするチャールズの努力の歴史的な意味と含意に振り向けられる。焦点はヴィクトリア朝の歴史に合わせられる。私たち自身の時代〔二十世紀〕は十九世紀により多くの光をあてるために持ち出されるにすぎない。他方、映画の方は、両方の時代を問題化する。少なくとも恋愛に対する態度に関して。口達者な語り手の代わりに、映画が差し出すのはヴィクトリア朝に対応する現代の恋愛物語、『フランス軍中尉の女』の映画化作品で小説の主人公を演じる二人の俳優のロマンスである。

小説は広範囲にわたる語り手の注釈なしには考えられない。チャールズ自身は自分が置かれた歴史的な立場にほとんど気づいていないので、語り手がそこにいて、できるだけ詳しく私たちに説明しなければならない。語り手はヴィクトリア朝中期の場面についての全面的な知識のみならず、ストーリーの日付のちょうど百年後にあたる一九六七年という時間的な利点が与える「先見の明」をも授けられている。

チャールズはサラ・ウッドラフへの愛に全面的に、あきれるほど夢中になっている。サラはフランス海軍将校に誘惑され、捨てられたと噂されるライム・リージスで評判の「フランス軍中尉の女」だ。実際には、誘惑されたことは一度もない。彼女はその話を自分が社会、否、時代といかに異なっているかを主張する手立てとして使う。サラの意識へ小説が入り込むことは一般にない——語り手は彼女の心理と動機について確信が持てないと宣言する——が、彼女は一種の突然変異で、時代のはるか先を歩いていて、肉体的愛、職業、男性との平等の権利を主張することによってヴィクトリア朝的道徳の固定観念《ステレオタイプ》を逃れようとする女性として描かれている。チャールズにとって彼女は謎だ。彼女を自分では説明できないと語り手が公言するにもかかわらず、彼女は比較的分かり易い対象として描かれている。語り手は彼女をあちこちから分析している。百年の知の歴史という説明に役立つ顕微鏡を通して。たとえば、彼女の「他人の価値を分類する……並外れた才能」を説明するために、語り手は、彼女が「あたかも、一世紀飛び越えて、生まれながらに心のなかにコンピュータを備えていた」かのようだ、と言う。けれども、チャールズにとって彼女は謎の女性《スフィンクス》で、彼が彼女のために支払う代償は、彼の基準では莫大なものである。因習的で、従順な婚約者のアーネスティーナを捨てることで、彼はヴィクトリア朝の上流階級の男性にとって想像し得る最悪の罰を受ける。「紳士と見なされる権利を……失う」[13]ことである。紳士であり、かつまた科学者であることと、その称号の大切な方の半分を公然たるスキャンダルのために剥奪されることの違いは大きい。

さらに悪いことに、サラが失踪してしまい、チャールズは二年間も彼女に再会できない。彼女はダンテ・ゲイブリエル・ロセッティの家にモデルとして、ラファエル前派グループの被保護者として、そしておまけに母としてひょっこり現れる。小説は二つの結末の可能性を差し出すが、語り手はどちらかを選ぶことを拒否する。第一の結末では、チャールズはその子が自分の子供であることを知って、母娘ともども受け入れ、彼らはその後幸福に暮らす。二番目の結末では、チャールズは激怒のあまり子供に気付かず、プラトニックな友人でいましょうというサラの申し出をはねつけてしまう。絶望のなかにはあるが、彼が自殺することはないだろう、と語り手は断言する。なぜなら、経験が彼に自分自身に対する最初の「信頼の原子」を供給しはじめているからである。チャールズは一種の実存主義的な救いを経験したのであって、それが彼自身の進化を加速しているのである。

小説はこれらの出来事をゆっくりとひけらかし、それにヴィクトリア朝及び、それと私たち自身の時代との違いについての詳細にわたる、精力的で介入的な注釈という飾りつけを施す。語り手は歴史に取り憑かれている。一八六七年という日付が選ばれたのでさえ、それがマルクスの『資本論』の第一巻が出版された年であり、第二次選挙法改正案の年であり、ジョン・スチュアート・ミルが女性解放運動を行った年だったからである[14]。語り手はヴィクトリア朝の生活の政治、経済、科学、社会、言語といった側面について、さらには衣裳の面についてさえ果てしなく注釈を加える。各章は同時代の記録からとられた題辞《エピグラフ》で始まる。それも有名な作家――トマス・ハーディ、アルフレッド・テニスン、ジェイン・オースティン、マシュー・アーノルド、ルイス・キャロル、ジョン・ヘンリー・ニューマン、A・H・クラフ、レズリー・スティーヴン、G・M・ヤング、チャールズ・ダーウィン、そしてカール・マルクス――のみならず、『炭鉱地区からの報告』、『市医療報告』、未成年者就業調査委員会の報告、さらには『タイムズ』紙への一般市民の手紙といったありふれた文書からもとられている。これらの引用とそれに付随する注釈は、ヴィクトリア朝の人生観と私たちの人生観を概観的《パノラミック》に対比させてくれる。愛はそのパノラマの重要な部門ではあるが、その唯一の部門というわけでは決してない。

ストーリーが注釈の口実にすぎず、物語が議論に仕えているようになったかとさえ思われることが時々ある。語り手はそう白状している。数ある自意識のなかに、一つのテクスト・タイプが別のテクスト・タイプに転覆されるかもしれないという自意識がある。

おそらく私は小説を装った論文集を読者につかませようとしているのだろう。各章の冒頭の標題のかわりにおそらく私はこう書くべきだったのだ。「存在の地平について」「進歩の幻影」「小説形式の歴史」「自由の病理学」「ヴィクトリア朝の忘れられた側面」など……いかようなタイトルでもつけていただきたい。(15)

語り手は「進化の飛躍」に大いに関心を寄せているが、それこそがサラの「謎」の本質の中心となる手掛かりなのである。二十世紀のダーウィン説の信奉者である彼は、サラがひとと「違う」のはヒステリー症ではなくて、生物学的成長の結果だということを理解している――このために生物学者のマーティン・ガードナーの引用で最後の章は始まる。「進化とは、単に偶然（自然の放射エネルギーによって生じる核酸ヘリックスにおける突然変異）が自然法則と協力して、生存によりよく適応する生物体を造りだす過程にすぎない。」私たちは全くその通りだと推論したい気持ちになる。女性の地位についての堅苦しいヴィクトリア朝的な考え方に対してサラを歯向かわせ、独力で新しい道を歩み始めるよう彼女を駆り立て、未来という波に乗せて彼女を岸へと打ち上げたのは、染色体の偶然の配列であった、と。おそらくそれと同じ染色体の任意性は、独立と自立の決意に対するこのような新しい女性の意識にうまく対処できる男を選ぶだろう。というのは、そのような男だけが、そのような女性にとって配偶者として魅力があるだろうからだ。語り手はこう主張している。「介入してくる神は存在しない……偶然に左右される私たちの諸能力の限界内で、私たちが私たちのものとならしめた生、マルクスが定義している目的を追求しつつある男たち（そして女たち）の行為としての生のみが存在するのである。[16]」語り手は二番目の結末におけるチャールズの不幸な運命に感傷的な同情を寄せないが、恋愛関係の展開については全般的により楽観的である。チャールズが十分に進化しておらず、はらはらするくらい時代を先取りしているサラのような女性を理解し、受け入れることができないとすれば、誰かもっと進んだ男がそうするだろう。

　対照的に、映画はヴィクトリア朝の歴史を単に逸話的に視覚で列挙するだけである――ひどい労働条件（ぞっとするような工場からどっと退出してくる女性労働者たちのショット）、蔓延する売春（ヘイマーケットのシーン）、ヴィクトリア朝の医療（ライムの一般開業医のグローガンが施療院で赤ん坊を取りあげている）。基本的には映画の唯一の真のテーマは愛――ヴィクトリア朝の愛対現代の愛――である。そしてそれさえも著しく様相を一変する。小説の語り手はヴィクトリア朝の愛を、その時代の歴史のさまざまな局面の一つとして臨床的に考察する。語り手の詳述は解説的で、比較を多用する。語り手は現代人が理解できないようなエロティックな精神状態を説明する。他方、映画の方は、ゴシック風の装飾にもかかわらず、[17]おなじみのものに見えるように作られたヴィクトリア朝の愛の経験へと見る者を引きずり込む――感情移入がいつも変わらぬ映画の十八番《おはこ》なのだ。

　現代の性愛《エロス》との対照をできるだけ鮮明に恒久化する必要から、映画のヴィクトリア朝を描いた部分はやや極端にならざるを得なかった。小説の曖昧な二重の結末が放棄されたのみならず、サラとチャールズが静まりかえった湖を穏やかで、魂を充足させる未来へと漕ぎ出していく映画の最後の短い場面《ヴィニエット》は、小説の「幸せな」結末よりもはるかにロマンティックである――月並みと言いたくなってしまうくらいだ。映画の作者は明らかに、ロックミュージックや、キキーッという音をたてながら加速するアンナの車や、アンナの体に宿るサラの幻想に捕らわれている、恋する現代人の苦境との最大限の劇的な対照を求めている。映画は主人公が揺るぎない、安定したヴィクトリア朝の愛を取り戻す望みのないことを暗示して終わるが、これは明らかに小説の複雑な性愛のテーマを単純化している。

映画が想定している内包された読者は、現代の俳優たちよりも「人間的な」ヴィクトリア朝の登場人物たちと根本的につながっている――「人間的」と引用符を付した理由は、無論、その中身が「人間性」の換喩としてのロマンティックな愛という約束事に他ならないからである。この約束事こそコッブでチャールズとサラの間で最初に交わされたまなざしに意味を与えるものなのだ。なにも言う必要はない。しかしながら、小説はそれ以上のこと、この凝視がある意味で「一目惚れ」というセンチメンタルな約束事をはるかに凌いでいることを力説する。

女は振り向いてチャールズを見た――あるいは透視したと彼には感じられた。この最初の出会いのあとチャールズの記憶に残ったのは、女の顔にはっきりと存在しているものであるよりは、彼の予期に反してそこに存在していなかったものであった。というのは、この時代においては、好感をもたれる女性の表情は慎み深さ、従順、羞恥心などであったが、そのいずれもその女の顔に欠けていたのだ。チャールズはその瞬間あたかもコッブがこの顔に所属し、中世の自治都市ライムの所有になるものではなく、自分は不法に侵入したかに感じた。それは、アーネスティーナのように可愛い顔ではなかった。たしかに、いかなる時代の標準ないし審美眼によっても、美しいといった顔ではなかった。しかし忘れがたい顔であり悲劇的な顔であった。その悲しみは、その顔から森深き泉の清水のごとく、純粋に、おのずから止めどなく湧き出ていた。そこには技巧はなく、偽善も病的な興奮も仮面もなく、なによりも狂気の兆候がなかった。狂気は、うつろな海、うつろな水平線にあって、そしてこの悲しみの理由が欠けていることにあった。あたかも泉はそれ自体では自然であるが、砂漠から湧出する点で不自然であるように。(18)

明らかに、一人の登場人物の心の中にこのように詳しく立ち入ることを、単純なアイライン・マッチで表わすことはできない。メリル・ストリープとジェレミー・アイアンズはすぐれた役者であるし、彼らはまなざしに多くの意味を込める。けれども、彼らが、あるいは他のいかなる俳優であっても、顔の表情だけでこのような一節のニュアンスを確実に伝える可能性はない。映画作家は無言のシーン（紋切り型の反応を引き起こす）かヴォイス・オーヴァーのような何かはなはだしく人為的な手法のどちらかを選ばなければならないディレンマに陥る。この場合、彼は前者を選ぶ。あとになってはじめて、しかも他の手段を使って、作者は心の中に立ち入り、解釈を行い、注釈を加えていることを伝えるのである。

小説の内包された作者が、「ヴィクトリア朝」がいかに風変わりな時代であったかを示すことによって、その時代に対して私たちがとっている月並みな態度の裏に隠れている真実を再発見しようと試みるのに対して、映画は私たちがヴィクトリア朝の人々と共有している（あるいは共有していると考えている）ものを頼りに、現代生活をより理解し難いものとして再現している。これらの異なる意図は結果的にプロットやテーマ、そしてとりわけ登場人物に重大な変化をもたらす。たとえば、サラが謎めいている小説と異なり、映画は現代の女優アンナを問題にする。両方の版の決定的な出来事、サラの失踪を考えてみよう。小説では彼女は消えて、再び発見されるのも偶然にしかすぎない。彼女はチャールズとの関係を回復しようとしない。彼女は未婚のままでいることにすっかり満足しているのだ。ライムとエクセターでチャールズに気がある素振りをしたこと、当時自分のなかに「狂気」が潜んでいたことを認めるが、「私たちのあいだで始まっていたものを壊したのは正しかった(19)」と断固言い張る。しかしながら映画では、「病」から快復したと感じるや、チャールズの探偵に通知するのは彼女なのである。彼女は罪を深く悔いており、チャールズの許しを請う。映画のサラはより単純で、その言動もより分かり易く、より感傷的に描かれている。チャールズのより良き伴侶となるために彼女が長いこと退場していたにすぎないと考えるよう私たちは求められているのだ。彼女は「より純粋」に、より良い女性になって、自分によく似た現代のアンナと鋭い対照をなす。(20)

二つの作品の間には他にも重要な違いがあるが、小説の物語言説への挑戦を映画がいかにユニークに解決したかということを例証するために、それらが何を共有しているかという点に目を向けよう。無論、小説の中ですでに直接情景的だったものは容易に映画に移し替えることができる。たとえば、恋人たちの四回目の出会い(第二十―二十一章)、サラがフランス軍中尉との関係を説明するのをチャールズが聞く場面。他の大部分の場面同様、ダイアローグにはほとんど変更はない。サラはだいたい小説で使っている言葉で自らの経験を物語る。しかし、内面描写には異なる扱いが必要だ。小説では語り手が絶えずチャールズの心の中に出入りして、チャールズがなかなか表現できない、ましてや告白できない感情を解釈したり説明したりして、彼の動機の複雑さを述べるが、映画は賢明にもそれに張り合おうとする努力を一切しない。チャールズが意識して目論むのは、(彼の英国紳士としての立場が要求するように)思いやりをもって、助けになってやることであるが、また同時によそよそしく、「この変わった哀願者を従え、どこか王者の風格を見せる」ことである。彼は医師グローガンの代理のつもりになって、この哀れな女性のヒステリーに「談話療法」を施す。無論、チャールズは自分の意図を確信しているが、語り手は彼がいかに彼女に魅了されているか私たちに気付かせようとし続ける。

出来事は主としてチャールズのフィルターを通して語られるが、小説はまたチャールズが考えないことも私たちに知らせる。ひとたび落ち込んでしまえば、ヴァルゲネスと堕ちた道は「這い上がることがとても難しいんです」とサラが言うと、語り手はこう書き留める。「これは、聞きようによってはチャールズへの警告ともとれたが、サラの話に心を奪われていたチャールズには、自分のことまで考える余裕はなかった。」この場面のクライマックスはサラが自分の「堕落」は中流階級の主婦たちが知らない自由を与えてくれたと主張する時に訪れる。語り手はチャールズの困惑した反応を伝える――彼は心を揺さぶられ、それから乱され、「自分がそれ［サラ自身］を享受する際の暗い物陰[21]」に視線を走らせる。

映画はチャールズの入り組んだ精神状態を解釈しようとしないし、たとえば小説の「［サラの］かたわらの堤の天使ケルビムのちっちゃな生殖器のような、青い花をつけたヒメハギの小枝[22]」という奇抜な隠喩に符合するものを一切見せない。もちろん、メリル・ストリープがヒメハギの小枝を引き抜くこともあり得ただろうが、そのカラフルな象徴性は小説を読んでいない人には通じなかっただろう。比喩的なケルビムの生殖器へのクイック・カットはなかなかの隠喩的な手法で、さしずめエイゼンシュテイン流とでもいったところだろうが、観客のほとんどがその意味を掴めなかっただろう。語り手の遊び心に満ちた、神のような数々の観察を表現するシーンを直接劇的に演じるなどと想像することは困難だ。

チャールズの思考と語り手の注釈との交換はきわめてなめらかだ。語り手はチャールズのすぐかたわらに控えていて、歴史的一般化という確信をもって、私たちには互いに相矛盾する感情という印象を与える事柄を自分がどう考えるかを説明するのである。

性的な感情がこれほど突然激変することは、今日ではありえまい。男と女は、たまたま体が触れ合っただけで、たちまち肉体関係の可能性を連想する。このように人間の行動の真の衝動に関して正直であることを、私たちは健康であると見なしているのだ。しかし、チャールズの時代においては、私的な頭脳は、公的な頭脳によって禁じられている欲望を容認しなかったのである。そして、この暗がりに潜んでいる虎に襲われるとき、意識は滑稽なまでに無防備であった[23]。

語り手は虚構の世界から外の世界へと、現実のヴィクトリア朝および後の時代へとすぐに一般化する。彼は狭量なラボック主義には物語世界への耽溺としか思われないものを存分に楽しんでいる。[24] よかれあしかれ、ただ一つの一般的な話題のもとでチャールズの振舞いを説明することに満足していないのだ。間髪を入れず、彼は次の短い一般論へと進んでいくが、今回はヴィクトリア朝の人々が狭い閉じた空間をいかに好んだかという話題である。建築物に関する閉所愛好的沈思黙考が今度は絵画についての考察になる。[25]

　映画化されたこのシーンは時代について注釈を加えようなどとしていない。ヴィクトリア朝絵画や建築、あるいはヴィクトリア朝人が娯楽を避けたことについて、社会が口に出せないと宣言したことを（心の奥底でさえも）詳細に説明するふさわしい方法が映画には見当たらないのだ。しかし、映画は状況の個人的、人間的要素については多くのことを――大部分は暗示によって――演技や構図やカメラの動きや編集、そして音楽という細部によって伝えることに成功している。映画が示すものは、小説が私たちに語ることよりも単純で、断定的ではない（なにも不正確だということではない）。チャールズの考えは主として俳優の顔の表情と態度、セット、そして特徴的なカメラの動きによって伝えられる。小説ではサラがチャールズを人目につかない場所に案内し、自分がいつも座る席、「上面が平らな大きな燧石《すいせき》……眼下の樹木の梢とその先の海原を一望のもとに見渡す質素な玉座[26]」を彼に提供する。しかしながら、映画には玉座もなければ彼の態度に王様らしいところも全くない。彼はなかなか告白したがらないサラから少し離れて、心地悪そうに地面に足を組んで座っている。しだいに感情の罠にはまっていく彼の意識を強調するために、映画はこのシーンを長い側生枝の木々の間に設定している。枝の細長い線が二人の体を交差し、蜘蛛の糸を暗示している。カメラも共謀して効果を高めている。カメラがゆっくりと円を描きながらまわりをトラック移動し、枝が二人を結ぶ絆に見えるようにしているのである。サラもチャールズも動かないが、カメラは二人を一列に、チャールズがサラのすぐ後ろにいるかのように並べて、二人の距離を縮める。その視覚的効果は「チャールズは自分がしだいにサラの問題に巻き添えになっていくのを感じた」といったようなことを含意している。「巻き添え」は小説が念入りに伝えている——優越感、保護の精神、嫉妬、そして「無意識の」欲望が絡み合った感情ほど——錯綜した感情ではないかもしれないが、やはり一つの感情であって、プロットにとって決定的に重要な感情、厳密に映画的な手段によって全面的にもたらされた感情である。

この脚色が直面した中心的な問題は、小説のプロットの詳細をいかに表現するかということではなかった。ダイアローグは大体写し取られ、俳優たちはおおよそ登場人物たちが小説でしていることをする。そうではなくて、問題は語り手の注釈、手が込んでいるだけでなく、現代人の視座をもった注釈を活写することだった。自意識的なメタ物語というアイデアを嫌がるわけではないが、映画は二十世紀の語り手を登場人物に変えていない。小説が短めに奇想天外に、（第五十五章で）チャールズの客車に現れる「たっぷりと顎髭をたくわえた」不思議な男として登場させるように。逆に映画はファウルズ自身が原作の「見事な隠喩」[27]と思った現代の枠物語《フレーム・ストーリー》を導入する。現代のストーリーはチャールズとサラの役を演じる俳優のマイクとアンナの舞台裏の情事に関わっている。しかし、それぞれのストーリーが他方に注釈を加えるので、（少なくともテーマの上で）どっちがどっちを枠にはめているのかなかなか分からない。スザンナ・バーバーとリチャード・メサーのように、現代のストーリーを小説の第二の結末と同一視して、「チャールズ同様、マイクは一種の再生の痛みを覚える」[28]と考えるのは間違いだと私は思う。そして、二つのストーリーの関係はボイアムのようにある種「二重のヴィジョン」[29]だと漠然とした言い方をするよりも、もっと正確に述べる必要がある。

映画の二つのストーリーには類似よりも対照の方が目立つ。小説の最後の数章では、問題点ははっきり示されている。サラはラファエル前派での仕事が気に入っている。彼女は「理解されてはならない」、自分自身によってさえも。そして彼女の知的、精神的成長は、彼女がチャールズ、あるいは他の誰をも「妻として」[30]愛せないと結論させるところまで彼女を導いた。しかし、映画ではアンナの動機が全く曖昧なままになっているように思われる。睡眠中にデイヴィッドの名前をつぶやいた（そしてマイクを当惑させた）にもかかわらず、フランス人の恋人との彼女の関係には情熱というものが全く欠如しているようだ。アンナはマイクの妻のソニアが羨ましいと言うが、何故と訊かれて、ソニアが、庭仕事が上手だからと陳腐なことをもぐもぐ言うだけである。そして、マイクからの彼女の最後の「逃走」は謎に包まれている。マイクはというと、彼はチャールズとは違う。彼は現在の生活をなげうち、家族を捨てて、アンナのあとを追うことはしない。

否、現代のストーリーはヴィクトリア朝のストーリーの再演ではないのだ。そうではなく、それは小説の注釈を劇化しようとする試みなのである。もっとも、ただ単に語り手の台詞を登場人物に割り当てることによってではなく。そうしていたら、現代の俳優たちを操り紐的人物〔フィセル〕として使う、ジェイムズ的な解決策になっていただろう。（たった一度、アンナがヴィクトリア朝の状況について注釈を加えるが、彼女の意見はマイクの——ヴィクトリア朝の紳士が「週二・四回ファックした」という——露骨な冗談によって直ちに無効にされる。[31]）注釈はむしろ内在的である。それは二つのストーリーの並置、性愛に対するヴィクトリア朝と現代の態度の実践面での対照に内在するものなのだ。これらの違いの意味は観客に委ねられる。私たちがそこから引き出してくる意味は、小説の明示的な断言によって判明することほど明確ではないかもしれないが、十分に真相をついていることは確かである。映画はヴィクトリア朝の愛が現代の愛について語るべき多くのことを持っている（そしてその逆）ことを私たちに信じさせるのである。

問題をよりテクスト理論的な用語でいえば、小説の注釈《コメンタリー》が物語に奉仕するように解説《エクスポジション》と議論を明示的に伝えている箇所で、映画は現代のストーリーを並置することを考え出したのだが、まさにそのことが注釈を含意しているのだ。この場合、基本的な手段となる技法は「クロスカッティング」（クリスチャン・メッツの「交換連辞」ないしは「交換モンタージュ」[32]）、すなわちD・W・グリフィスがすでに完成させていた由緒正しい編集技法である。より精密な名前は「鱗状モンタージュ」で、一つのストーリーの二本の異なる縒《よ》り糸の間を行ったり来たりする別個の差し挟まれたショットの集合という意味で、これらが最終的に結び合わされるのである。[33]『フランス軍中尉の女』のインターカッティングを一風変わったものにしているのは、現代のストーリーがストーリー全体のただ単なる一つの構成要素、すなわち縒り糸ではないことである。二つのストーリーの相互関係はずっと複雑である。あるレベルでは、現代のストーリーはヴィクトリア朝のストーリーの代理の物語言説、つまり、より直接的に話しかける声をもった語りの劇化された代案という役割を果たしている。別のレベルでは、現代のストーリーは自律しており、ヴィクトリア朝のストーリーの枠取りと注釈さえ飛び越えて、それ自体で一見したところ「何の関係もないような」細部をもった、ある現代的な状況を提示するのである。この自律性は映画の前半では認めにくい。そこでは焦点はずっとヴィクトリア朝の話に合わせられていて、現代のシークエンスは短く、省略が多く、通例それぞれがワン・ショットで構成されているからだ。ヴィクトリア朝の登場人物を演じる俳優たちに何故関心を持たなければならないのかを理解するまでにしばらく時間がかかる。映画の終わり近くなってはじめて、彼らのドラマがヴィクトリア朝のドラマに近づき始め、それよりも重要にさえなってくる。後者の成り行きはチャールズがサラの居所を知った途端に、大体予想できるからである。他方、現代のストーリーの最後の三つのシークエンスはとりわけ複雑で、数多くの多様なショットを組み入れている。

現代のストーリーは非常に断片的に、予期しない方向に展開するので、それがヴィクトリア朝のストーリーとテーマの面で、そしてまた形式の面で、いかに交差するかを逐一詳しく検証するのが有益だ。（現代のストーリーは最終的にヴィクトリア朝のストーリーに取って代わり、ドラマの中心になる。）この回復作業を行うに際して、脚本では計画されていながら、映画では使われなかった七つの加筆されたシークエンスに私たちは注目したい。（削除された箇所には隅付き括弧を付す。）

（一） 現代のストーリーはホテルのアンナの部屋で始まる。彼女とマイクは一夜をともに過ごし、彼が彼女のメイクアップを知らせる電話に出る。これで二人が恋人同士だということを仲間全員が知って、彼女は「淫売」

ということになるだろうと二人は冗談を言う。【削除：着付け係がヴィクトリア朝のコルセットを外すのを手伝ってくれるとアンナはほっと一息つく。】

（二）　マイクの寝室で、ロンドンに売春婦がどれくらいいたかという記事をアンナが読んでいる。ヴィクトリア朝の紳士が平均どれくらいそこを訪れたかマイクが冗談半分に計算する。アンナがその統計を聞いて笑う。【削除：マイクが崖っぷち《アンダークリフ》上空を飛ぶヘリコプターに乗り込む。アンダークリフの空からのショット。チャールズとサラが逢いびきするライム・リージス近くの荒涼とした海岸地帯(34)】［シークエンス十一に繰り延べられる。アンナ、鬘《かつら》を脱ぎ、鏡に映った自分の顔をじっと見つめる。］【削除：アンナのトレーラーの楽屋での啓示的な、おそらくあまりにも啓示的なシークエンス。二人は演じたばかりのシーンについて冗談を言う。アンダークリフでのチャールズとサラの偶然の出会い。一緒に散歩しませんかと誘う彼。彼女は神秘的に、そしてまたコケティッシュにその懇願をはねつける。マイクはなかなか楽しかったと言って、彼と「息が合ったか」とアンナに訊ねる。彼女は「うーん、断然」と答える。「僕のことじゃないよ。彼さ……スカートの衣擦れの音がしたよ。とても挑発的だったよ。本気でやったの？」アンナが言う。「そうね、うまくいったわね、そうじゃない？」このシーンはマイクがサラ――アンナではなく、彼女が演じている登場人物――に本気で惚れてしまった最初の証拠になっていただろう――そして、アンナの「そうね、うまくいったわね。そうじゃない？」をおそらく彼女さえ気が付かない二重の意味を持った言葉にしただろう。】

（三）　庭の物置のような所（おそらくチャールズがアーネスティーナにプロポーズする温室をパロディ化するつもり）でマイクとアンナが現代の服を着て、小説中のチャールズとサラのアンダークリフでの二回目の出会い（第十六章）に相当するシーンのリハーサルをしている。サラがすべってチャールズが捕まえるという場面だ。最初アンナの演技は下手で、見るからにマイクを苛立たせる。二回目にはうまく演じて、マイクはあたかも突然彼女が目の前でサラになってしまったかのようにじっと見つめる。映画の最も印象的な瞬間のひとつである。彼の目つきはとても真剣で、虚構のシーンにチャールズが加わっているということのみならず、彼自身の驚きをも表わしているように思われる。アンナの変容とマイクの反応を強調するために、映画的語り手はミッド・ショットの「現実の」ヴィクトリア朝のシーンにカットする。最初すべり始めはアンナだが、最後は赤い鬘をかぶり、ヴィクトリア朝の衣裳を着たサラが、庭の物置の床ではなくてアンダークリフの地面にすべり落ちるのだ。このショットは先ほどの削除されたシークエンスで脚本が言葉で伝えようとしたこと――「本気でやったの？」――を純粋に視覚的に表現している。

（四）マイクがホテルの部屋の窓辺に、ふさぎ込んでタバコを吹かしながら立っていると、突然現代のストーリーの中ではじめて（弦楽四重奏用、とりわけチェロ用に作曲された）忘れがたいサラのテーマ曲が聞こえてくる。これはまさしくオープニング・ショットから彼女を連想させてきた音楽である。[35] このように「滲出《ブリードオーヴァー》する」音楽はマイクが前世紀の女性に夢中になっていることを注釈として暗示する最初のものである。現代のストーリーの物語世界の空間でこのテーマが聞こえるということは、マイクが登場人物を演じる女優よりも登場人物を愛していること、登場人物が女優に取って代わっていることを、比較的正確に私たちに告げるのである。アンナの素足が黒っぽい毛布と白いシーツから突き出ている――まるでサラの黒いドレスと白いペチコートの下のくるぶしのようだ――のを見て、彼はカバーの下にやさしく押し戻してやる。二人の男を見てきたコンテクストから言うと、このやさしさはマイクというよりチャールズ特有の感情である。睡眠中にアンナがフランス人の恋人のデイヴィッドの名前をつぶやくと、マイクは「デイヴィッドじゃないよ。マイクだよ」と言う。彼の時代錯誤の愛と最終的な失望がいまやはっきりと予示されている。

（五）マイクとアンナが浜辺で横になっている。マイクが何故悲しいのかとアンナに訊ねる。彼女は否定する。「これが、映画が脚本の三ショットから成るシークエンスのうち残したすべてである。最初のショットではアンナが浜辺で横になっているマイクの方へ歩いて来て、散歩を楽しんできたと言う。三番目のショットで、マイクはアンナを見つめている。アンナは目を閉じて横たわっている。実際のヴァージョンでも計画されたヴァージョンでも、自分の感情についてアンナが沈黙を守り続けることは、登場人物としての彼女の不透明さと、サラではなく彼女を謎に包まれた人物にしようとする映画の意図の最初の明らかなしるしである。彼女が悲しくなる理由はいくらでも考えられる。表向きチャールズがサラをはねつけたことに対する共感のため、マイクに対して難しい選択を迫られているため、私生活がめちゃくちゃなため――それとも？」

（六）アンナは撮影を終了する。現代の服を着た彼女がロンドンへ出発しようとしている。まだヴィクトリア朝の服を着ているマイクは不機嫌だ。ロンドンで会いたいと彼が言う。それは難しいわと彼女。彼がそう言ってきかないので、彼女、しぶしぶ承諾する。【削除：しばらく経ってロンドンのバーで、マイクがアンナに会いたくてたまらなかったと言う。ロンドンの世界は「本物じゃないわ」と言う彼女。デイヴィッドは「本物じゃない」のかと彼が訊ねても、彼女は答えを避けて、エクセター行きが待ち遠しいと言う。マイクはにこにこしてエクセターでは絶対に「君を抱く」と言う。このシーンが削られた理由は、おそらく私たち観客にアンナの心のなかを余りにも覗かせすぎるためだろう。最終版では彼女の動機と決意は概ね不明瞭なままだ。私たちはほとんど全面的にマイクの利害・関心の焦点《インタレスト・フォーカス》に委ねられている。】

（七）駅でアンナを見送るマイクが笑いながら言う。「君を失ってしまう。」君は自由な女なのだからと言って、留まるよう懇願する彼。「そうよ、私は自由よ」と彼女。気が狂ってしまうと彼。「いいえ、そんなことはないわ」と答える彼女。君を抱きたいと彼。エクセターで抱いたばかりじゃないのと答える彼女。

（八）デイヴィッドとアンナがホテルの部屋で腰を下ろしている。彼〔マイク〕が電話をかけてくる。デイヴィッドが電話に出ると切ってしまう。明らかにデイヴィッドは疑っている。マイクの家にカット。妻のソニアが大丈夫かと彼に訊ねる。キャストをパーティーに招待したいとマイクが持ちかける。再び、ホテルに電話し、デイヴィッドに二人でパーティーに来られるかと訊ねる。「アンナにかわるよ〔！〕」〔「君にアンナをやるよ」〕とデイヴィッドがそっけなく言い、電話を彼女に渡す。彼女が招待を受けるとマイクが愛しているとささやく。彼女は電話口でどういう話がされているかデイヴィッドに気付かれないように別の応答をする。【削除：映画の結末についてどんな決定がなされたのかアンナに訊ねるデイヴィッド。アンナは「書かれた通りに演じる」ことに自分は決めたと答える。それじゃあ喧嘩にならないかい、とデイヴィッドが訝る。アンナがつっけんどんに答える「そうならなきゃいいけど」と。その意味はマイクとの情事を終わらせることに決めたということである。このショットは疑いもなく先に論じた理由で削られた。つまり、彼女のはっきりした「選択」行為が最後の失踪の曖昧さの効果を幾分弱めるという理由である。】

（九）　このシークエンスは三つの短い部分から成る。アンナがロンドンのとある路地の衣裳店に入る。ウィンダミアのシークエンスのためにデザインされた白いドレスを着て鏡の前でポーズをとりながら、言う。「この衣裳を着た彼女が好きになりそうだわ。」それから撮影所の車に戻り、走り去る。

（十）　マイクの家でのパーティーを描く長いシークエンスは、マイクとアンナの不義と、今では役を離れ、現代の服を着た様々な助演者たちの人物描写《ヴィニエット》との間をカットする。ポールトニー夫人を演じた女優、穏やかで陽気な女性がマイクの子供を褒める。デイヴィッドがマイクに映画はハッピー・エンドで終わるのか、不幸せな結末なのかと訊ねると、マイクは「元の結末にしようと思っている……つまり、二番目の結末さ」と言う。アンナはソニアの庭を羨ましがる。「サム」がピアノでバッハを弾く、などなど。このシークエンスの間じゅう、マイクはアンナと二人きりになろうとする。彼はぼやき（「全くいまいましい」）、ウィンダミアのセットでは「ちゃんと」話さなければならないと彼女に言う。アンナは何か話すことがあるのかと訊ねるが、同意する。

（十一）　映画はウィンダミアのセットでのキャストのパーティーをもって終わる。サウンドトラックを支配するのは、ロックミュージックで、シーンは視覚的には大混乱といった状態である。カメラはキャストの面々――かなり酔っ払った「医師グローガン」、「ポールトニー夫人」、「サム」、「フェアリー夫人」、「モンタギュー」などの踊りに合わせてぐるぐる回る。マイクはアンナに家の中で会うように合図を送る。彼女は楽屋を通り抜ける際、鏡で自分の姿を見つめる。サラの赤い鬘が彼女の隣の帽子型《ブロック》に置いてある。マイクはアンナに会いに行く途中で「アーネスティーナ」にばったり出会う。彼はおざなりに彼女にキスするが、彼女は彼にまとわりつく。彼は愛情を込めながらも急いで、軽く肩をたたいて走り去る。彼女は寂しそうに歩き去る。アンナの楽屋に着くと、マイクはしばし赤い鬘を愛撫し、それから映画のヴィクトリア朝のラストシーンが演じられた部屋へ入っていく。部屋には誰もいない。サウンドトラックでは突然サラのテーマ音楽がロックバンドに代わって流れてくる。車が立ち去っていく音をマイクが聞く。彼は窓辺に駆け寄る。ロックミュージックが甦る。自分の強迫観念を決定的に確証するかのように、「サラ!」と叫ぶマイク。

これら十一のシークエンスが映画の現代のストーリーの全内容である。王冠に埋め込まれた宝石(白眉)として「自意識的に」生じる一つの細部を除いて(もっとも、それは明らかに脚本の段階では計画されていなかったものである)。それはヴィクトリア朝のストーリーの完全性を決定的に「侵害」するものであり、埋め込まれたストーリーから埋め込みをするストーリーへとずれ込んでしまっている。ウィンダミアのシーンで、自分の人生を台無しにし、それを楽しんだとチャールズがサラを責める瞬間である。(映画のダイアローグは小説のダイアローグを繰り返す。)彼女が詫びようとして手を伸ばす。チャールズは彼女をはねつける。つまり、彼女を押しのけることになっている。確かに彼はそうするけれど、必要以上に強くやり過ぎてしまう。(36) 実は、彼女を殴り倒してしまうのだ——あまりにも強く殴ってしまったので、彼女は頭を床にしこたまぶつけてしまう。彼女が起き上がろうとよろよろもがいていると、チャールズが奇妙なことをする。彼の顔は心配そうに柔和になり、大丈夫かと目で問いかけているかのようだ。彼女は弱々しく大丈夫と微笑む——明らかにこのやりとりは演じられることになっている(ヴィクトリア朝の)演技と一致しない。その後、場面は「書かれた」通りに再開する。

彼の異例ともいえる暴力、大丈夫かという無言の問いかけ、そして同じくらい彼女らしくない、相手を安心させようとする微笑みを私たちはどう解釈すればよいのだろう？　思うに、唯一考えられるのは、張りつめていた現代のストーリーが初めて、そしてただ一度だけ、映画・中・映画の映像に滲出してしまったということだ。他の個所では現代のストーリーとヴィクトリア朝のストーリーは視覚のレベルでは徹頭徹尾切り離されている。（もっとも、聴覚のレベルでは「現実の」音も注釈的な音もしきりに二つのストーリーの間で重なり合う《オーヴァーラップ》けれども。クロスカットを先取りして、電話が鳴り、ヘリコプターがブンブン唸り、列車が轟音をたてて通り過ぎて、現代のストーリーが再開されようとしていることを告げる。）これは唯一の視覚的違反である。チャールズの衣装を身に着け、その演技をしているが、アンナがサラではないことに対するマイクのフラストレーションは大きく、その怒りが彼を打ち負かし、柄にもないことをさせてしまうのだ。サラへの恋心《パッション》——そしてサラではないことに対するアンナへの怒り——のために彼はそのシーンをやりすぎてしまったのだ。その後、アンナが重傷を負ったかもしれないと分かると、彼は彼女を気づかい、彼女がうなずいて、微笑むとようやく安心する。

　マイクは十九世紀のルールで二十世紀のゲームをしようとしている。十九世紀の虚構の登場人物に恋をすることで、彼は十九世紀的熱情《パッション》を経験する。熱情が進化の上で飛躍的な前進であるとは到底思われない。映画は感情の領域における進化の成り行きについて小説ほど楽観的ではない。

　映画製作を主題とする映画は数多くある。『８½』（一九六三年）、『アメリカの夜』（一九七三年）、そして『雨に唄えば』（一九五二年）がすぐに思い浮かぶ。しかし、『フランス軍中尉の女』がこれらの映画と異なる点は、その関心が創造性の問題とか監督の仕事ではなく、俳優たちに与える「枠取られた」映画の影響力にあるということである。この映画はまた象嵌〔ミザナビーム。テクストに嵌め込まれた当該テクストの小型の複製〕[37]でもない。すなわち、現代のストーリーはヴィクトリア朝のストーリーの縮小模型ではないということだ。反対に、その主題は現代のパースペクティブから見た二つの世界の違いである。唯一現代における性愛に対する関心だけが、マイクの苦悩に映画が持続的に関心を寄せている理由となるだろう。マイクは虚構のヴィクトリア朝の登場人物に時代錯誤的に恋をしてしまう。ピグマリオン同様、彼は最愛の人に（アンナという女性を借りて）生命を吹き込もうとするが、彼女自身のもっともな理由から――その理由を私たちは決して知らされない――アンナはガラティアを演じないことにする。虚構の女性を過ぎ去った時代から探し出してくるというこの不可能な話は、小説が目論んだ主題ではない。小説は現代におけるヴィクトリア朝思想の反響を解説＝議論の形で論じるだけである。映画のテーマは、たとえ身代わりとしてであっても、よりすぐれた、より古い愛し方、ということはつまり、生き方を味わった（おそらく現代の芸術家ないし一般に思慮深い人間の提喩《シネクドキ》としての）現代俳優の苦境である。彼にとって不幸なことに、そのような愛し方が可能だった世界はもはや存在しない。こうしてこの登場人物兼俳優は逆のイメージを作り出す。ちょうどチャールズが未来の女性にあこがれるように、マイクは過去の女性に恋い焦がれるのである。こうして映画は、ヴィクトリア朝の道徳観に関する小説の注釈のいくばくかのみならず、私たちの時代の道徳観に関する注釈をも反映している。

　撮影、演出《ミザンセヌ》、編集、そして映画製作のその他の側面は、ヴィクトリア朝の生活と現代の生活の視覚的特質を対比させることで、マイクのディレンマを巧みに強調している。たとえば、現代のストーリーの映像、とりわけ最後のマイクの映像は逆上して見えると同時に陳腐でもある。ヴィクトリア朝の部分のエレガントな構図や照明(38)――温室でのプロポーズ、アンダークリフ、荒れ果てた納屋での牧歌的な逢いびき、エクセターでの愛の巣――とはちがい、現代のシークエンスは平板で、世俗的で、偶発的である(39)。ミザンセヌはアンナがロンドンで車を乗り降りする姿や、マイクの家でのガーデンパーティーや、ホテルのアンナの部屋や、ウィンダミアでのキャストのパーティーを描き出すが、どれもみな散漫で、行き当たりばったりの感がある。演じている登場人物とちがって、現代の俳優たちはでたらめにばらまかれていて、その動きも目的がない。何か貴重なものが現代のあくせくとした、行き当たりばったりの生活では失われてしまったことを映画は暗示している。編集でも画面内の動きでもヴィクトリア朝の生活のゆったりとしたペースが表現され、現代のロンドンのてんてこ舞いの様子、緊張と不確かさと二面性《アンビヴァレンス》と対比されている。

その効果は二つのストーリーの間を行きつ戻りつする編集に見事に達成されている。現代のストーリーが割り込むのは、それがヴィクトリア朝のストーリーと特別の、そして、しばしば反語的な関係をもつ瞬間に限られる。チャールズのアーネスティーナへの途方もなく慎み深いプロポーズは、不義を犯している現代の恋人たちの目を覚ます耳障りな電話に「中断される」。海岸でアンナが感じる悲しみは、いま演じたばかりのシーンによって引き起こされたものと思われる。森でサムとメアリーがいちゃついているのを目にして欲望を覚えた自分自身に衝撃を受けたチャールズが、サラに二度と会ってはならないと語る場面である。エクセターで、処女を喪失したサラが生きる力を与えてくれたとチャールズに感謝している場面は、マイクがチーズとオニオンのサンドイッチを手にロンドン行きの列車に駆け込むシーンに切り換わる。アンナが自分の前から消え去ろうとしていると冗談めかして彼は言う。チャールズは二年間サラに会えなくなるところだが、マイクは（おそらく）永久にアンナを失ってしまうのだ。チャールズがエクセターの誰もいないホテルの一室に立って、サラがいなくなったことを絶望的な思いで経験した直後、マイクはアンナのホテルに電話するが、デイヴィッドのフランス語訛りの声が聞こえてくるだけだ。（マイクにとって、事態がしだいに盛り上がってクライマックスに達すると、サウンドの滲《ブリードオーヴァー》出がより頻繁に起こるようになる。たとえば、前の、ヴィクトリア朝のショット、エクセターの部屋をチャールズがひどく興奮した様子で見回している最中に電話が鳴りだす。）

映画の編集を注意深く見れば見るほど、それぞれのストーリーが互いにいかに巧みに絡み合っているかがよく分かる。たとえ私たち現代人の愛のディレンマを説明しないとしても、ヴィクトリア朝のストーリーは少なくともそれをくっきりと浮かび上がらせる。小説がなじみの薄い時代を説明する仕事を引き受けたのに対し[40]、映画はいいい私たちの時代を一貫性に欠けたものにしている。ヴィクトリア朝の道徳観は、古風であるにもかかわらず、どういうわけかより分かり易い。なぜなら、より「人間的」だからだ。私たち自身の態度に首尾一貫性が欠けている事実は、主としてサラではなくて、アンナを謎の女にしたことによって処理されている。[41] 彼女は自分の性格を示す手掛かりになるようなことをほとんど言わない。彼女が出し抜けにマイクを捨てるのは軽薄さからなのか、感情的に深入りするのを恐れてか、混乱のためなのか、マイクの混乱を知ってか、あるいはこれらのうちのいくつかが一緒になってなのか、私たちは知らない。[42] しかし、何であれ、彼女の動機はきわめて現代的なものである。

このように、映画は小説から性愛のテーマだけ——とりわけ、ヴィクトリア朝の道徳観は私たち自身の時代よりもすぐれていたかもしれないという暗示——を取り出している。小説の語り手はヴィクトリア朝の人々の自己抑制こそが実際には彼らに私たちよりも強い性衝動を与えたのかもしれず、事実彼らが無意識のうちに性的な快楽を求める目的で、ちょうど夜おいしい夕食を食べようと一日中わざと何も食べない人のように、手の込んだ抑制を設けたのかもしれないと論じている。語り手は、私たち現代人が簡単に性を手に入れられること、私たちの性的な寛大さとそのでたらめさ加減が経験を矮小化せずにはいないと述べている。語り手は鮮やかな隠喩を使って比較している。「かりに一日一個のリンゴしか食べられないとしたら、お粗末なリンゴしかない果樹園に留まることには大いに問題があるだろう。週一回しか与えられないとしても、はるかにおいしいリンゴが見つかるかもしれない。[43]」小説は現代が優位にあるとは決して言っていない。批評家のチャールズ・スクラグズが述べているように、ファウルズは「ヴィクトリア朝文化を称賛することができる。しかも的確にも道徳的な言葉で。彼はヴィクトリア朝の強い目的意識、人生を意義あらしめるようとする決意を高く評価している。なぜなら、彼は自身の時代が目的とか意味といった意識を欠いていることを鋭敏にも認識しているからだ。[44]」相違があり、短縮されているにもかかわらず、映画はこれに似た態度を伝えている——実のところ、よりひたむきにそれを伝えているとさえ言える。[45]

ある物語を別の物語に奉仕するように使うことは、無論、文学にも映画にもともによく見られる。通常それは『千一夜物語《アラビアン・ナイト》』あるいは『カンタベリー物語』のような形を取る。サービスを受ける物語が枠物語《フレーム・ストーリー》で、サービスを提供する物語がその枠内で何か明示的な機能――逸れたり、例証したりなど――を果たすストーリーになっている。あるいはその逆で、枠物語は物語の核心に辿り着くための単なる口実にすぎず、物語は枠をはめられたストーリーに存在するという場合である（『嵐が丘』、『ねじの回転』）。いずれの場合も意図は通常はっきりしている。しかし、『フランス軍中尉の女』の映画版ではサービスの「方向」もその正確な力も不確かで暗示的なままで、大いに解釈を必要とする。この戦略はまさしくこの小説の「自意識」の代わりに使われている――それどころか、その等価物と言ってもいいくらいだ。ジョン・ファウルズはあるインタビューでこう語った。「〈この幻想《イルージョン》としてのフィクションといったもの〉にこそ彼は興味を抱いた。それこそが幻想を鮮明にする一つの方法なのだから。〈それを捨ててしまうのではなく、それとともに生きることを学ぶのだ[46]〉」と。映画はこれと同じ手段を使ってヴィクトリア朝のストーリーと現代のストーリー双方（とりわけ後者）の「幻想を鮮明に」しようとした。そして現代のストーリーは、私の考えでは映画《シネマ》がこれまで描いてきた現代の愛のなかでは上々の部類に属するものである。

第十一章 「フィクション」「の」「修辞学」

無視されることの多い修辞学をもっぱら考慮する必要がある……
——ミハイル・バフチン

ウェイン・ブースの著名な本はフィクションに一般的な規則を押しつけることに対する意気盛んな防御である。防御のために彼が「修辞学《レトリック》」を回復したことによって、一つの興味深い、重要な物語学的な問題が生じる。とりわけ、テリー・イーグルトンのように全く異なる信条をもった批評家たちもその用語を取り戻したいと思っている時であってみれば。[1]「フィクション」「の」「修辞学」という言葉は、このような言い回しでどのように相互に作用し合うのだろうか？

「〈フィクションの修辞学〉は何を意味するか？」という問いは、実際には「私たちはそれにどんな意味を許すのだろうか？」ということを問うている。「フィクション」が「物語フィクション」、すなわち事実に基づく話だと主張しない物語を意味するとしよう。そうすることで、私たちは議論をあらゆるメディアのフィクションに拡大することができる。「レトリック」はそれほど容易に定義できないが、その定義上の問題のいくつかは他の問題よりも容易に解決できる。イーグルトンをはじめ多くの人たちが、それが一つの実践《プラクティス》を指すことも、学問分野《ディシプリン》を指すこともできることを指摘している。たとえば、「説得するために言語的手段を行使すること」なのか、「そのような手段の形式の研究」なのかである。簡単な解決策はそれを実践している人々を「修辞家《レター》」と呼び、その教科の研究者を「修辞学者《レトリシャン》」と呼ぶことだろう。しかし、それではその学問分野自体の名前の曖昧さは解決しない。クリスティン・ブルック゠ローズが指摘しているように、曖昧さは他の学問分野も共有している。「歴史」という用語は起こった出来事とそれらの出来事についての言説の双方を指す。[2] 同じことは「言語」とか「詩」といった用語についても言える。パオロ・ヴァレシオは、「言語学《リングイスティックス》」や「詩学《ポエティックス》」という先例に倣って、この学問分野の複数形を使って曖昧さを解消しようとする。[3] しかし、「レトリックス」は少なくとも英語では人気がない。

　二十世紀に修辞学を復権させた人々は、二つの目標を設定してきた。総体的な修辞学を達成することとそれを規範的というよりも記述的にすることである。総体的な修辞学は、局所的であると同時に包括的な、テクスト構造のあらゆる局面に取り組もうとする。アリストテレスからジョージ・キャンベルに至る修辞学の長い衰退の理由の一つは、焦点を狭めすぎたことにある。修辞学者たちは構造や包括的な企図《デザイン》を犠牲にして、文体の精妙さにしだいに取り憑かれるようになってしまった。カイム・ペレルマンのような現代思想家だけがテクストの全体的な構造とか論理という問題、局所的戦術《タクティックス》のみならず全体的戦略《ストラテジー》に改めて興味を抱いていることを私たちは知るのである。[4]

　現代修辞学の第二の目標は、規定したり規制したりするのではなく記述すること、すなわち、修辞家が何をすべきだったかについての規則を施行することよりも、修辞家が何をするかを研究することである。I・A・リチャーズとケネス・バークは、現代の修辞学者の務めが理論の構築と実際の実践の観察であって、いかに書き、話すかについての忠告ではない、ということを理解するのを助けてくれた。ブースの本もまた、パーシー・ラボックに倣って小説への正しいアプローチは劇的なアプローチだと論ずる批評家たちの規範主義に対する反動である。

次に「の」という言葉がある。何かの修辞学という言い方は、どういう意味だろうか？　奇妙なことに「修辞学」は「フィクションの修辞学」といった表現において最もどっしりと安定する。ひとつには、先ほど述べたような実践と学問分野の間の曖昧さがある。「フィクションがその目的を促進するために利用する修辞的技法《レトリック》」の意味なのか、それとも「修辞学者が研究するあの修辞学《レトリック》」の意味なのか？　この曖昧さはさほど厄介ではない。なぜなら、理論家たちは明らかに一つの学問分野、すなわち理論によって説明のつく実践に興味をもつからである。しかし、より疑わしい曖昧さが控えている。ブースは『フィクションの修辞学』第二版のあとがきでこう認めている。「修辞学の二つの概念の区別がこの本［の初版］のいたるところでなされているが、その区別は必ずしも一貫して維持されるわけではない。[5]」この一貫性の問題にはのちほど取り組むことにして、まず最初にブースが持ち出していないある問題を考えてみたい。それは修辞学の目的という問題で、フィクションの修辞学と物語学の第一の目標、すなわち［物語という］この一つのテクスト・タイプの構造の記述との区別がそっくり必要になるきわめて重要な問題である。

フィクションの修辞学の目的という問題と取り組むためには「レトリック」一般のさまざまな意味に目を向けなければならない。私は三つの意味しか言及しないが、これ以外に論じるに足る意味があることは承知している。一つ目は手っ取り早く片付けることができる。そこでは「レトリック」はあるものの第二段階の研究を意味する（ちなみに初級は「文法」である）。したがって、ヨガあるいはコンピュータ・プログラミングのレトリックには初心者には高級すぎるストレッチやプログラムの教育が含まれる。この意味が物語学に無関係なことは明白だ。

二番目の意味はレトリックを短絡的に言語的（あるいは、より一般的に記号論的）コミュニケーションと同一視する。これは三番目の、この用語が通常理解されている、より限定的な意味、すなわち説得《スエイド》のためのコミュニケーション手段の使用と対照的である。私はアリストテレスと同様に、「パースエイド」ではなく「スエイド」という言い方をするが、それはレトリックが関わるのが、テクストが現実の観客／読者《オーディエンス》に対して最終的に成功をおさめたのか、失敗したのかということではなくて、テクストの説得方法《アージング》、「利用できる手段」だということを強調するためである。この意味でレトリックは世論調査とは何の関係もない。テクストが大衆の態度に実際にどのような影響を及ぼすかは、正しくは社会科学の問題である。

見たところ、二番目の、広い意味が私たちの話題に最もふさわしいように思えるかもしれない。しかし、レトリックがすべての言語的（あるいは他の記号論的）コミュニケーションに他ならないとすれば、それを言語の純粋に記述的な研究、とりわけ文章よりも大きな単位に関わり、「談話分析」とか「語用論」などの名前で通っている部門から切り離す理由は全くない。別の角度から見れば、この定義はテクストのより大きな目的を顧慮することなく、その手段自体に関わることを暗示している。そのようなレトリックは単なる分類学にすぎないだろう。しかし、「物語学」すなわち「物語の文法」という用語が純粋に分類学的関心をすでに十分に表している。いやしくも何らかの役に立つためには、「フィクションの修辞学」は何か別のものを意味しなければならない。

ケネス・バークを手本にすれば（彼以上に卓越した手本がいるだろうか？）、「フィクションの文法」という表現に「形式面の考察の基礎」――すなわち、物語フィクションの用語のうち「純粋に内的な関係」――を割り当て、「フィクションの修辞学」を物語フィクションの用語が（内包された読者に及ぼす影響として計られる）特定の目的のためにどう用いられたかという研究のために残しておける。しかし、これは「レトリック」の三番目の意味――レトリックを説得と結びつける伝統的な意味――にきわめて近い。したがって、フィクションの修辞学はテクスト分析の諸問題を隣接する諸学とは異なる方法で扱わなければならない。フィクションの読者は説得されて何をするのだろうか？　フィクションのレトリック（すなわち、実践）の目的とは何なのだろう？

ブースは初版の序文で言っている。「フィクションの修辞学」で彼が意味するのは「読者とコミュニケーションを計るための技術としての、非教訓的なフィクションの技法である。つまり、叙事詩や小説や短編小説の書き手が、自ら意識しているか否かは別として、自分のフィクションの世界を読者に押しつけようとする時に利用することができる修辞的な手段のことである」(6)と。多くの人がその定義について論じてきたが、私は自分自身の目的のためにもう一度それを考察してみたい。虚構のテクストに「レトリック」を適用することは、明らかにその用語を少しばかり拡大解釈することになる。フィクションは伝統的に話が事実に基づくと主張しないとされている。そのようなテクストはいかにして誰かを「説得して」何かをさせる、つまり、ある態度を取らせたり、それに固執させたりできるのだろうか？　オズという世界が存在せず、ドロシーという女の子がいないとしたら、読者が説得されて何かをする、つまり信じるとは一体どういうことなのだろう？

ブースの定義はノンフィクションのテクスト、とりわけ議論にはすんなり当てはまる。審議用のテクスト、立法府に提出されるテクストを考えてみよう。審議のレトリックを「［他の］立法者とコミュニケーションを計るための技術としての、立法上の説得を目的とするテクストの技法——立法者が自分の見解なり提案を同僚に押しつけようとする時に利用することができる手段」とする定義は、分かり易いし、容易に受け入れられる。法廷での上訴のレトリックを「判事ないし陪審とコミュニケーションを計るための技術としての、法律上の摘要の技法——法律家が担当する事件に関する事実の解釈、したがって適切な法を適用できるかできないかを押しつけようとする時に利用できる手段」と定義することも同様である。しかし、その主な目的が何かを証明することではなくて、私たちをその虚構の世界に巻き込むことであるようなテクストにこの種の枠をどうやって当てはめるというのだろうか？

「押しつける」あるいは「押しつけるつもりでコミュニケーションを計る」（もしくは様々な同義語——「コントロールする」「操る」「指導する」「指図する」など）は「説得する」と同じだろうか？　それは私たちが「押しつけ」をどう解釈するか、フィクションの目的をどうとるかにかかっているようだ。立法者や法律家はテクスト自体の企図を超えたある実際的な目的、すなわち、法の制定や撤廃、あるいは被告の無罪放免や有罪判決のために自分たちの見解を押しつけたがる。テクストが提起した問題に対して聴衆《オーディエンス》が何らかの姿勢をとることを彼らは期待している。聴衆がただ単にテクストを楽しんだと知って彼らが満足するなどということはあり得ない。

他種類の価値観、とりわけ道徳的な価値観についても述べてはいるが、ブースの本の多くの部分、そしてそこから生まれた伝統は、美的な目的、つまり技法と観客《オーディエンス》／読者が抱く充足感ないし完結感とが、いわば、ぴたりと合っているかどうかに関わっている。

しかし、テクストを楽しむとかテクストがどれだけ充足させるかということでさえ、それほど単純な問題ではない。古代弁論術《レトリック》はそれを「誇示的《エピダイクティック》」（語源は演説の際の誇示、見せびらかし、ひけらかしを指すギリシア語）と呼ばれる亜綱を使って説明した。誇示的なテクストの本来の主題は、演説の主題である制度や人物を称賛したり非難したりすることであるが、別の仮定がすでに古代に生じていた。すなわち、称賛ないし非難がテクスト自体の形式と文体に適用できるという仮定である。明らかに、古代の修辞家が自分の演説の形式を（内容と完全に切り離して）承認するよう懇願したのは、小説家が小説の組み立て方の妥当性を（小説の内容に関わりなく）読者が受け入れてくれるよう懇願することを予示している。非教訓的なフィクションの作者は、登場人物たちが何をするかではなく、彼らの行動がどのように提示されるかという方法と、そしてそれが読者の心に作り上げる幻影の力と質を読者が承認することを求めるのである。このような懇願を一種の説得、したがって修辞の一種と呼ぶこともあながち受け入れ難いことでもない。もっとも、それが追求する目的が通常の修辞が追求する目的と大きく異なることを忘れないことがきわめて重要ではあるが。「フィクションの修辞学」という表現は、私の考えでは、その展開の形式が受け入れられるようなフィクションの説得というのが最も適切である。

ブースの意見では、形式指向のこの修辞学が求める目的は、フィクションの効果を最大限に高めることである。ヘンリー・ジェイムズの教条主義的な追随者たちへの反論の一部として、ブースは情景法〔場面的な技法〕がフィクションの主流になるだろうということをこの巨匠〔ジェイムズの呼称〕自身が否定している事実を効果的に引用している。すべての技法の目的は虚構の幻影の強烈さを高めることであり、したがって、時には語り手による直接的な注釈も正当化されるというジェイムズの考えを彼は思い起こさせる。この見解の有効性はそれ以上の支持をほとんど必要としないが、ブースの「強烈さ」は初期のバークが「強調《セイリアンシ》」と呼ぶもの（彼にとってそれが形式の主要な、唯一、真の意味論的定項）にきわめて近い。「修辞学用語集」に彼はこう書いた。形式上の技法は「その主題にかかわらず、強調点というものを授ける。主題が何であれ、技法がこの主題を強調し際立たせるのであり、同じ企図が陰鬱なものをさらに陰鬱にし、悦ばしきものをさらに悦ばしくするのに役立つ[7]」と。

しかしながら、形式に「修辞学」をつけるに際して、フィクションの修辞学がフィクションの文法と異なる題材を扱うと考えてはならない。題材は同じなのだ。そうではなく、修辞学はこれらの題材を異なるパースペクティブから見るのである。修辞学が関心を抱くのは、物語の声あるいは後説法（「フラッシュバック」）のような技法の定義、すなわちそのような技法を分類する定義といったことよりも、その技法がテクストの目的——内包された読者の明示的および暗示的説得——にいかに当てはまるかを示すことである。修辞学が、たとえば後説法について提起する問題は、それが通常の言説の順序よりも強力に内包された読者を引きつけるかどうかということである。この種の修辞を「美的目的のための修辞」ないし「美的修辞」と呼ぶことにしよう。

もう一つの方は「イデオロギー的目的のための修辞」ないし「イデオロギー的修辞」と呼べる。ブースが自分の視界から教訓的なフィクションすなわち寓話を除外することに決めたことは、フィクションの修辞の美的機能に焦点を絞りたいという彼の願望を表わしている[8]。寓話は虚構の物語を使って現実世界について明示的な提案をしようとする。それは他のタイプの言説、**解説**とか**描写**とか**議論**によって難なくなされるような提案である。寓話にとって美的修辞はイデオロギー的修辞に奉仕しているにすぎない。一方、非教訓的フィクションは提案を、あるいはさらに伝統的に「テーマ」と呼ばれてきた和らげられた提案を含意しているかもしれないし、そうでないかもしれない。ある種のテクスト——最も明らかな例はダダイストあるいはシュールレアリストのテクスト——は行き過ぎてしまって、提案を避ける。しかし、自身の首尾一貫性を保つために、そのようなテクストでさえも美的修辞を用いる。とはいえ、その修辞はしばしば慣習的なイデオロギー的修辞の概念を攻撃することを目的としている。
美的目的のための修辞、すなわち、その内容に最もふさわしいものとして物語という形式を受け入れる説得の本性についてもう少し詳しくお話させていただきたい。この機能を指すためにブースが「修辞《レトリック》」という用語を使ったのは正しいと私は考える。他の用語も、無論、可能ではある。最近、フランス思想の影響のもとで提案されたのは「誘惑」である。「誘惑」は知性よりも感情に特権を与えるし、古代弁論術がロゴスとともにパトスを認めていたことも事実である。明らかに、感情《ハート》も知性《マインド》も結末に行き着くまで物語を辿るよう誘導される。それぞれがそれ独自の楽しみを持っているが、二つを分ける必要はないように思われる。修辞学は二つの機能を型通り区別せよと主張したことは一度もない(9)。

フィクションの中心的な目的が独自の信じられる世界、もっともらしい（あるいは少なくとも自己矛盾のない）登場人物や出来事《アクション》といったものを含んだ想像上の空間を作り出すことだと多くの理論家が信じている。この見解からすれば、美的修辞の目的は本当らしさ、すなわち、幻影それ自体を創造し維持すること、そして、ジェイムズとブースが主張しているように、それを強化することである。この種の修辞で問題となるのは、「メッセージ」、あるいは現実の世界への何らかの言及でさえなくて、それだけで独立した、同質の、想像できる、したがって（その言葉の比較的曖昧だが、了解可能な意味における）「受け入れられる」想像上の状況である。ブースが言うには、修辞を通して読者はあり得る価値観の世界のどこに自分が立っているかを知る。すなわち、「作者が読者に立っていてほしいところ」を知るようになるのである。しかし、付け加えなければならないのは、これらはあり得る価値観なのであって、それには（たとえば、「反・人類的」サイエンス・フィクションだとか、あるいは悪名高い例を挙げればルイ・フェルディナン・セリーヌの『夜の果てへの旅』におけるように）現実の世界の読者が是認しないようなものまで含まれる。無論、読者はさしあたって、読書自体を目的に、その場に「立つ」ことに同意するだろう。マクシム・ゴーリキーの『母』を読んだあと、読者はマルクス主義革命のために活動を開始するかもしれないし、しないかもしれないが、その決定が文字通りゴーリキーの説得がもたらした重要な結果だとはとても言えないだろう。明らかに、フィクションの実行可能な美的修辞は、小説の説得がもたらす実際的な、すなわち実生活上の結果を要求しない。

自分自身が小説家であり鋭敏な物語学者でもあるデイヴィッド・ロッジはこう述べた。「〈修辞学〉とは作家が自分のヴィジョンを読者に知ってもらい、その妥当性を説得する手段を指すブース教授の用語[10]」と。ブースの「押しつけるためにコミュニケーションを計る」という言い方は、ロッジの、より明確に修辞学的な「説得する」になり、ブースの「フィクションの世界」はロッジの「ヴィジョン」になっている。ロッジの用語は、ある意味でブース自身の用語よりも伝統的な意味における「修辞学」という用語の用法に適っている。「修辞学」で私たちが意味することが読者とコミュニケーションを計る技術にすぎないとすれば、その用語の使い方は全面的には正しくない。世間には説得のためではないコミュニケーション、観客／読者に意見を押しつけようとしないコミュニケーションが満ち溢れている。たとえば、株式仲買人は毎日決まってすでに完売した株や債券の発行高を知らせるために新聞広告を購入する。彼らの意図は大衆に購買を勧めることでもなければ、ましてや引受人としての成功を自慢することでもない。ただ正しい手続きを踏んでいるだけなのだ。十八世紀以来多くの批評家たちが、文学のテクストを直接的な説得の対極に位置付けてきたのは偶然ではない。修辞が単純にコミュニケーションと同一視されるならば、どちらの用語もごっちゃになって、大切な区別が失われてしまうだろう。

ところで、「妥当性」とはどういう意味だろう？　辞書にはこう書かれている。「valid〔妥当な〕。valorous〔勇敢な〕同様、力強いを意味するラテン語の *validus* より。健全な、正当な、根拠のしっかりした、承服させるに足る、権威のある、効果的な、効果のある。」小説の物語技法が修辞的になるのは、それが虚構の物語と見なされるテクストの権利――恣意的でなく、偶発的でもない言辞としての、それ自体の力と自律性、私たちが物語フィクションと呼ぶテクストの種類の正当な一員として本気で受け取ってもらいたいという、それ自体の権利――

を持った言辞としてのテクストの存在を私たちに説得しようと機能する時である。

フィクション中の多くのものは、定義上、事実に基づくという主張に妨げられることがないので、「妥当な」が通常の意味の真実を指すということはあり得ない。フィクションの修辞も歴史の修辞もともに語りを利用するが、後者だけが同時に私たちを説得してそのストーリーが事実に基づいた真実であることを信じさせようとする。明らかに、マーク・トウェインの小説はこれこれのことをしたハック・フィンという名前の男の子が実際に存在したなどと主張してはいない。妥当性はむしろハック（あるいは他のいかなる登場人物であっても）という虚構の存在が何か別種の力を有しているということを意味しなければならない。たとえば、それがもっともらしい、受け入れられる、ありそうだということ。彼が住んでいる虚構の世界がそれ自体首尾一貫しており、信じられ、真に迫っている、ということだ。妥当性が『ハックルベリー・フィン』の美的修辞の内的推進力だと言ってもいいだろう。外的には比較的写実的《リアリスティック》なフィクションなので、この小説の美的修辞はストーリーの語り方が十九世紀半ばのアメリカ中西部の田舎の生活と調和していると私たちを説得することを目論んでいる。それは私たちを説得して、そのような男の子が、そのような所に、そのような時にいたとしたら、その子は自分自身で、あのようにストーリーを語ることを選ぶだろうという提案を認めさせようとする。

では悪い美的修辞とはいかなるものだろうか？　おそらく、それは物語の目的を達成するための技法の選択を誤るものだ。しかし、これは証明するのがなかなか難しい。無教育な登場人物の経験を伝えるフィクションで生じる問題を考えてみよう。たとえば、D・H・ロレンスの「干し草小屋の恋」はイングランド中部地方の農夫の二人の息子の恋物語である。二人の兄弟がふざけ合ったり、父や三男の弟と話しているのを再現するために、語り手は注意深くその土地の方言を「引用する」。しかし、対話は語り手自身の典型的なロレンス的言い回し、そのような農夫には無縁の優雅さと雄弁さとに満ちた言い回しと混ざり合っているのだ。たとえば、兄弟の一人のモーリスが「なあ……兄貴は俺を一本やりこめたつもりだったんだろう？」と言った直後、語り手が付け加える。

「彼はそう言いながらにっこり笑って、それからまた嬉しくも苦しい物思いにふけるのだった」と。この登場人物は「嬉しくも苦しい物思い」とは言わないだろう。いやそれどころか、言えないだろう。それ以上に重要なことに、複雑な逆説的な感情は彼には決して湧かないだろう。よりぎこちない言葉づかいででも。この一文を語り手自身の観察として読んでも、ストーリーの助けにはあまりならない。明らかに、内包された作者の意向はモーリスに好意的に、モーリスの気分を描き出すことである。が、言い回しの差異が修辞的に不適切だと言えるだろうか？　モーリスはパウラと方言を話すのに、リディアと話す時にジェフリーが標準英語に切り換えるのは不適切ではないだろうか？（どちらの措置にも劇的な理由は一切与えられない。）すべてはどれくらいロレンスが好きかにかかっている。彼を崇拝する人々は悩まされることはなく、洗練された言い回しを純真な人間の持つ高潔さのあらわれと取るだろう。反ロレンス主義者たちは登場人物と語り手の間の言い回しの食い違いにロレンスの多くのフィクションに見られるディレンマを見出すだろう。純真だが情熱的な、したがって、高潔な人々の話し方を正確に記録したいという願いにもかかわらず、ロレンスのフィクションは褒め称えようとする彼らの態度を図らずも依怙贔屓してしまうのである。たとえば、ジェイムズ・ジョイスの『ダブリンの市民』の最初の三篇のストーリーの語り手（この語り手の文学的言い回しは、彼が無味乾燥な子供時代の環境を脱して、のちに作家になると仮定すれば、合理的に説明がつく）とちがって、洗練された言葉づかいのロレンスの語り手は知識と英知と芸術的手腕をもってどこかに聳え立つ有利な地点から登場人物たちのもとへと身を落としてやって来たという印象がある。これはフィクション全体の明白な意図に背くものである。反ロレンス主義者にとっては、ロレンスの本当らしさは、内包された作者が語り手の声と登場人物たちの声の調和のとれた均衡をはかることに失敗していることで潰えている[11]。

　フィクションの美的修辞が用いるのはどのような手段だろうか？　おそらく、テクストにもたらされ得るありとあらゆるものである。たとえば、言語と文体の特徴を考えてみよう。ヘンリー・ジェイムズの文体はなかんずく手の込んだ瞑想の蜘蛛の巣を織り上げるゆとりを示している。他方、ヘミングウェイの文体は危機に際しての優雅さの必要を物語っている。もう一つの修辞的手段はロラン・バルトが『S／Z』で証明したような、文化的コードの操作である。しかしながら、実際には、フィクションの修辞学者が通常話題にするのは、物語学者たちが目下関心を寄せている、物語テクストがとりわけ好む一群の修辞的技巧である。すなわち、フィルターと視座、語りの声、物語内容と物語言説の時系列的関係などである。美的修辞は次のような問いを発する。「なぜ一人称で物語る声を選んだことが、ハックのストーリーをもっともらしい、真に迫った、美的に統一のとれた話にしているのだろう?」と。『ハックルベリー・フィン』の内包された作者が間違った選択をしているとか、別の語り手だったら、あの小説の出来事や登場人物や背景をよりもっともらしく描いただろうなどと言いだす人間は誰ひとりいないと思う。語り手の役をハック自身に割り当てたことで(物語内容のみならず物語言説においても)一人の登場人物の意識に接近することができるわけで、そのことがこの小説の美的な企図にぴったり合っているのだ。ブースの本はそのような選択が美的目的のためにどのように機能するかという例でいっぱいだし、彼の例証が最もうまくいっている場合、他の技法を選択していたらテクストの目的に同じように適うことはなかっただろうということを示している。

さて、ここでブースの矛盾(そのうちのいくつかは広く認められている)に目を向けてみよう。批判するためというよりも、そこから学ぶために。ここでもまた問題となるのは、「レトリック」という言葉の二つの意味である。改訂版のあとがきでブースは一番目の意味を「表立った、それと分かるような訴え掛け(その最も極端な形式は局外の語り手による注釈である)としての、フィクションの中の修辞」と書いている。二番目は「より広義の修辞、コミュニケーションという一つの全面的な行為として見られた作品全体の一局面としての、フィクション」[12]である。

しかし、可能性の宇宙を枯渇させることを目論む二項対立に予測される通り、これらは論理的な反意語ではない。「〜の中の」の反意語は「〜としての」ではなく、「〜の外の」か「〜の外側の」である。「表立った」の反意語は「隠れた」であるし、「それと分かるような」の反意語は「それと分からない」である。その上、「表立った」あるいは「それと分かるような」訴え掛けが何を意味するかは明らかだが、そのような訴え掛けがフィクションの「中」にある（ラヴレスの誘惑のレトリックが『クラリッサ』の「中」にあるというように[13]）という言い方が最適かどうかは明らかではない。

　ブースはこの難題の一つの源を突き止めているが、矛盾は「レトリック」のさらにもう一つの曖昧さに由来すると私は思う。すなわち、テクストの種類としての修辞と（いかなるものであれ）テクストの機能としての修辞である。したがって、ブースが「表立った修辞」と呼んでいるもの（その他「直接的な修辞」、「直接＝話しかける修辞」、「直接的な導き」、「それと分かるような訴え掛け」、「分離することのできる修辞」、「明白な修辞」、「外的な修辞」、「意識的に直接的な修辞」、「権威ある修辞」、「局外の語り手の修辞」、そして「狭義の修辞」とも呼ばれる）は、その機能のみならず内容においても修辞的であるようなテクストなのである。そのようなテクストは自らが修辞であることを誇示する。たとえば、出来事や振舞いや登場人物や背景に対して読者が態度を決めるのに、はっきりとした効き目のある、価値を帯びた言葉を使って。ブースの例はその点をとてもよく例証している。ヨブが「完全かつ正直であった」という聖書の語り手の主張、ギリシア人たちは「強い心」を持った勇士だったというホメロスの語り手の主張、ボッカチオの『デカメロン』の第五日第九話の語り手フィアンメッタの、ヒロインのモナが「美しいだけでなく高潔」だったという主張など。

　他方、「隠れた修辞」は修辞としては暗示的にしか働かない。全く別種のテクストであるふりをするのである。たとえば、劇化された場面は何かを主張しているようにではなく、ただ単にそこにあるようにみえる。にもかかわらず、それは非常に修辞的に機能する、とブースは言うだろう。（「隠れた修辞」を意味する他の名称は「偽装した修辞」、「うわべは劇的な手段」、「客観的」で「非人称的な」テクスト、修辞の「汚れのない」テクスト、

「内在性の修辞」、そして——おそらくラボック的な純粋主義者に受け入れられるという意味で——「受け入れられる修辞」である。）ブースは主張している。「高めるものすべて」、「公にすることができる」すべてのもの——いや、それどころか物語テクスト内のすべてのもの——は修辞的である、と。修辞は元の所与、ジェイムズの言う設定「ドネー」、あるいはバークが（読者への提示の技法面、形式面の複雑さに対立するものとしての）「作者の元の象徴」と呼ぶもののなかにさえ内在する。ブースにとっては「ジェイムズが〈これが主題だ〉と叫んだ瞬間に」さえ、「修辞的側面はその着想のなかに含まれることになる。その主題は、公にすることができるもの、つまり、伝達される作品という形にすることができるものと見なされる。」必要とされること、そしてブースがジェイムズの計画に見出すものは、「特殊な効果を持った最も強烈な経験を与えるための特定の修辞法ではなく、リアリズムに奉仕する一般的な修辞法[14]」である。

しかし、あるフィクションで修辞的に作用する雑多な要素の塊が「一般的な修辞法」という用語のもとで均質化できるものかどうか私は疑問に思う。その有用性にもかかわらず、たとえば、語り手が公認した形容詞による登場人物の直接的な性格づけは、一つの技法上の手段、内包された作者が利用することができる一つの物語学的選択にすぎない。そして、それが修辞的になるのは、その目的が明確な場合——すなわち、それがいかにして読者をコントロールする効果をあげるかを私たちが説明できる場合に限られるのである。ブースが論じている美的目的のいくつかは、速度であり、効率であり、検証であり、補強である。たとえば、ボッカチオのストーリーでは、語り手がヒロインの美徳を自ら称賛しようと、しばし彼女の心の中へ入り込む。『エマ』では、ナイトリー氏の対話がエマの欠点についての語り手の時折加えられる、比較的抑えた注釈を補強するために使われる、などなど。これらの例は申し分なく直接的で、明白である。けれども、「修辞」という言葉が

（一）技法の選択　＋　（二）目的

という全体が二つの部分から成る複合体のみならず、単独で技法の選択にも結び付けられると、私にとって一つの問題が生じる。たとえば、『ユリシーズ』と『フィネガンズ・ウェイク』の読者案内《リーダーズ・ガイド》と合い鍵《スケルトン・キー》をジョイスが是認していることを論じながら、ブースはこう書いている。「読者が抱える問題は、作品の外側から供給される修辞によって処理される。かりに処理することができるとすれば」と。ここでの、そしてこれに類した一節の問題は、複合体全体からその複合体の最初の部分、すなわち手段だけに換喩的に、あるいは提喩的に徐々に転じてしまっていることである。（この種のうっかりはI・A・リチャーズがやらかしたものに似ている。リチャーズは「隠喩」という用語を複合体全体、すなわち「媒体プラス主旨」のみならず、「媒体」単独の意味にも使ったのだ。）混乱を招くような「文法」との重複（それについてはすでに論じた）に加えて、修辞を技法プラス目的ではなくて、技法だけと同等視する危険は、それが結果的にテクストの一部類、ジャンルの一種に変換可能だということである。しかし、修辞的なものは物語テクストにおける技法上の選択の数ある機能の一つにすぎないのである。（もう一つは、たとえば、模倣の機能である。）

　さらに、物語テクスト内のすべてのものは修辞的だという言い方で厄介なのは、修辞がその結果テクストの特徴的な機能ではなくなってしまうことである。これは「偽装した修辞」というブースの表現がよく例証している。技法とはまさしく偽装できるがゆえに、修辞の一種ではなく、修辞的に機能する物語の特徴、明示された説得の代用品と呼ばれなければならないのである。たとえば、「語ること」、すなわち、語り手が自分自身の裁量で行う直接的な主張は、ジェイムズの計画ではそれ自体は修辞的ではなく劇的で、ストーリーそのものに「自然に」埋め込まれている素材にしばしば置き換えられる。操り紐的人物「フィセル」――解説的な反響板として機能するために「だけ」創造されたマイナーな登場人物――は、それ自体は修辞的な技巧ではなく、描かれたストーリーのただ単なるもう一つの要素というにすぎない。「直接的な」修辞（局外の語り手自身の言葉）によって提示することもできた情報が、代理人、代弁者――『大使たち』のマライア・ゴストリー、『ある婦人の肖像』のヘンリエッタ・スタックポールのような人物――を通して提示されるわけだが、この人物は物語世界においてある程度の地位を占めており、さしたる違和感もなくストーリーに収まっている。内包された作者はそのような登場人物を導入して、内包された読者に「不自然な知恵」の持ち主である語り手という厄介者を背負わせることを避けるのだ。御得意の手品の種を明かす名人のように、ジェイムズはその修辞的技巧の正体を操り紐的人物という造語（操り人形の紐を表わすフランス語に基づく隠喩）そのものから明らかにするが、私たち修辞学者は代理人とそれが代用するもの、すなわち権威ある語り手によるあからさまな意見の表明を混同してはならない。というのは、手品《トリック》は実際にうまく機能しているからだ。大部分のジェイムズの読者たち（物語学の訓練を受けていない可哀そうな人たちよ！）は、マライア・ゴストリーやヘンリエッタ・スタックポールを単なる修辞的技巧として括弧にくくることをしない。

　言い換えれば、操り紐的人物は――内面描写や時系列の再配列などと同様――それ自体は修辞の「部品」ではないのだ。それは直接的ないし間接的、表立った、あるいは隠れた説得ではない。操り紐的人物は物語の技法、作者が用いることができる物語の文法の選択肢なのだ。物語＝文法の観点から言えば、操り紐的人物は他のすべての登場人物同様、登場人物である。しかしながら、ブースも言うように、彼らは修辞的な機能を果たす。これが重要な点だと私は思う。テクストの修辞はただちにそれと確認できる、たとえコンテクストから抜き出されていても。訴え掛けはまさしく言葉と文法に内在するのだ。しかし、操り紐的人物やその他の物語の仕掛けはコンテクストにおいてのみ修辞的に機能するのである。たとえ、通常の物語世界の方法で機能し続けるとしても。マライア・ゴストリーは操り紐的人物であるが、そのことによって彼女が登場人物であることをやめてしまうということはない。彼女はその存在と個性と行動が、小説が構築する世界において申し分なくありそうな登場人物なのである。換言すれば、私たちはあるテクストを「修辞」（その言葉を修辞家たちの習性の研究といったような、何か別の意味に使うのではなく）と呼ぶ時、実はより正確には「その修辞的意図が透けて見えるようなテクスト」あるいはさらに「その修辞を表に出すテクスト」と呼ばれるべきもののことを言っているのである。しかし、大部分の物語の技法は修辞を表に出さない。専門家（作家や批評家や理論家）だけが、それらの技法を「修辞的」と呼ぶことを考えつくのだろう。暗示的な修辞が一切存在しなければ、語り手による直接の解釈を明示的な修辞と呼ぶことには全く意味がない。そして読者の態度をコントロールするという問題を解決するために「劇的な」技法を用いることは、「暗示的な修辞」というよりも、修辞的な機能を果たすために数ある物語技法の中から一つを選択することである、と私は思う。

私は実は、ブース自身がたとえば「文学の修辞的な次元は避けられない」と述べる時に言っていることとさほど違うことを主張しているわけではないのだ。彼の言う「次元」は「機能」で私が意味することとほとんど同じである。二つの用語はともに修辞的なものに代わるフィクションの他の次元を考慮に入れている。私はただ「テクストとしての修辞」と「テクストの機能としての修辞」の区別を強調し、前者が誤解される可能性を多分に孕んでいるので、その意味で「修辞」を使わない方が賢明だろうと言いたいだけなのだ。

ブースの本は美的修辞とイデオロギー的修辞の区別を否定しているように見えるかもしれない。あるいはむしろ修辞にはただ一つしかなく、それは「価値」を是認するために働くということを肯定しているようにみえるかもしれない。彼がいかにもっともらしくチェーホフに対する支持を突然やめてしまうかを思い出していただきたい。チェーホフは「非常に大胆に中立性の弁護を始めるが、ほんの三行も書かないうちに、みずからの態度を明らかにしてしまう。」チェーホフは爪でも切っている神〔ジョイス『若い芸術家の肖像』第五章に出てくる言葉で、無関心な様子をあらわす〕の状態に憧れるすべての芸術家と同様、「ある種の価値に対する中立性とあらゆる価値に対する中立性とを混同するという基本的な、しかし理解できなくもない[15]」過ちを犯している。チェーホフの立場が擁護できないものであることは誰も否定できない。完全な虚無主義でさえも明らかにある価値を前提にしているだろう。すなわち、無というものを。ブースの本はしばしば道徳的な価値に注意を向けているし、物語フィクションに対する道徳的価値の重要性を否定することはばかげている。しかし、何年もこの本を研究してきて、私が達した結輪は、実際にはそれが倫理的価値ではなく美的価値を強調しているということである。この本は倫理的な価値を、特定のフィクションでそれがいかに作用しているかというコンテクストのなかで全般的に考慮しているのであって、現実の世界における振舞いにそのような価値がいかに関わっているかということを考慮しているわけではない。一、二か所でブースはかなりはっきりとそのことを主張している。たとえば、芸術家が「同時代の主義主張に」どう関わりあったかという歴史的な関係性の議論の中で、彼は「判断の基準となるのは、芸術家が深く関わりあっているかどうかではなく、彼の特定の目的がそのように関わりあうことで彼が何かを行うのを可能にしているかどうかということである」と記している。そしてその何かとは「芸術的な何か」、「美的な何か」でないとしたら、一体何だというのだろう？　作家がいかなる政治的、道徳的、社会的、経済的な価値観、あるいはそれ以外の価値観を抱いていようと、芸術家というものは「自分の偏見をそのままの形で作品に注ぎ込むことはほとんど許されない[16]」のである。

そのようなわけで、道徳を議論しているにもかかわらず、『フィクションの修辞学』の主たる方向性は美的なものであって、フォーマリズムには結構なことであるが、テクスト理論のより新しい動向にとってはそうではない。（現今の議論にとってしばしば今日的な意義のある）バークでさえ、ここでは役に立たない。たとえば、「生活の道具」としての芸術という考え方は、フィクションのイデオロギー的な側面を、それ自体で重要で、道具にさえなり得るような思想の宝庫として扱うのではなくて、ちょっとした玩具、そこから何かを学びとる仮定的モデルのように扱うのである。

美的目的のために働く修辞は、私たちを説得して、テクストの内部にある何か、とりわけ、選ばれた手段が作品の意図にふさわしい反応をちゃんと引き起こすかどうかということを納得させる。イデオロギー的な目的のために働く修辞は、テクストの外部にある何か、世間一般に関する何かを私たちに納得させる。後者は提案である必要はない。非教訓的フィクションでさえイデオロギーを放射しているのだから。

二種類の修辞の目的を識別することは必ずしも容易なことではないが、私にやらせてみていただきたい。ヴァージニア・ウルフのめったに論じられることのない古典『ジェイコブの部屋』の修辞を考えてみよう。美的目的あるいはイデオロギー的目的へと向かう修辞は、フィクションの文法、作者が利用できる一群の物語の手段にしっかりと支えられているということはすでに論じた。こうして、特定の物語技法は一方で美的目的を支え、同時に他方である提案をしたり、現実の世界とテーマ的に共鳴し合ったりするのである。『ジェイコブの部屋』の基本となる物語技法は、『ダロウェイ夫人』同様、「内面への限定的な立ち入りの転換」と私が呼ぶもの、すなわち、全知の作者が存在することをほのめかすことなく、ひとりの登場人物から別の登場人物の心の中へと次々に不意に入り込んでいく技法である。『ストーリーとディスコース』で説明したように、「限定的な立ち入りの転換」は、すべてを知っている語り手が整然としたプロットのために話の進展を操作していると匂わせることなく、次の登場人物の心へと移行するのである。「そのような箇所では語り手が次々と人の心を探るのは……解釈上の問題に対する答えを求めてのことではない。内面へと入り込むのは偶然の問題であるようで、それは日常生活の偶然性を反映しているのだ。[17]」

『ジェイコブの部屋』はそのような修辞的技法をある程度頻繁に用いたウルフの最初の小説であった。時として、意識の転換は見知らぬ人間同士が肉体的に接近していることから生じるようである。第一章では夫の死を悼んでいるベティ・フランダースの心からチャールズ・スティールという名前のあかの他人の心へと唐突に転換する。ベティに対する彼の唯一の関心は自分が描いているカンヴァス上に塗られた一つの点でしかなかった。しかしながら、小説の他の箇所では肉体的に接近していることには、全く意味がない。時間的同時性が思考を連結する唯一の根拠になる。ギリシアにいるジェイコブはうんざりして『デイリー・メイル』を下に置く。ちょうどその時、友人のボナミーはロンドンで「『ジェイコブは』恋におちるだろう[18]」と悲しむ。

だが、修辞はどうなのか？　『ジェイコブの部屋』における内面への限定的な立ち入りの転換という技法の美的修辞の力とは何か、またイデオロギー的修辞の力とは何なのだろうか？　この修辞的技法は私たちを説得してウルフ的フィクションの宇宙を美的に受け入れるのを助けてくれるが、その宇宙とはデイヴィッド・デイシスがそこでは「経験が流れであり、異なる［人々の］人生が気付かないうちに互いに少しずつ変化している」[19]と言っているものである。現実の世界が実際にそのようなものであるかどうかは、無論、問題ではない。しかし、テクストを実際に現実世界のパースペクティブから考えると――すなわち、イデオロギー的に考えると――意識から意識へと転換するその唐突さが、空虚な忙しさ、放心状態、関わり合いの欠如に満ち溢れた現代生活の実情と噛みあっている。したがって、それを裏書きしていることに気がつくだろう。この印象は小説の内容によって確認される。ロンドンのジェイコブの部屋の外を行き来する自動車の無意味な轟音、パーティーの果てしない無駄話、何でもないかのように不義を犯すサンドラと穏やかにそれを受け入れる夫。意識のすばやい転換は、現代のコミュニケーション手段――ラジオに電話（これら稲妻のように速い通信手段。さして言うべきこともないのに）――のスピード感を反映している。イデオロギー的には、限定的な立ち入りの転換は人間のコミュニケーションについて熟考を促す――すなわち、人間のコミュニケーションは桁外れに速くなったし容易になったわりに、質的に向上したとは思われない、ということである。

『ジェイコブの部屋』の限定的な立ち入りの転換が裏付けるもう一つの目的は、空間的なものである。その意味はそのような架空の宇宙では距離は問題にならないということである。つまり、遥か彼方はもはや存在しないのである。なぜなら、人は瞬時に遠く離れた所とコミュニケートできるからだ。さらにもう一つの意味合いは社会政治的なものだ。複雑に入り組んだ階級差が存在するにもかかわらず、不安や意気揚々とした気分や落ち着きなどといった感情のこととなると、すべての人がほとんど同じ立場にあるのだ。（このことは全くの傍観者にさえも固有名詞を与えようとするウルフの先例のない決断によって確証される。）

美的およびイデオロギー的な目的のために用いられる限定的な立ち入りの転換は、すべての技法同様、コンテクストに敏感である。仮定的な例がその点を証明する助けになるだろう。中世を舞台にした小説、たとえばウンベルト・エーコの『薔薇の名前』のような作品におけるそのような立ち入りを想像してみよう。中世でも、その技法は「経験が流れであり、異なる人生が気付かないうちに互いに少しずつ変化している」架空の宇宙を招来する助けになるだろう。しかし、意識のすばやい転換には『ジェイコブの部屋』に私たちが感じるのと同じイデオロギー的反響はないだろう。理由は明白。その世界が遠い昔の全く違った場所だからである。それがイデオロギー的に何を指し示すかを知るには、私たちは歴史的な相関関係の他の可能性に目を向けざるを得ないだろう。

限定的な立ち入りの転換は『ダロウェイ夫人』にも広く行き渡っているが、その目的は異なっている。美的のみならずイデオロギー的にも。『ジェイコブの部屋』では他人がどんな人間かを知ることなど不可能だと感じている様々な意識を私たちは次から次へと覗く――ジェイコブのような半人前のケンブリッジ大学出身者がどんな人間になったかは言うまでもない。彼は忌まわしい戦争で死んでしまうのだから。アイロニーは無論、次から次へと流れるように易々と心の中へと入り込む「権限を与えられている」にもかかわらず、語り手が全くの傍観者同様、この若い英国紳士のことを理解できないところにある。『ダロウェイ夫人』では、少なくともクラリッサとピーター・ウォルシュの意識というフィルターを通した部分では、別種のアイロニーが働いていると思われる。おおよそ次のような。「私たちは確かに最愛の人をとてもよく理解している。彼女の意識が私たち自身の意識の実質的な鏡像とも思えるほどよく理解しているかもしれないが、彼女は私たちがいちばん一緒にいたくない人間だ。たとえ二時間でも、まして一生なんて。」

私はなにもこの文章がこの小説のテーマを捉えていると言っているわけではなく、意識の限定的な転換が促進していると思われる（美的な目的とは対照的な）イデオロギー的な目的を無理なく記述しているのではないか、と言っているにすぎない。それを使うことによって小説の幻想を高め、際立たせ、強める限りおいて、その技法は美的＝修辞としてうまく機能していると言うことができる。他方、イデオロギー的なレベルでは、限定的な立ち入りの転換を選択したことが、フィクションの向こう側の現実の世界の投影をいかに裏付けるのか、あるいは損ねるのかを問い質したい。たとえば、クラリッサの意識とセプティマスの意識との転換は、無力な人たちの運命がいかに類似しているかを立証している。彼らが、精神科医のブラッドショーのような鈍感で権威主義的な男性が権力を握っている社会で、性別のために無力であろうと、あるいは「精神障害」（ここではアイロニーを表わすためにかぎ括弧をつけた）のために無力であろうと。同様に『ジェイコブの部屋』では無名だが明らかに女性である語り手が選んだ奇妙なパースペクティブは、非常にイデオロギー的である。たとえば、語り手によるケンブリッジのジェイコブの部屋での激論のすばらしい描写があるが、語り手は外にいることしかできず、中庭をうろつき回り、耳をすまして話を聞こうとしても聞けず、窓辺を次から次へと通り過ぎる若者たちの身振りからおおまかに推察するしかない[20]。女性だからというのが理由にならないとしたら、なぜ彼女は寒いなか外にいるのだろうか？　全体の趣旨《イフェクト》は二十世紀初頭の英国の知的な女性の文化的疎外を立証している。彼女たちは学問の中心から締め出され、侵入者の気分を味わわされている（ある個所でジェイコブは独り言をつぶやく、愛犬たちと同様、女性もキングズ・コレッジの礼拝堂に入れてはいけない、と）[21]。締め出しというテーマは、無論、『自分自身の部屋』などでノンフィクションの修辞を通してヴァージニア・ウルフが表現しているテーマである。

　映画の例に目を向けよう。ミケランジェロ・アントニオーニの映画『さすらいの二人』（一九七五年）はアイデンティティの謎と運命を逃れることの不可能性についての瞑想である[22]。この映画はオットー・ランクが分身〔ドッペルゲンガー〕と呼ぶもの、「人間の過去は逃れようもなくつきまとい、それを追い払おうとした途端に命取りになる[23]」という考え方の研究である。デイヴィッド・ロック（ジャック・ニコルソン）はチャドにおける反乱を取材中のリポーターで、自分に瓜二つのロバートソンという名前の、謎に包まれた、もの静かな男と知り合う。まさにその日にロバートソンが心臓発作で死ぬ。彼の死体を発見すると、ロックは衝動的にパスポートを交換し、ロバートソンになりすます。ロバートソンが反乱軍に武器を供給する密輸業者で、自分の生命も危険に晒されていることを彼は知る。バルセロナで彼は若いフランス人の建築専攻の学生と出会い、恋におちるが、彼女もロバートソン暗殺計画を逃れようとする彼を助けることはできない。

『さすらいの二人』の美的修辞の課題は、私たちにロックの運命のもっともらしさを納得させることにある。人里離れたチャドのホテルにいる自分以外の唯一の白人男性がロックの生き写し《デッドリンガー》で、彼が出し抜けに自然死し、ロックだけが彼が死んだことを知っているということを、私たちに信じさせなければならない。二人が瓜二つであることは、ロバートソンの役をジャック・ニコルソンのそっくりさんに振り当てることで皮相的になし遂げられている。しかし、より深みのある修辞的手段は出来事を不可解な、いや神秘的ですらある状況に包み込むことである。ロックがはじめてロバートソンの死体と、その死体の下にパスポートを発見する時、アフリカン・フルートの哀愁を帯びた音色がサウンドトラックから聞えて来る。ロックは窓辺に行き、鎧戸を開ける。カメラが砂漠をパンする。しばらくして、ロックと会話しているロバートソンの肉声へと不可解なフラッシュバックがなされ、同じフルートの音楽が聞こえてくる。

　私たちは全くフラッシュバックを予期していない。実際このフラッシュバックはかなり誤解を招きやすい。ロックがロバートソンのパスポート写真を自分自身のものと比べていると、ドアをノックする音がする。見上げる彼。けれどもそのあと、「どうぞ」という彼の声と「押しかけてしまって、悪いね」というロバートソンの答えが聞こえる。私たちが聞くのはロバートソンの肉声ではなくて、前日会った時ロックが録音したものだった。声が流れるなかロックは剃刀の刃でパスポートからロバートソンの写真を注意深く剥がす。声の出所がロックのテープレコーダーのショットで一瞬見える。突然ロックが考え深そうに見上げる。彼の視線を追って、カメラは壁を横切って開け放たれた窓へとパンする。ロバートソンがバルコニーに現れ、ロックがそのあとに続く。言い換えれば、テープレコーダーの現実の音にかぶせて、イメージトラックは数時間前に会話しているロバートソンとロックのフラッシュバックを提示しているわけだ。これはロックの目に見えるフラッシュバック、直接的な視点ショットとしての「マインド・スクリーン」の記憶効果である。ロバートソンの死後、ロックがじっと見つめていた同じ砂漠の景色に変わると、ロバートソンが風景は美しく、静かで、「待っている」と言う。ロックは風景よりも人間が好きだと答える。

視覚的なフラッシュバックと現在の音が混ざり合うのは奇妙であり、その奇妙さは二人の男がそっくりであること、そしてロバートソンの死が他人になりすます機会をロックに与えることの奇妙さによく合っているし、ある意味でそれを動機づけている。とりわけ「待っている」という言葉が、彼らの運命を結び付ける。砂漠はロバートソンの差し迫った死を待ち受けているし、ロックの死も待っている。彼は、彼――すなわちロバートソン――の暗殺者をスペインの、同じくらい荒れ果てた風景のなかに建つ別の小さなホテルで静かに待つことになる。

政治がこの映画の物語という機械《からくり》を動かす表向きの原動力《モーター》であるが、このシーンが暗示するイデオロギー的な意味合いは形而上的なものであって、政治的なものではない。映画は実はある究極的な実存の問題に直面した一人の男の個人的な運命を主題にしているのだ。すなわち、私は何者なのか？　他人になってみようか？　そうしたら何か違って感じられるだろうか？　逃れるべきか、それとも静かに死を受け入れるべきか？　私が逃れようとしているのは何なのだろう？　私は何のために死のうとしているのだろう？　このシーンの一風変わった枠組み《フレーミング》（一人の人間が自分自身のアイデンティティを捨て、他人になりすますという空前の機会を得る）は、洗練されたイデオロギー的な目的に沿って働く革新的な映画的修辞の好例である。シークエンスのすべてが哲学的静寂主義（死を生の一部として受け入れる考え方で、心を慰めてくれるが感傷的ではないイデオロギー）の視座を暗示している。その点は映画の結末の、もう一つのユニークな技法の効果が支持し、裏付けを与える。すなわち、カメラがロック／ロバートソンの部屋の窓の格子を通り抜け、外の通りを延々と見て回り、そしてまた戻ってくる極端に長いトラッキング・ショットのことである。ロックが死ぬまさにその瞬間に、カメラは室内の出来事である暗殺と死体の処置よりも、ホテル・デ・ラ・グロリアの前の生きている環境に夢中なのである。これらのシークエンスはともにアラン・ワッツの実存主義によく見られるイデオロギーを立証する修辞をもたらす。すなわち、「死こそ人生の目標。非存在が存在を全うするのだ。それは存在を否定するのではない。ちょうど空間が固体を否定しないように。おのおのが実在するための条件なのだ。[24]」

修辞の研究は、その限界さえはっきりと認識されていれば、物語理論の役に立つ。その限界がより厳密に定義されればされるほどよい。修辞が漠然とした意味の「コミュニケーション」のもう一つの同義語として使われることがあってはならない。観客／読者《オーディエンス》を説得《スエイジョン》することが「目的」と考えられる、厳密に目的志向の言説を指すべきなのである。私の見解では、二つの物語修辞学というものがあって、一つは私を説得して作品の形式を受け入れさせることに関わり、もう一つは現実の世界のありようについての一つの見方を私に納得させることに関わる。これら二つの修辞とそれらの相互作用の研究が、文学と映画の学徒にとってきわめて重要な研究課題であるように思われる。

註

序文

（1）　アメリカだけでも次の人たちによる重要な著作を生み出している。ロバート・オールター、アン・バンフィールド、デイヴィッド・ボードウェル、ウェイン・ブース、エドワード・ブラニガン、ピーター・ブルックス、ニック・ブラウン、ロス・チャンバーズ、ドリット・コーン、ジョナサン・カラー、ルボミール・ドレジェル、フレドリック・ジェイムソン、ブライアン・ヘンダーソン、ベンジャミン・ハーシャヴ、リンダ・ハッチオン、ブルース・カーウィン、ジェフリー・キテイ、スーザン・スナイアダー・ランサー、スティーヴン・マイロウ、デイヴィッド・A・ミラー、J・ヒリス・ミラー、ブルース・モリセット、トマス・パヴェル、ジェイムズ・フェラン、メアリー・ルイーズ・プラット、ジェラルド・プリンス、ピーター・ラビノウィッツ、ラルフ・レイダー、デイヴィッド・リクター、ポール・リクール、ロバート・スコールズ、バーバラ・ハーンスタイン・スミス、スーザン・スレイマン、ヘイドン・ホワイトほか。海外では次のような研究者たちによって、物語の諸問題が解明されてきた。ミーケ・バル、ロラン・バルト、クロード・ブレモン、クリスティン・ブルック＝ローズ、ジェラール・ジュネット、A・J・グレマス、リュシアン・デーレンバック、ウンベルト・エーコ、ロジャー・ファウラー、マイケル・ハリデイ、フィリップ・アモン、スティーヴン・ヒース、ヴォルフガング・イーザー、デイヴィッド・ロッジ、フランク・カーモード、ブライアン・マクヘイル、クリスチャン・メッツ、シュロミス・リモン＝キーナン、フランツ・シュタンツェル、メイア・スターンバーグ、それにツヴェタン・トドロフ。そして無論、ロシア思想の至宝が明らかにされ続けている。エイヘンバウム、トマシェフスキー、トゥイニャーノフ、プロップ、シクロフスキー、バフチン。ウォレス・マーティン（*Recent Theories of Narrative* [Ithaca: Cornell University Press, 1986]）は最近この著作を概ね歴史的な展望のもとに置いたし、ジェラルド・プリンスの有益な*Dictionary of Narratology* (Lincoln: University of Nebraska Press, 1987)〔遠藤健一訳『物語論辞典』改訂版、松柏社、二〇一四年〕まで登場した。これらの著者に対する私の恩義は申すまでもない。

（2）Seymour Chatman, *Story and Discourse: Narrative Structure in Fiction and Film* (Ithaca: Cornell University Press, 1978).〔玉井暲訳『ストーリーとディスコース――小説と映画における物語構造』、水声社、二〇二一年〕

第一章　物語と他の二つのテクスト・タイプ

（1）ジェラール・ジュネットは“Frontiers of Narrative”でそう言っている。*Figures of Literary Discourse*, ed. Marie-Rose Logan, trans. Alan Sheridan (New York: Columbia University Press, 1982), p. 128.（この試論はもともと“Frontières du récit,” *Communications* 11[1966], 152-63として発表された。〔和泉涼一訳「物語の境界」、『フィギュールⅡ』所収、書肆風の薔薇（現、水声社、以下同様）、一九八九年、五七―八一頁〕）ロラン・バルトもテクスト・タイプ理論の必要性を論じた。“An Introduction to the Structural Analysis of Narrative,” in *Image-Music-Text*, trans. Stephen Heath (New York: Hill & Wang, 1977), pp. 79-124.〔花輪光訳「物語の構造分析序説」、『物語の構造分析』所収、みすず書房、一九七九年、一―五四頁〕「そのような言語学の使命の一つは、まさしく言説の形態の類型学を確立することである。とりあえず大まかに三つの類型が認められよう。換喩的なもの（物語）、隠喩的なもの（抒情詩、「知恵の書」的言説）、省略三段論法的なもの（知的言説）である」（p. 84〔一七二頁〕）。

（2）「言説の形態」ないし「様態」は何世紀にもわたって区別されてきたが、近年の物語学の議論でも常に話題になっている。たとえば、それはロス・チャンバーズが興味深い論文で「言語使用域《レジスター》」と呼んでいるものであると思われる。“Describing Description,” in *Meaning and Meaningfulness: Studies in the Analysis and Interpretations of Texts*, French Forum Monographs 15 (Lexington, Ky.: French Forum, 1979), pp. 90-101. チャンバーズはそのような言語使用域を三つ認めている。物語、描写、そして注釈である。しかしながら、彼の定式化はジュネット同様、テクスト・タイプを説明する際、物語を特別扱いしている。それとは対照的に、私はいかなるタイプすなわちメディアをも特別視しない観点からテクスト・タイプの関係を説明しようと努めている。

（3） 無論、**解説**のこのような意味は、物語学における特別な意味、すなわち、本来の物語が始まる前のプロットの出来事の再現〔提示部〕とは無関係である。Meir Sternberg, *Expositional Modes and Temporal Ordering in Fiction* (Baltimore: Johns Hopkins University Press, 1978) を参照。

（4） Gotthold Ephraim Lessing, *Laocoön, Nathan the Wise, and Minna Von Barnhelm*, trans. William A. Steel (London: Dent, 1930).〔斎藤栄治訳『ラオコオン』、岩波文庫、一九七〇年〕

（5） 研究の現状は Marianna Torgovnick, *The Visual Arts, Pictorialism and the Novel* (Princeton: Princeton University Press, 1985), p. 31 にうまく要約されている。

（6） Rudolf Arnheim, *Visual Thinking* (Berkeley: University of California Press, 1969), p. 35.〔関計夫訳『視覚的思考――創造心理学』、美術出版社、一九七四年、五八―五九頁〕トーゴヴニック、*Visual Arts*, pp. 32-33 に引用。

（7） したがって、私はトーゴヴニックの次の主張とは意見を異にする。「視覚芸術の本性から時間性を除外することは意味をなさない。それは閉じられた本をながめ、その大きさを感じる時、文学作品を空間的に知覚すると主張するのとほとんど同じである」（*Visual Arts*, p. 33）。

（8） これらの用語は厳密に言えば同義語ではないが、このように大雑把に同一視することを許すくらい十分に似通っている。

（9） Michel Beaujour, "Some Paradoxes of Description," *Yale French Studies* 61 (1981), 27.

（10） 他方、解説は基本的には説明（*exponere* = "to put forth, explain"; *explanare* = "to make level, clear"）である。したがって、それは特性を表現するという仕事を描写と共有するが、よりはっきりと論証的な論理――分析や定義や比較――による。

（11） 現代における議論の最良の研究は、Chaim Perelman and L. Olbrechts-Tyteca, *The New Rhetoric: A Treatise on Argumentation*, trans. John Wilkinson and Purcell Weaver (Notre Dame, Ind.: University of Notre Dame Press, 1969)〔三輪正訳『説得の論理学――新しいレトリック』、理想社、一九八〇年〕である。

（12） **議論**と**解説**のちがいは、論者が、観客／読者がすでにある意見を持っていることを前提とし、それを変えようと（あるいは時には強化しようと）するところにある。一般に**議論**は見解の相違を前提とするのに対し、**解説**は見解を持たないこと、あるいはその混乱を前提とする。無論、解明自体にその解明の望ましさについての議論が内包されている。よって、これら二つのテクスト・タイプの境界はぼんやりしている。しかし、この区別は議論を明示的に説得すること、解説を暗示的に説得することと区別できるという点で依然有益である。

(13)　『河』の例は David Bordwell and Kristin Thompson, *Film Art: An Introduction*, 2d ed. (New York: Knopf, 1986), pp. 57-62 で分析されている。〔『フィルム・アート　映画芸術入門』、藤木英明監訳、名古屋大学出版会、二〇〇七年、一三八―一四一頁〕この本は非・物語映画を類別しようと試みる数少ない一冊である。ボードウェルとトンプソンは「修辞的」という用語を私が**議論**と呼んでいるテクスト・タイプに使い、解説的および描写的テクスト・テイプを「カテゴリー的」という用語のもとに一つにまとめている。

(14)　Susan Suleiman, *Authoritarian Fictions* (New York: Columbia University Press, 1983), p. 26. スレイマンの“exemplum”〔道徳的逸話〕の議論は、サービスがいかにその言葉の語源そのものに組み込まれているかを示している。「*exemplum* という用語（ギリシア語の *paradeigma*）は（省略三段論法すなわち演繹法による説得とは対照的に）帰納法による説得あるいは類比による議論を意味した〔……〕アリストテレスはすでに *exempla* を〈現実の〉ものと〈虚構の〉ものに分けていた。前者は歴史あるいは神話から引き出され、後者は演説者その人が創造したものである。虚構の *exempla* の範疇では、アリストテレスは譬え話、すなわち短い譬えを寓話と区別しているが、寓話は一連の話、言い換えれば、一つのストーリーを構成するのである」(p. 27)。

(15)　Susan Sniader Lanser, *The Narrative Act* (Princeton: Princeton University Press, 1981) は行き過ぎてしまって、すべてのフィクションを寓話すなわち譬え話のジャンルと同等視している。「小説の基本的な発話行為は」と彼女は書いている。「イデオロギー的な教育である。その基本的な訴えは、私の言葉を聞きなさい。それを信じて理解しなさい、である」(p. 293)。スレイマンの *Authoritarian Fictions* は権威主義的な――すなわち命題に支配された、したがって「議論された」――フィクションを長編小説や短編小説の宇宙のそれ以外のものから区別するのに大いに注意を払っている。

(16)　Jean La Fontaine, *Fables of La Fontaine*, trans. Elizur Wright (New York: Derby & Jackson, 1860).〔今野一雄訳『寓話』、岩波文庫、一九七二年〕

(17)　Henry Fielding, *The History of the Adventures of Joseph Andrews & His Friend Mr Abraham Adams* (1742; Harmondsworth: Penguin Books, 1954), p. 27.〔朱牟田夏雄訳『ジョウゼフ・アンドルーズ』、岩波文庫、二〇〇九年、上巻一三頁〕

(18)　Ibid., pp. 156-57.〔上巻二七九―二八〇頁〕私はこの例およびフィクションにおける議論の役割に関して Glen McClish, “Rhetoric and the Rise of the English Novel”(Ph. D diss., University of California, Berkeley, 1986), pp. 232-33 に大いに啓発を受けた。

(19)　Marie-Henri Beyle (Stendhal), *The Red and the Black* (1830), trans. C. K. Scott Moncrieff (New York: Modern Library, 1926), p. 236.〔桑原武夫・生島遼一訳『赤と黒』、岩波文庫、一九五八年、上巻三〇九頁〕

(20)　Lev Tolstoy, *Anna Karenina* (1877), trans. Joel Carmichael (New York: Bantam Books, 1981), pp. 601-602.〔中村融訳『アンナ・カレ

ーニナ』、岩波文庫、一九八九年、下巻二七―二八頁〕

(21) Wayne Booth, *The Rhetoric of Fiction*, 2d ed. (Chicago: University of Chicago Press, 1983), chap. 1.〔米本弘一・服部典之・渡辺克昭訳『フィクションの修辞学』、書肆風の薔薇、一九九一年〕

(22) Charles Dickens, *Little Dorrit* (1857; New York: New American Library, 1980), p. 1.〔小池滋訳『リトル・ドリット』、ちくま文庫、一九九一年、第一巻一三頁〕

(23) Gérard Genette, *Narrative Discourse*, trans. Jane Lewin (Ithaca: Cornell University Press, 1980), p. 101.〔花輪光・和泉涼一訳『物語のディスクール――方法論の試み』、書肆風の薔薇、一九八五年、一一二頁〕

(24) Genette, "Frontiers," p. 136.〔六九頁〕

(25) Fyodor Dostoevsky, *Crime and Punishment* (1866), trans. Constance Garnett (New York: Macmillan, 1951), p. 2.〔中村白葉訳『罪と罰』、岩波文庫、一九五八年、一一頁〕

(26) 私はこの例をCleanth Brooks and Robert Penn Warren, *Understanding Fiction*, 2d ed. (New York: Appleton-Century-Crofts, 1959), p. 9より採っている。それによれば、物語へと「向かっており」「ブレシントン夫人が歴史小説中の登場人物になりつつあると容易に想像できる」が、やはりこの事例は「人物スケッチ」であり、したがって描写である。

(27) Genette, "Frontiers," p. 134.〔六七頁〕

(28) *The Miscellaneous Works in Prose and Verse of Sir Thomas Overbury, Knt*, ed. Edward F. Rimbault (London: Reeves & Turner, 1890), p. 69.

(29) Mieke Bal, "On Meanings and Descriptions," trans. Robert Corum, *Studies in 20th-Century Literature* 6, nos 1 and 2 (1982), p. 126.

(30) Wallace Martin（個人的コミュニケーション）。

(31) Bordwell and Thompson, *Film Art*, p. 49.〔一一九―一三〇頁〕

(32) Alain Robbe-Grillet, *Two Novels by Robbe-Grillet*, trans. Richard Howard (New York: Grove Press, 1965), p. 96.〔八九頁〕モリセットが*Novel and Film : Essays in Two Genres* (Chicago: University of Chicago Press, 1985), p. 24で指摘しているように、『嫉妬』〔白井浩二訳、新潮社、一九五九年〕に私たちが読み取るのは「嫉妬深い夫の知覚と感覚を現象学的に書き表したものである。」これが、彼夫が知覚したことであって、ある客観的な語り手が知覚したものではないということが推論されなければならない。なぜなら、彼が話し手であることを示す一人称のしるしはないからである。こう推論したら（とモリセットは続けている）、私たちはこれらの知覚や感覚が実は「主体の思考と情熱の客観的相関物」であると結論しなければならない。けれども、心理フィクションの時代においては「思考」や「情熱」は間違いなく物語の出来事の資格を持っており、実のところ、多くのフィクションの決定的な、あるいは場合によっては唯一の出来事でさえあるのだ。『嫉妬』の出来事は描写的な表現の間のテクスト空間にあると理解されなければならない。

（33） Genette, "Frontiers," p. 135.〔六九頁〕

（34） 私はこの言葉をウォレス・マーティンに負っている（個人的コミュニケーション）。

第二章　描写はテクストの侍女にあらず

（1） Gérard Genette, "Frontiers of Narrative," in *Figure of Literary Discourse,* ed. Marie-Rose Logan, trans. Alain Sheridan (New York: Columbia University Press, 1982), p. 137.〔七〇頁〕

（2） Gérard Genette, *Narrative Discourse*, trans. Jane Lewin (Ithaca: Cornell University Press, 1980), p. 94, n. 12.〔三二九頁〕

（3） Philippe Hamon, "Rhetorical Status of the Descriptive," *Yale French Studies* 61(1981), 1-26. trans. Patricia Baudoin of Philippe Hamon, *Introduction à l'analyse du déscriptif* (Paris: Hachette, 1981), chap. 1.

（4） Ibid. p. 7.

（5） Jean-François Marmontel, "Grammaire et littérature," in *Encyclopédie méthodique* (Paris: Panckoucke, 1782); Hamon, "Rhetorical Status," p. 32, n. 2; Paul Valéry, "Degas, danse, déssin," in *Oeuvres*, vol. 2 (Pléiade ed.), pp. 1219-20.（アモン "Rhetorical Status," p. 10 に引用）。〔吉田健一訳『ドガに就て』、筑摩書房、一九七七年〕

（6） Hamon, "Rhetorical Status," p. 11.

（7） Ibid., p. 13.

（8） Philippe Hamon, "Qu'est-ce qu'une description?" *Poétique* 12 (1972), 475.（チャットマン訳）

（9） Meier Sternberg, "Ordering the Unordered : Time, Space, and Descriptive Coherence, "*Yale French Studies* 61 (1981), 60-88.

（10） James Joyce, *A Portrait of the Artist as a Young Man* (1914-15), ed. Chester G. Anderson (New York: Viking Press, 1973), p. 184.〔丸谷才一訳『若い藝術家の肖像』、集英社文庫、二〇一四年、三四一―三四二頁〕

（11） Roland Barthes, "L'effet de reel," *Communications* 11(1968), 84-89, rpt. as "The Reality Effect," trans. R. Carter, in *French Literary*

Theory Today: A Reader, ed. Tzvetan Todorov (Cambridge: Cambridge University Press, 1982).〔花輪光訳「現実効果」、『言語のざわめき』所収、みすず書房、一九八七年、一八四—一九五頁〕

（12） Fyodor Dostoevsky, *The Devil* (1871), trans. David Magarshack (Harmondsworth: Penguin Books, 1953), pp. 188-89.〔江川卓訳『悪霊』、新潮文庫、一九七一年、上巻二八二頁〕

（13） Georg Lukács, "Narrate or Describe? A Preliminary Discussion of Naturalism and Formalism," in *Writer and Critic and Other Essays*, ed. and trans. Arthur D. Kahn (New York: Grosset & Dunlap, 1970), pp. 111-12.〔浦野春樹訳「物語か記述か」、『ルカーチ全集８』所収、白水社、一九六九年〕観察者と関係者をこのように区別することのイデオロギー的意味合いは、次の書でフレドリック・ジェイムソンによって検討されている。*Marxism and Form: Twentieth-Century Dialectical Theories of Literature* (Princeton: Princeton University Press, 1974), pp. 200-202.〔荒川幾男・今村仁司・飯田年穂訳『弁証法的批評の冒険』、晶文社、一九八〇年、一四二頁〕

（14） Lukács, "Narrate or Describe?" p. 114.

（15） Ibid., p. 116.

（16） Wallace Martin, *Recent Theories of Narrative* (Ithaca: Cornell University Press, 1986), p. 122.

（17） Alexander Gelley, "The Represented World: Toward a Phenomenological Theory of Description in the Novel," *Journal of Aesthetics and Art Criticism* 37 (1979), 187.

（18） この点はクリスチャン・メッツによって明らかにされている。*Film Language: A Semiotics of the Cinema*, trans. Michael Taylor (New York: Oxford University Press, 1974), p. 128.〔浅沼圭司監訳『映画における意味作用に関する試論——映画記号学の基本問題』、水声社、二〇〇五年、二一九頁〕「このことは描写的連辞が動かない事物や人物にしか適用されないということを決して意味しない。描写的連辞が行動を扱うことも十分あり得る。もし、その行動の唯一の理解可能な内的関係が、ある特定の瞬間の空間的並列であるならば——すなわち、観る者が心の中で［物語世界の］時間の中でつなぎ合わせることができない行動であるならば。たとえば、番をされている羊の群れ（羊、羊飼い、羊の番犬の光景など）。」

（19） Jeffrey Kittay, "Descriptive Limits," *Yale French Studies* 61 (1981), 225-43.

（20） Ibid., p. 232.

（21） Ibid., p. 239.

（22） Gotthold Ephraim Lessing, *Laocoön, Nathan the Wise, and Minna Von Barnhelm*, trans. William A. Steel (London: Dent, 1930), p. 59.

(23) Hamon, "Rhetorical Status," p. 17. この一節は Lessing, *Laocoön*, p. 57 に出てくる。

(24) キテイでさえ、この一節をどのように分析すればよいのか不確かなようにみえる。「ある読みによれば、ヘパイストスの諸々の行動は構造上ある程度必要な要素で、盾に描かれた一つひとつの〈飾り模様《ヴィニエット》〉は『それから彼は作った』『それから彼は描いた』といった繰り返しで始まる。この一節は行動なのだろうか描写なのだろうか？ あるいはこれは誰も気にかける必要のない箇所なのだろうか？」（"Descriptive Limits," p. 241）物語の本質と他のテクスト・タイプの境界設定に真剣に関心を抱いているのならば、大いに気にかけなければならないと私は思う。深層構造と表層構造の二律背反が、比較的容易にそれを可能にするということを示したいと思う。実のところ、他の点では見事なキテイの論文で唯一私を失望させたのは、その懐疑的な結論である。「この一節を製作の行為――*poesis* とはまさに詩作という意味――の再現として読むということは、描写とアクションに究極的に違いはないということを知ることだ」（p. 242）。なんとも残念なことだ、それまであれほど正確にその違いを立証しようとしてきたというのに。

(25) Homer, *The Iliad*, trans. W. H. Rouse (New York: Mentor Books, 1950), p. 225.〔松平千秋訳『イリアス』、岩波文庫、一九九二年、下巻一三四頁〕

(26) Alain Robbe-Grillet, *Snapshots*, trans. Bruce Morrissette (New York: Grove Press, 1968).〔平岡篤頼訳「スナップショット」、『新しい小説のために』所収、新潮社、一九七九年〕

(27) Cleanth Brooks and Robert Penn Warren, *Understanding Fiction*, 2d ed. (New York: Appleton-Century-Crofts, 1959), p. 257.

(28) 私は意図的に「フラッシュバック」とかジュネットのいう意味での「錯時法」ではなく、「歪んだ時間＝論理」という言い方をしている。ここに描かれているのは以前起こった物語内容の出来事をあとになって物語言説で再現したものではない。これはむしろ物語内容と物語言説の順序双方を逆転させたものだ。

(29) Hamon, "Rhetorical Status," p. 26.

第三章　映画における描写とは何か

(1) 「映画的語り手」（第八章で詳しく論じる）は、映画に内在する伝達の媒体で、私たちが見る映像《イメージ》、私たちが聞く音声《サウンド》を提示する。それは映画作家でもプロダクション・チームでもなく、小説の語り手が現実の作者に対して有しているのと同じ関係を現実の人々に対して有している。それはまた出来事《アクション》を導入するヴォイス・オーヴァーでもない。もっとも、ヴォイス・オーヴァーはその一つの手段ではある。

（2）　その意味で物語学はアリストテレスの視覚的効果に対する軽視とは相容れない。アリストテレスはこう書いている。「[視覚的効果は]詩の芸術性とはあまり関係がなく、実際には劇上演の問題に関わるのである」(*Aristotle's Poetics: A Translation and Commentary for Students of Literature*, trans. Leon Golden [Englewood Cliffs, N.J.: Prentice-Hall, 1968], 14. 8-10)。〔今道友信訳「詩学」、『アリストテレス全集十七』所収、岩波書店、一九七二年。ここでは英訳から直接訳した。〕『オイディプス』のプロットを聞くだけでも恐怖と憐憫をある程度経験できるというのは疑いもなく正しいが、すぐれた上演や映画化がその効果を千倍も高めるということも確かである。

（3）　Claude Ollier, "Réponse," *Premier Plan* no. 18 (n. d.), 26. Bruce Morrissette, *Novel and Film: Essays in Two Genres* (Chicago: University of Chicago Press, 1985), p. 22 に引用。

（4）　John Fowles, *The French Lieutenant's Woman* (New York: New American Library, 1969), p. 10.〔沢村灌訳『フランス軍中尉の女』、サンリオ出版、一九八三年、六頁〕

（5）　私はこれらの問題を「確定性」という見出しのもとに論じた。Seymour Chatman, *Story and Discourse: Narrative Structure in Fiction and Film* (Ithaca: Cornel University Press, 1978), p. 30.〔三八頁〕

（6）　Christian Metz, *Film language: A Semiotics of the Cinema*, trans. Michael Taylor (New York: Oxford University Press, 1974), pp. 127-28.〔二一八―二一九頁〕

（7）　*L'Avventura: A Film by Michelangelo Antonioni*, ed. David Denby, trans. Jon Swan (New York: Grove Press, 1969), p.11.

（8）　Orson Welles, *Touch of Evil,* ed. Terry Comito (New Brunswick, N. J.: Rutgers University Press, 1985), p. 56.

（9）　Ernest Callenbach（著者への手紙)。

（10）　「カメラ」はここでも、そしてまた初めから終わりまで、映画的装置全体の提喩となっている。

（11）　Honoré de Balzac, *Old Goriot*, trans. Marion Ayton Crawford (Harmondsworth: Penguin Books, 1959), p. 29.〔平岡篤頼訳『ゴリオ爺さん』、新潮文庫、一九七二年、七頁〕

（12）　Rudyard Kipling, "The Man Who Would Be King," in Cleanth Brooks and Robert Penn Warren, *Understanding Fiction*, 3d ed. (Englewood Cliffs, N. J.: Prentice-Hall, 1979), p. 85.〔鶴飼長寿訳「王様になりたい男」、『サマセット・モーム編世界１００物語３　巧みな語り』、河出書房新社、一九九六年、二三二頁〕

(13) Gustave Flaubert, *Madame Bovary*, trans. Francis Steegmuller (New York: Random House, 1957), pp. 273-74.〔伊吹武彦訳『ボヴァリー夫人』、岩波文庫、一九六〇年、下巻二八頁〕

(14) Philippe Hamon, "Rhetorical Status of the Descriptive," *Yale French Studies* 61 (1981), 3 に引用。

(15) ビデオカセットはMCAビデオで入手可能。〔DVDはユニバーサル・ピクチャーズ〕

(16) Metz, *Film Language*, p.167. メッツの（「並行」〔連辞〕や「括弧入り」〔連辞〕といった）「非時間順」連辞と（「記述／描写」〔連辞〕のような）「時間順」連辞の区別は、明確にはなされていない。問題は物語内容の時間内に——すなわち「休止」中に——なされる描写と物語内容の外でなされる、すなわち物語言説内でのみなされる描写との違いである。前者は描写的と呼ぶべきものであるが、後者は注釈的と呼ばなければならない。なぜなら、それは語り手の注釈を伝えるからである。したがって、私の意見では『アデュー・フィリピーヌ』のまさにオープニングの数ショットを「括弧入り」〔連辞〕と分類する（p. 150）のは誤りである。それらのショットが「ある種の現実、テレビ・スタジオの仕事の再現として選ばれたにすぎない」というのは正しいが、これは外の、現実の世界のスタジオではなくて、まさしく主人公が働いている虚構のスタジオであり、映画の前半の舞台となるスタジオなのである。

(17) Charles Dickens, *Great Expectations* (1861), ed. Angus Calder (Harmondsworth: Penguin Books, 1965), chap. 1.〔山西英一訳『大いなる遺産』、新潮文庫、一九七六年、上巻六頁〕

(18) 『イヴの総て』（20世紀フォックス、一九五〇年）はMagnetic Videoで入手可能。〔20世紀フォックス〕

(19) *The Oxford Companion to Film*, ed. Liz-Anne Bawden (New York: Oxford University Press, 1970), p. 614.

(20) 古典的なハリウッドの物語映画に働く約束事に関するすぐれた説明に関しては、David Bordwell, *Narration in the Fiction Film* (Madison: University of Wisconsin Press, 1985) を参照。この本については第八章で詳しく論じる。

(21) Gérard Genette, *Narrative Discourse*, trans. Jane Lewin (Ithaca: Cornell University Press, 1980), pp. 109-12.〔一二一—一二五頁〕

(22) Chatman, *Story and Discourse*, pp. 63-65 参照。〔七六—八〇頁〕

(23) Malcolm Lowry, *Under the Volcano* (1947; New York: Signet Books, 1965), p. 29.〔斎藤兆史監訳『火山の下』、白水社、二〇一〇年、五頁〕

(24) 『さすらいの二人』（一九七五年）はMGMビデオカセットで入手可能。〔ソニー・ピクチャーズ・エンタテインメント〕

(25) Noel Burch, *Theory of Film Practice*, trans. Helen R. Lane (New York: Praeger, 1973), p. 28. この効果は知覚心理学ではよく知ら

れている。覗き穴から見られた客体が大きくて遠くにあるものなのか、近くにあって小さなものなのかを見分けるのは困難である。コンテクストが削除されているので知りようがない。知覚に関する関連文献については Bordwell, *Narration in the Fiction Film*, pp. 100-104 を参照のこと。

（26） Michelangelo Antonioni, *Il deserto rosso* (Bologna: Capelli, 1964) を参照。

（27） 画面は Seymour Chatman, *Antonioni; or, The Surface of the World* (Berkeley: University of California Press, 1985), p. 127 に白黒で再生されている。

（28） E. M. Forster, *Aspects of the Novel* (Harmondsworth: Penguin Books, 1962), p. 34.〔中野康司訳『小説の諸相』、みすず書房、一九九四年、三八頁〕

第四章　映画における議論――『アメリカの伯父さん』

（1） David Bordwell, *Narration in the Fiction Film* (Madison: University of Wisconsin Press, 1985), p. 235; David Bordwell and Kristin Thompson, *Film Art: An Introduction*, 2d ed. (New York: Knopf, 1986), chap. 3.〔邦訳では第五章〕

（2） Christian Metz, *Film Language: A Semiotics of the Cinema*, trans. Michael Taylor (New York: Oxford University Press, 1974), p. 194.「映画が言語であるから、そのような見事なストーリーを語ることができるのではなくて、そのような見事なストーリーを語ってきたから映画は言語になったのだ」〔八六頁〕。

（3） John Fell, *Film and the Narrative Tradition* (Berkeley: University of California Press, 1986) は小説とか舞台劇などの十九世紀の物語ジャンルから映画が誕生した様子を記録している。

（4） このことはテレビには当てはまらない。テレビはそもそものはじまりからマルチ・テクスト的メディアであったからだ。多くのコマーシャルやある種のドキュメンタリーは明示的な議論の構造を有している。とはいえ、非・物語的番組はプライム・タイムを勝ち取るために常に奮闘しなければならなかったし、いくつかのケーブル・チャンネルは映画しか放映していない。

（5） 例外は『暗闇の叫び《ア・クライ・イン・ザ・ダーク》』〔日本未公開〕のような映画の最後に出てくる字幕で、映画の道徳問題に関する物語世界後の事実を列挙している。

（6） 映画は十六ミリ・レンタル映画とビデオ（Embassy 4065）で入手可能。〔東芝デジタルフロンティア〕シナリオ――より正確にはカッティング・コンティニュイティ、すなわちカット割り〔デクパージュ〕――は、Alain Resnais, *Mon oncle d'Amerique*,

L'Avant Scène du Cinéma, no. 263 (March 1981), 30, 47-72.

（7）　真偽のほどは分からないが、次に掲げるのはジャン・グリュオーが自分とレネの意図についてインタビューで語ったことである。「横柄に思われるかもしれませんが、私たちはラボリを利用したのです。もっとも、教訓的な映画を作るためではなかったのですが。ちょうどプルーストが登場人物、とりわけその病歴を創造するために、医者だった父親の覚書を利用したようなものです。私にとってラボリは、ブレヒトにとってのマルクスみたいなものです。ストーリーを語るための光源だったのです」（Annette Insdorf, "French Uncles," *Film Comment* 16 [September-October 1980], 23）。ラボリが自分の理論を大衆に伝達する手段としてグリュオーとレネを「利用した」と思っていたかどうかが分かればおもしろいだろう。

（8）　*Le Monde*, September 13, 1980. *L'Avant Scène du Cinéma*, no. 263 (March 1981), 72 に引用。

（9）　ラボリが物語言説のなかに自意識的に存在するということは、虚構の登場人物と違って女性の話し手が彼について言っていることを聞くことができるという事実によって、おもしろおかしく強調されている。彼は先祖がヴァンデ県の出身だと言って話し手の注釈をふざけ半分に敷衍して説明する。

（10）　この見解はたとえば、Metz, *Film Language*, pp. 67, 116〔一一〇—一一一、二〇六—二〇七頁〕に示されている。

（11）　ルネとヴェストラトの公然たる闘争は、彼らが小市民《プチブル》階級の出身であることがなせる業である（それはまた彼らの筋骨たくましい身体と野暮ったいスーツによっても表示されている）。上流ブルジョアのレベルでの支配をめぐる闘争は、それほど肉体的ではない。ジャンとミシェルの闘いは控え目で抑制が効いている。しかし、ラボリは階級には興味がない。彼は、表向きは異なる行動も同じ生物学的要請を証明しているということを示したいだけなのだ。

（12）　"French Uncles," *Film Comment* 16 (September-October 1980), 22 という映画評に、ジャン・ドーソンは書いた。「断片的な物語技法自体が、私たちに絶えずもっと見たいと思わせ、自分たちは一つの理論を例証するために選ばれた瞬間だけしか見ることを許されていないと絶えず気付かせることによって〔……〕ラボリが事務的な意見表明を終えた時、疑問符を付すのに役立つ。」しかし、その物語技法は両刃の刃なのだ。ラボリの言説も同様にフィクションに疑問符を付す。そして両方がともに最後のシークエンス、アメリカのスラム街のトラヴェリング・ショットによって疑問に付されるのだ。

（13）　同書。この映画は自然に「うまく説明しきれない——自然の持つ適応力や生存能力が、その中に適所を見つけようとする人間の能力よりも明らかにずっとすぐれているという事実によってさえも説明しきれない——心をうつ美しさ」を授けている。

（14）　その効果は、彼女が怒って部屋を飛び出すふりをすると、ジャンが出すまいとする事実によって、さらに複雑化する。けれども、その後、彼女は本当に欲求不満に陥ってしまう――間違った理由で部屋に閉じ込められ、気高い行為を邪魔されて、彼女は自分の寝室に座って、子供のころのように欲求不満の涙を流す。花瓶を壊す彼女は、怒りの行動をとっているし、また怒りを感じてもいるのだ。

(15)　脚本と一緒に出版されたインタビューでレネは『欲望』、そしてポール・シニャックのある種の絵画との類似を認めた。

第五章　内包された作者の擁護

(1)　Wayne Booth, *The Rhetoric of Fiction*, 2d ed. (Chicago: University of Chicago Press, 1983); Shlomith Rimmon, "A Comprehensive Theory of Narrative: Genette's *Figures III*," *PTL* 1 (1976), 58（自身の物語体系から内包された作者を削除したジュネットに対する批判）; Shlomith Rimmon-Kenan, *Narrative Fiction: Contemporary Poetics* (London: Methuen, 1983), pp. 86-89, 101-4; Gérard Genette, *Narrative Discourse Revisited*, trans. Jane Lewin (Ithaca: Cornell University Press, 1988) 第十九章で非・人格化した内包された作者を認めているように思われる。〔和泉涼一・神郡悦子訳『物語の詩学』、書肆風の薔薇、一九八五年〕; W. J. M. Bronzwaer, "Implied Author, Extradiegetic Narrator, and Public Reader: Gérard Genette's Narratological Model and the Reading Version of *Great Expectations*," *Neophilologus* 62 (1978), 1-17; W. J. M. Bronzwaer, "Mieke Bal's Concept of Focalization : A Critical Note," *Poetics Today* 2 (1981), 193-201（「内包された作者＝語り手」という組み合わせを「語り手＝焦点化子」という組み合わせに置き換えようとするバルの試みに対する批判）; Mieke Bal, "The Laughing Mice, or On Focalization," *Poetics Today* 2 (1981), 201-10（自身の立場の擁護）; Gerald Prince, *Dictionary of Narratology* (Lincoln: University of Nebraska Press, 1987), pp. 42-43〔八五―八六頁〕を参照。

(2)　Susan Sniader Lanser, *The Narrative Act* (Princeton: Princeton University Press, 1981) は語り手が「作者自身の企てに」近く、「文学的行為に対する作者の関係に重要な指針を提供することができる」(p. 141) と論じ、また語り手は「テクストに記号化されていて、テクストを書いた伝記上の人物に類似しているが、それと同一というわけではない歴史的な権威をもった声」(p. 152) であると論じている。ケイト・ショパンのストーリーの分析を通して、彼女は現実の作者に関する事実を論じることが意味のあることを悟る。たとえば、隠れた語り手が「作者の社会的なアイデンティティを異質物語世界的な語りの声のそれと結びつける約束事によって」女性であることが分かり、「局外の語り手が〔現実の作者と〕同義だという約束事によって、この語り手が局外の語り手の声の個性と価値観――想像的およびイデオロギー的意識――を共有していると想定することもできる」(p. 250) とランサーは主張している。

（３）　W. K. Wimsatt, Jr. and Monroe Beardsley, “Intention,” in *Dictionary of World Literature*, ed. Joseph T. Shipley (Paterson, N. J.: Littlefield, Adams, 1960) 参照。

（４）　読者反応論に対する私たちの理解は近年著しく拡大した。Umberto Eco, *The Role of the Reader: Explorations in the Semiotics of Texts* (Bloomington: Indiana University Press, 1979); Stanley, Fish, *Is There a Text in This Class? The Authority of Interpretive Communities* (Cambridge: Harvard University Press, 1978)〔小林昌夫訳『このクラスにテクストはありますか』、みすず書房、一九九二年〕; Wolfgang Iser, *The Act of Reading: A Theory of Aesthetic Response* (Baltimore: Johns Hopkins University Press, 1978)〔轡田収訳『行為としての読書』、岩波書店、一九八二年〕; Wolfgang Iser, *The Implied Reader: Patters of Communication in Prose Fiction from Bunyan to Beckett* (Baltimore : Johns Hopkins University Press, 1974); Hans Robert Jauss, *Toward an Aesthetic of Reception*, trans. Timothy Bahti (Minneapolis: University of Minnesota Press, 1982); Stephen Mailloux, *Interpretive Conventions: The Reader in the Study of American Fiction* (Ithaca: Cornell University Press, 1982); Walter J. Ong, “The Writer’s Audience Is Always a Fiction,” *PMLA* 90 (1975), 9-21; Gerald Prince, *Narratology: The Form and Functioning of Narrative* (Berlin: Mouton, 1982); Peter Rabinowitz, *Before Reading: Narrative Conventions and the Politics of Interpretation* (Ithaca: Cornell University Press, 1988); Susan Suleiman and Inge Crosman, ed. *The Reader in the Text: Essays on Audience and Interpretation* (Princeton: Princeton University Press, 1980); Jane Tompkins, ed. *Reader-Response Criticism: From Formalism to Post-Structuralism* (Baltimore: Johns Hopkins University Press, 1980); *Critical Inquiry* 9 (1982), “Politics of Interpretation” 特集号参照。

（５）　「可能世界」の哲学の最近の研究は、フィクションの言説の本質そのものに内包された作者の理論的確証を見出している。可能世界の哲学者によれば、現実のものかもしれないし、そうではないかもしれない信念がフィクションにあるとする考え方を読者に許すためには、内包された作者ないし「読者の作者」が仮定されなければならない。内包された作者ないし読者の作者は「その信念がすべてフィクションから推論され、それと完全に一致している点で現実の作者とは異なるのである」（Koenraad Kuiper and Vernon Small, “Constraints of Fiction: With an Analysis of M. K. Joseph’s *A Soldier’s Tale*,” *Poetics Today* 7 [1986], 495-526; 引用は p. 498）。

（６）　*Le Degré zero de l’écriture*, Jonathan Culler, *Structuralist Poetics* (Ithaca: Cornell University Press, 1975), p. 133 に引用。Lanser, *Narrative Act*, p. 115; Paul Ricoeur, “The Model of the Text: Meaningful Action Considered as a Text,” *New Literary History* 5 (1973), 91-117 を参照。

（７）　クィパーとスモールが示唆しているように「[内包された]作者は読者がテクストから推論すべきものである（したがって、

読者が異なれば、その推論も異なってくる」とわれわれは考える」("Constraints of Fiction," p. 498)。

（8） E. D. Hirsch, Jr., *Validity in Interpretation* (New Haven: Yale University Press, 1967), p. 211.

（9） P. D. Juhl, *Interpretation: An Essay in the Philosophy of Literary Criticism* (Princeton: Princeton University Press, 1981), p. 13.

（10） おそらくウィムザットとビアズリーの最初の論文 "Intention" よりもさらに重要なのは、*Aesthetics*, 2d ed. (Indianapolis, Ind.: Hackett, 1981) および *The Aesthetic Point of View*, ed. Michael Wren and Donald Callen (Ithaca: Cornell University Press, 1982), pp. 188-207 の "Intentions and Interpretations: A Fallacy Revived" に見られるビアズリーのその後の見解である。

（11） Beardsley, *Aesthetics*, pp. 17, 20, 26.

（12） Saul Bellow, Christopher Lehmann-Haupt の Bellow, *More Die of Heartbreak* の書評、*New York Times*, May 21, 1987, p. C 29 に引用。

（13） Beardsley, *Aesthetics*, p. 26. 読者反応論者は無論「詩自体が差し出す証拠」を「他のすべての解釈共同体の意見」に変えるだろう。それでもなお、その主張は依然妥当である。詩人は特異な解釈を押しつけることはできないのである（自分の解釈を付け加えることによってテクスト自体を変えるのでなければ）。

（14） 同書。Roger Fowler, *Linguistics and the Novel* (London: Methuen, 1977), p. 80 では「意匠《デザイン》〔企図〕」という用語が同様の意味で使われている。〔豊田昌倫訳『言語学と小説』、紀伊國屋書店、一九七九年、一二三頁〕

（15） 私は William Tolhurst の明晰な論文 "On What a Text Is and How It Means," *British Journal of Aesthetics* 19 (1979), 3-14 からこれらの用語を借用している。もう一つの有益な反意図主義の主張は Jack Meiland, "Interpretation as a Cognitive Discipline," *Philosophy and Literature* 2 (1978) である。メイランドは「妥当性」「認知」「客観性」といったハーシュの用語を用いて、全く違った結論に到達している。すなわち「ひとつの作品はいくつかの異なる解釈が可能で、しかもそのすべてが等しく妥当なのである」(p. 30)。

（16） Tolhurst, "On What a Text Is," p. 15.「発言の意味は意図された読者《オーディエンス》の一員［すなわち〈内包された読者〉］が、意図された読者の一員であるおかげで有している知識なり意見に基づいて、作者のものであるとすることによって正当化されるような意図と理解するのが最もふさわしい。よって、発言の意味は意図された聞き手ないし意図された読者《リーダー》として有している信念なり意見に基づくことによって正当化される発言者の意味というあの仮説と解釈されなければならない」(p. 11)。

（17） Booth, *Rhetoric of Fiction*, p. 74.〔一〇一頁〕

（18） イタロ・カルヴィーノは同様の見解を表明した。「作者は書いている瞬間に、役者が役に入り込み、自分を自分の投影と同一化するように、一つの役に入り込む限りにおいて作家なのである」(Christopher Lehmann-Haupt の Calvino, *Uses of Literature*:

Essays [New York: Wolff/Harcourt Brace Jovanovich, 1986] の書評、*New York Times*, October 27, 1986, p. 17 に引用)。

(19)　たとえば、P. D. Juhl (*Interpretations*, pp. 13-5) は「意図」から（a）作者が書こうと、あるいは伝えようと計画したこと、（b）作者が書く「動機」（富や承認などを得たい）、（c）「持続的に焦点をあてられた作品の効果、すなわち作品のテクスト的一貫性」を除外している。彼は意図を「ある一連の言葉を——［作者が］自分が用いた言葉によって意味したことという意味で——書くこと」に限定している。ウォレス・マーティンは（手紙で）私に後者の意味での「意図性《インテンショナリティ》／志向性」が哲学、とりわけエドムント・フッサールにおいて、たとえば「客観的な意図性／志向性」といった言い回しに定着していることを思い出させてくれた。“Intentionality,” in *Dictionary of Philosophy*, ed. Dogbert Runes (Totowa, N.J.: Littlefield, Adams, 1975), p. 148 を参照。

(20)　しかし、後出の「生涯作者」の議論を参照のこと。ある特定の作家の他の作品における「作者の」他の選択によって生まれる情報を説明する方法として。

(21)　Fowler, *Linguistics*, pp. 79-80.〔一二四頁〕ウェイン・ブースは *The Company We Keep: An Ethics of Fiction* (Berkeley: University of California Press, 1988), p. 91 でテクストと内包された作者を同等視し続けている。「決して明らかではないもの、それはある特定のフィクション——つまり、ある特定の内包された作者——が引き起こしたり、黙認したり、却下したいと思っている諸問題を分ける明確な境界線である。」

(22)　理論家のなかには人間だけが「意図」を持つことができると考えているものがいる。なぜそうでなければならないのか私には全く分からない。一つのテクストは意図の——あるいは、より正しくは、達成された意図の——貯蔵庫である。だからといって、なぜテクストが意図を持っているという言い方に憤慨するのだろうか？　確かに「憲法には出版の自由を守る意図がある」という声明は「憲法の署名者には出版の自由を守る意図があった」に劣らず意味深い。ブースが述べているように「芸術作品は、世の中の他の一見不活性な事物同様、可能性の視野をもたらすという意味で活力をもっているとしたら、私たちの問いに対して意味を持つと言えないだろうか」(*The Company We Keep*, p. 91)。

(23)　R. W. Stallman, “Intentions,” in *Princeton Encyclopedia of Poetry and Poetics*, ed. Alex Preminger, enl. ed. (Princeton: Princeton University Press, 1974), p. 398.

(24)　W. K. Wimsatt, “Genesis: A Fallacy Revived,” in *Day of the Leopards: Essays in Defense of Poems* (New Haven: Yale University Press, 1976), pp. 221-22.

(25)　ジュネットが書いているように（*Narrative Discourse Revisited*, p. 148）〔一五六頁〕、「〔内包された作者という概念の〕意味が、語り手（たとえ物語世界外の語り手であっても）の向こうに、様々な局所的もしくは全体的な指標によって、物語テクストが（他のすべてのテクスト同様）作者についてのある観念（すべてを考慮すれば、この用語が〈イメージ〉よりも好ましいし、そろそろこれをイメージの代わりに用いる潮時だ）をもたらす、ということであれば、それはまさに自明のことである以上、私としてはこれを認め、そう主張しさえする。そして、この意味でなら以下のブロンズブールの定式に喜んで賛成しよう。『物語理論の「私ならより慎重に詩学の、というところだ」領域から作者は排除されるが、内包された作者は含まれる。』」

（26）Wallace Martin（著者への手紙）。

（27）Booth, *Rhetoric of Fiction*, p. 72.〔一〇三頁〕

（28）Henry Fielding, *The History of the Adventures of Joseph Andrews & His Friend Mr. Abraham Adams* (1742; Harmondsworth: Penguin Books, 1954), pp. 29-30.〔上巻一八―一九頁〕

（29）これは Seymour Chatman, *Story and Discourse: Narrative Structure in Fiction and Film* (Ithaca: Cornell University Press, 1978), pp. 148-51〔一八〇―一八二頁〕で私がとった立場の変更を意味する。私はもはや語り手と聴き手が「自由に選択できて」、語り手が「不在」の場合は、内包された作者が読者に直接話しかけるとは考えていない。それは沈黙した源、永久に蘇生可能な、全体の創造者としての内包された作者という概念と相容れない。私はこの点の議論について Shlomith Rommon-Kenan, *Narrative Fiction*, pp. 88-89 に負っている（もっとも、彼女とちがって、私は内包された作者および内包された読者を含む、六つの部分から成る物語のコミュニケーション・モデルの有用性を信じ続けている）。

（30）しかし、スーザン・ランサーは「タイトル、序文、題辞、献辞など」が、現実の読者に「開かれたフォーラム」で現実の作者についての情報を提供すると論じている（*Narrative Act*, p. 125 を参照のこと）。ある種のフィクションにとって、タイトルが内包された作者に帰されるべきだということは正しい。なぜなら、それらの語り手は（無知その他の理由で）それら（『響きと怒り』『カッコーの巣の上で』）をはっきり発音できないのだから。けれども、他の場合、タイトルは語り手から聴き手へのもう一つのメッセージにほかならない。『失われた時を求めて』、『高慢と偏見』、『大いなる遺産』はそれぞれの語り手の概念化の能力とより大きな意図の範囲内にある。すべてのタイトルを「フィクション外」と分類するのは行き過ぎのように思われる。

（31）たとえばバルザックの「共和主義」はフィクションにしか登場しないとある人は主張している。Genette, *Narrative Discourse Revisited*, pp. 142-43 を参照。

（32）Wayne Booth, *Critical Understanding: The Powers and Limits of Pluralism* (Chicago: University of Chicago Press, 1979), p. 270.

第六章　内包された作者の仕事

（1）　Wayne Booth, *The Rhetoric of Fiction*, 2d ed. (Chicago: University of Chicago Press, 1979), pp. 422-34.

（2）　私はアンネ・フランクの例を次の未発表原稿から引用している。Jefferey Staley, "'Like Trees, Walking': Reading the Gospels with Open Eyes."

（3）　W. K. Wimsatt, Jr., "Genesis: A Fallacy Revisited," in *Day of the Leopards: Essays in Defense of Poems* (New Haven: Yale University Press, 1976), p. 206.

（4）　E. A. Speiser, introduction to *The Anchor Bible: Genesis* (Garden City, N.Y.: Doubleday, 1964), pp. xx-xxvi.「ヤハウィスト」は神を個人名でヤハウェ（エホバ）と呼び、「エロヒスト」は「神を表わす一般的なヘブライ語」エロヒムを使った。この引用に対しロバート・オールターに感謝する。

（5）　プロデューサーのアーサー・フリード。Lillian Ross, *Picture* (New York: Rinehart, 1952), p. 194 に引用。

（6）　作家主義――すぐれた映画の真の源は一人の人間、一般的には監督であるという考え方――はアンドルー・サリスによってフランスから輸入された（*The American Cinema: Directors and Directions: 1929-1968* [New York: Dutton, 1968] 参照）。作家――オーソン・ウェルズ、ジョン・フォード、アルフレッド・ヒッチコック、ハワード・ホークスなどの監督――はスタジオの圧倒的な影響力になんとか打ち克って、おおむね個人的なヴィジョンを達成したと考えられている。

（7）　これらの映画評はすべて Ross, *Picture*, pp. 229-31 に引用されている。『勇者の赤いバッヂ』（一九五一年）はＭＧＭビデオカセットで入手可能。〔ワーナーホームビデオ〕

（8）　Bronislau Kaper, Ross, *Picture*, p. 144 に引用。

（9）　この会話は同書、p. 59 に引用されている。ヒューストンはおそらく正しかった。『ニューヨーク・トリビューン』の映画批評家が述べているように、「冗長なナレーションが〔……〕時折サウンドトラックをかき乱し、映像ですでに明らかになっている事実を説明するのだ」(p. 229)。ラインハルトは自分の決定を見事な題名の論説で擁護した。"Soundtrack Narration: Its Use Is Not Always a Resort of the Lazy or the Incompetent," *Films in Review* 4 (1953), 459-60.

（10）　映画評は Ross, *Picture*, pp. 229-30 に引用されている。

（11）　Dorrit Cohn, *Transparent Minds* (Princeton: Princeton University Press, 1978), p. 14.

(12)　Stephen Crane, *The Red Badge of Courage* (1895; New York: Bantam Books, 1983), p. 64.〔藤井光訳『勇気の赤い勲章』、光文社古典新訳文庫、二〇一九年、一二七頁〕

(13)　Adam Garbicz and Jacek Klinowski, *Cinema, the Magic Vehicle: A Guide to Its Achievement*, Vol. 1 (New York: Schocken Books, 1983), p. 73.

(14)　Ross, *Picture*, pp. 215-16.

(15)　Wimsatt, "Genesis," p. 214. David Magarshack, *Chekhov the Dramatist* (New York: Hill & Wang, 1960), pp. 188-89 も参照。

(16)　クラウスの Arthur Danto, *The Transfiguration of the Commonplace* (Cambridge, Mass.: Harvard University Press, 1981) の書評、*New Republic*, May 25, 1987, pp. 29-30.

(17)　Marianna Torgovnick, *Closure in the Novel* (Princeton: Princeton University Press, 1985), p. 16.

(18)　Albert J. Guerard, *TheTriumph of the Novel* (Chicago: University of Chicago Press, 1982), p. 294.

(19)　Irving Howe, *Politics and the Novel* (Greenwood, Conn.: Fawcett, 1967), pp. 73-75.

(20)　Fyodor Dostoevsky, *The Notebooks for "The Possessed,"* ed. Edward Wasiolek, trans. Victor Terras (Chicago: University of Chicago Press, 1968), p. 12.

(21)　Ibid., pp. 12-13.

(22)　Vladimir A. Tunimanov, "The Narrator in *The Devils*," trans. Susanne Fusso, in *Dostoevsky: New Perspective*, ed. Robert Louis Jackson (Englewood Cliffs, N.J.: Prentice-Hall, 1984), pp. 154-55. トゥニマノフはこう続けている。「[ある登場人物を] その本質を網羅するような類の範疇に位置づけることは不可能である。その人物は多くの範疇に当てはまり、その数はほとんど無限に増えるだろう。このことは数多くの事実や〈些事〉(〈冗長さ〉や〈不必要なこと〉という印象を与える日々の些細な事柄) の存在と何ら矛盾するものではない。反対に、取るに足らない些事はその些細さゆえに範疇の力に対抗し、その力を実体のない幻にしてしまうという点で役立つ。」

(23)　*Newsweek*, May 2, 1988, p. 51.

(24)　したがって、おそらく小さなタバコは勃起を知らない童子の象徴なのだ。

(25)　Fredrick Jameson, "Class and Allegory in Contemporary Mass Culture: *Dog Day Afternoon* as a Political Film," in *Movies and Methods*, vol. 2, ed. Bill Nichols (Berkeley: University of California Press, 1985), pp. 715-33.(初出は *College English* 38 [1977])〔Jameson, *Signatures of the Visible* (New York & London: Routledge, 1990) 所収。椎名美智・武田ちあき・末廣幹訳『目に見えるものの署名——ジェイムソン映画論』、法政大学出版局、二〇一五年、五三—八三頁〕

（26）　Ibid., pp. 719-20.〔五八頁〕

（27）　事実、誰もが知っている大騒動に対する会社側の興味は、ジェイムソンが指摘しているように、おそらく反対側にあるだろう（Ibid., pp. 720-21）〔六〇頁〕。メディアが「我々の目下の社会情勢における他の方法では混乱を招くような、日常から遊離した現象——政治闘争や学生運動や権力に対する抵抗と憎悪——を型通り繰り返し利用すれば、その組織全体を封じ込めるという結果をもたらす。何かを名付けることはそれを飼い馴らすことであり、繰り返しそれに言及することは、恐れ悩んでいる中産階級の大衆に、それはみな既知の、カタログ化された世界の一部であり、したがってどうにか規則に適っていると納得させることである。」

（28）　Ibid., p. 723.〔六六頁〕

（29）　Ibid., p. 728.〔七四頁〕

（30）　Ibid., p. 730.〔七八頁〕

第七章　文学的語り手

（1）　Gérard Genette, *Narrative Discourse*, trans. Jane Lewin (Ithaca: Cornell University Press, 1980), p. 162 and n. 2.〔三四四頁〕ジュネットは *haplē diēgēsis* に対して（「単純な物語」よりも）「純粋な物語」という訳語を好み、それがそう呼ばれるのは、「混ぜ合わさって」いないから、すなわち対話を直接引用しないからだ、と主張している。

（2）　*Aristotle's Poetics: A Translation and Commentary for Students of Literature*, trans. Leon Golden (Englewood Cliffs, N.J.: Prentice-Hall, 1968), 5. 1449 (p. 10).

（3）　Gérard Genette, *Narrative Discourse*, p. 163.〔一八九頁〕何故、また引用符なのか？　もし、短編小説に登場人物のおしゃべりの引用だけしか含まれないとしたら、それは出版された戯曲と同じ意味で純粋に模倣による物語言説ではなかろうか？

（4）　Gérard Genette, *Narrative Discourse Revisited*, trans. Jane Lewin (Ithaca: Cornell University Press, 1988), p. 41.〔四四頁〕

（5）　*Aristotle's Poetics*, 24. 1459b (p. 43.)

（6）　「示すこと〔見せること〕という概念そのものが、模倣すなわち物語的再現という概念と同じく（同じどころか、それ以上に——というのも、示すことという概念は素朴にも視覚的な特徴を持つからだ）、完全に錯覚のもととなるのである。演劇的再現とは対照的に、どんな物語であろうと自己の語る物語内容を「示す」ことや「模倣する」ことはできない。物語にできるのは、詳しく、正確に、「生き生きと」物語内容を語ること、そして多少なりとも模倣の錯覚を与えることぐらいである。これこそが物語の唯一の模倣なのである。次のような唯一にして十分な理由によって。すなわち口頭のものであれ書かれたものであれ、物語ることは言語行為であり、また言語は意味するのであって模倣するわけではないのだ。もちろん、意味される（物語られる）対象そのものが言語でないとすれば、であるが」（Genette, *Narrative Discourse*, pp. 163-64〔一九〇頁〕）。そして再び「私は物語に模倣は存在しないと考えている。なぜなら、文学においてはすべてが、もしくはほとんどすべてがそうであるように、物語もまた言語行為であり、したがって言語一般に認められる以上の模倣が、物語だけに特別認められるなどということはあり得ないと思われるからだ。あらゆる言語行為と同様、物語は情報を伝えること、すなわち、さまざまな意味を伝達することしかできないのである」（Genette, *Narrative Discourse Revisited*, pp. 42-43〔四五頁〕）。

（7）　*Narrative Discourse Revisited*, p. 43〔四五―四六頁〕でジュネットは対話が「模倣」されるということさえ認めていない。それはただ単に「再生産される」あるいは「転写される」にすぎないと彼は言っている。「物語は（現実ないし虚構の）物語内容を〈再現する〉のではなく、それを物語るのだ――すなわち言語によってそれを意味するのだ――ただし、この物語内容の中のすでに言葉である諸要素（対話、独白）は別になるが、これらの要素もまた物語は模倣するわけではない。無論、それができないからではなく、ただ単にその必要がないからだ。つまり、それを直接再生産することができる、あるいはより正確に言えば、転写することができるからなのだ。」

（8）　ウンベルト・エーコは *The Open Work*, trans. Anna Concogni (Cambridge: Harvard University Press, 1988) で図像的記号の慣習を明らかにしている。彼はこの問題に関連して二つのことを主張している。第一に、図像性とは常に程度の問題だということ。たとえば、ルネサンス彫刻は色彩よりも寸法や均斉や輪郭の点でより図像的である。映画は写真よりも動きという点でより図像的である。第二に、図像的記号を理解するプロセスは「生来のもの」ではなくて、それ自体コード化されているということ。図解的な線画はある意味で図像的であるが、人はその図像性を把握するために記号内容の性質を理解しなければならない。漫画のような全体に単純された線画は、子供よりも大人の方が簡単に読める。したがって、その再現／表象のコードを学ぶのに時間と労力が必要なことは明らかだ。要するに、「類似している」ということは余りにも単純な意味で理解されてはならないのである。図像的記号は「関係のモデル」を構築する記号と定義するのがよりふさわしいのだが、そのモデルはわれわれが記号内容それ自体を理解する際に構築する知覚の関係のモデルに「相応する」のである。〔篠原資明・和田忠彦訳『開かれた作品』、青土社、一九九〇年〕

（9）　Seymour Chatman, *Story and Discourse: Narrative Structure in Fiction and Film* (Ithaca: Cornell University Press, 1978), pp. 166-69.〔二〇三―二〇七頁〕私は純粋に模倣による物語を「物語られない」という代わりに「最小限に物語られる」「物語」〔一七八頁〕と見なすという「選択肢」を読者に与えることによって、その主張を和らげようとした。しかし、その戦略は明らかに論点をはぐらかした。

（10）　私は「提示する」と「伝達する」を同義語と見なしている。Seymour Chatman, "The Structure of Narrative Transmission," in *Style and Structure in Literature: Essays in the New Stylistics*, ed. Roger Fowler (Ithaca: Cornell University Press, 1975), pp. 213-57.

（11）　Chatman, *Story and Discourse*, p. 146.〔一七七―一七八頁〕フィルターとなる登場人物の行動に対して「媒介する」という概念もここでは残しておきたい（第九章参照）。

（12）　Roger Fowler, *Linguistics and the Novel* (London: Methuen, 1977), p. 74.〔一一七頁〕この使い古されたストーリーをもう一度物語学的に分析することをお詫び申し上げる。しかし、明らかに私たちはまだそこから何かを学ぶことができるのだ。

（13）　彼が誰に「見えないのか」ということも明らかではない。ストーリー中の登場人物に？　私たちに？　「彼自身」に？　そして彼はH・G・ウェルズの登場人物と同じように目に見えないのだろうか？　あるいは物語的透明性という特別なものでもあるのだろうか？

（14）　Susan Sniader Lanser, *The Narrative Act* (Princeton: Princeton University Press, 1981), p. 266.

（15）　Lanser, *Narrative Act*, pp. 266-67.

（16）　ジョナサン・カラーは "Problems in the Theory of Fiction," *Diacritics* 14 (Spring 1984), 5でこの問題に関して賢明にもこう書いている。「[語り手に性《ジエンダー》を与えようとする人たちの] 主張は〔……〕すべての人間には性〔別〕があり、語り手は人間なのであるから、すべての語り手には性があって、語り手の性を論じなければ、小説の重要な側面を見落とすことになるというものだろう。このような主張がもっともらしく見えるのは、私たちが語り手を引き合いに出してテクストの細部を説明し、現実の人間の性質を列挙して語り手を説明するということを当然のこととするようになってしまったからにすぎないように私には思える。〔……〕フィクションの理論は（言語のすべてを人間のしるしを帯びたものに変えてしまおうとする）このような態度の不備に対して注意を払う必要がある。」

（17）　Lanser, *Narrative Act*, p. 268.

第八章　映画的語り手

（1）　たとえば、Jean-Pierre Oudart, "Cinema and Suture," *Screen* 18 (1977-78), 35-47〔ジャン＝ピエール・ウダール「縫合」、谷昌親訳、『新映画理論集成2　知覚／表象／読解』、フィルムアート社、一九九九年、一四―三一頁〕; Daniel Dayan, "The Tutor-Code of Classical Cinema," in *Movies and Methods*, vol. 1, ed. Bill Nichols (Berkeley: University of California Press, 1976), pp. 438-50——それに対するWilliam Rothman, "Against the System of the Suture," in Nichols, *Movies and Methods*, vol. 1, pp. 451-59の答えが有効だ。

（2）　David Bordwell, *Narration in the Fiction Film* (Madison: University of Wisconsin Press, 1985), chap. 2. もう一つのすぐれた批判については、Noel Carrol, *Mystifying Movies* (New York: Columbia University Press, 1988) を参照のこと。

（3）　Christian Metz, "Story/Discourse (A Note on Two Kinds of Voyeurism)," in *The Imaginary Signifier*, trans. Celia Britton (Bloomington: Indiana University Press, 1981)〔鹿島茂訳『映画と精神分析』、白水社、一九八一年〕参照。バンヴェニストの見解は*Problèmes de linguistique générale*, 2 vols. (Paris: Gallimard, 1966, 1974) に表されている。第一巻は*Problems in General Linguistics*, trans. Mary Elizabeth Meek (Coral Gables, Fla.: University of Miami Press, 1971)〔岸本通夫監訳『一般言語学の諸問題』、みすず書房、一九八三年〕として出版されている。バンヴェニストにとって話（わ）〔ディスクール〕は、話し手そして／あるいは聴き手への言及を含む言表行為、したがって人称代名詞、命令形、「対象指示的な」副詞などを伴う文章を指す。他方、歴史〔イストワール〕はそのような指標を含まない言表行為から成っており、したがって完全に非人称的な記述という印象を与える。この感覚はとりわけフランス語をしゃべる人たちに強い。なぜならフランス語には単純過去あるいは無限定過去《アオリスト》という時制があるからだが、それはもっぱら文学的物語に使われる。この区別の意味合いについての詳細な議論はアン・バンフィールドの著作、とりわけ*Unspeakable Sentences: Narration and Representation in the Language of Fiction* (London: Routledge & Kegan Paul, 1982) を参照のこと。私自身の「物語内容」と「物語言説」の使い方はバンヴェニストとは無関係である。

（4）　ボードウェルは言表行為理論を映画研究に応用することの問題点を明らかにするために詳述している（*Narration in the Fiction Film*, pp. 21-25）。たとえばMark Nash, "*Vampyr* and the Fantastic," *Screen* 17, no. 3 (1976), 29-67は「ほとんどすべてのバンヴェニストの〈言表行為の手段〉（たとえば動詞の時制〔時称〕、時間のしるし）を適用不能なものとして否定しなければならない」し、唯一残されたものである「人称」はといえば、映画でそれに相当するものには疑問の余地がある（「二人称の映像〔イメージ〕はどんなふうにみえるのだろうか？」とボードウェルは問うている）。フランソワ・ジョスト、ニック・ブラウン、アラン・ベルガラ、マリ・ロパール＝ウィユミエ、レイモン・ベルール、スティーヴン・ヒースの著作が同様の問題を抱えていると彼は考えている。

（5） Bordwell, *Narration in the Fiction Film*, p. 49. *Story and Discourse: Narrative Structure in Fiction and Film* (Ithaca: Cornell University Press, 1978), pp. 45-48〔五四―五八頁〕で、因果関係が（時間的連続性に加えて）物語内容の出来事をつなぐ唯一の論理的な原理ではないことを私は論じた。厳密な因果関係で説明できない事例を説明するために、私は「偶然性」という用語を提案した。ボードウェルは「並行関係《パラレリズム》」という言い方で、これら他の可能性に言及しているように思われる（p. 51）。たとえば、『裏窓』ではさまざまな愛情関係を例証している裏庭の様々な短い場面《ヴィニエット》は、厳密な意味で言えばソーウォルドの殺人のプロットの因果関係にも、ジェフとリサの恋愛のプロットの因果関係のパターンにも当てはまらないが、後者とある種の並行関係にある。

（6） アリストテレスに倣って、私がミュートスと呼んだものについては、Chatman, *Story and Discourse*, pp. 19, 43〔二六、五一頁〕を参照のこと。

（7） Bordwell, *Narration in the Fiction Film*, p. 51.

（8） Ibid., p. 50.

（9） Ibid., pp. 49, 53. 映画的語り手に反対する他の映画理論家は Edward Branigan, *Point of View in the Cinema: A Theory of Narration and Subjectivity in Classical Film* (Berlin: Mouton, 1984); Brian Henderson, "Tense, Mood, and Voice in Film (Notes after Genette)," *Film Quarterly* no. 4 (1983), 4-17.

（10） Bordwell, *Narration in the Fiction Film*, pp. 61-62.

（11） Nick Browne, *The Rhetoric of Filmic Narration* (Ann Arbor, Mich.: UMI Research Press, 1982), p. 1.

（12） ボードウェルの議論は他の用語にも奇妙な特色を与えている。たとえば「再現。」彼はこう書いている。「見者はほかのものと同様、スタイル上の図式も持っていて、これらが決まって物語の再現の全体的なプロセスに影響を及ぼす」（*Narration in the Fiction Film*, p. 53）と。しかし観る者は絶対にその言葉の通常のいかなる意味においても映画を「再現」――あるいは再‐現さえ――しない。

（13） Ibid., pp. 57-58.「美的なもの」と「美的性質」の有益な概念については、Monroe Beardsley, *Aesthetics*, 2^{d} ed. (Indianapolis, Ind.: Hackett, 1981), とりわけ pp. 38, 63-65 を参照のこと。ビアズリーは一九八一年第二版の後記で自分の立場を再び主張した、とりわけ pp. xxviii-xxxi を参照。

（14） Bordwell, *Narration in the Fiction Film*, p. 78.

（15） Ibid., pp. 57-61.

（16） Ibid., p. 62.

（17） Linda Hutcheon, *Narcissistic Fiction: The Metafictional Paradox* (Waterloo, Ont.: Wilfrid Laurie University Press, 1980), p. 1 が指摘しているように、その概念は多くの同義語を触発してきた。すなわち、「自意識的《セルフ・コンシャス》」、「自己反射的《セルフ・リフレクティヴ》」、「自己形成的《セルフ・インフォーミング》」、「自己内省的《セルフ・リフレクシヴ》」、「自己参照的《オート・レファレンシャル》」、「自己再現的《セルフ・レプリゼンテーショナル》」、そして、彼女自身の用語「自己愛的《ナルシシスティック》」である。Robert Alter, *Partial Magic: The Novel as a Self-Conscious Genre* (Berkeley: University of California Press, 1976) も参照。

（18） Bordwell, *Narration in the Fiction Film*, p. 58.

（19） Ibid., p. 59.

（20） Kristin Thompson, "The Duplicitous Text: An Analysis of *Stage Fright*," *Film Reader* 2 (1977), 52-64 参照。

（21） 「信頼できない語り」という用語を私たちは正確に使わなければならない。それが意義深い概念になるのは、語り手の狡猾さ、素朴さなどによってストーリーの「事実」が実際に、あからさまに誤って再現されたり、歪められたりすることをさす時に限られる。それは語り手が（省略するのではなく）明言する行為を指さなければならないと私は思う。ストーリーを解明する際に決定的なデータを省略することは、信頼性が欠如しているという問題ではなくて、あの特別な形の後説法の問題なのだ。それはジェラール・ジュネットが述べているように出来事を「迂回する」のであり、彼が「黙説法」と呼んでいるものである。黙説法は「原則として物語が覆っているはずの時期に含まれるにもかかわらず、問題となる状況の構成要素」を省略する。たとえば『失われた時を求めて』でプルーストは「家族の一員の存在を首尾一貫して隠し通しながら、自分の子供時代」を語るのである（*Narrative Discourse*, trans. Jane Lewin [Ithaca: Cornell University Press, 1980], p. 52）。これがボードウェルの例（*Narration in the Fiction Film*, p. 83）――映画は『扉の陰の秘密』である――が置かれた状況であるように思われる（「思われる」と言ったのは、私はその映画を観ておらず、彼の記述からそう判断したからである）。信頼できない語り手とちがって、黙説法の語り手は最終的に空白を埋める。一方、信頼できない語り手は自説に固執し、事態を包み隠さず伝えるのはコンテクスト、すなわち（『舞台恐怖症』におけるように）あとから介入してくる信頼できる語り手である。

「信頼できない語り」を奇妙に使うもう一人の映画理論家は *Narration in Light* (Baltimore: Johns Hopkins University Press, 1986) 第二、三章におけるジョージ・ウィルソンである。ウィルソンは信頼の欠如を「開かれた状態」（物語の完結性の欠如）と同等視しているが、これもまた黙説法と混同しているようである。

(22) Bordwell, *Narration in the Fiction Film*, p. 61 は Branigan, *Point of View in the Cinema*, pp. 40-49 をこの見解の典拠として引用している。

(23) Sarah Kozloff, *Invisible Storytellers: Voice-Over in American Fiction Film* (Berkeley: University of California Press, 1988), p. 115 は内包された作者ではなくヒッチコック（「ヒッチコック」ではない）という言い方で、虚偽のフラッシュバックの源を確かめようとしているところに問題がある。全体にコズロフの見解は賢明であるが、いかなる手段であれ、すべての物語の伝達をコントロールしている、より一般的な原理を理解し損ねている。したがって彼女は「沈黙した映像《イメージ》＝作者《メーカー》」と「語り手」（ヴォイス・オーヴァーあるいはヴォイス・オン）を区別し損ねているが、この二つのものがそれらに指令を発するより一般的な媒体――内包された作者――によっていかにコントロールされているかということを十分説明していない。

(24) 映画における物語媒体を説明しようとする興味深い提案が、ロバート・バーゴインの未発表論文 "The Cinematic Narrator: The Logic and Pragmatics of Impersonal Narration" によってなされている。バーゴインは Marie-Laure Ryan, "The Pragmatics of Personal and Impersonal Narration," *Poetics* 10 (1981), 517-39 に倣って二種類の基本的な語り手――人称的〔語り手〕と非人称的〔語り手〕を提案している。人称的語り手（「ただ単に世の中について報告するだけ」）とちがって、非人称的語り手はその世界の作り手でもあって、「同時にあたかもそれは自律した存在であるかのように、あたかもそれが発語内行為よりも前に〔ある種の映画理論家が「映画前の」と呼ぶ状態に〕存在したかのような言い方をする」。「非人称的語り手の人格の欠如が、観る者に物語の言説という形式について考えることを忘れさせ、〔観る者が〕虚構の宇宙に直面していると思わせてしまうのである。」人称的語り手は嘘をついたり、ストーリーを歪めたりするかもしれないが、真実は残る。一方、物語の世界を作り出した非人称的語り手は事実以外のなにものをも提示し得ない。

非人称的語り手は物語世界を報告するのみならず創造すると論じながら、バーゴインとライアンは私が内包された作者に取っておいた権限がそれにあるとしている。語り手が物語世界を創造できるのなら、内包された作者のすることは何も残されていない。

事実、バーゴインはこう結んでいる。「非人称的語りはしたがって内包された作者というカテゴリーの必要性を消し去る」と。バーゴイン＝ライアン理論に対してはさまざまな答えが可能だ。直ちに浮かんでくる答えは、それがいわゆる「局外の語り手」の説明にならないということだ。つまり、異質物語世界的で、物語言説のみに存在しながらも、非人称的語り手とちがって、たぶん「人間としての」アイデンティティをもっているような語り手のことだ。さらに、第六章で明らかにしたように、信頼性以外にも内包された作者の存在を承認すべき理由がある。

(25) Bordwell, *Narration in the Fiction Film*, p. 49.

(26) Kozloff, *Invisible Storytellers*, p. 44.

(27) コズロフは（同書で）映画の包括的な提示者を指すさまざまな名前の代案が提起する問題を説明している。「声」は上述した理由からよろしくない。「カメラ」は「照明や視覚表現《グラフィックス》や（光学的）フィルム処理《プロセシング》や演出《ステージング》やサウンドトラック」などの他の提示の手段を無視しているので誤解を招きやすい。「内包された作者」は水準を混乱させる。「内包された監督」は作家主義を想定している。「内包された語り手」はヴォイス・オーヴァーの語り手（および「内包された作者」）と混同する危険がある。「マスター・オブ・セレモニー」は「性差別的でサーカスっぽい」。そして、メッツの「大いなる映像作者」は「サウンドトラックをなおざりにしている。」しかし、コズロフ自身はメッツにしたがって、この媒体を「映像作者」と呼んでいる。

(28) 「ヴォイス・オーヴァーは音楽、音響効果、編集、照明などをはじめとする多くの要素の一つにすぎず、映画のテクストを物語る手段」なのである（同書、pp. 43-44）。ある見積もり（アブロム・フライシュマンの未発表原稿）によれば、全映画の約一五％で語り手が物語の一部を話したり、書いたりしている。

(29) 無論、スクリーンは真っ暗にしておいて、もっぱらサウンドトラックでストーリーを伝えるテクストを作り出すことは可能である。けれども、そのようなテクストを「映画」と呼ぶべきか否かは疑問である。というのは、まさにそれと同じ効果が暗闇に集まった聴衆／観客／視聴者に録音した音を放送することで作り出せるからだ。

(30) Kozloff, *Invisible Storytellers*, p. 45.「多くの場合ヴォイス・オーヴァーの語り手は、あたかも彼または彼女がしゃべっていることだけではなく、私たちが見ていることをも生み出したかのように映画に刻み込まれている。言い換えれば、映画はしばしば登場人物によって語りがなされているという感覚を強く作り出すので、人はヴォイス・オーヴァーの語り手を彼または彼女があたかも映画全体にわたって、あるいは彼または彼女が埋め込まれたストーリーが続いているあいだ中、映像作者の代弁者であるかのように受け入れるのである。私たちはその声を創造されたものとしてではなく、創造者として信頼するのである。」

(31) Ibid., p. 12.

(32) コズロフは（同書、pp. 112-15 で）このようなことが起こる他のハリウッド映画をいくつか列挙している。『タクシードライバー』、『ギルダ』、『キャット・バルー』、『地中海殺人事件』、『天国の日々』である。

(33) Ibid., p. 115. 一九三〇年代の子供時代、ニュース映画の付録と言ってもいい短編の喜劇映画を見たのを覚えているが、カメラがおどけてヴォイス・オーヴァーの語り手に叱られるのだ。

（34） コズロフは（同書、pp. 117-26で）『バリー・リンドン』の信頼性の問題を詳細に論じている。

（35） Ann Banfield, "Describing the Unobserved: Events Grouped around an Empty Centre," in *Linguistics of Writing*, ed. Nigel Fabb, Derek Attridge, Alan Durant, and Colin MacCabe (Manchester: Manchester University Press, 1987), p. 265.

（36） Banfield, "Describing the Unobserved," pp. 266-67.

（37） Gilles Deleuze, *Cinéma 1: L'image movement* (Paris: Minuit, 1983), p. 117.〔財津理・齋藤範訳『シネマ１＊運動イメージ』、法政大学出版局、二〇〇八年、一四三―一四五頁〕

第九章 「視点」についての新しい視点

（1） Charles Dickens, *Dealings with the Firm of Dombey & Son Wholesale, Retail & for Exportation* (1848; London: Chapman & Hall, 1907), p.1.〔田辺洋子訳『ドンビー父子』、こびあん書房、二〇〇〇年、上巻一五頁〕

（2） Ibid., pp. 2-3.〔上巻一六頁〕

（3） Gérard Genette, *Narrative Discourse*, trans. Jane Lewin (Ithaca: Cornell University Press, 1980), p. 205.〔二四〇頁〕

（4） Seymour Chatman, "What Can We Learn from Contextualist Narratology?" *Poetics Today* 11: 2 (1990), 309-28で私は「焦点化」という用語の付加的な問題を論じている。

（5） Virginia Woolf, *Jacob's Room* (1922; New York: Harvest Books, 1978), p. 7.〔出渕敬子訳『ジェイコブの部屋』、みすず書房、一九七七年、三頁〕

（6） Charles Dickens, *Oliver Twist* (New York: Oxford University Press, 1949), p. 1.〔小池滋訳『オリヴァー・トゥイスト』、ちくま文庫、一九九〇年、上巻一二頁〕

（7） Wayne Booth, *The Rhetoric of Fiction* (Chicago: University of Chicago Press, 1974), pp. 14-19〔三四―四〇頁〕の"Ironic Reading as Knowledge"という項を参照せよ。

（8） 無論、対話中に嘘をつくナイーヴな語り手あるいは登場人物に関しては、どの用語も説明を要する。しかし、この用語法〔誤りやすいフィルター〕の方が、たとえば「誤りやすい語り手」とか「信頼できないフィルター」よりは良いと思われる。

（9） Wayne Booth, *The Rhetoric of Fiction*, 2d ed. (Chicago: University of Chicago Press, 1983), pp. 347-53.〔四二四―四三四頁〕

(10) このテーマに関するすぐれた論文が数編、*Movies and Methods*, 2 vols., ed. Bill Nichols (Berkeley: University of California Press, 1976, 1985) に収められている。

(11) 古典的なハリウッド映画の「縫合《スーチャリング》」のイデオロギー的含意については、Jean-Pierre Oudart, "Cinema and Suture," *Screen* 18 (1977-78), 35-47 および Daniel Dayan, "The Tutor Code of Classical Cinema," in Nichols, *Movies and Methods*, vol. 1, pp. 438-50 を参照。Brian Henderson は"Toward a Non-Bourgeois Camera Style (Part-Whole Relations in Godard's Late Films)," in *A Critique of Film Theory* (New York: Dutton, 1980), pp. 62-81 で別種の映画スタイルのイデオロギー的含意を考察している。

(12) ティントレットのその絵はワシントンＤＣのナショナル・ギャラリー、サミュエル・Ｈ・クレス・コレクションにある。〔チャットマンの原著では場面はヨハネによる福音二十一章七節を描いていることになっている。ジェイムズ・ホール著、高階秀爾訳『西洋美術解読事典』、河出書房新社、一九八八年、一二九頁、および George Ferguson, *Signs and Symbols in Christian Art* (New York: Oxford University Press, 1954), p. 84. 中森義宗訳『キリスト教図像辞典』、近藤出版社、一九七〇年、九二頁参照〕

(13) Nick Browne, *The Rhetoric of Filmic Narration* (Ann Arbor: UMI Research Press, 1982), p. 3.

(14) Ibid., p. 4.

(15) Ibid., pp. 6, 8.

(16) George Bluestone, *Novels into Film* (Berkeley: University of California Press, 1957), pp. 47-48.

(17) この言い回しはアントニオーニが数々のインタビューで使ったものだ。このテーマが実存の不安にいかに関わっているかということのさらに詳しい議論については、Seymour Chatman, *Antonioni; or, the Surface of the World* (Berkeley: University of California Press, 1985), pp. 55-66 を参照。精神分析学者の Simon Lesser, "*L'Avventura*: A Closer Look," *Yale Review* 54 (1964), 41-50 も参照のこと。

第十章　新しい種類の映画化――『フランス軍中尉の女』

(1) Wolfgang Iser, "The Reading Process: A Phenomenological Approach," in *The Implied Reader: Patterns of Communication in Prose Fiction from Bunyan to Beckett* (Baltimore: Johns Hopkins University Press, 1974), p. 283.

(2) 『第三の男』はオリジナル・テクストに物語上の重大な改良を加えた映画の古典的な例である。Seymour Chatman, "Who Is the Best Narrator?: The Case of *The Third Man*," *Style* 23 (1989), 183-96 を参照。

(3) このような難問は長年認められてきた。George Bluestone, *Novels into Film* (Berkeley: University of California Press, 1957) を参

照。

（4）　この問題は正真正銘の産業にまでなっている。Harris Ross, *Film as Literature, Literature as Film: An Introduction to and Bibliography of Film's Relationship to Literature* (Westport, Conn.: Greenwood Press, 1987) は、およそ二五〇〇項目リストアップしている。英語で書かれたものとしては脚色に関するだけでも一〇四もの「一般的な研究とアンソロジー」がある。

（5）　Martin Battestin, "Osborne's *Tom Jones*: Adapting a Classic," in *Man and the Movies*, ed. W.R. Robinson (Baltimore: Penguin Books, 1969), pp. 31-45 を参照。「時代遅れの演技スタイル」など他の類似が、小説の「ホガース的な」人物造形を連想させることを目論んだことをバッツスティンは論証している。彼はこう書いている。「ちょうどフィールディングが敷衍、アイロニー、直喩《シミリ》、疑似英雄詩《モック・ヒロイック》、パロディなどを欲しいままにするように、映画は喜劇的効果をねらってワイプや静止やフリップやコマ落とし《スピードアップ》やアイリスといったサーカスめいた技法を活用している——要するに、カメラのトリックを総動員しているのだ」(p. 40)。

（6）　Sarah Kozloff, *Invisible Storytellers: Voice-Over Narration in American Fiction Film* (Berkeley: University of California Press, 1989).

（7）　Bruce Kawin, *Mindscreen: Bergman, Godard, and First-Person Film* (Princeton: Princeton University Press, 1978) を参照。

（8）　『フランス軍中尉の女』（一九八一年）はビデオカセットで入手可能。Fox F4586.〔20世紀フォックス〕

（9）　Linda Hutcheon は *Narcissistic Narrative: The Metafictional Paradox* (Waterloo, Ont.: Wilfred Laurier University Press, 1980), pp. 57-70 の "Freedom through Artifice: *The French Lieutenant's Woman*" と題する章でこの小説独特の「自意識」をうまく説明している。

（10）　ピーター・コンラディはヴィクトリア朝の道徳観に対する非難という小説のテーマが、月並みな物語技法への非難・攻撃と入念に組み合わされていると興味深い議論を展開している。「『フランス軍中尉の女』——それ自体は一種の歴史ロマンスである（たとえ凝りに凝った手法を用いた、自意識的なそれであるとしても）——において、ファウルズは現代の倫理の進化の側面としての抑圧と解放という問題に取り組んでいる。そのため主要な登場人物たちは社会の因習に公然と反抗する。また、彼が挑んだフィクションという形式の詩学の解放という問題に取り組んでいるので、主人公が偽物を暴露し、弾劾する行為は、その形式の因習性と偽善性を暴露しようとする試みにもなる」("*The French Lieutenant's Woman*: Novel, Screenplay, Film," *Critical Quarterly* 24 [Spring 1982], 42)。

（11）　Joy Gould Boyum, *Double Exposure: Fiction into Film* (New York: Plume, 1985), p. 105.「語り手の注釈から俳優の声への変換」のより正確な記述は、Guido Almansi and Simon Henderson, *Harold Pinter* (London: Methuen, 1983), p. 96 に見られる。

（12）　例外は第六十一章のような（語り手自身が過去へと時間旅行して、ヴィクトリア朝の話に参加する）極端な瞬間である。

(13) John Fowles, *The French Lieutenant's Woman* (New York: New American Library, 1969), pp. 47, 324.〔四八、三六一頁〕

(14) Peter Conradi, *John Fowles* (London: Methuen, 1982), p. 60. コンラディのこの本がこの小説の最も洗練された論考である。

(15) Fowles, *French Lieutenant's Woman*, pp. 80-81.〔八五頁〕

(16) Ibid., p. 365.〔四〇八頁、マルクスの引用は大内兵衛・細川嘉六監訳、マルクス＝エンゲルス全集第二巻『聖家族』、大月書店、一九六〇年、九五頁〕

(17) たとえば、サラの描いた奇妙な絵、墓地での密会、壊れた納屋へ彼女が逃げる際の稲妻と雷——これらはすべて小説には出てこない。

(18) Fowles, *French Lieutenant's Woman*, p. 14.〔一一頁〕

(19) Ibid., p. 351.〔三九一頁〕小説にはサラがヒステリー症であるという医師グローガンの診断が的確ではないという証拠がある。とりわけ、彼女のポールトニー夫人のあしらい方に。これに反して、映画に持ち込まれた狂気じみた絵は、彼の診断が正しいことを立証している。

(20) いかなる理由であれ、映画製作者たちは「彼女を謎の女にしておけ」(Conradi, "*The French Lieutenant's Woman*," p. 43 に引用。ファウルズはその言葉をイギリスのテレビ番組『サウス・バンク・ショー』で述べた）というファウルズの命令を尊重しなかった。

(21) Fowles, *French Lieutenant's Woman*, p. 140.〔一五七頁〕

(22) Ibid., p. 138.〔一五一頁〕

(23) Ibid., p. 140.〔一五七頁〕

(24) たとえば、ボイアムはこう書いている。「ファウルズの語り手は確かに魅力的で、才気走っているが、あまりにも頻繁に、しばしばいかにも恥ずかしそうに、割り込みすぎる。多くの読者は実際彼の矛盾、〈悪だくみ〉に不満を訴えてきた。彼が〈うんざりするような燻製ニシン〉〔人の注意を他にそらすもの〕にすぎないと不平を述べてきた。このおしゃべりな人物がヌーヴォー・ロマンについて、フィクションにおける真実と現実について語ることなどどうでもいいと思うことが何度もある——私たちはストーリーの先を知りたいだけなのだ。これがおそらく全くの気まぐれで、彼がその点について長々と論じる必要が少しもないことは、すでに十分に明らかなのだ」(*Double Exposure*, p. 107)。

(25) Fowles, *French Lieutenant's Woman*, pp. 143-44.〔一五七—一五八頁〕

(26) Ibid., p. 135.〔一四七頁〕

（27） John Fowles, introduction to Harold Pinter, *The Screenplay of "The French Lieutenant's Woman"* (London: Jonathan Cape, p. xii).

（28） Susanna Barber and Richard Messer, "*The French Lieutenant's Woman* and Individualism," *Literature/ Film Quarterly* 12 (1984), 229. Glenn K.S. Man が述べているようにそのように推断する「特別な理由は何もない」。"The Intertextual Discourses of *The French Lieutenant's Woman*," *New Orleans Review* 12 (1988), 54-5 を参照。

（29） Boyum, *Double Exposure*, pp. 106-8. マンもまた次のように論じて、単純化しすぎている。「ヴィクトリア朝のラブストーリーに対する映画の幸福な解決策が本の最初の結末に相当するのに対して、現代のストーリーでアンナがマイクと別れる決心をするのは二番目の結末に相当する」（"Intertextual Discourses," p. 59）。

（30） Fowles, *French Lieutenant's Woman*, p. 354.〔三九五頁〕

（31） しかし彼らのやりとりは、「語り」としては、そのすぐあとに続くヴィクトリア朝の場面を裏付ける。すなわち、サラがポールトニー夫人の家庭で働かないかという申し出を受け入れた直後、アンナが売春の驚くべき統計を読むのだ。そのコンテクストでは最もみじめな仕事でさえ、ロンドンに行った時の運命よりもましなのだ。あとで、墓地でチャールズに言うように、「ロンドンに行ったら自分がどうなるか知っていますもの。ライムですでに呼ばれているものになるのですわ。」

（32） Christian Metz, *Film Language: A Semiotics of the Cinema*, trans. Michael Taylor (New York: Oxford University Press, 1974), p. 128.〔二一九頁〕

（33） コンラディが指摘している（"*The French Lieutenant's Woman*," p. 50）ように、脚本が提唱している二つのラブストーリーの鱗状構造は、映画そのものでは「際立って減少している」。実質的に当初脚本が目論んでいた現代のシークエンスの半分は、映画には登場しない。

（34） これらのショットは疑いもなく小説の明示的な描写（第十章）に該当するはずだったし、とりわけその亜熱帯性の特徴を喚起するはずだったにちがいない。

（35） アーネスティーナにもサラにも自分のテーマ音楽がある。サラのテーマはひどくロマンティックで、主に弦楽器によって荘重に演奏される。アーネスティーナのテーマはより軽快で、イギリス的であるが、関係が破綻すると哀しい、短調の変奏曲になる傾向がある。

（36） 小説ではチャールズはずっと控え目で、「口調は穏やかで」「一瞬傷つけられた憤り」を見せるだけである（Fowles, *French Lieutenant's Woman*, pp. 350-51）〔三九九頁〕。

(37)　Metz, “Mirror Construction in Fellini’s *8½*,” in *Film Language*, pp. 228-34〔三七一―三八〇頁〕を参照。象嵌という用語はアンドレ・ジッドが『パリュード』や『贋金つくり』などの小説を説明するために使ったもので、それらの小説にはそれら自身のストーリーの複製《レプリカ》が含まれる。メッツの英訳者は「鏡（状）構造」と「〔盾中の〕小盾紋章構造」というそれに相当する英語の表現を提案している。というのは、ジッドの元の用語は、盾の紋章に小さな複製の盾の紋章が埋め込まれていることから取られた隠喩だったからである。文学的物語における象嵌《ぞうがん》を詳しく論じたものとして、Lucien Dällenbach, *Le récit spéculire: Essai sur la mise en abyme* (Paris: Seuil, 1977)〔野村英夫・松澤和宏訳『鏡の物語』、ありな書房、一九九六年〕を参照のこと。

(38)　インタビュー（Harlan Kennedy, “The Czech Director’s Woman,” *Film Comment* 17 [September-October 1981], 25, 30）でカレル・ライスは次のような意図を認めている。「ヴィクトリア朝のシーンでは、われわれは非常に意識的に伝統重視《アカデミックな》の照明を目指しました。つまり、ヴィクトリア朝絵画に見られる鮮明度《ハイ・デフィニッション》の高いものです。われわれは正面からの照明と側面からの照明を使いました。つまり、対象を描くために印象派以前の光を使ったのです。われわれはこれについて簡潔なモットーを自分たちで用意しました。〈コンスタブルであって、モネではない〉と。」

(39)　奇妙なことに、アルマンシとヘンダソンはこれを映画の意図の一つではなく、誤りと取っている。「脚本がうまくいっていないのは、現代のラブストーリーの箇所だ。〔……〕激しい抵抗にあい、なかなか実らない本来のストーリー、ヴィクトリア朝の恋愛のメロドラマ的な勢いが、必然的に（安易で、縛られないようにみえる）現代のラブストーリーよりもはるかに魅力的である。映画が現代のラブシーンに変わるたびに、観客はそれがすぐに終わってほしいと願い、チャールズとサラの運命に戻りたいと思うのだ」(*Harold Pinter*, p. 97)。しかし、現代の愛の「縛られない安易さ」――この百年間に性愛《エロス》に起こったこと――こそ、結局は映画全体が描こうとしていることなのだ。観客の不満こそ、まさしく内包された作者が意図していることのように思われる。

(40)　好例：商売に対するチャールズの軽蔑、紳士でい続けたいという彼の願望を説明するために、小説の語り手は聴き手に、現代において考えられる事態を対比してみるよう促している。「大学教育を続けるために、営利的な応用化学の魅力的な申し出を断ったばかりだとしよう。〔あるいは〕つい先日の展示作品は前回ほど売れなかったが、新しいスタイルを固守しようと固く決意したとしよう。〔あるいは〕個人的な利益や所有の機会が介入する余地のない、ある決定をしたばかりだとしよう。だとしたら、チャールズの心境を簡単に片付けてしまうことはないだろう」(Fowles, *French Lieutenant’s Woman*, p. 234)〔二六一頁〕。

(41)　ここでもまた批評家たちは、あまりにも安易に類似を引き出し過ぎている。「チャールズ同様〔……〕マイクは取り憑かれたような熱情を示している。一方、サラ同様、アンナは結局捉えどころがない」(Boyum, *Double Exposure*, p. 106)。けれども、映画のサラは捉えどころがないどころではない。彼女がロマンティックな理由からチャールズのもとへと帰っていくことは、はじめから予測がつく。興味深いことに、エクセターで愛を交わしあったあと、チャールズが彼女にさよならを言うショットで、脚本には「僕は戻ってくる。いとしいひと〔……〕不思議なひと《ミステリー》」という彼の台詞がある。しかし、最後の「いとしいひと〔……〕不思議なひと」という言葉は映画では使われない。「ヴィクトリア朝のラブストーリーに対する映画の幸福な解決策が最初の結末に似ているのに対し、現代のストーリーでアンナがマイクと別れる決心をするのは、二番目の結末に相当する」（Man, "Intertextual Discourses," p. 59）という意見にも私は同意しない。アンナが何を「決意したか」私たちは知らない。おそらく、彼女はまだ決意しておらず、ただ相反する感情に恐怖して立ち去っただけかもしれない。小説ではサラはチャールズにある種の関係を提示し、彼が立ち去る方を選ぶ。映画ではアンナはいなくなるだけだ。

（42） しかしながら、彼女がサラよりもずっと弱い人間だと私たちは感じる。「野性的で、貧窮したサラと、より抑制の効いた、独立心旺盛なアンナとの対比は、このヴィクトリア朝の女性に関する本の注釈、現代女性への彼女の進化に関する注釈をよく伝えている」（Boyum, *Double Exposure*, p. 108）という説は、映画を誤読しているように私には思われる。マイクの妻の「庭造りの才能」を羨む女性が「独立心旺盛」とは思われないし、恋人に何も説明しないまま車で立ち去る女性が「抑制が効いている」とはとても思えない。

（43） Fowles, *French Lieutenant's Woman*, p. 213.〔二三五頁〕第三十五章全体はヴィクトリア朝の男性の、女性に対する奇妙に相矛盾する態度に関する解説＝議論の形をとったエッセイであり、語り手はフロイトの昇華の理論というコンテクストの中で性の抑圧を論じている。

（44） Charles Scruggs, "The Two Endings of *The French Lieutenant's Woman*," *Modern Fiction Studies* 31 (1985), 95-114.

（45） 無論、映画は小説と共存していて、映画を見る人の多くは前者に後者の記憶という尾ひれを付け加えざるを得ない。ボイアム（*Double Exposure*, p. 64）とマン（"Intertextual Discourses," p. 55）が、小説を脚色した映画の「パリンプセスト」〔改訂や加筆の痕跡、文学作品の焼き直し・改作〕性に私たちの注意を喚起したのは正しい。映画は「別個のものである」（とマンは言っている）「けれども、それは文学作品の変形というその本性から可能な限り意味を引き出すのである。」一枚の絵は千万言を語るというだけでなく、やたらと脱線の多い小説を原作とする映画の場合、最も短いショットでさえ、小説の注釈や背景のいくばくかを反映しているものである。

（46） Conradi, *John Fowles*, p. 68. Lorna Sage, "Profile 7: John Fowles," *New Review*, 1974, p. 34 より引用。

第十一章「フィクション」「の」「修辞学」

（1）Terry Eagleton, *Literary Theory: An Introduction* (Minneapolis: University of Minnesota Press, 1983), pp. 205-7 は甦った修辞学が（彼の意見では「主体性を喪失」してしまった）文学理論の代わりにならなければならないと論じている。〔大橋洋一訳『文学とは何か』、岩波書店、一九八五年、三〇三頁〕

（2）Christine Brooke-Rose, *A Rhetoric of the Unreal: Studies in Narrative and Structure, Especially of the Fantastic* (New York: Cambridge University Press, 1981), p. 12.

（3）Paolo Valesio, *Novantiqua: Rhetorics as a Contemporary Theory* (Bloomington: Indiana University Press, 1980).

（4）Chaim Perelman, *The New Rhetoric: A Treatise on Argumentation* (Notre Dame, Ind.: University of Notre Dame Press, 1969).

（5）Wayne Booth, *The Rhetoric of Fiction*, 2^{d} ed. (Chicago: University of Chicago Press, 1983), p. 409.

（6）Ibid., p. xiii.〔九頁〕

（7）Kenneth Burke, "Lexicon Rhetoricae," in *Counter-statement* (Berkeley: University of California Press, 1968), p. 135.〔森常治訳「修辞学用語集」、『文学形式の哲学』所収、国文社、一九七四年、一二七頁〕

（8）教訓的フィクションの研究には、Sheldon Sacks, *Fiction and the Shape of Belief: A Study of Henry Fielding, with Glances at Swift, Johnson, and Richardson* (Berkeley: University of California Press, 1964); David Richter, *Fable's End: Completeness and Closure in Rhetorical Fiction* (Chicago: University of Chicago Press, 1974); and Susan Suleiman, *Authoritative Fictions* (New York: Columbia University Press, 1983) がある。

（9）Ross Chambers, *Story and Situation: Narrative Seduction and the Power of Fiction* (Minneapolis: University of Minnesota Press, 1984) 参照。しかしながら、それ自体の誘惑的な魅力にもかかわらず、Porter Abbott がその書評（*Poetics Today* 6 no. 3 [1985], 544）で指摘しているように、「愛の用語法が〔実際に〕批評言語に接合するかどうか」まだ分からない。

（10）（イギリスの）*Modern Language Review* に掲載されたデイヴィッド・ロッジの〔その本の〕書評から引用されたこの言葉は、ブースの *The Rhetoric of Fiction* 初版のペーパーバック版のバック・カバーに印刷されている。

（11）同じ問題がジョイス・キャロル・オーツの初期の短編のいくつか、たとえば *By the North Gate* (New York: Fawcett, 1971) という短編集中の "By the North Gate" (pp. 195-208) にも生じていると思われる。

（12）　Wayne Booth, *The Rhetoric of Fiction*, p. 415.

（13）　Glen McClish, “Rhetoric and the Rise of the English Novel,” (Ph.D. diss., University of California, Berkeley, 1986).

（14）　Wayne Booth, *The Rhetoric of Fiction*, p. 105, 50.〔一四〇、七六頁〕

（15）　Ibid., p. 69.〔九八―一〇〇頁〕

（16）　Ibid., p. 70.〔一〇一頁〕

（17）　Seymour Chatman, *Story and Discourse: Narrative Structure in Fiction and Film* (Ithaca: Cornell University Press, 1978), pp. 215-19 を参照。引用は p. 216.〔二六八頁〕

（18）　Virginia Woolf, *Jacob's Room* (1922; New York: Harcourt, Brace Jovanovich, 1978), pp. 139-40.〔二二一頁〕

（19）　David Daiches, *Virginia Woolf* (Norfolk. Conn.: New Directions, 1942), p. 42.

（20）　Woolf, *Jacob's Room*, p. 44.〔六三―六四頁〕

（21）　Ibid., p. 33.〔四五頁〕

（22）　『さすらいの二人』はＭＧＭビデオカセットで入手可能〔ソニー・ピクチャーズ〕。映画の詳しい説明は Seymour Chatman, *Antonioni; or, The Surface of the World* (Berkeley: University of California Press, 1985), pp. 182-202 を参照。

（23）　Otto Rank, *The Double: A Psychoanalytic Study*, trans. Harry Tucker (Chapel Hill: University of North Carolina Press, 1971), p. 6.〔有内嘉宏訳『分身――ドッペルゲンガー』、人文書院、一九八八年〕

（24）　Alan Watts, *Psychotherapy East and West* (New York: Vintage Books, 1975), p. 114.

固有名詞索引

ア行

アイアンズ，ジェレミー　Irons, Jeremy　231, 237

『赤い砂漠』 Il Deserto Rosso ／ Red Dessert （ミケランジェロ・アントニオーニ） 85, 291

『赤と黒』 *The Red and the Black* （スタンダール） 33, 284

『悪霊』 *The Possessed* ／ *The Devil* （フョードル・ドストエフスキー） 49-50, 138-41, 206, 287

『アデュー・フィリピーヌ』 *Adieu Philippine* （ジャック・ロジエ） 76, 290

『アニー・ホール』 *Annie Hall* （ウディ・アレン） 182, 222, 229

アボット，ポーター　Abbott, Porter　315

『アミーリア』 *Amelia* （ヘンリー・フィールディング） 122

『雨に唄えば』 *Singin' in the Rain* （ジーン・ケリー／スタンリー・ドーネン） 249

『アメリカの伯父さん』 *Mon oncle d'Amerique* （アラン・レネ） 20, 87-107, 291-93

『アメリカの夜』 *Day for Night* （フランソワ・トリュフォー） 249

アモン，フィリップ　Hamon, Philippe　46-48, 59, 64, 281, 286, 288, 290

『嵐が丘』 *Wuthering Heights* （エミリー・ブロンテ） 201, 253

アリストテレス　Aristotle　2, 45, 66, 156, 165, 256, 257, 284, 289, 300, 304

『ある婦人の肖像』 The Portrait of a Lady （ヘンリー・ジェイムズ） 270

アルマンシ，グイド　Almansi, Guido　313

アルンハイム，ルドルフ　Arnheim, Rudolf　25, 283

アレン，ウディ　Alenn, Woddy　218, 222

『アントニオーニ，あるいは，世界の表層』 *Antonioni: or, the Surface of the World* （シーモア・チャットマン） 291, 316

アントニオーニ，ミケランジェロ　Antonioni, Michelangelo　70, 83, 84-86, 107, 182, 183, 215, 222-23, 226, 276-79, 289, 291, 309

『アンナ・カレーニナ』 *Anna Karenina*（レフ・トルストイ） 34, 50, 284

『イヴの総て』 *All About Eve* （ジョセフ・L・マンキーウィッツ） 77-79, 188, 290

イーグルトン，テリー　Eagleton, Terry　255

イーザー，ヴォルフガング　Iser, Wolfgang　225-26, 281, 294, 309

イソップ　Aesop　29

『イタリアのバイロン』 *Byron in Italy* （ピーター・クェネル） 38

『田舎司祭の日記』 *Diary of a Country Priest* （ロベール・ブレッソン） 188, 191, 229

イネス，マイケル　Innes, Michael　127

『イリアス』 *The Iliad* （ホメロス） 59, 131, 288

『イントレランス』 *Intolerance* （D・W・グリフィス） 89

ヴァレシオ，パオロ　Valesio, Paolo　256, 315

ヴァレリー，ポール　Valéry, Paul　46, 286

『V.』 *V.* （トマス・ピンチョン） 127

ヴィッティ，モニカ　Vitti, Monica　85

ウィトモア，ジェイムズ　Witmore, James　134

ウィムザット，W・K　Wimsatt, W. K.　109, 119, 130, 137, 294, 295, 296, 298, 299

ウィルソン，ジョージ　Wilson, George　305

ウェスト，ジェサミン　West, Jessamyn　117

ウェルギリウス　Virgil　131

ウェルズ，H・G　Wells, H.G.　302

ウェルズ，オーソン　Welles, Orson　71, 289, 298

ヴェルトフ，ジガ　Vertov, Dziga　194

ウォレン，ロバート・ペン　Warren, Robert Penn　38-39, 61-63, 285, 288, 289

『失われた時を求めて』 *À la recherche du temps perdu* （マルセル・プルースト） 297

「うそつき」 "The Liar" （ヘンリー・ジェイムズ） 208, 210

ウダール，ジャン＝ピエール　Oudard, Jean-Pierre　303
「美しく青きドナウ」“Blue Danube Waltz”（ヨハン・シュトラウス）　26
『裏窓』 *Rear Window*（アルフレッド・ヒッチコック）　74-75, 77, 115, 182-83, 193, 304
ウルフ，ヴァージニア　Woolf, Virginia　204, 273-76, 308, 316
『映画に愛をこめて』 → 『アメリカの夜』
エイゼンシュテイン，セルゲイ　Eisenstein, Sergei　89, 182, 215, 239
エイヘンバウム，ボリス　Eihenbaum, Boris　282
エヴァンズ，モーリス　Evans, Maurice　159
『駅馬車』 *Stagecoach*（ジョン・フォード）　219-20
エーコ，ウンベルト　Eco, Umberto　275, 281, 301
『エマ』 *Emma*（ジェイン・オースティン）　115, 208, 211-12, 268
オウヴァベリ，トマス　Overbury, Sir Thomas　40, 285
オーウェル，ジョージ　Orwell, George　87
「王になりたい男」“The Man Who Would Be King”（ラドヤード・キプリング）　72, 289
『大いなる遺産』 *The Great Expectations*（チャールズ・ディケンズ）　76, 183, 290, 297
『狼たちの午後』 *Dog Day Afternoon*（シドニー・ルメット）　149-53
「オズィマンディアス」“Ozymandias”（パーシ・ビシュ・シェリー）　28
オースティン，ジェイン　Austen, Jane　115, 127, 208, 234
オーツ，ジョイス・キャロル　Oates, Joyce Carol　315
『オデュッセイア』 Odyssey（ホメロス）　131
『汚名』 *Notorious*（アルフッレッド・ヒッチコック）　76
『オリヴァー・トゥイスト』 *Oliver Twist*（チャールズ・ディケンズ）　206, 308
オリヴィエ，ローレンス　Olivier, Laurence　159, 161
オリエ，クロード　Ollier, Claude　66, 69, 70, 289
オールター，ロバート　Alter, Robert　11, 281, 298
オング，ウォルター　Ong, Walter J.　294

カ行

カーウィン，ブルース　Kawin, Bruce　229, 281, 310
『鏡の国のアリス』 *Through the Looking-Glass, and What Alice Found There*（ルイス・キャロル）　48
『火山の下』 *Under the Volcano*（マルカム・ラウリー）　81, 290
『風と共に去りぬ』 *Gone with the Wind*（ヴィクター・フレミング）　68
『カッコーの巣の上で』 *One Flew Over the Cuckoo's Nest*（ケン・キージー）　297
ガードナー，マーティン　Gardner, Martin　234
カミュ，アルベール　Camus, Albert　208
カーモード，フランク　Kermode, Frank　281
『かもめ』 *The Seagull*（アントン・チェーホフ）　137
カーライル，トマス　Carlyle, Thomas　113
カラー，ジョナサン　Culler, Jonathan　281, 294, 302
『ガリラヤ湖のキリスト』 *Christ at the Sea of Galilea*（ティントレット）　216
カルヴィーノ，イタロ　Calvino, Italo　295
ガルシア，ニコール　Garcia, Nicole　91
『華麗なるギャツビー』 *The Great Gatsby*（ジャック・クレイトン）　228
カレンバック，アーネスト　Callenbach, Ernest　11, 71, 289
『河』（ザ・リバー） *The River*（ペア・ロレンツ）　28, 88, 284
『カンタベリー物語』 *The Canterbury Tales*（ジェフリー・チョーサー）　252
『カントリー』 *The Country*（リチャード・ピアース）　89
キテイ，ジェフリー　Kittay, Jeffrey　57-58,

281, 287, 288
キプリング，ラドヤード Kipling, Rudyard 72, 289
キャグニー，ジェイムズ Cagney, James 87
『キャット・バルー』 *Cat Ballou* （エリオット・シルバースタイン） 307
キャプラ，フランク Capra, Frank 19
キャロル，ノエル Carroll, Noëll 303
キャロル，ルイス Carroll, Lewis 234
キャンベル，ジョージ Campbell, George 256
キューブリック，スタンリー Kubrick, Stanley 191
『競売ナンバー49の叫び』 *Crying of Lot 49* （トマス・ピンチョン） 127
『虚栄の市』 *Vanity Fair* （ウィリアム・メイクピース・サッカレー） 48
ギールグッド，ジョン Gielgud, John 186
『ギルダ』 *Guilda* （チャールズ・ヴィダー） 307
『疑惑の影』 *Shadow of a Doubt* （アルフレッド・ヒッチコック） 182
クイパー，コンラァド Kuiper, Koenraad 294
『寓話』 *Fables* （ラ・フォンテーヌ） 30-31
クェネル，ピーター Quennell, Peter 38
『蜘蛛女のキス』 *Kiss of the Spider Woman* （ヘクトール・バベンコ） 229
クラウス，ロザリンド Kraus, Rosalind 137-38, 299
『暗闇の叫び』 *A Cry in the Dark* （フレッド・スケピシ） 291
『クラリッサ』 *Clarissa* （サミュエル・リチャードソン） 267
グラント，ケーリー Grant, Cary 221
グリフィス，D・W Griffith, D. W. 242
グリュオー，ジャン Gruault, Jean 91, 292
クレイトン，ジャック Clayton, Jack 228
クレイン，スティーヴン Crane, Stephen 132-36, 299
『グレート・ギャツビー』 *The Great Gatsby* （F・スコット・フィッツジェラルド） 206
グレマス，A・J Greimas, A. J. 281
『黒い罠』 *Touch of Evil* （オーソン・ウェルズ） 71-72
クローチェ，ベネデット Croce, Benedetto 113
クロフォード，ジョーン Crawford, Joan 87
ケイパー，ブロニスロウ Kaper, Bronislau 134, 136, 298
ゲイブル，クラーク Gable, Clark 68
「ゲティスバーグ演説」 "The Gettysburg Address" （エイブラハム・リンカーン） 28
ゲーテ，ヨハン・ヴォルフガング・フォン Goethe, Johann Wolfgang von 113
ケネディ，ハーラン Kennedy, Harlan 313
ゲラード，アルバート Guerard, Albert 139, 299
ゲリー，アレグザンダー Gelley, Alexander 55, 287
ケリー，グレース Kelly, Grace 75
「衒学者」 "The Pedant" （トマス・オウヴァベリ卿） 40
『現代寓話集』 *Fables of Our Times* （ジェイムズ・サーバー） 87
『高慢と偏見』 *Pride and Prejudice* （ジェイン・オースティン） 297
『國民の創生』 *The Birth of a Nation* （D・W・グリフィス） 89, 182
コズロフ，サラ Kozloff, Sarah 187, 191, 229, 306, 307, 308
ゴダール，ジャン＝リュック Godard, Jean-Luc 228, 309
『国家』 *The Republic* （プラトン） 155
コッポラ，フランシス・フォード Coppola, Francis Ford 228
『ゴリオ爺さん』 *Père Goriot* （オノレ・ド・バルザック） 58, 72, 289
ゴーリキー，マクシム Gorky, Maxim 262-63
「殺し屋」 "The Killers" （アーネスト・ヘミングウェイ） 163-64, 167-72
コーン，ドリット Cohn, Dorrit 135, 281, 298
コンラッド，ジョゼフ Conrad, Joseph 36, 124, 158, 173
コンラディ，ピーター Conradi, Peter 310, 311, 312, 314

サ行

『サイコ』 *Psycho* （アルフレッド・ヒッチコック） 81
『さすらいの二人』 *The Passenger* （ミケランジェロ・アントニオーニ） 83-84, 276-77, 290, 316
サックス，シェルドン　Sacks, Sheldon　315
サーバー，ジェイムズ　Thurber, James　87
『サボタージュ』 *Sabotage* （アルフレッド・ヒッチコック） 218
サリス，アンドリュー　Sarris, Andrew　298
サンダース，ジョージ　Sanders, George　77
シェイクスピア，ウィリアム　Shakespeare, William　131, 157, 228
『ジェイコブの部屋』 *Jacob's Room* （ヴァージニア・ウルフ） 204, 273-76, 308, 316
ジェイムズ，ヘンリー　James, Henry　17, 21, 22, 126, 127, 128, 201, 208, 210, 230, 242, 260, 262, 265, 268, 269, 270
ジェイムソン，フレドリック　Jameson, Fredric　149-53, 281, 287, 300
シェリー，パーシ・ビシュ　Shelley, Percy Bysshe　28
シクロフスキ，ヴィクトル　Shklovsky, Victor　282
『地獄の逃避行』 *Badlands* （テレンス・マリック） →『バッドランズ』 190-91
『地獄の黙示録』 *Apocalypse Now* （フランシス・フォード・コッポラ） 229
『嫉妬』 *La jalousie* （アラン・ロブ゠グリエ） 43, 285, 286
ジッド，アンドレ　Gide, André　312, 313
シニャック，ポール　Signac, Paul　293
『自分自身の部屋』 *A Room of One's Own* （ヴァージニア・ウルフ） 276
『資本論』 *Das Kapital* （カール・マルクス） 89, 233
『島の流れ者』 *An Outcast of the Islands* （ジョゼフ・コンラッド） 158
『市民ケーン』 *Citizen Kane* （オーソン・ウェルズ） 81, 82
シャリー，ドーリ　Schary, Dore　136
『重力の虹』 *Gravity's Rainbow* （トマス・ピンチョン） 127
シュタンツェル，フランツ　Stanzel, Franz　167, 282
ジュネット，ジェラール　Genette, Gérard　21, 36, 37, 39, 43, 45, 46, 50, 69, 80, 155-58, 167, 179, 181, 202, 203, 281, 282, 285, 286, 288, 290, 293, 296, 297, 300, 301, 305, 308
ジュール，P・D　Juhl, P. D.　113, 295, 296
ジョイス，ジェイムズ　Joyce, James　211, 212, 265, 269, 271, 286
『情事』 *L'Avventura* （ミケランジェロ・アントニオーニ） 70, 222, 289, 309
『ジョウゼフ・アンドルーズ』 *Joseph Andrews* （ヘンリー・フィールディング） 31-32, 122-23, 284, 297
ジョスト，フランソワ　Jost, François　303
『ジョナサン・ワイルド』 *Jonathan Wild* （ヘンリー・フィールディング） 32
『深夜の銃声』 *Mildred Pierce* （マイケル・カーティス） →『ミルドレッド・ピアース』 87
スウィフト，ジョナサン　Swift, Jonathan　28, 111
スクラグズ，チャールズ　Scruggs, Charles　252, 314
スコールズ，ロバート　Scholes, Robert　281
『スター・ウォーズ』 *Star Wars* （ジョージ・ルーカス） 89
スタニスラフスキー，コンスタンティン　Stanislavski, Konstantin　137
スタンダール　Stendhal（Henri Beyle） 36, 284
スターンバーグ，メイア　Sternberg, Meir　48, 179, 282, 283, 286
スターン，ロレンス　Sterne, Lawrence　203
スチュアート，ジェイムズ　Stewart, James　75
『ストーリーとディスコース』 *Story and Discourse* （シーモア・チャットマン） 18, 21, 164, 165, 273, 282, 289, 290, 297, 302, 304, 316

ストリープ，メリル　Streep, Meryl　237, 239
ストールマン，R･W　Stallman, R. W.　119, 296
スパイザー，E・A　Speiser, E. A.　131, 298
『素晴らしき哉，人生！』 *It's a Wonderful Life*（フランク・キャプラ） 19
スピンガーン，J・E　Spingarn, J. E.　113
スミス，バーバラ・ハーンスタイン　Smith, Barbara Hernstein　281
スモール，ヴァーノン　Small, Vernon　294
スレイマン，スーザン　Suleiman, Susan　29, 281, 284, 294, 315
『聖書』 *The Bible*　119, 131-32, 267
セリーヌ，ルイ・フェルディナン　Céline, Louis-Ferdinand　262
『千一夜物語』 *The Arabian Nights*　252
『戦争と平和』 *War and Peace*（レフ・トルストイ） 57, 230
『ソフィーの選択』 *Sophie's Choice*（アラン・J・パクラ） 229
ゾラ，エミール　Zola, Emile　50-52

タ行

『大逆転』 *Trading Places*（ジョン・ランディス） 26
『第三の男』 *The Third Man*（キャロル・リード） 309
『大使たち』 *The Ambassadors*（ヘンリー・ジェイムズ） 270
「太陽と北風」 "Phoebus and Boreas"（ラ・フォンテーヌ） → 『寓話』
ダウデン，エドワード　Dowden, Edward　117
『タクシードライバー』 *Taxi Driver*（マーティン・スコセッシ） 307
ダーニング，チャールズ　Durning, Charles　152
『ダブリンの市民』 *The Dubliners*（ジェイムズ・ジョイス） 212, 265
ダヤン・ダニエル　Dayan, Daniel　303, 309
『ダロウェイ夫人』 *Mrs. Dalloway*（ヴァージニア・ウルフ） 36, 273, 275
ダンテ　Dante Alighieri　131
ダントー，アーサー　Danto, Arthur　137-38, 299
チェーホフ，アントン　Chekhov, Anton　137, 271
『地中海殺人事件』 *Evil Under the Sun*（ガイ・ハミルトン） 307
チャットマン，シーモア　Chatman, Seymour　282, 289, 290, 291, 297, 302, 304, 308, 309, 316
チャンバーズ，ロス　Chambers, Ross　281, 282, 315
チョーサー，ジェフリー　Chaucer, Geoffrey　131
ツヴァイク，シュテファン　Zweig, Stefan　230
「慎ましき提案」 "The Modest Proposal"（ジョナサン・スウィフト） 28, 111
『罪と罰』 *Crime ad Punishment*（フョードル・ドストエフスキー） 37, 285
『つらいご時世』 *Hard Times*（チャールズ・ディケンズ） 111
デイヴィス，ベティ　Davis, Bette　77
ディケンズ，チャールズ　Dickens, Charles　36, 122, 198, 206, 285, 290, 308
デイシス，デイヴィッド　Daiches, David　274, 316
ディートリッヒ，マレーネ　Dietrich, Marlene　184
ティロットソン，キャスリン　Tillotson, Kathleen　117
ティントレット　Tintoretto　216, 309
『デカメロン』 *Decameron*（ボッカチオ） 267
デーレンバック，リュシアン　Dällenbach, Lucien　281
『天国の日々』 *Days of Heaven*（テレンス・マリック） 307
『転落』 *La Chute*（アルベール・カミユ） 208
トゥイニャーノフ，ユーリ　Tynianov, Iurii　282
トウェイン，マーク　Twain, Mark　120, 208,

264
トゥニマノフ，ウラジーミル　Tunimanov, Vladimir　141, 299
『動物農場』　*Animal Farm*　（ジョージ・オーウェル）　87
ドゥルーズ，ジル　Deleuze, Gilles　194, 308
『時計じかけのオレンジ』　*A Clockwork Orange*　（スタンリー・キューブリック）　229
トーゴヴニック，マリアナ　Torgovnick, Marianna　25, 138, 283
ドストエフスキー，フョードル　Dostoevsky, Fyodor　49, 139-41, 285, 287, 299
ドーソン，ジャン　Dorson, Jan　103, 292
トッド，リチャード　Todd, Richard　184
トドロフ，ツヴェタン　Todorov, Tzvetan　282
ドパルデュー，ジェラール　Depardieu, Gérard　91, 102
『扉の陰の秘密』　*The Secret Beyond the Door*　（フリッツ・ラング）　305
トマシェフスキー，ボリス　Tomashevskii, Boris　282
『トム・ジョーンズ』　*Tom Jones*　（ヘンリー・フィールディング）　97, 122, 212, 225, 226
『トム・ジョーンズの華麗な冒険』　*Tom Jones*　（トニー・リチャードソン）　89, 229
『トリスタラム・シャンディ』　*Tristram Shandy*　（ロレンス・スターン）　173
トルストイ，レフ　Tolstoy, Lev　50, 51, 54
トルハースト，ウィリアム　Tolhurst, William　116, 295
ドレジェル，ルボミール　Doležel, Lubomir　281
『ドンビー父子』　*Dombey and Son*　（チャールズ・ディケンズ）　198-99, 308
トンプキンズ，ジェイン　Tompkins, Jane　294
トンプソン，クリスティン　Thompson, Kristin　42, 88, 284
トンプソン，マーシア　Thompson, Marcia　11

ナ行

『ナーシサス号の黒人』　*The Nigger of the Narcissus*　（ジョゼフ・コンラッド）　124, 125
ナッシュ，マーク　Nash, Mark　303
『ナナ』　*Nana*　（エミール・ゾラ）　50
ニコルズ，ビル　Nichols, Bill　299, 303, 309
ニコルソン，ジャック　Nicholson, Jack　276-77
『贋金つくり』　*Les fauxmonnayeurs*　（アンドレ・ジッド）　312
『2001 年宇宙の旅』　*2001: A Space Odyssey*　（スタンリー・キューブリック）　26
『ねじの回転』　*The Turn of the Screw*　（ヘンリー・ジェイムズ）　125, 253
『野いちご』　*Wild Strawberries*　（イングマール・ベルイマン）　229

ハ行

ハウ，アーヴィング　Howe, Irving　139, 299
パヴェル，トマス　Pavel, Thomas　281
ハウスマン，A・E　Houseman, A. E.　115
バーク，ケネス　Burke, Kenneth　256, 258, 261, 268, 272
バクスター，アン　Baxter, Anne　78
バーグマン，イングリッド　Bergman, Ingrid　76
バーゴイン，ロバート　Burgoyne, Robert　306
ハーシャヴ，ベンジャミン　Harshav, Benjamin　281
ハーシュ，E・D　Hirsch, E. D.　113, 295
パース，C・S　Peirce, C. S.　158
バーチ，ノエル　Burch, Nöel　84, 290
『ハーツォグ』　*Herzog*　（ソール・ベロー）　115
『8½』　*8½*　（フェデリコ・フェリーニ）　29, 229, 249, 313
『ハックルベリー・フィンの冒険』　*The Adventures of Huckleberry Finn*　（マーク・トウェイン）　57, 208, 264, 266
ハッチオン，リンダ　Hutcheon, Linda　281, 305, 310
バッツスティン，マーティン　Battestin, Martin

229, 310
『バッドランズ』 *Badlands* → 『地獄の逃避行』
バッハ，ヨハン・セバスチャン Bach, Johann Sebastian 114, 247
『鳩の翼』 *The Wings of the Dove* （ヘンリー・ジェイムズ） 206
「はにかみがちの乙女に」 "To His Coy Mistress" （アンドルー・マーヴェル） 28
『母』 *Mother* （マクシム・ゴーリキー） 262
バーバー, スザンナ Barber, Susanna 241, 312
バフチン，ミハイル Bakhtin, Mikhail 167, 255, 282
『ハムレット』 *Hamlet* （ウィリアム・シェイクスピア） 157-59, 161
『薔薇の名前』 *The Name of the Rose* （ウンベルト・エーコ） 275
ハリス，フランク Harris, Frank 115
ハリス，リチャード Harris, Richard 85
ハリデイ，マイケル Halliday, Michael 281
『巴里のアメリカ人』 *An American in Paris* （ヴィンセント・ミネリ） 191
バリモア，ジョン Barrymore, John 159
『パリュード』 *Paludes* （アンドレ・ジッド） 312
『バリー・リンドン』 *Barry Lyndon* （スタンリー・キューブリック） 191, 308
『バルカン超特急』 *The Lady Vanishes* （アルフレッド・ヒッチコック） 81, 218
バルザック, オノレ・ド Balzac, Honoré de 51, 72, 94, 297
バルト，ロラン Barthes, Roland 49, 51, 58, 59, 80, 103, 112, 266, 281, 282, 286
バル，ミーケ Bal, Mieke 281, 285, 293
ハワード・トレヴァー Howard, Trevor 159
バンヴェニスト，エミール Benveniste, Émile 175, 303
バンフィールド，アン Banfield, Ann 192-94, 281, 303, 308
ビアズリー，モンロー Beardsley, Monroe 109, 114-16, 294, 295, 304
ヒース，スティーヴン Heath, Stephen 281, 304
ヒッチコック，アルフレッド Hitchcock, Alfred 74, 75, 115, 183, 184-85, 215, 218, 220, 298, 306
『美の祭典』 *Olympiad* （レニ・リーフェンシュタール） 42
『響きと怒り』 *The Sound and the Fury* （ウィリアム・フォークナー） 212, 297
「秘密の部屋」 "The Secret Room" （アラン・ロブ゠グリエ） 61-64
ヒューストン，ジョン Huston, John 81, 132-37, 298
ピンター，ハロルド Pinter, Harold 230, 312
ピンチョン，トマス Pynchon, Thomas 127
ファウラー，ロジャー Fowler, Roger 118, 168-69, 281, 295, 296, 302
ファウルズ，ジョン Fowles, John 230, 241, 252, 253, 289, 310-14
『フィガロの結婚』 *The Marriage of Figaro* （W・A・モーツァルト） 26
フィッシュ，スタンリー Fish, Stanley 294
フィニー，アルバート Finney, Albert 227
『フィネガンズ・ウェイク』 *Finnegans Wake* （ジェイムズ・ジョイス） 269
フィールディング，ヘンリー Fielding, Henry 31, 33, 122, 123, 310
フェラン，ジェイムズ Phelan, James 11, 281
フェリーニ，フェデリコ Fellini, Federico 184, 215
フェル，ジョン Fell, John 291
フォースター，E・M Forster, E. M. 86, 291
フォード，ジョン Ford, John 215, 298
フォード，フォード・マドックス Ford, Ford Madox 36, 129
ブース，ウェイン Booth, Wayne 18, 21, 22, 36, 109, 116-28, 129, 138, 167, 208-10, 255-72, 281, 285, 293, 295, 296, 297, 298, 308, 315, 316
ブース，マーガレット Booth, Margaret 133
『舞台恐怖症』 *Stage Fright* （アルフレッド・ヒッチコック） 184-86, 188, 190, 305
フッサール，エドムント Husserl, Edmund

296
フライシュマン，アヴロム　Fleishman, Avrom 307
ブラウン，ニック　Browne, Nick　179, 219-20, 281, 303, 309
プラット，メアリー・ルイーズ　Pratt, Mary Louise　281
プラトン　Plato　45, 155
ブラニガン, エドワード　Branigan, Edward 281
フランク，アンネ　Frank, Anne　130, 298
『フランス軍中尉の女』 *The French Lieutenant's Woman*（カレル・ライス）21, 230, 232, 243, 249, 253, 310
『フランス軍中尉の女』 *The French Lieutenant's Woman*（ジョン・ファウルズ）66, 68, 204, 232, 289, 310, 311
フリード，アーサー　Freed, Arthur　132, 298
プリンス，ジェラルド　Prince, Gerald　20, 281, 282
『ブルーガイド』 *Le Guide bleu*　41
プルースト，マルセル　Proust, Marcel　36, 292, 305
ブルーストーン，ジョージ　Bluestone, George 221, 309
プルタルコス　Plutarch　228
ブルックス，クリアンス　Brooks, Cleanth　38, 39, 61-63, 285, 288, 289
ブルックス，ピーター　Brooks, Peter　281
ブルック＝ローズ，クリスティン　Brook-Rose, Christine　256, 281
ブレア，ヒュー　Blair, Hugh　46
フレーゲ，ゴットローブ　Frege, Gottlob　113
ブレッソン，ロベール　Bresson Robert　188, 191
ブレヒト，ベルトルト　Brecht, Bertold　292
ブレモン，クロード　Bremond, Claude　281
プロップ, ウラジーミル　Propp, Vladimir　282
ブローデリック，ジェイムズ　Roderick, James 152
『プロビデンス』 *Providence*（アラン・レネ）186, 188
フローベール, ギュスターヴ　Flaubert, Gustave 36, 51-53, 290
ブロンズウェイヤー，W・J・M　Bronzwaer, W. J. M.　293
『文化果つるところ』 *An Outcast of the Islands*（キャロル・リード）159
「ヘアカット」(「散髪の間に」)　"Haircut"（リング・ラードナー）111, 129, 208, 212
ベケット，サミュエル　Beckett, Samuel　69
ヘプバーン，キャサリン　Hepburn, Katharine 221
ヘミングウェイ，アーネスト　Hemingway, Ernest　49, 127-28, 163, 227, 266
ベルガラ，アラン　Bergala, Alain　303
ベルナール，サラ　Bernhardt, Sarah　159
ベルール，レイモン　Bellour, Raymond　304
ペレルマン，カイム　Perelman, Chaim　256, 283, 315
ベロー，ソール　Bellow, Saul　115
ヘンダーソン，サイモン　Henderson, Simon 310
ヘンダーソン，ブライアン　Henderson, Brian 281, 304, 309
ボアロー，ニコラ　Boileau, Nicolas　46
ボイアム，ジョイ　Boyum, Joy Gould　231, 241, 310, 311, 312, 313, 314
『ボヴァリー夫人』 *Madame Bovary*（ギュスターヴ・フローベール）51, 73, 74, 290
ホークス, ハワード　Hawks, Howard　215, 298
「干し草小屋の恋」　"Love among the Haystacks"（D・H・ロレンス）264
ボジュール，ミシェル　Beaujour, Michel　27, 283
ボッカチオ　Boccaccio　267, 268
ボードウェル，デイヴィッド　Bordwell, David 42, 88, 175-82, 183, 184, 186, 187, 190, 226, 281, 284, 285, 290, 291, 303, 304, 305, 306, 307
ホメロス　Homer　59, 267, 288
『ポーランド人の騎手』 *Polish Rider*（レンブラント）137
ボルヘス，ホルヘ・ルイス　Borges, Jorge Luis 231

ホワイト，ヘイドン　White, Haydon　281

マ行

マイロウ，スティーヴン　Mailloux, Steven　281, 294
マーヴェル，アンドルー　Marvell, Andrew　28
マカヴェーイエフ，ドゥーシャン　Makavejev, Dusan　192
マクヘイル，ブライアン　McHale, Brian　281
マクリッシュ，グレン　McClish, Glen　284, 316
マーティン，ウォレス　Martin, Wallace　11, 20, 42, 44, 54, 121, 281, 282, 285, 286, 287, 296, 297
『魔の山』 *The Magic Mountain* （トマス・マン） 29
マーフィ，オーディ　Murphy, Audie　134, 136
マリック，テレンス　Malick, Terence　190
マルクス，カール　Marx, Karl　233, 234, 235, 292, 311
マルモンテル，ジャン＝フランソワ　Marmontel, Jean-François　46-47
マンキウィッツ，ジョゼフ・L　Mankiewicz, Joseph L.　77
マン，グレン　Man, Glenn　312, 314
『マンハッタン』 *Manhattan* （ウディ・アレン） 218
『見知らぬ女からの手紙』 *Letters from an Unknown Woman* （シュテファン・ツヴァイク） 230
『見知らぬ乗客』 *Strangers on a Train* （アルフレッド・ヒッチコック） 220
ミラー，J・ヒリス　Miller, J. Hillis　281
ミラー，デイヴィッド・A　Miller, D. A.　281
『ミルドレッド・ピアース』 *Mildred Pierce* （マイケル・カーティス） → 『深夜の銃声』
ミルトン，ジョン　Milton, john　114
『民衆の敵』 *Public Enemy* （ウィリアム・ウェルマン） 87, 89
メイヤー，ルイス・B　Mayor, Lois B.　132
メサー，リチャード　Messer, Richard　241, 312
メッツ，クリスチャン　Metz, Christian　70, 76, 88, 90, 175, 282, 287, 289, 290, 291, 292, 303, 307, 312, 313
モーツァルト，ヴォルフガング・アマデウス　Mozart, Wolfgang Amadeus　26
モリセット，ブルース　Morrissette, Bruce　281, 285, 288, 289
『モンテネグロ』 *Montenegro* （ドゥーシャン・マカヴェーイエフ） 192

ヤ行

ヤウス，ハンス・ロベルト　Jauss, Hans Robert　294
『闇の奥』 *Heart of Darkness* （ジョゼフ・コンラッド） 173, 201
『勇気の赤い勲章』 *The Red Badge of Courage* （スティーヴン・クレイン） 132, 299
『勇者の赤いバッヂ』 *The Red Badge of Courage* （ジョン・ヒューストン） 132-37, 298
『ユリシーズ』 *Ulysses* （ジェイムズ・ジョイス） 29, 205, 269
『善き兵士』 *The Good Soldier* （フォード・マドックス・フォード） 129
『欲望』 *Blow-Up* （ミケランジェロ・アントニオーニ） 107, 293
『夜の果てへの旅』 *Journey to the End of the Night* （ルイ・フェルディナン・セリーヌ） 262

ラ行

ライアン，マリ＝ロール　Ryan, Marie-Laure　306
ライス，カレル　Reisz, Karel　230, 313
ラインハルト，ゴットフリード　Reinhert, Gottfried　133, 134, 136, 298
ラウリー，マルカム　Lowry, Malcolm　81
『ラオコオン』 *Laocoön* （ゴットホルト・エフライム・レッシング） 283
『楽園喪失』 *Paradise Lost* （ジョン・ミルトン） 114

『羅生門』 *Rashomon* （黒澤明） 229
ラッセル，バートランド　Russell, Bertrand　193
ラードナー，リング　Lardner, Ring　111, 129, 208
ラビノウィッツ，ピーター　Rabinowitz, Peter　281
ラ・フォンテーヌ　La Fontaine, Jean　30-31
ラボック，パーシー　Lubbock, Percy　240, 256, 258
ラボリ，アンリ　Laborit, Henri　91-107, 292
ラルース，ピエール　Larousse, Pierre　46
ランク，オットー　Rank, Otto　276, 316
ランサー，スーザン・スナイアダー　Lanser, Susan Sniader　170, 171, 281, 284, 293, 294, 297, 302
リクター，デイヴィッド　Richter, David　281
リクール，ポール　Ricoeur, Paul　281
リチャーズ，I・A　Richards, I. A.　256, 269
リチャードソン，ラルフ　Richardson, Ralph　159
リード，キャロル　Reed, Carol　159
『リトル・ドリット』 *Little Dorrit* （チャールズ・ディケンズ） 36, 285
リーフェンシュタール，レニ　Riefenstahl, Leni　42, 215
リモン＝キーナン，シュロミス　Rimmon-Kenan, Shlomith　282, 293
リンカーン，エイブラハム　Lincoln, Abraham　28
ルイス，ベン　Lewis, Ben　133, 136
ルカーチ，ジェルジ　Lukács, Georg　47, 50-53, 287
ルメット，シドニー　Lumet, Sidney　150-51
レイダー，ラルフ　Rader, Ralph　281
レッサー，サイモン　Lesser, Simon　309
レッシング，ゴットホルト・エフライム　Lessing, Gotthold Ephraim　24, 59, 283, 287
レネ，アラン　Resnais, Alain　20, 90, 186, 292, 293
レンブラント　Rebrandt van Rijin, Hermenszoon　137-38
ロジェ＝ピエール　Roger-Pierre　91
ロス，ハリス　Ross, Harris　310
ロスマン，ウィリアム　Rothman, William　303
ロス，リリアン　Ross, Lillian　133, 136, 298, 299
ロセッティ，ダンテ・ゲイブリエル　Rossetti, Dante Gabriel　233
ロッジ，デイヴィッド　Lodge, David　263, 281, 315
ロパール＝ウィユミエ，マリ　Ropars-Wuilleumier, Marie　304
ロブ＝グリエ，アラン　Robbe-Grillet, Alain　43, 61, 288
『ロリータ』 *Lolita* （スタンリー・キューブリック） 229
ロレンス，D・H　Lawrence D. H.　264-65
ロレンツ，ペア　Lorenz, Pare　28, 88

ワ行

ワイマン，ジェイン　Wyman, Jane　184
『若い芸術家の肖像』 *The Portrait of the Artist as a Young Man* （ジェイムズ・ジョイス） 271, 286
『我が家の楽園』 *You Can't Take It With You* （フランク・キャプラ） 19
ワシオレク，エドワード　Wasiolek, Edward　139-41, 299
ワッツ，アラン　Watts, Alan　279, 316

事項索引

ア行

アイライン・マッチ　Eyeline match　83, 84, 101, 237
操り紐的人物　*Ficelles*　242, 269, 270
誤りやすいフィルター　Fallible filter　208, 210, 211, 308
誤りやすいフィルター作用　Fallible filtration　18, 208, 212, 213
誤りやすさ　Fallibility　21, 209, 210, 211
アングル　Angle　58, 85, 143, 159, 200, 216-19
鋳型　Template　176
意義　Significance (*Bedeutung*)　113, 120
意　向　Intent　109-11, 119-24, 126, 127, 149, 181, 186-87, 209, 231, 265
意識的な動作主　Conscious agent　179
異質物語世界的語り　Hetero diegetic narration　230
異質物語世界的語り手　Hetero diegetic narrator　136, 170, 191, 202
イストワール　*Histoire*　26, 181, 303
一人称　First person　78, 110, 192, 202, 203, 266, 285
一人称の語り手　First-person narrator　202, 203
イデオロギー的修辞　Ideological rhetoric　261, 271, 274
意図　Intention　29, 61, 70, 82, 85, 91, 103, 111, 112, 113-19, 121-24, 130, 131, 134, 137, 143, 148, 149, 151, 153, 166, 209, 210, 212, 214, 219, 237, 238, 246, 253, 263, 265, 271, 272, 292, 295, 296, 313
意図主義（者）　Intentionalism / Intentionalist　113-17, 295
意図性／志向性　Intentionality　118, 296
意味　Meaning (*Sinn*)　113
イメージトラック　Image track　188, 277　→　映像トラック
入れ子状の語り　Nested levels of narration　125
インターカッティング　Intercutting　91, 93, 243
ヴィジュアル・トラック　Visual track　77, 190-92
ヴォイス・オーヴァー　Voice-over　67, 77-79, 89-93, 99, 134, 136, 160, 185, 186, 188, 190-92, 215, 218, 221, 222, 227, 229, 230, 237, 288, 306, 307, 308
埋め込まれたストーリー／埋め込みをするストーリー　Embedded / Embedding story　248, 307
鱗状構造　Imbrication　312
鱗状の枠物語　Imbricated frame story　124
鱗状モンタージュ　Imbricated montage　242
うろつき（カメラの）　Prowling of the camera　72
映画化　Film adaptation　21, 81, 89, 132, 159, 225-31, 240, 289, 309　→　脚色
映画眼　Kino-eye　194
映画的語り手　Cinematic narrator　18, 20, 21, 66. 72, 74, 75, 78, 80, 82, 85, 107, 175-94, 214-21, 230, 245, 288, 304
映画の語り　Film narration　176, 180, 186, 227
映画物語学　Film narratology　175
映像作者　Image-maker　307
映像トラック　Image track　187　→　イメージトラック
エロヒスト　Elohist　131,298
演　劇　Drama　20, 26, 100, 156-58, 160, 163, 165-67, 231, 300
演劇的再現　Dramatic representation　157, 300
演出　*Mis-en-scène*　189, 219, 250　→　ミザンセヌ
演じられる物語　Performative narrative　20
オーヴァーラップ・ショット　Overlapping shot　192
公の筆記者　Official scribe　117
表立った語り手　Overt narrator　228-29
表立った修辞　Overt rhetoric　267
音楽（映画における）　Music in the movies　25,

26, 74, 76, 114, 134, 180, 184, 185, 189, 240, 245, 248, 277, 307, 312

カ行

絵画（テクストとしての） Painting as text 24, 25, 27, 57, 58, 83, 86, 137, 180, 216, 217, 240, 293, 313
絵画的描写 Tableau 39, 46 → タブロー
解釈 Interpretation 36, 54, 61, 63, 64, 71, 77, 88, 92, 96, 97, 100-2, 104, 111, 112, 113-16, 122, 136, 137, 147, 148, 153, 176, 190, 193, 207, 210, 211, 213, 217, 227, 230, 237-39, 249, 253, 271, 273, 295
解説 Exposition as text type 23, 24, 27, 73, 80, 91, 94, 180, 228, 231, 235, 250, 261, 269, 283, 284, 314 → 提示部
階層（テクストの） Hierarchy 20, 44, 47, 64, 88, 95, 162, 165, 166, 180
概念化 Conceptualization 28, 196, 197, 297
概念作用 Conception 172, 202
隠れた語り手 Covert narrator 210, 228, 293
隠れた修辞 Covert rhetoric 267
語り手のいない物語テクスト Narrative text without a narrator 179
語りのプロセス Process of narration 178, 181, 185, 230
語ること Telling 80, 158, 160-62, 165, 168, 170, 175, 190, 212, 240, 269, 291, 301
カッティング・コンティニュイティ Cutting continuity 70, 71, 291
カッティングのリズム Cutting rhythm 83
カット・アウェイ Cut away 85
カテゴリー的 Categorical 42, 284
可能世界の哲学 Possible-world philosophy 294
カメラ・アイ Camera eye 124, 163, 168, 203, 207, 227
カメラ・アングル Camera angle 66, 101
カメラ移動 Camera movement 56, 82 → カメラの動き
カメラの動き Camera movement 72, 83, 85, 240 → カメラ移動
画面の静止 Freezing of a frame 82
観客／読者（／視聴者） Audience 24, 27, 111, 146, 164, 263, 283
感性体 *Sensibilia* 193
間接自由言説 Indirect free discourse 205
間接自由体 Indirect free style 135
換喩 Metonymy as descriptive logic 48, 236, 269, 282
聴き手 Narratee 77, 143, 164, 209-12, 214, 297, 303, 313
聞き手 Listener 25, 112, 192, 214, 295
記号内容 Signified 127, 158, 159, 161, 190, 301
記号表現 Signifier 44, 56, 127, 158, 159, 161, 166, 231
企図 Design 124, 131, 181, 186, 259, 261, 266, 295
脚色 Adaptation 21, 132, 225, 227-31, 241, 310, 314 → 翻案，映画化
休止 Pause 70, 74-79, 80-82, 183, 290
教訓癖（映画における） Didacticism and moralism in film 90
共同作業 Collaboration 130, 131, 134, 137
共同作者 Collective authors 125, 131, 134, 137
局外の語り手 Authorial narrator 124, 229, 266, 267, 269, 293, 306
議論 Argument as text-type / Argument at the service of narrative 28-35
議論（映画における） Argument in film 87-107
空白 Gap 66, 225-27, 305
具体化 Embodiment 166, 176-77, 220
クロースアップ Close-up 75, 77, 80, 92, 101, 184
クロス・カッティング Crosscutting 93, 94, 242
クロノロジー Chronology 157 → 時系列
決定不能性 Indeterminacy 69, 225
現実化 Actualization 18, 29, 37, 43, 55, 56, 65, 90, 110, 122, 156, 158, 161, 162, 166, 167,

176, 177, 181, 185, 187, 215, 216
現実効果　*Effect de réel*　49, 68, 103, 104, 287
現実の作者　Real author　109, 111, 112-28, 129, 136-38, 143, 146-49, 151-53, 201, 288, 293, 294, 297
見者　Spectator　177, 178, 304
言説芸術　Discursive arts　160
限定的な立ち入りの転換　Shifting limited access　273-76
言表行為　Enunciation　177, 303
言表行為理論　Enunciation theory　175, 303
公演／舞台芸術　Performing arts　160
交換モンタージュ　Alternate montage　242
交換連辞　Alternate syntagm　242
後説法　Analepsis　261, 305
構築　Construction　110, 117, 123, 141, 176-79, 186, 188, 194, 203, 210, 219, 256, 270, 301
声　Voice　77-79, 82, 92-94, 110, 111, 118, 123, 126, 134, 159, 160, 163, 167, 171, 178, 183, 184, 187-90, 201, 203, 229, 243, 261, 265, 266, 277, 293, 307, 310
古代修辞学　Classical rhetoric　46
古代弁論術　Ancient rhetoric　262
好まれた光景　Favored view　217
コマ落とし　Accelerated motion / Speed-up　229
コミュニケーション　Communication　24, 26, 27, 112, 116, 119, 153, 178, 186, 188, 190, 192, 226, 257-59, 263, 266, 274, 279, 297
語＝連鎖の意味　Word-sequence meaning　116
言外の意味　Connotation　111, 129, 187, 191
コンテクスト理論　Contextual theory　110, 167

サ行

再現　Representation　45, 52-60, 62, 63-65, 67, 80, 96, 102, 104, 133, 135, 151-53, 156-59, 166, 172, 177, 185-89, 192, 193, 209, 210, 216-20, 222, 227, 231, 237, 264, 283, 288, 290, 300, 301, 304, 305
再現／表象　Representation　11, 17, 159, 301
再構築　Reconstruct　63, 110, 111, 124, 152, 179, 220, 222
再設定のシークエンス　Reestablishing sequence　76
サウンドトラック　Sound track　74, 78, 92, 166, 191, 247, 248, 277, 298, 307
サービス（テクストの）　Service　18, 29, 46-48, 60, 61, 64, 91, 228, 252, 253, 284
三人称　Third person　125, 192, 211
360度の回転　360-degree turnabout　83
自意識　Self-consciousness　181, 182, 231, 234, 253, 310
自意識的　Self-conscious　86, 135, 191, 230, 241, 248, 292, 310
恣意的　Arbitrary　158, 161, 192, 263
視覚表現　Graphics　99
時間＝論理　Chrono-logic　26, 28, 48, 57, 63, 64, 74, 162, 165, 288
時系列　Chronology　157, 162, 176, 180, 266, 270　→　クロノロジー
思考の表現（映画における）　Expression of thought in cinema　221
視座　Slant　181, 200-2, 206-8, 214-16, 218, 228, 241, 266, 278, 308, 343
視点　Point of view　18, 21, 74, 83, 84, 169, 173, 181, 195-207, 209, 220, 278, 308
視点ショット Point of view shot (POV-shot)　278　→　主観カメラ
示し手　Show-er　160, 161, 164
示すこと　Showing　59, 66, 78, 80, 158, 160-62, 165, 168, 170, 188, 190, 212, 213, 221, 237, 261, 300
ジャンル　Genre　28, 40, 87, 88, 228, 269, 284, 291
自由間接思考　Free indirect thought　172, 204, 205
修辞　Rhetoric　261-79　→　修辞学，レトリック
修辞学　Rhetoric　22, 255-57, 261-63, 315　→　修辞，レトリック
修辞学者　Rhetorician　23, 46, 256, 257, 266, 270

「修辞学用語集」 "Lexicon Rhetoricae" 261, 315
修辞的 Rhetorical 28, 32, 50, 88, 124, 258, 263, 265-71, 273, 274, 277, 284
自由直接思考 Free direct thought 205
主観カメラ Subjective camera 83 → 視点ショット
シュジェート *Syuzhet* 26, 176-78, 180-81
純粋な物語言説 20, 156, 158, 160-61, 163, 165, 167 → ディエゲーシス
生涯作者 Career author 126-28, 296
状況設定シークエンス Establishing sequence 58
状況設定ショット Establishing shot 26, 57, 82, 218 → 設定ショット
情景法 Scenic mode 80, 260
焦点化 Focalization 18, 21, 195, 197, 199, 202-3, 206-7, 209, 308
焦点化子 Focalizer 293
叙事詩 Epic 20, 46, 51, 156-58, 163, 165, 258
女性の話し手 *Speakerine* 94, 292 → スピカリン
ショット＝切り返しショット Shot-counter shot 218
人格を持った語り手 Personified narrator 185
滲出 Bleedover 245, 249, 251
深層構造（テクストの） Deep structure 288
死んだ時間 *Temps mort* 85, 86, 183
人物スケッチ Character sketch 38, 285
信頼できない語り Unreliable narration 18, 125, 184, 186, 190, 208, 209, 210, 212, 213, 214, 305
信頼できない語り手 Unreliable narrator 118, 125, 184, 210, 213, 214, 305
信頼（性）の欠如 Unreliability 190, 191, 209, 211, 305
心理叙述 Psycho narration 135, 205
スウィッシュ・パン Swish-pan 81
図式 *Schemata* 176, 304
図像性 Iconicity 301
図像的／類似記号的 Iconic 158-59, 161-62, 301
図像的記号 Iconic sign 158, 301
スタイル Style 113, 127, 128, 135, 176-78, 181, 215, 226, 304, 309
スター効果 Star-effect 220
ストレート・カット Strait cut 80, 189
スピカリン *Speakerine* 93 → 女性の話し手
スラント Slant 21, 173, 200, 214 → 視座
静止画面 Freeze-frame / Frozen-frame 79, 188 → 画面の静止
静止した映像 Frozen image 78, 79 → 凍結した瞬間
政治的無意識 Political unconscious 153
設定ショット Establishing shot 82 → 状況設定ショット
説得 Suasion / Persuasion 27, 41, 88, 148, 149, 228, 256, 258-64, 269, 270, 272, 274, 279, 283, 284
前後の脈絡の欠如 Asyndetism 59
象嵌 *Mise-en-abyme* 249, 312

タ行

第二の自我 Second self, (Author's) 117
大連辞 Large articulative syntagm 70
大連辞関係 *Grande syntagmatique* 90
多重性（映画的語り手の） Multiplexity of cinematic narrator 190
多重チャンネルの能力（映画の） Multi-channel capacity 90
脱構築主義者 Deconstructionists 141
妥当性 Validity 27, 64, 115, 260, 263, 264, 295
タブロー Tableau 58, 59, 75 → 絵画的描写
知覚（者） Perception / Percipient 24-25, 57, 58, 62, 72, 84, 172, 176, 178, 179, 182, 190, 193, 196-98, 200-3, 215, 217-19, 226, 283, 285, 286, 291, 301, 303
知覚の視座 Perceptual slant 215, 216
知覚のフィルター Perceptual filter 84, 216, 218-21

知識　Knowledge　167, 170, 180-82
忠実度　Fidelity　21, 228, 229
注釈　Commentary　21, 34, 36, 46, 79, 87, 91, 93, 96, 97, 132, 133, 149, 172, 181, 184, 185, 189, 200, 203, 204, 207, 211, 213, 227, 230-34, 237, 239-43, 245, 249, 250, 260, 266, 268, 282, 290, 292, 310, 314
中心　Center　206-7
ディエゲーシス　*Diegesis*　155, 158　→　純粋な物語言説
提示者　Presenter　160, 161, 164, 187, 307
提示する　To Present　22, 36, 51, 55, 56, 66, 75, 84, 90, 94, 96, 101, 121, 149, 157, 160, 161, 164, 165, 168, 173, 180, 183, 184, 191, 194, 206, 214, 215, 217, 221, 243, 288, 302
提示部　Exposition　283　→　解説
ディスクール　*Discours*　175, 303
ディゾルヴ　Dissolve　80, 184
ティルト・アップ　Tilt up　75
ティルト・ダウン　Tilt down　75
テクスト・タイプ　Text-types　11, 18-20, 23-44, 46, 48, 50, 53, 55, 56, 61, 64, 65, 90, 92, 97, 102, 105-7, 111, 149, 156, 157, 161, 162, 165, 167, 228, 234, 257, 282-84, 288
テクスト理論　Text theory　17, 25, 53, 61, 64, 65, 67, 109, 117, 120, 121, 167, 242, 272
デクパージュ　*Découpage*　291　→　カット割り
伝達（物語の）　Transmission, narrative　20, 111, 183, 186, 302, 306
伝達性　Communicativeness　182
凍結した瞬間　Frozen moment　75
動作主　Agent　57, 97, 110, 117, 124, 131, 163-65, 168, 171, 173, 176, 178-80, 186-88, 192, 193　→　媒体，物語動作主
動作主名詞化形　*Nomina agentis*　180, 188
等質物語世界　Homodiegesis　78, 171, 184, 191, 202, 230
等質物語世界的語り手　Homodiegetic narrator　202
ドキュメンタリー映画　Documentary film　28, 42, 88
読者反応論　Reader-response theory　110, 176, 294, 295
トラヴェリング・ショット　Traveling shot　106, 292
トラッキング・ショット　Tracking shot　278
トラック移動　Track　240

ナ行

内的独白　Interior monologue　166, 205
内包された作者　Implied author　109-28, 129-53
内包された読者　Implied reader　109-11, 121, 143, 210-14, 236, 258, 261, 270, 295, 297
内面への限定的な立ち入りの転換　Shifting limited mental access　273-74
二重の時系列　Double chronology　157, 162
人間にあらざる語り手　Non-human narrator　193
人間にあらざる動作主　Non-human agent　173
人間にあらざる物語媒体　Non-human narrative agency　192
人称　Person　177, 303
認知　Cognition　28, 176, 178, 196, 197, 200, 201, 215, 295

ハ行

媒介　Medium　150
媒介者　Instrument　164
媒介する　Mediate　165, 201, 302
媒体　Agency　109, 118, 123, 130, 138, 163, 168, 169, 176, 178-80, 269, 288, 306, 307
配列　Ordering　41, 42, 48, 80, 121, 123, 134, 136, 161, 180, 235
発言者の意味　Utterer's meaning　116, 295
発見的再認　Recognition　156
発言の意味　Utterance meaning　116, 295
発話行為論　Speech-act theory　112
話し手　Teller　77, 94, 110-12, 122, 124, 160, 163, 192, 214, 285, 292, 303

パリンプセスト　Palimpsest　314
パン／パンニング　Pan / Panning　77, 82-84, 277
反意図主義（者）　Anti-intentionalism / Anti-intentionalist　114-16, 118, 295
非図像的　Non-iconic　192
非図像的記号　Non-iconic signs　158
非図像的再現　Non-iconic representation　159
美的修辞　Aesthetic rhetoric　261, 262-66, 271, 274, 277
非人称的　Impersonal　62, 151, 167, 192, 194, 267
非人称的語り手　Impersonal narrator　187
非人称的物語媒体　Impersonal narrative agency　193
180 度の規則　180-degree rule　218
百科全書　*Encyclopédie méthodique*　46, 73, 80
描写　Description　36-44, 45-64
描写（映画における）　Description in the Cinema　65-86
描写的連辞　Descriptive syntagma　76, 287
表層（テクストの）　Surface, Text's　29, 37, 43, 44, 53-58, 60, 86, 106, 177, 226, 227, 288
ファーブラ　*Fabula*　26, 88, 176, 177, 180, 181
フィクション映画　Fiction film　88, 175
フィクションの修辞学　Rhetoric of fiction　109, 116, 122, 138, 255, 257, 258, 260, 261, 266, 272, 285
フィルター　Filter　18, 21, 74, 83, 84, 170, 172, 182, 183, 193, 200-3, 206-11, 215, 216, 218, 219, 228, 238, 266, 275, 302, 308
フィルター作用　Filtration　18, 205-09, 212, 213, 218　→　濾過
複数の作者　Multipul authorship　130
ぶらつき（カメラの）　Lingering of the camera　69, 85
フラッシュバック　Flashback　184, 185, 188, 261, 277-78, 288, 306
フリップ　Flip　310
フレーミング　Framing in painting and cinema　66, 217, 219, 278
文学的語り手　Literary narrator　18, 20, 84, 155-73, 188, 214, 230, 300
分節の大連辞　Large articulative syntagmas　70
編集　Editing　70, 80, 85, 101, 133, 185, 189, 240, 242, 250, 251, 307
縫合理論　Suture theory　219
ポスト構造主義者　Post-structuralist　124
ポスト・モダニズム（的）　Postmodernist　64, 86, 181, 230
ポスト・モダン　Postmodern / Postmodernist　19, 61, 147
翻案　Adaptation　87　→　脚色

マ行

マインド・スクリーン　Mindscreen　229, 278
マルクス主義文学理論　Marxist literary theory　53
ミザンセヌ　*Mis-en-scène*　219, 250　→　演出
ミメーシス　*Mimesis*　155, 156, 158　→　模倣による物語言説
観る者／観る人　Viewer　72, 84, 91, 176-79, 182, 184, 190, 192, 220, 287, 304, 306
無徴の　Unmarked　125
明示的意味　Denotation　111
明示的な議論　Explicit argumentation　88, 91, 92
明示的な内面描写　Explicit inner view　172
明示的な描写　Explicit description　72, 73, 76, 78, 82, 85, 312
メタ物語　Metanarrative　241
黙説法　Paralipsis　305, 306
目的語＝名詞化形　Object-nominalizer　180
モダニズム　Modernism　19, 51, 86, 181
モダニズム的　Modernist　181
物語られない　Non-narrated　21, 302
物語映画　Narrative film　56, 66, 80, 88, 101, 158, 180, 186, 187, 290
物語学　Narratology　17, 18, 20-22, 26, 36, 45,

56, 64, 73, 120, 123, 127, 129, 130, 147-49, 155, 156, 160, 162, 165-68, 176, 179, 183, 185, 195, 197, 202, 210, 227, 229, 255, 257, 258, 268, 270, 282, 283, 289, 302
物語学者　Narratologist　109, 124, 132, 163, 167, 168, 195, 263, 266
物語言説の空間　Discourse space　173
物語言説の時間　Discourse time　70, 80, 202
物語修辞学　Narrative Rhetoric　279
物語世界外の語り手　Extradiegetic narrator　72, 74, 164, 297
物語世界後　Postdiegetic　291
物語世界内の語り手　Intradiegetic narrator　74
物語動作主　Narrative agent　160, 171, 195, 197
物語内容の空間　Story space　46, 173, 215, 216, 217, 220
物語内容の時間　Story time　46, 56, 70, 72, 74-83, 85, 86, 202, 215, 290
物語の階層　Narrative hierarchy　180
物語フィクション映画　Narrative fiction film　89, 160
物語理論　Narrative theory　17, 51, 184, 187, 192, 279, 297
物語ること　To Narrate　160, 162, 168, 170, 198, 301
模倣　Imitation　155, 156, 158, 161, 166, 230, 269, 300, 301
模倣による物語　Mimetic narrative　302
模倣による物語言説　Mimesis　20, 156-63, 165, 167, 300　→　ミメーシス
モンタージュ　Montage　133, 192, 194, 215

ヤ行

ヤハウィスト　Yahwist　131, 298
融合（描写と物語の）　Fusion of description and narrative　54, 55, 132
有徴（の）　Marked　125
誘惑　Seduction　262, 315

ラ行

利害関係　Stake　197
利害・関心　Interest　206, 207, 219, 220
利害・関心の視点　Interest point of view　207
利害・関心の焦点　Interest-focus　207, 219, 220, 221
隣接　Contiguity　28, 42, 48, 49, 258
ルーアン（の描写）　Rouen, description of　41
類似した／類似的　Analogous　159, 161, 173
零度の物語世界　Diegetic zero　81
レシ　*Récit*　26, 47, 156, 157
レトリック　Rhetoric　255-59, 266-67, 283　→　修辞，修辞学
連辞　*Syntagma*　76, 290
濾過　Filtration　18, 201, 205　→　フィルター作用
ロシア・フォルマリズム　Russian Formalism　176

ワ行

話（わ）　*Discours*　303
ワイプ　Editorial wipes　229, 310
枠組み　Framing　18, 25, 278　→　枠取り
「枠取られた」映画　“Framed” film　249
枠取り　Framing　231, 243　→　枠組み
枠物語　Frame story / Frame narrative　124, 173, 253

初版のための訳者あとがき

本書は Seymour Chatman, *Coming to Terms: The Rhetoric of Narrative in Fiction and Film* (Ithaca: Cornell University Press, 1990）の全訳である。

原著は、もはやアングロ・アメリカにおけるナラトロジー（物語学・物語理論）の古典の地位を確保した *Story and Discourse: Narrative Structure in Fiction and Film* (Ithaca: Cornell University Press, 1978)（玉井暲訳『物語内容と物語言説』、水声社近刊〔『ストーリーとディスコース』、水声社、二〇二一年〕[1]）の待望久しい続編ともいうべきチャトマンの新著で、チャトマン流物語学の集大成であり、その到達点を示している。ロシア・フォルマリズムおよびそれに刺激されて誕生したフランスの構造主義的物語理論すなわちナラトロジーと、ヘンリー・ジェイムズ、パーシー・ラボック、E・M・フォースター以来の伝統をもつ英米の小説論の統合（悪く言えば、折衷）を目指した前著から一歩踏み出して、ここでは物語学特有の用語・術語（terms）の再検討を行ないつつ、自身の理論の修正をも含め、独自の物語理論を展開している。『物語内容と物語言説』が理論（入門）編であったとすれば、今回はその応用編といった趣が強く、かえってとっつき易いかもしれない。

英米の小説論の伝統では、経験主義のお国柄か、実例に則した素朴な小説技法論が主流を占めていた。一方、一九六〇年代にフランスを中心にヨーロッパに登場した物語理論は、個々の作品の読み（批評）よりも「文学の科学」を目指した。その二つを豊かな言語学の知識を生かしつつ統合しようとしたのが、チャトマンの『物語内容と物語言説』だったのである。それに対し、本書『小説と映画の修辞学』は前著のような体系的な理論（あるいは理論入門書ないしハンドブック）というよりも、原題にあるように物語学の用語集であり、物語学のさまざまなトピックの総点検である。目次と序文に目を通せば分かるように、その内容は多岐にわたっている。

一九八〇年代後半から九〇年代にかけて欧米の代表的な物語理論が相次いで邦訳された。ジェラール・ジュネットの『物語のディスクール』と『物語の詩学』が出版されたのが一九八五年（原著はそれぞれ一九七二年と八三年、ちなみに英訳は一九八〇年と八八年）、ポール・リクールの大著『時間と物語』全三巻（久米博訳、新曜社）が一九八七年から九〇年（原著が一九八五年、英訳は八八年）、フランツ・シュタンツェルの『物語の構造』（前田彰一訳、岩波書店）が一九八九年（原著が一九七九年、英訳は八四年）、そして一九九一年にはこの方面の古典ウェイン・C・ブースの『フィクションの修辞学』とジェラルド・プリンスの『物語論辞典』までお目見えした（参考文献書誌をも兼ねる原註に邦訳も付記してある）。本書の序文の註（一）に主要な「物語学者」（何らかの形で物語理論に関わっているという意味で）の名前が網羅されている。ロシア・フォルマリズム、フランス構造主義、ポスト・ニュークリティシズムのアメリカ、ドイツ受容美学、読者反応論などなど。物語理論、文学理論、映画理論で世界をリードしている面々である。

オーストリアのシュタンツェルがのちに前述の書に発展、結実することになる『小説における典型的物語状況』を発表したのが、一九五五年（英訳は七一年）で古く、独自の物語論を展開していた。彼の物語理論は小説の語りの類型論、分類学であった。が、何と言っても近年のナラトロジーの先駆けとなったのは、一九六一年に発表されたウェイン・C・ブースの著作だった。後続の物語研究者たちは、好むと好まざるとにかかわらず、『フィクションの修辞学』を避けて通ることは許されなかった。ブースの目的は、パーシー・ラボックをはじめとするジェイムズ信奉者たちの教条主義から小説を救い出すことだった。

そこへもってきて、一九六〇年代、構造主義的物語分析として、ロラン・バルト、ツヴェタン・トドロフ、ジェラール・ジュネットらの諸作が登場した。とりわけジュネットの『物語のディスクール』はそれ以降の物語研究のバイブルとなった。ジュネットが目指したのは、文学の科学「より正確には物語言説の理論すなわちナラトロジー」であった。これに触発されるかのように、アメリカでは一九七八年にシーモア・チャトマンが『物語内容と物語言説』を、ドリット・コーンが『透明な精神』を著し、オランダではミーケ・バルが『ナラトロジー』を一九八〇年に発表した。さらにイスラエルのテル・アヴィヴ詩学派のシュロミス・リモン゠キーナンの『物語フィクション』が一九八三年にあらわれた。

八〇年代、哲学、文芸理論、歴史学（歴史叙述）、心理学、人類学から、また記号論あるいはマルクス主義、フェミニズム、ポスト構造主義など、さまざまな色合いを帯びた物語理論が提唱され、「物語」は時代のキーワードのひとつになった。アメリカには物語学会（The Society for the Study of Narrative Literature）なるものが設立され、一九九三年に創刊された機関誌 *Narrative* は同年の最優秀新刊誌に選出された。

そのなかにあって、チャトマンの立ち位置はといえば、ナラトロジーの英米への導入者にして確立者、現在ではウォレス・マーティン、ジェラルド・プリンスと並ぶアメリカの代表的な物語学者ということになるであろう。もっとも、チャトマン自身は「ナラトロジスト」と呼ばれることを必ずしも喜んではいないようだ（序文参照）。物語内容、物語言説という二分法で、「何を」（物語内容）「いかに」（物語言説）物語るかを究明しようとするチャトマンの物語理論は、構造主義的・記号論的物語理論の典型のごときもので、イデオロギー、ジェンダー、受容論といまや新たな展開を見せている物語論にあっては、いささか正攻法にすぎるきらいがあることは否めない。

ナラトロジーはいまや閉塞状態にあるとよく言われる。閉ざされた体系の完成を目指すこと自体が所詮不可能なことなのだ、とも。チャトマン流の体系化の作業には、それが精緻になればなるほど、虚しさがつきまとうものだ。そこのところの事情を最もよく言い表しているのが、ジュネットが『物語のディスクール』のあとがきに書いた有名な言葉だろう。「このおびただしい概念と術語が、どんな概念や術語もそうであるように、数年を経ずして古びてしまうことは必定なのであって、しかもそれが古びていく速度は、それらの術語や概念がより真剣な検討を受ければ受けるほど――言い換えるなら、実際の使用を通じて論議され、テストされ、手直しされればされるほど――それだけますます速くなるのである。自らが本質的に時代遅れであり、衰えてゆく運命にあるということ、それを知ることこそ、まさしく科学的努力と呼びうるものの諸特性の一つなのだ」(『物語のディスクール』、三〇九ページ)。

悲観的なことを書き連ねてしまった(これではせっかくこの本を手に取ってくれた読者を取り逃がしてしまう)。チャトマン流物語学の最大の特徴の一つは、とかく文学作品一辺倒になりがちな物語研究のなかにあって、映画や絵画や雑誌広告や(『物語内容と物語言説』におけるように)漫画など、言語芸術作品以外のものを文学作品と同等のテクストとして取り上げる、その目配りのよさにある。とりわけ今回は映画に小説とほぼ同等のページ数が割かれていて、『小説と映画の修辞学』というタイトルに恥じない内容になっている。チャトマンの本領が遺憾なく発揮された、最もチャトマンらしさが出た著作といっていいだろう。まさに博覧強記。世界広しといえども、古今東西の小説と映画を同等に、そして自在に論じられる人は決して多くはない。前著同様、おびただしい数の小説への言及に加えて、今回は映画からの引用が多い。とりわけ、アラン・レネの『アメリカの伯父さん』とカレル・ライスの『フランス軍中尉の女』の詳細な分析が目を引く。このあたりはミケランジェロ・アントニオーニ研究の権威でもあるチャトマンの独壇場といった感がある。チャトマンは映画が「重大な岐路に立つ物語学」（本書、一八ページ）を救ってくれることを願っている。

本書には物語分析の道具として有効な装置がいっぱい詰まっている。たとえば、物語と議論、描写というテクスト・タイプの相互関係、テクスト・タイプ同士が互いに助け合うテクストの「サーヴィス」という概念、内包された作者、文学および映画の語り手、登場人物の視点すなわち「フィルター」と語り手の視点すなわち「視座（スラント）」の区別など。本書は一般に好意的に迎え入れられたが、すでに各種の議論を巻き起こしている。『ナラティヴ』誌では「語り手」をめぐってチャトマン自身とハリー・ショーの間で論議が戦わされ、日本でも早くも「フィルター」をめぐって異論が出ている（遠藤健一「物語論の臨界――視点・焦点化・フィルター」、三谷邦明編『近代小説の〈語り〉と〈言説〉』、有精堂、一九九六年、二三九―八一ページ）。

シーモア・チャトマン博士は一九二八年生まれというから、今年古稀を迎えられる。ミシガン大学で博士号を取得され、ペンシルヴェニア大学などを経て一九六八年以来カリフォルニア大学バークレー校の修辞学科で教鞭をとってこられた。元来は新・文体論が専門で、その方面の編著書に

A Theory of Meter. The Hague: Mouton, 1965.
Essays on the Language of Literature. Boston: Houghton Mifflin, 1967.
An Introduction to Poetic Language. Boston: Houghton Mifflin, 1968.
Literary Style: A Symposium. London and New York: Oxford University Press, 1971.
The Later Style of Henry James. Oxford: Basil Blackwell, 1972.
Approaches to Poetics: Selected English Institute Essays. New York: Columbia University Press, 1973.

Proceedings of the First International Congress on Semiotics. The Hague: Mouton, 1979.

がある。これが学者としてのチャトマンの第一期といえるだろうか。そもそも文体論という学問分野自体が、言語学から文学作品に接近しようとするもので、チャトマンの文学への関心は当初から濃厚だったのだ。『物語内容と物語言説』前後から関心は物語理論（主として小説と映画）に移ったようで、

Antonioni: or, the Surface of the World. Berkeley: University of California Press, 1985.

L'avventura. New Brunswick: Rutgers University Press, 1989.

そして本書と続いている。現在のところ、『物語について』（W・J・T・ミッチェル編、平凡社、一九八七年）中の「小説にできること、映画にできないこと」が紹介されている程度で、近著の本書が初の本格的な紹介という栄誉を担うことになった。実はバークレー滞在中の一九九〇年に翻訳を思い立った際、『物語内容と物語言説』は日本語訳（玉井訳とは別のもの）が進行中とのことで、当時出版されたばかりの本書を手がけることになった。諸般の事情で出版が予定よりも大幅に遅れてしまったことを、完成を心待ちにされていたチャトマン氏にお詫びしなければならない。現在はカリフォルニア大学バークレー校修辞学科・映画学科名誉教授の地位にある。比較的時間に余裕が出てきた由で、海外での講演旅行の他は悠々と研究と好きな庭いじりに没頭されていることだろう。

チャトマン自身の言葉（序文二二ページ）にもあるように、この種の体系化の作業は骨の折れるものである。訳者としてはとりわけ訳語の選定に苦労した。複数の訳語を与えざるを得なかった場合もあるし、落ち着きの悪い訳語を選んでしまった場合も多いと思う。たとえば、〈narration〉には「語り」「叙述」「物語行為」「話法」

「叙法」などの訳語が考えられる。肝心の「ナラトロジー」は序文で語源から解き明かされている関係で、「物語学」で統一した。なお、邦題には副題を一部変更して採用した。

物語論の基本的な文献として浅学菲才を顧みず、敢えて翻訳を試みた。これを機に欧米以上に曖昧なまま使用されてきた物語用語が整理し直され、わが国に新しい物語論が展開されることになれば、訳者としてこれに勝る喜びはない。

巻頭の「日本の読者へのメッセージ」はチャトマン氏にお願いして、この日本語版のために書き下ろしてもらった文章である。なお、訳註は敢えて付さず、原著で明言されていない作者名、出典などを訳文中に組み入れるに止めた。また、原著の索引では固有名詞索引と事項索引が一緒になっているが、本訳書では慣例にしたがって別々にした。特に事項索引は訳者の判断で大幅に項目を増やした。さらに、読者の理解の一助となるように、映画用語の一部を簡単に説明する用語一覧を付した[2]。映像の時代などと言われながらも、文芸用語などと比べたらより馴染みが薄く、定着もしていないと思ったからである。文学作品その他からの引用には、なるべく入手しやすい文庫版の翻訳を利用させていただいたが、前後関係から一部を変更したもの、参考程度にとどめたものもあることをお断りしておく。映画関係で逐次参照したのは以下の文献である。

Bawden, Liz-Anne, ed. *The Oxford Companion to Film*. New York: Oxford University Press, 1976.
Beaver, Frank. *Dictionary of Film Terms: The Aesthetic Companion to Film Analysis*. New York: Twayne Publishers,1994.
Katz, Ephraim. *The Film Encycropedia*. New York: Harper & Row, 1990.
Konigsberg, Ira. *The Complete Film Dictionary*. New York: New American Library, 1987.
Monaco, James. *How to Read a Film: The Art, Technology, Language, History, and Theory of Film and Media*. New York:

Oxford University Press, 1977.（岩本憲児、内山一樹、杉山照夫、宮本高晴訳『映画の教科書』、フィルムアート社、一九八三年）

Walker, John, ed. *Halliwell's Film & Video Guide*, 12th edition. New York: Harper Collins Publishers, 1996.

とりわけ、『映画の教科書』の巻末の映像用語集には大いに助けられた。無論、これとても不完全で、コニグスバーグの本のような充実した映画用語辞典の登場が待たれる。

物語論、文学論では相変わらず続々と新著が刊行されているが、映画物語論では

Garard, Charles. *Point of View in Fiction and Film: Focus on John Fowles*. New York: Peter Lang, 1991.

Branigan, Edward. *Narrative Comprehension and Film*. London and New York: Routledge, 1992.

Fleishman, Avrom. *Narrated Films: Storytelling Situations in Cinema History*. Baltimore: The Johns Hopkins University Press, 1992.

が最新の成果である。

なお、原著に散見される表記上の誤りなどで気付いたものは、本訳書では改めている。第二章（六八〔五九〕[3]ページ）の『イリアス』「第十三歌」は「第十八歌」に、第九章（二五四〔二一六〕ページ）の「ヨハネによる福音書第二十一章、七節」は「マタイによる福音書第十四章、二二―三三節」となるべきもので、教授の確認も得ている。

最後に、カリフォルニア大学サンディエゴ校に滞在中だった北海道大学の高橋英光氏に感謝申し上げる。氏は日本では入手できない資料やヴィデオなどを送ってくださった。映画用語に関する訳者の質問に丁寧にお答えいただいた早稲田大学の岩本憲児氏、貴重なヴィデオ・コレクションから何本かダビングしてくださった淑徳大学の星野英樹氏、原稿に目を通していただき貴重なご助言を頂戴した上智大学の佐藤正司教授、東洋大学の徳永守儀教授に心より御礼申し上げる。そして、なかなか引き受け手のなかった原稿を拾ってくださった水声社社主の鈴木宏氏と、最終段階で辛抱強く訳者にお付き合いしていただいた編集部の河野和憲氏に衷心より謝意を表する。

平成十年三月

田中秀人

［註］

（1）のちに刊行されたさいの邦題および刊行年を亀甲括弧内に補った。（二〇二五年）

（2）この改訳決定版では割愛した。三四七頁を参照。（二〇二五年）

（3）この改訳決定版の頁数が初版のものと異なる場合、改訳決定版の頁数を亀甲括弧内に補った。（二〇二五年）

訳者あとがき

『ストーリーとディスコース』(玉井暲訳、水声社、二〇二一年)刊行を機にその続編ともいえる『小説と映画の修辞学』増刷を、という話を版元の水声社より頂戴した。折角の機会だからと全面的に改訂することにした。初訳はカリフォルニア大学バークレー校修辞学科に客員研究員として招聘して頂いたことへの恩返しのつもりで始めたものだった。当該分野において存外に重要な著作であることが判明したので、今回全面的に見直した。

初版の「訳者あとがき」はほぼ四半世紀前に書かれたものを(誤字・誤記を改めて)そのまま転載したものである。したがって今日の目で見れば、いささか奇異に見える箇所も少なくない。タイトルは『ストーリーとディスコース』ではなく、『物語内容と物語言説』となっているし、「水声社近刊」となっている。「チャットマン」は「チャトマン」である。その他諸々。

同一著者の本を同一出版社から出版するわけだから、著者の姓名が異なっていては混乱するだろうということで、水声社の希望もあって「チャットマン」で統一することにした。「チャトマン」が実際の発音に近いと思われるが、「チャットマン」の方が一般に定着しているという事情もあり、名前などにこだわることもあるまいと判断した結果である。

この二、三十年ほどのあいだにいろいろ大きな変化があった。チャットマンが本書のなかで言及している映画作品も今日ではほとんどDVDやブルーレイ（廃盤のものもある）あるいは配信で観ることができるし、小説、映画へのナラトロジー的なアプローチも定着しつつある。チャットマンが序文で触れているレンタルビデオ店が今では懐かしい歴史の一コマになってしまった。ビデオ（そしてその後のレーザーディスク、DVD、ブルーレイ）の登場によって映画研究の方法論が一変した。かつては劇場での上映が終わったあとは、心のスクリーンの残像を頼りに、サウンドトラックを聞きながら、あるいはパンフレットや雑誌の写真をながめながら、さらには採録されたシナリオを読みながらマインド・スクリーンに映画を再生する以外になかった。再び映画そのものにめぐり会うためには新たな上映の機会を待たねばならなかった。それが、絵画と画集の関係に近いと言えば良いか、手元に置いていていつでも再会できるようになったのだ。

本書でチャットマンがとった戦法は、物語論、映画論、小説論各分野の第一人者への反論、異議申し立てという形で持論を展開するという方法だった。ナラトロジーのジュネットには「焦点化子」vs.「フィルター」・「スラント」で、あるいは物語と描写間の「テクストのサービス」という概念で、映画論のボードウエルには映画の「語り」vs.「語り手」で、小説論のウェイン・ブースには「内包された作者」と「フィクションのレトリック」の再検討という形で、という風に。

本書は出版当初から注目されてきた。たとえば *Reader's Guide to Literature in English*, ed. Mark Hawkins-Dady (London and Chicago: Fitzroy Dearborn Publishers, 1996) では「映画と文学」の項で代表的な著作として本書が最初に取り上げられているし、アメリカにおける映画学の標準的な教科書である *Film Theory and Criticism: Introductory Readings*, ed. Leo Braudy and Marshal Cohen (New York: Oxford University Press, 1999) の第五版には『物

語について』中の「小説にできること、映画にできないこと（そしてその逆）」と本書の「映画的語り手」が収録されている。

　物語論、映画論はいまや隆盛を極め、続々と新著が上梓され続けているし、さらに昨今はその進化形であるアダプテーション論が目覚ましい成果を上げている。また、本書がインスピレーション源となったと思しき研究もしばしば目にするようになった。近年ではオランダ、ライデン大学のピーテル・フェルトラーテンの *Film Narratology*, trans. Stefan van der Lecq (Toronto: University of Toronto Press, 2009) が議論の中心にミーケ・バルのナラトロジー論と共にチャットマンの理論に（反論・異論も含め）多くを負っている。

　初版の「訳者あとがき」に「充実した映画用語事典の登場が待たれる」と書いたが、日本でも岩本憲児・高村倉太郎監修『世界映画大事典』（日本図書センター、二〇〇八年）やスティーヴ・ブランドフォード、バリー・キース・グラント、ジョム・ヒリアー著、杉野健太郎・中村裕英監修・訳『フィルム・スタディーズ事典』（フィルムアート社、二〇〇四年）をはじめ各種のすぐれた映画用語事典が刊行されたので、今回は映画用語一覧を割愛した。映画用語に限らず、今日ではスマホですぐに検索できるからだ。

　本来なら第一章から順番に読み進むべきところだろうが、第一章、第二章の理論編はいささか理屈っぽく、本書の面白さに辿り着く前に辟易《へきえき》、挫折してしまう人が多いのではないかと思われる。各章は独立した章立てであるので、具体的な作品を論じている第三章、第四章、第六章、第十章あたりから始めて、チャットマンの論法に慣れてきたところで、第一章から（あるいは順不同でも）読み進めていけば、無事最終第十一章まで辿り着くことができるのではないだろうか。

『アメリカの伯父さん』、『フランス軍中尉の女』論は出色の出来栄えで、物語理論である上に、すぐれた映画作品論ともなっている。随所に差しはさまれた『さすらいの二人』をはじめとするミケランジェロ・アントニオーニを論じた文章が、本書に統一感を与えている。それらをつなぎ合わせて読めば、チャットマンのアントニオー二論のエッセンスに接することができるだろう。

そもそも原著のタイトルからして *Coming to terms*（各種の理論、術語の「折り合いがつく」）であるし、本文にも「新しい用語を造り出し、古い用語を整理することが理論づくりの務めである」（二七頁）とある。本書がすぐれて物語学実践の書である所以である。

以下、本書『小説と映画の修辞学』に出てくるいくつかの訳語について補足しておきたい。**interest** には「利害・関心」と苦し紛れに少々厄介な訳語をあてた。関心だけではないし、利益・利害だけでもない。両方の意味が掛け合わされている、と考えられる。

slant は「point of view」の言い換えであり、「観点」とするのが一般的であろうが、「傾斜、斜面、斜線、偏向、見方」などの訳語もある。本訳書では登場人物の視点「filter」に対する語り手の視点であることから、一般により巨視的・大局的な「視座」という訳語を採った。

チャットマンの議論には当然、異論も出てくるだろう（序文二二頁参照）。最大の論点は、「内包された作者」についてのチャットマンの考え方だろうが、ここでそれを論じる余裕はない。チャットマンはまた、こうも書いている。

> 精神的な営みを伝えるためにヴォイス・オーヴァーを使うことには、常に少なからぬ抵抗がある。多くの映画作家たちは——映画的語り手の一構成要素として自由にヴォイス・オーヴァーを使う者たちでさえ——登場人物の考えていることにそれを適用することを不自然だとして蔑視している。あまりにも安易な解決法と考えるからである。「マインド・スクリーン」効果における概念的な思考の視覚化にはそのような蔑視は当てはまらない。
>
> （二二一—二二二頁）

この一節にも多くの人が異を唱えるにちがいない。

*

微力を尽くしたが、思わぬ思いちがい、不十分な理解にとどまる箇所も数多く残っているにちがいない。読者諸賢の御教示を乞う次第である。本書を通して読者がナラトロジー、フィルム・ナラトロジーへと進まれることを願ってやまない。

最後に本書の改訂版を薦めてくださった水声社社長の鈴木宏氏と元編集部の村山修亮氏、数々の有益なご助言を頂戴した編集部の佐原希生氏に心より感謝申し上げます。

令和七年二月

訳者識

著者／訳者について——

シーモア・チャットマン（Seymour Chatman）　一九二八年、アメリカのミシガン州デトロイトに生まれ、二〇一五年、カリフォルニア州バークレーにて逝去。アメリカにおける物語論の第一人者。主な著書に、『ヘンリー・ジェイムズの後期の文体（*The Later Style of Henry James*）』（一九七二年）、『ストーリーとディスコース（*Story and Discourse*）』（一九七八年／邦訳、水声社、二〇二一年）、『ミケランジェロ・アントニオーニ、あるいは、世界の表層（*Antonioni; or, The Surface of the World*）』（一九八五年）、『物語小説を読む（*Reading Narrative Fiction*）』（編著、一九九三年）などがある。

＊

田中秀人（たなかひでと）　一九五一年、長崎市に生まれる。上智大学文学部英文学科卒業、同大学大学院博士後期課程中退。ミシガン大学大学院英語英文学科修士課程修了。東洋大学名誉教授。専攻、アメリカ文学、ナラトロジー（小説と映画）。主な訳書に、ジョン・ヘンリー・ニューマン『大学で何を学ぶか（大学の理念）』（大修館書店、一九八三年）がある。

装幀——中山銀士

小説と映画の修辞学［改訳決定版］

二〇二五年四月一〇日第一版第一刷印刷　二〇二五年四月二〇日第一版第一刷発行

著者――――シーモア・チャットマン

訳者――――田中秀人

発行者――――鈴木宏

発行所――――株式会社水声社

東京都文京区小石川二―七―五　郵便番号一一二―〇〇〇二

電話〇三―三八一八―六〇四〇　FAX〇三―三八一八―二四三七

［編集部］横浜市港北区新吉田東一―七七―一七　郵便番号二二三―〇〇五八

電話〇四五―七一七―五三五六　FAX〇四五―七一七―五三五七

郵便振替〇〇一八〇―四―六五四一〇〇

URL : http://www.suiseisha.net

印刷・製本――ディグ

ISBN978-4-8010-0621-8

乱丁・落丁本はお取り替えいたします。

記号学的実践叢書

ミモロジック――言語的模倣論またはクラテュロスのもとへの旅　ジェラール・ジュネット　七〇〇〇円

パランプセスト――第二次の文学　ジェラール・ジュネット　一二〇〇〇円

スイユ――テクストから書物へ　ジェラール・ジュネット　七〇〇〇円

フィクションとディクション――ジャンル・物語論・文体　ジェラール・ジュネット　二五〇〇円

芸術の作品I――内在性と超越性　ジェラール・ジュネット　五〇〇〇円

フィクションの修辞学　ウェイン・C・ブース　七〇〇〇円

自伝契約　フィリップ・ルジュンヌ　七〇〇〇円

ストーリーとディスコース　シーモア・チャットマン　五〇〇〇円

小説と映画の修辞学〔改訳決定版〕　シーモア・チャットマン　六〇〇〇円

可能世界・人工知能・物語理論　マリー＝ロール・ライアン　六〇〇〇円

映画における意味作用に関する試論――映画記号学の基本問題　クリスチャン・メッツ　五〇〇〇円

映画記号学の諸問題　クリスチャン・メッツ　四五〇〇円

映画のためにI　浅沼圭司　三〇〇〇円

映画のためにII　浅沼圭司　四〇〇〇円

言語学のアヴァンギャルド　桑野隆　四〇〇〇円

闘う衣服　小野原教子　四五〇〇円

《力》の思想家ソシュール　立川健二　四〇〇〇円

源氏物語のディスクール　福田孝　二五〇〇円

物語における時間と話法の比較詩学――日本語と中国語からのナラトロジー　橋本陽介　七〇〇〇円

モンタージュ小説論――文学的モンタージュの機能と様態　小柏裕俊　三二〇〇円

〔価格税別〕